석헌 정규복 총서 6

구운몽 자료 집성 1

노존본B 강전섭본

노존본A 하버드대본

노존본 한문 필사본 상 · 하

보고사

노존본B 강전섭본

【해제】

노존본B 강전섭본

본서는 상・하권 單冊으로 된 필사본이다. 상권은 33장, 하권은 67장 도합 100장으로 되어 있고, 매장 12행, 매행 30자 내외로 되어 있으며, 필치는 동일하지 않다. 언제 어떻게 이루어졌는지는 알 수 없으며, 현재 강전섭 교수가 소장하고 있다.

본서는 老尊本에 속하지만, 일찍이 필자에 의해 이루어진 재구본에 비해 판이한 변이를 보임으로써 노존본의 이분화 과정을 논증하는 데 중요한 이본이다. 필자에 의해 이루어진 재구본을 A본으로 하고 본서를 B본으로 가정할 경우, A본이 그 분량에 있어서 7만 7천여 자가 되고, 그 문체에 있어서는 律文體・修飾體・文章體로 이루어졌는 데 대하여, B본은 그 분량이 4만 4천여 자로 A본보다 훨씬 짧고, 문체에 있어서도 散文體・乾燥體・口語體로 되어 A본과 대조를 이루고 있다.

말하자면, A・B 양 본이 같은 노존본계로서 노존본의 특징을 지니고 있으면서도 위와 같이 대척적 특징을 지니고 있는 가운데, 본서 B본이 보다 중요한 것은 지금까지 最古本의 역할을 담당한 A본이 B본을 텍스트로 하여 수식・확대되었다는 것이다. 따라서 본서 B본은 <구운몽>의 최고본이라는 영예를 얻게 된다. 뿐만 아니라, <구운몽> 국문본 중 古善本의 역할을 담당해온 서울대학본도 종래 A본의 축약본이라는 통념과는 달리, 바로

B본의 국역본이라는 것도 밝혀졌다.

본서 B본이 <구운몽>의 가장 오래된 한 이본에 해당됨을 도표로 제시하면 다음과 같다.

B형 노존본 → A형 노존본(1725이전) → 을사본(1725) → 계해본(1803)

즉 <구운몽> 이본의 전파과정 중 최후로 이루어진 계해본은 을사본을 통해 이루어진 복각본이고, 을사본은 A형 노존본의 만연체 · 대화체를 간결체 · 서술체로 이루어진 방각본이고, A형 노존본은 이미 언급된 바대로 B본의 산문체 · 건조체 · 구어체를 율문체 · 수식체 · 문장체로 확대되어 이루어진 것이다.

이 필사본은 『김만중문학연구』(국학자료원, 1993)에 영인된 바 있다.

九雲夢 上

尊老師南岳講妙法 小沙彌石橋遇仙女

天下名山有五焉東曰東岳即泰山西曰西岳即華山南曰南岳即衡山北曰北岳即恒山中央之山曰中岳即嵩山此所謂五岳也五岳之中惟衡山距中土最遠九疑之山在其南洞庭之湖經其北湘江之水環其三面若祖宗儼然中處而子孫羅立而拱揖焉七十二峯或騰踔而直逼天或嶄巖而截雲如奇表浚彩之義丈夫七竅百骸皆秀麗清爽無非元氣之所種也其中最高之峯曰祝融曰紫蓋曰天柱曰石廩曰蓮花五峯也其形擢踈其勢陵高雲霧翳掩其真面霞氣藏其半腹非天氣廓掃日色清朗則人不能得其彷彿矣昔大禹氏治洪水登其山立石紀功德天書雲篆歷千萬古而尚存焉秦時仙女衛夫人修鍊得道受上帝之職率仙童玉女來鎮此山即所謂南岳衛夫人也蓋自古昔以來異蹟

奇之事不可殫記唐時有高僧自西域天竺國入中國愛衡岳秀色就蓮
花峯上結草菴而居講大乘之法以敎衆生以制魔外於是西敎大行人皆
敬信以爲生佛復出放世富人薦其財貧人出其力闢疊嶂架絶壑鳩
財傭工大開法宇幽夐寥闃勝槩千萬杜工部所謂寺門高開洞庭
野殿脚插入赤沙湖五月寒風冷佛骨六時天樂朝香炉四句已盡
之矣山勢之傑道場之雄可知爲其南方之最其和尙惟手持金剛經
一卷或稱六如和尙或謂六觀大師弟子六百人中修戒行得神通者
三十餘人有小闍梨名性眞者白瑩氷雪神凝秋水年纔二十歲三藏
經文無不通解聰明智慧卓出諸髡大師亟加重愛將欲以衣鉢傳
之大師每與衆弟子講論大法洞庭龍王化爲白衣老人來參法席
味聽經文一日大師謂衆弟子曰吾老且病不出山門已十餘年今
不可輕動矣汝輩衆人中孰能爲我入水府拜龍王行謝之禮

身性眞請行太師大士喜而送性眞着七斤之加衣戾六環之神錫
飄〻然向洞庭而去俄而守門道人〻告於大師曰南岳衛眞君娘〻送
八箇仙女已到門矣大師命召之八仙女次第而入周行大師之座至三匝乃已
以仙花散地詭跪傳衛夫人之言曰上人處山之西我卽在山之東起居相近
飮食相接而賤曹多事使我苦惱尚未得一造法席積聽玄談處仁
之道幾矣交隣之義闕矣玆遣洒掃之婢子敬修起居之禮兼以仙
果七寶紋錦以表區〻之誠遂各以所領仙果寶貝擎進於大師〻〻親
受之以授侍者供養於佛前屈身以禮叉手而謝曰老僧有何功德荷
此上仙之盛餽耶仍設齋以待八仙於其餞致敬謝之意而送之八仙女
同出山門携手而行相議曰此南岳天山一丘一水無非我家境界而自和
尚開道場之後便作鴻溝之分蓮花之勝景在於咫尺而未得探討矣今
日吾儕以娘〻之命幸到此地且春色正姸山日未暮趁此良辰陟彼崔

兜振衣於蓮花之峯濯纓於瀑布之泉賦詩而吟乘興而歸誇翡翠
宮中諸娘子娣妹不亦快乎皆曰諾遂相與緩步而上俯見瀑布之源
緣崖而行遵水而下少憩于石橋之上此正春三月也林花齊綻紫霞蔥
蘢望之如展錦繡之色谷鳥爭鳴嬌音宛轉聞之如奏管絃之曲
春風使人駘蕩物色挽人留連八仙油然而感怡然而樂踞坐橋上俯
覽溪流百道飛泉滙為澄潭清冽瀅澈如掛廣陵新磨之鏡翠
娥紅粧照耀於水底依俙然一幅美人畫新出於龍眠手中也自愛
其影不忍即起殊不覺夕照度嶺暝靄生林也是日性真至洞
庭闢琉璃之波入水晶之宮龍王大悅出迎於宮門之外延殿上入
上分席而坐性真俯伏奏大師遣謝之言龍王恭已而聽之遂
命設大宴而接之珎果仙菜豐潔可口龍王親自執酌以勸性
真〻固讓曰酒者伐性之狂藥即佛家之大戒賤僧不敢飮也龍

王曰釋氏五戒中禁酒予豈不知寡人之酒與人間狂藥大異也能
和人之氣未嘗蕩人之心工人獨不念寡人懃懇之意耶性眞感其
厚眷不欲强非乃連倒三危拜辭龍王出水府御冷風向蓮花而來
至此底頓覺酒暈上面昏花纈眼自訟曰師父若見面頰紅潮則
豈不驚恠而切責乎即臨溪而坐脫袈裟以置於淸沙之上手掬
淸波沃其醉面忽有異香擁鼻而過旣非蘭麝之薰亦非花竹
之馥而精神自然蕩震鄙吝倏爾消鑠悠揚荏弱不可形喻乃
自語曰此溪上有何樣奇花郁冽之氣泛水而來耶吾當往而
尋之更定衣服緣流而上此時八仙女尙在石橋之上正與性眞相遇
性眞捨其錫杖工手而禮曰僉女菩薩俯聽貧僧之言貧僧即蓮
花道場六觀大師弟子也奉師之命下山而去方還歸寺矣石橋甚狹
菩薩齊坐男女恐不得分路惟願僉菩薩暫移蓮步將借路時八仙

女答拜曰妾等即衛夫人娘娘之侍女也承命於夫人問候於大師歸路適小留於此矣妾等聞之禮云於行路男子由左而行女子由右而行此橋本来偏窄妾等且以先坐令道人從橋而行於禮不可請別尋他路而行性真曰溪水既深且無他徑欲使貧道從何處而行乎仙女曰昔達磨尊者乘蘆葉涉大海和尚若爲道於六觀大師則必有神道之術涉此小川何難之有而乃與女子爭道乎性真笑而對曰試觀諸娘子之意必欲索行人買路之錢也然貧僧本無金錢適有八顆明珠請獻於諸娘子以買一線之路說罷手折桃花一枝以擲仙女之前四複絳蕚即化爲明珠祥光滿地瑞彩燭天若出於海蚌之胎也八仙女各拾一箇顧向性真粲然一笑竦身乘風騰空而去性真倚立橋頭擡首遠望良久雲影始滅而香風盡散惘然如失怊悵而歸以龍王無言復於大師大師詰其晩歸故對曰待之甚款挽之頗懇情札所在不敢拂衣而即出矣大師不答使之退休性真來到禪房日已曛黑自見八仙之後婉語嬌聲尚留於耳邊艶態妍姿猶在於眼前歎息

而未忘不思而自思神魂恍惚悠悠蕩蕩兀然端坐默念於心曰男兒生世幼而讀孔孟之
書壯而逢堯舜之君出則作三軍之帥入則爲百揆之長著錦袍於身結紫綬於腰
揖讓人主澤利百姓目見嬌艷之色耳聽幼妙之音榮耀極於當時功名垂於後世此
固大丈夫之事也噫我佛家之道不過一盂飯一瓶之水數三卷經文百八顆之念珠而已
其德雖高其道雖玄寂寞太甚枯淡止矣假令得上乘之法傳祖師之統直坐於
蓮花峰之上三魂九魄一散於烟焰之中夫誰知一箇性眞生於天地間乎思之如此念之
如彼欲眠而不眠夜已深矣雲雲然合眼則八仙女忽羅立於前矣驚悟開睫則已不見
矣遂大悟曰釋教工夫正其心志斯爲上行也我出家十年曾無半點苟且之心矣邪念
發今乃至此豈不有妨於我之前程乎遂趺坐蒲團振刷精神輪盡項珠靜念千佛矣
忽童子立牕外呼之曰師兄睡否師父命召之矣性眞大悟曰深夜促召必有故也仍與童
子往諸方丈大師集衆弟子儼然正坐乃厲聲責曰性眞汝知汝罪否性眞顚倒下階而
對曰弟子事師父十閱春秋而曾未有毫髮不順不恭之事實不知自作之罪大師

曰修行之工其目有三身也言也意也汝往龍宮飲酒醉故到石橋逢女子以言語酬酢折花枝與之相戲及其還來尚此眷戀和旣蠱心於美色又且留心於富貴羨慕世俗之繁華厭佛家之寂然此三行工夫一時壞了罪固大矣不可仍留於此地也性眞叩頭泣訴曰師乎師乎性眞誠有罪矣自破酒戒因主人強勸不得已也與仙女酬酢言語只爲借路本非有意有何不正之事乎及故禪房雖萌惡念那間自覺其非惕狂心之走作竊善心之自發昨措追悔方寸復正此佛家所謂不遠復者也苟使弟子有罪則師父撻之鞭警戒亦教誨一道何迫而黜之俾絕自新之路乎性眞十二歲棄父母離親戚皈依師父卽剃頭髮言其義則無異生我育我語其情則所謂無子有子父子之恩甚深矣師弟之分重矣蓮花道場卽性眞之家也舍此何往云爲大師曰汝自欲去我令何去之汝苟欲留此誰使汝去乎且汝自謂吾何去乎汝所欲往之處卽汝可歸之所也因大聲曰黃巾力士安在忽自空中神將下來聽令大師分付曰汝押罪人往酆都交付閻王而來性眞聞此言淚如雨下曰大師聽性眞之言昔阿難

尊者往娼女之家同席交躬釋迦大佛不之罪但說法教之弟子雖有罪比阿難
尊者似不重何以令往酆都乎大聲曰阿難尊者不御妖術與娼女親近心則不亂而汝
則生散慕塵世富貴之志何能免一番輪回之苦乎性真只瞞泣無行意大師慰
之曰心苟不淨雖在山中而道難成不忘根本雖往紅塵而有歸路汝若欲歸則吾自領來
勿疑而行性真無奈何禮拜佛像及師父與眾同別偕力士向冥司入陰魂關過望鄉
培抵酆都城〻門鬼卒問之力士答以六觀大師法旨押來罪人云即關路與之直
至森羅殿又如是言之閻王作到付公事給力士而還送之性真乃進跪
於殿下閻王問曰性真上人〻〻身在南岳而名已記於地藏王香案上辭
不久得大道高升蓮座則眾生都被恩德矣何事到此地也性真大慚告
于王曰性真無狀路上過南岳仙女一時不能操心故得罪於師而待命於王矣
閻王使左右上言于地藏王曰南岳六觀大師送弟子性真自冥司致罰而異
於等閑罪人故取稟矣菩薩答曰修行之人去來惟其願何必問也閻王

正欲問性真之罪鬼卒入告曰門外黃巾力士以六觀大師命押來八罪人矣性真聞此言而甚驚閻王招入罪人南岳仙女八人入來跪於廳下閻王問曰南岳女仙〻家有無窮之景槩無窮之快樂而何以到此地也八人含羞答曰妾等以魏夫人命問安六觀大師而歸路逢性真小和尚有言語酬酢之事大師謂我汚穢佛家淨地以公事我府中捕妾等送此妾等升沈苦樂懸於大王之手望大慈大悲還度好地也閻王召使者九人各有密囑出送人間忽自殿下捲起大風驅諸人上空中散於四面八方性真從使者為風所曳飄〻蕩〻到一處風散而足抵地整頓精神而見之群山四繞溪水曲流竹籬草屋林間十餘家矣使者引性真至一家使立門外入內而去立良久聞隣舍之人相與言曰楊處士夫妻五十始孕胎人間稀事臨蓐已久而無兒啼聲可慮哉性真聞此言心中了然知為楊家子而生忽思吾雖還度人世此來者只精神而已肉身則當燒火於蓮花峰矣吾年少未領徒弟何人

收我舍利手心頌悽愴使者出來揮手招之曰此大唐國淮南道壽州地
而海之父親揚處士母親柳氏以前世之緣生於此家連入無失吉時性
真入見則處士葛巾野服坐於堂上藥炉在前香臭謝鼻房内出婦
女呻吟之聲而促令入房性真中心觀慮躕躇未進使者自後擠之仆於
室中精神昏暗如天地翻覆作聲曰救我而不能成言聲從出喉即爲
兒啼穩婆賀曰兒聲大小郎君也處士持藥碗入來夫妻大悅矣性真
此後飢則啼啼則哺乳始則猶不忘蓮花峯矣及漸長大知父母恩情前生
事已茫然矣處士見兒子骨格清秀撫首曰此兒應是天人謫降也人
間岁月如流兒年爲十二岁名曰少遊字曰千里少遊貌如琢玉目如晨
星文章大成智過長者處士謂柳氏曰吾本非世上人與君有塵緣故久留
此地矣蓬萊仙子頻書請來念君孤獅而不去今兒子穎特如此君得依庇
之所當享晚年榮華富貴勿爲思念我一日衆道人會于處士之家騎白

鹿驂青鶴入溪山而去此後武將寄空中書而竟還家矣

華陰縣閨女通信　藍田山道人傳琴

楊處士去後母子兩人相依送歲月矣過數年少遊才名大起本官太守以
神童薦于朝庭而少遊難離母親不就也至四十歲容貌似潘岳氣像似青
蓮文章似燕許筆法似鍾王諸子百家九流三教天文地理六韜三畧鈐(訣)
財法無(不)精通誠以前世脩行之人非世上俗子之所比也一日告于母親曰父親
歸天之時以門戶付兒子今也家貧母親勤勞兒子若為守家之狗不
求功名則非父親期待之意也今聞京師設科取士兒子暫離膝下欲
一西遊柳氏見兒子之氣像之不碌〻雖惜遠路之別而不之禁也楊生〻一童
一驢辭母親行累日到華州華陰縣長安漸近山川物色甚華麗因科
限之尚遠日行數十里而訪山水問古蹟客行頗不寂寞矣遙望柳林青
〻之處小樓映於其間最似幽雅垂鞭信馬徐〻而進綠絲群散隨風飄

前十分可賞楊生念我楚兒雖多美樹而如此之柳曾未有也 遂作楊柳詞詠曰

楊柳青如織 長條拂畫樓 願君勤栽植 此樹最風流

楊柳何青〻 長條拂綺楹 願君莫漫折 此樹最多情

詠詩之聲清奇爽亮如出金石一團春風収拾上樓〻上玉人方惱春睡聽詩聲而驚覺開窓倚欄而周望與楊生目成如雲之鬢垂于耳邊玉釵半傾而春睡不足困惱之狀天然秀麗語難形容畫難彷彿兩人相視無語楊生之書童來言夕食具矣美人便閉其窓天然之香射于鼻而已楊生大恨書童而揣難復見遂書童歸客店盡此美人姓秦氏秦御史之女兒名彩鳳慈母早死無他同氣獨侍父親將未聘幣此時秦御史係職京師而小姐獨守家矣千萬意外逢見楊生心念女子從人終身大事一生榮辱皆係之文君寡婦而猶從相如今我處子之身雖不避

自媒之嫌無害於婦女節行而況此人不知姓名居住稟定父親之後啟
送媒妁則東西南北於何尋之悪開花箋寫數行書而封之召乳母世(細)與
之曰持此往前客店中尋騎驢來[illegible]家樓下詠楊柳詞之相公而傳之
使知我結緣倚一生之意而此吾終身大事汝慎勿虛疎此人容貌之美如
玉不類於衆中汝必親見而傳乳娘曰謹依小姐之命而他日老爺聞之則何
以為言小姐曰此吾當之汝勿慮為乳娘更言曰此郎君若已娶妻或有定
婚則如之何小姐良久沉吟曰不幸而娶妻則吾不嫌其為副此人年甚少
似無室家矣乳娘往客店訪詠楊柳詞秀才適楊生出立於客店門外
見老婆尋渠恠問曰作楊柳詞秀才即小生而老娘問之何意乳娘見
楊生之貌不復疑曰此非可言之所也揖入客房問來意乳娘問曰郎君
楊柳詞詠於何處乎生對曰小生遠地人初來帝里賞玩風景大路上小
樓前老楊極佳偶然詠詩老娘尋問何意乳娘曰郎君其時見[illegible]楊

生曰小生幸逢神仙降臨之時妖冶之色尚在耳目香臭襲衣矣乳娘
曰請言郎君其家郎我秦御史之家而其女子吾家小姐也小姐聰
明穎慧最有知人明鑑一見郎君便欲托一生而御史老爺在於京師
稟命之際郎君已難此去大海浮萍尋於何處以是冒嘗爲終身大事
遣老身而詢郎君姓氏鄉貫兼探娶妻與否矣楊生聞此言喜色滿顔
謝曰楊少遊得小姐青眼觀見沒身何忘小生楚人也家有老母花燭之
禮告于兩家父母之後定而婚姻之約令以一言定之華山長青渭水不斷
矣乳娘大悅自袖中出與小封生折見楊柳詞一首也其詩曰

樓頭種楊柳　擬繫郎馬住　如何折作鞭　催下章臺路

楊生見罷服其清新宛甲賈之白古之善詩人王右丞崔學士不過此也卽
取花牋題一首與乳娘其詩曰

楊柳千萬絲　絲絲結心曲　願作月下繩　仁係定春消息

乳娘受而藏於身出門店而去楊生還呂曰小姐秦人小生在楚一歸之後山川
間絶消息難通况今日之事既無良媒小生之心終無所憑乘今夜月色
可得更見小姐顔色耶小姐詩中亦有此意老娘稟于小姐乳娘去即
還來回報曰我小姐見郎君回答詩十分感激而我傳郎君月下之會小姐
曰男女婚前相見知其非禮而方欲係托於人何不順其意也但相見於夜
似有人疑父親知之亦似爲誤明日中堂暫見成約楊生嗟嘆曰小姐之明
見正志非我所及再三叩囑乳娘而送之是日宿於客店而一夜之宵恨其苦永
矣方曉忽聞千萬人喧聒之聲如水沸而來驚起出街上而見之道路填塞哭
聲振動聞于人變出京師神策將軍仇士良稱皇帝天子行幸梁州關中亂之兵
四散劫略人馬云而已傳言回關幽谷澗不出人不計良賤而充軍云楊生大驚急之馬
書童望藍田山而深入絶頂有一草室而白雲深鎖鶴唳甚清知有高人而訪
廊有一道人憑几卧而見生起坐曰君是避亂之人也楊生曰然矣又問曰君非淮南楊

處士令郎耶甚肖矣生含淚以實對道人笑曰寧山與我三日前圍碁於紫閣峰而
去甚平安君無悲焉君旣來此留待路通而歸未晩也楊生謝而侍坐道人顧見
壁上琴而問曰君能爲此乎楊生答曰雖好之而未遇良師矣道人呼童子取琴
授生而使彈生奏風入松之曲道人笑曰手法活動可教也因移琴而自奏世上不傳之
曲旣淸且幽非人間所聞也生素好音律聰明過人一聞而一一傳之道人大悅又出碧玉洞
簫吹一曲而教生曰過知音古人所難今以琴簫與君後日必有用處生拜受曰小生之遇
先生應是家親之指路願侍几杖爲弟子道人笑曰人間富貴君不可免何能從老夫棲
岩穴乎況終有歸處非我徒也雖然不可孤慇懃之意出授彭祖方書一卷曰習此則
雖未延年亦無病却老矣生復拜而問曰先生以人間富貴期小子願問人間事小子於華
陰縣與秦氏女子方議婚而爲亂兵所逐到此處不知此婚成否道人大笑曰婚姻之路
昏黑如夜豈可預說天機雖然君之佳緣在於累處不須偏戀秦女也是日陪道人
宿石室天未明道人喚生起謂曰路已通科期退明年大夫人倚門而待須速歸回備綠路

貫生百拜謝道人收拾琴簫下山而顧見道人之家無去處矣生昨日入山之時楊花未落一夜之間物色頓變菊開岩間生大異之逢人問之已爲八月矣尋到前日客店經亂之後人家蕭條昔日觀光聚會京師之儒紛紛下來問而知之則天子合諸道兵馬五朔始平逆賊科擧定以明春云云楊生尋往秦御史之家柳林宛然而畫樓粉墻燒火頹圮四隣無鷄群良久攀柳枝詠秦小姐楊柳詞而垂淚已無奈何來客店問於主人曰大路越邊秦御史之家人今往何處主人歎曰相公不知也秦御史進京師小姐率老婢在家御史死於刑小姐則拿去京師或云未免慘禍或云籍沒入於掖庭而今觀被罪家屬爲奴婢於嶺南地云云適此前秦小姐似入於其中楊生聞此言淚落如雨心思藍田山道人秦家婚姻如夜云小姐已死當求緣舊彷徨夜不成一睡更無問處路行還壽州柳氏在家聞京師擾亂鄭氏子已死既見相持而哭如再生之人焉歲盡春生楊生欲復往京師求知名柳氏曰上年往京師往々危境汝年少不必功名而今不挽汝行者余又有意汝年十六無定婚處

壽州僻陋小邑豈有賢淑處女爲汝配匹吾之表妹一人姓杜氏出家爲師紫淸觀爲
道士計其年歲猶有生存最有心人城中宰相之家無不往來吾作書則以誠助之亦此
留意也楊生說華陰縣女子而多悲色柳氏嗟嘆曰雖美而無緣花固無設今生
存而無違著之道絶處而結佳緣慰我所望之心生拜受命敎行數日至於洛陽値
患雨入南門外店舍主人問曰相公欲酒耶生曰持美酒來主人持酒而來生連傾十
餘盃曰汝酒雖好非上品也主人曰小店酒無勝於此者相公若求上品之酒則城中天
津橋酒樓所賣洛陽春一斗之價千錢矣楊生思洛陽自古帝王之都天下繁華
之地吾上年取他路故不見此地景槩今不可虛度也驅驢而天津橋邊而去

楊千里酒樓托契　桂蟾月鴛被薦賢

楊生入去洛陽城中繁華盛麗如所聞洛水貫都城如鋪白錦天津橋跨水如蜺
紅朱甍碧起於空中影隨水裡儘天下第一勝地也生知其爲店主所言酒樓矣
驢進樓前金鞍駿馬塞路十分熱鬧樓上衆樂之聲自空中下來楊生疑河南

府尹設宴使書臺閭之城中諸公子會名娼翫春景云生東馳輿下驢樓前直
上樓少年十餘人與美女十餘人雜坐方傾大盃而衣冠鮮明意氣軒昂矣見生容貌
秀美齊起而揖分座相通姓名之後上座盧生者問生曰見楊兄行色正是赴擧之生
對曰如兄言矣又王生者曰楊兄既欲觀光則雖不速之客參今日之會不妨害也楊生曰
以兩兄之言觀之則諸兄今日之會非杯酒留連應是結詩社較文章矣如小弟楚國
微賤之士年幼識淺雖猶薦於鄕貫而與於諸兄之盛會似猥濫也諸人見
楊生言語恭遜且侮年少笑曰我輩非結詩社也楊兄所謂較文章則大
槩彷彿而兄既追來之人作詩亦可不作亦可姑與之飮酒因催巡盃衆樂
殺卷之
一時齊奏楊生氣目見諸娼女二十餘人皆有所執一人獨端坐容顔艷麗
眞國色也宛然如瑤池仙女乘下界楊生精神撓亂不知把酒義人亦顧見
生矣楊生見花牋題詩者多積於義人之前生向諸人言曰花牋正是諸
兄佳作可得一見乎諸人未及對義人起身持花牋亂楊生之前生上下披

閱十餘丈詩其中不無優劣生熟而大都平〻無好句唯想洛陽多才子
以此觀之虛言也送詩於義人向諸人拱手曰下土賤士不覩上国文風玩諸兄珠
玉快幸何既是時諸人皆醉洽〻大笑曰楊兄只知詩句之妙不知其中在
有妙也楊生答曰小弟蒙諸兄之愛為杯酒間忘形之友何以不言妙事
於小弟乎諸人曰言之無害也我洛陽人才聚處自前科甲洛陽居之五
非壯元則為榜眼探花我諸人暫得文字虛名自不能定〻優者彼娘子
名蟾月姓桂氏姿色歌舞非但獨步於天下詩文無不知之者文之眼如
神明以是我輩各示所作詩其中入眼者唱歌以樂之其優劣況桂娘姓
名應月中桂樹新榜壯元之吉兆亦在於此楊兄聽之此非妙事耶杜生者
曰此外又有一事〻妙桂娘所唱詩主人我等諸人圍繞送桂娘之家成巹
芳緣非此妙事耶楊兄亦男子身如有興則何不作一首詩與我爭衡乎楊
生曰諸兄佳作成已久不知桂娘唱何詩乎王生曰猶惜情懷想嬌態着〻楊[illegible]

告小弟而外人設有作一兩首詩而何敢與諸兄較才乎王生大言曰楊兄只如美女何如是無丈夫之志乎聖人曰當仁不讓於師其爭也君子但恐楊兄無作詩之才也楊兄佯為辭讓而見蟾娘容色之後不勝詩興擡眼見坐傍多少花牋抽出一幅走筆題三章詩諸人見其意思敏捷筆勢飛動十分驚訝楊生投筆顧謂諸人曰固宜請教於諸兄而今日之事即桂卿試官也恐過納券時刻亦詩於臙即臙月流秋波一見發清歌於短板一聲聲徹九霄餘響嫋空秦箏趙瑟奪其聲座上洒然變色矣詩曰

香塵欲起暮雲多 共待妙姬一曲歌 十二街頭春曉晩 楊花如雪奈愁何

花枝羞殺玉人粧 未發纖歌氣已香 下蔡陽城渾不管 只恐難得鐵爲腸

旗亭暮雪接凉州 最是王郎得意秋 千古斯文元一脉 莫教齊輩擅風流

諸人初見楊生年少謂不能作詩 勸而作之至於此楊生之詩清新俊逸

入於蟾娘之眼十分敢知其既難推讓於生亦難於失信相顧無語生見諸人之擧
起身謝曰小弟偶被諸兄之眷參於盛會幸何盡言行色甚忙不得終日而陪他
日曲江宴以盡餘情遂下樓而去諸人不挽也生方跨驢而蟾月追來謂生曰橋南粉樓
外櫻桃花勝開之家即妾之家也郎君先往而待妾還即上樓蟾月謂諸生曰諸相
公不以妾卑鄙以歌曲卜今夜之緣今將何爲諸生議論曰楊哥本局外人將何爲擱
雖如是爲言而諸人各有志於蟾月無定論蟾月曰人而無信不知其可也座盡娛
樂不爲不足諸相公以盡餘興妾適有病不能陪歡諸生既有前約不挽也楊生歸
城南酒店移行李來夕往蟾月之家明燭堂上而待楊生兩人相對其喜可知也蟾娘滿
酌香酒於玉杯唱金縷衣之歌而勸酒嬌態柔情斷人之腸然相攜而就寢席
雖巫山之夢洛水之逢不過此也夜半蟾月曰妾之終身大事托於郎君聞妾之
情事妾本蘇州人父爲此土驛丞不幸客死他鄉家貧而故山遠無送葬之策
繼母受百金賣我於娼家忍辱而至於此意天之憐而一朝逢君子見天日也妾之

樓前去長安之大路車馬之聲晝夜不絶雖不躡顚於妾之門外于三年當聞
過人如雲不見行徘於郞君者郞君不以妾爲鄙則雖爲郞君汲水炊飯之婢
必也從之郞君之意何如楊生曰我之情何異於桂娘但我是貧賤秀才而堂上
有老親與桂卿偕老似違親意具妻妾則非桂卿之樂又求之天下恐難得
爲桂卿女君之女子也蟾月曰郞君是何言也今天下才人無郞君之右者莫說
新榜壯元丞相印綬大將節鉞不久而至天下美人誰不欲從郞君耶蟾月寧
有一毫專寵之意乎郞君娶賢夫人於高門之後賴不棄賤妾也請自今日
潔身俟命矣楊生曰去年吾嘗華州而偶然逢見秦家女子其容色才氣當與桂卿
爲兄弟而其人已亡使我於何求淑女乎蟾娘曰郞君所言是秦御史女子也御史
曾爲此地官秦娘子與妾相愛此娘子有卓文君之才貌郞君之當情不爲過望
爲厥事請求他家楊生曰自古絶色佳人不世而出一時有秦女及桂卿兩人天地
精英之氣幾乎盡矣蟾月大笑曰郞君之言如井底蛙也妾姑以我娼妓中公論告

子郎君今天下有青樓三絶之語江南萬玉燕河南狄驚鴻洛陽桂蟾月蟾月
即妾也妾儻偉獨得虛名而驚鴻玉燕當代絶色天下豈無美色也生曰吾意彼
兩人猥與桂卿齊名也蟾娘曰玉燕地遠不相見而南來之人無不稱贊决非虛名
驚鴻與妾如兄弟之友也彼之一生本末使郎君知之驚鴻貝州地良家女子父母早
死依於叔母十四歲容貌美麗有名於河北近處之人欲爲妻妾中媒盈門驚鴻
謂其叔母大都斥退衆媒婆問於驚鴻曰姑娘東推西却無一許處如何而合於姑
娘之志乎欲爲宰相之妾乎欲爲節度使之妾乎欲從名士乎驚鴻答曰若如晉
時携妓之謝安石則爲宰相之妾如三國時顧曲之周公瑾則爲將帥之妾如玄宗
朝醉中献清平調之李太白則從名士如漢時綠綺琴彈鳳凰曲之司馬相如則從儒
士何必預定乎媒婆大笑而退驚鴻自料窮鄉女子難於求人唯娼女多見英
雄豪傑謂可從心而捷自賣於娼家未及一二年聲名大起上年秋山東河北十
二州刺使會鄴都大宴驚鴻舞一曲霓裳座中數百美人奪其色宴罷

獨上銅雀臺帶月色徘徊而古見者咸疑以神仙何獨於閨閣中無人乎鸞鴻嘗
與妾會於汴州相國寺論情懷而彼此如遇滿願之男子則互相薦引謂與同居矣妾
今逢郎君所望足矣而鸞鴻則不幸入於山東諸侯宮中雖富貴非願其也楊生曰
青樓中有許多美色而閨閣則似無矣蟾娘曰妾之目所見無如秦娘子不敢薦
於郎君而每聞長安人言鄭司徒女子容色才德當今女子中第一云郎君往京師
須有意搜問也如是問答日已明矣兩人起罷梳洗蟾娘謂生曰此處非郎君久留
之地昨日諸公子之意殊怏怏恐有不利宜早行矣前頭奉陪為日尚多何必作兒
情女兒之態乎生謝曰所教如金石當鏤心中兩人淚洒分手而行

倩女冠鄭府遇知音　老司徒金榜擇快婿

楊生行多日至京師定舍館料日尚遠詣紫清觀云在明春門外具禮段然見杜鍊
師年可六十而有戒行為紫清觀首女冠矣禮畢獻母親書札乃問安否且悲咽
吾別令堂姐姐二十年後生之人如是軒昂人間歲月真如水矣我年老厭煩當歸近欲

入崆峒山尋神仙矣姐姐既有所托之言當爲楊郎勢留而楊郎風采若是神仙
中人當今女子中似無配匹之人然老身當從容思之有暇則更來也生科期已迫無
心於科業而數日後見錬師錬師笑曰有處一子論其才貌真楊郎之配而但其家門
楣太高五世公侯世世丞相楊郎若爲新榜及第則議此婚事而其前言之無益
無爲頻來見老身但務科業楊生曰何人之家也錬師答曰春明門內鄭司徒家
朱門臨道設棨戟門者即其家也生心知蟾月所稱女子暗謂何幸女子如是
得名於兩京之間乎問曰鄭氏女子師父嘗見之否錬師曰何以不見鄭小姐天人也何
可形容乎生曰小子非自誇也今春之科小子囊中之物而平生有一癡願不見處子
之色則不爲求婚師父慈悲使小子得一見之錬師大笑曰宰相家處子豈有相
見之理乎楊郎疑老身之言不誠耶生曰小子何敢生疑但人之好尚各異師父之
眼何以與小子同乎錬師曰無此理鳳凰麒麟人皆知其瑞若非無目之人寧不
知子都之麗乎楊生猶未快而歸翼(翌)日早起又往紫淸觀錬師笑曰楊郎

早晩必有故也生答曰不見鄭小姐則小子終有疑心師父念我母親之情託謀敎
以某路使暫見也鍊師答曰不易哉〻〻良久而思曰楊郎聰明穎悟或知學文
之暇亦通音律否生答曰小子曾遇異人暫識樂曲矣鍊師曰宰相之高門五
層花園之墻數丈無窺見之道鄭小姐讀書習禮一動一靜不尙道觀尼院不爲
焚香三月三日不遊曲江外人有何逢見之道乎唯有一事可望而恐非楊郎之樂
聞也生曰苟見鄭小姐則何以不從乎鍊師曰鄭司徒近因病休官寄興於園林
鐘鼓司徒夫人崔氏性喜音樂小姐生性聰敏天下所之事無不知之而精通音律
古之師襄子期不能過也蔡文姬之識斷絃不足奇也崔夫人聞有新曲
之人則必邀去而曲調之高下工拙與好否使小姐一〻評論倚几而聽以此消暮
景吾意則楊郎誠通音律習一兩曲而待三月晦日即靈府道君誕日自鄭府
年〻使老成婢子送香燭我觀中楊郎此時暫爲女冠之服而彈琴使彼聽之則女
歸告夫人〻〻聞之則必請之入鄭府之後小姐無見與不見係於因緣不可預定而此

外無他計況楊生容貌美麗未生鬚我出家之人不棄家庭不守身變服似不難也
楊生大悅謝曰謹依命矣盖鄭司徒無他子女唯有小姐一人夫人臨産精神昏困之際見
一娥仙持一箇明珠入房而生小姐名瓊貝容貌才德非如世上人難於對己及笄年而無定
婚處矣一日夫人招小姐乳母錢媼數橋亭曰今日道君誕日汝持香燭往來觀紫清觀顧衣服之
需及茶果與杜鍊師錢媼乘轎領許多物而往紫清觀杜鍊師受香燭供養於清殿
又受衣服茶果而設齋待錢媼出山門外送之錢媼將乘轎忽聞三清殿西邊月廊内
琴聲之清彷彿不忍去久聞而愈好謂鍊師曰吾侍夫人多聞有名之琴而此則未聞不知
何如人否鍊師答曰數日前自楚之地年少女冠爲賞京師來此留滯時或彈琴而吾則不
知工拙矣媽媽之讚之必善手也錢媽曰我夫人聞之則必召之須止不使他出再三叩囑而去
鍊師既送錢媼言此於楊生而苦待好消息翌日自鄭府送素轎一乘侍婢一人請彈
琴女子楊生爲女道士巾服抱琴出立飄然如麻姑仙子謝自然鄭府來人無不稱
贊矣楊生上轎子往鄭府侍婢引入重門進中堂威儀端嚴楊生女叩頭堂下而謁矣

人賤座堂上曰昨日家內婢子往觀中聞仙樂而還言思一見之今幸鍊師肯臨儀頓
消鄙吝之心矣楊生避席答曰貧道吳楚之人如雲之蹤行無定處曰偶然不意
得見於夫人也夫人曰師父所彈何曲調耶楊女答曰貧道曾於藍田山中遇異人傳
許多曲調也皆古人之聲而似不合今人也夫人使侍婢持來楊生之琴而見之曰良材
也楊生曰此龍門山下斫於霹靂之百年梧桐也本性盡而堅如金石雖千金不可易也如
是閔蒼而小姐不出來楊生心悶告于夫人曰雖傳古聲而不能自信其無差來紫清
觀閨之小姐聰明英慧知音過於文姬願效賤才而得聞教也夫人使小姐出來番風
引佩玉聲而偶坐於夫人之傍乃定睛望見太陽擅耳於朝蓮花橫於水眼眩神慌不可測
也楊生嫌其坐遠欲近見而請於夫人曰貧道請教於小姐而堂上廣闊恐不得仔
細夫人命侍女進鍊師之座侍女移席更近夫人而直之不遠小姐之座而當其隅
不如遠見生甚恨而不敢更請矣乃設楊生之床而焚香金炉生引琴奏霓裳
羽衣小姐贊之曰美哉此聲宛然見天寶太平氣像矣此曲雖人人奏之未聞如是

盡善盡美也雖然此乃世俗之彈願聞古調楊生更彈一曲小姐曰此曲美矣樂而
淫哀而過陳後主玉樹後庭花也此亡國之彈欲聞其他楊生更彈一曲小姐曰美哉
此曲如喜如悲如思昔蔡文姬被虜於胡而生子曹操贖還故鄉別其子而依胡笳
十八拍之曲此正其曲也彈雖可聽而失節之婦可羞請奏他曲生又彈一曲小姐曰此王
昭君出塞曲也眷念君王思念故鄉悲身勢而怨畫工之不公許多不平之意聚
於一曲胡女邊彈似非正彈也生又彈一曲小姐變曰吾未嘗聞此師父非凡人也此曲英
雄不遇時而寓心物外放蕩之中含得忠義之氣此非嵇中散廣陵散耶嵇康
禍死於東市顧見日色而彈一曲曰袁孝尼謂我教廣陵散惜而不傳令廣陵
散絶矣師父應見嵇康之魂也楊生避席答曰小姐之英慧師襄不及也貧道
聞於師亦以此言之矣生又彈一曲小姐曰美哉此曲高山峩峩流水洋洋神仙之跡超出
塵世此非伯牙水仙操耶伯牙之魂有知則不恨鍾子期之死也楊生更焚香金炉
又彈一曲小姐斂容曰聖人當亂世遑遑之欲拯百姓非孔宣父誰能作此曲此正

猗蘭操也楊生又彈一曲小姐曰戲者猗蘭操雖大聖人棲遑天下之盛德而猶未遇時
矣此曲與天地萬物爲春巍〻蕩〻不可爲名此帝舜南薰曲也至高至美更無高彈
雖有他曲聽止矣生復坐曰貧道聞之樂調九變則天仙下來俄奏者纔八而猶有一曲
更拂琴而調絃曲調悠揚駘氣駘蕩庭前百花一時綻苞燕〻鶯〻飛〻舞小姐舉
眉下低秋波不收久而無言便斂次捏眼見楊生而玉頰紅氣如醉春酒天然起身而入
向生愕然推琴起立久未定精夫人使之坐而問曰師父才彈之操此何曲也生曰貧道雖傳
操於師而名不傳故正待小姐之教也小姐久不出來夫人使侍女問之還踊風氣不平不
能出來楊生乃疑小姐見得不能久坐而辭曰小姐貴體不平云貧道請退去夫人出金帛
賞賜生不受曰出家之人偶解音律而何敢受樂工之價頭乎叩頭而辭飄然而去矣
夫人問小姐之病謂已安故寢房問侍女曰春娘之病今日何如侍女對曰病已差聞小
姐聽琴今日始梳洗矣蓋春娘姓賈氏本西蜀人也其父來京師爲吏最有功於鄭司
徒家病死之後其女兒十歲無依司徒夫妻矜憫置之府中使與小姐遊年差小姐以月

而容貌秀麗具多般美態端莊貴相不及小姐而亦一絶代佳人詩才筆法女工之巧具
小姐上下小姐愛若同氣暫時不離名奴(雖)主宗閨中朋友此女子本名楚雲而小姐
因其多態度取韓吏部詩句改名春雲家內之人謂之春娘矣此日春雲見小姐曰
彈琴女冠來中堂貌如神仙所彈樂調小姐稱賛云故忘病而欲出見何其遽去也小姐
變色曰吾一生愛身如玉足跡不及中門親戚無見面者春娘之所知也一朝見難(洗)之辱於
奸詐之人何以對人乎春娘驚曰是何言也小姐(曰)俄來女冠容貌秀美所彈之曲皆世上
所無而但云而止言春雲曰但如何小姐曰初奏霓裳曲次次以上彈帝舜南風歌吾
一一評論引季札之言請止則彼謂有一曲而奏新聲此即司馬相如調戲卓文君之
鳳求凰也吾始有意視之容貌柔止異於女子應是奸人欲窺春色而變服所恨者
春娘在則初應見渭也吾已閨中女子對男子以言語酬酌何以有此之事乎不忍告于
母親非春娘則陳此苦懷於誰也春娘笑曰相如之鳳凰曲女子不可彈乎小姐見杯中
弓影也小姐曰不然此人之奏曲皆有次序若無心而奏則何以彈鳳凰曲於末終乎況

女子[illegible]容貌有清麗者有壯者而未見如此人之氣像豪爽者也吾意方今科期已迫四方才子
多聚京師其中有聞吾之名而生妾命者也春雲曰此人若男子則容貌既美氣像豪爽
音律精通可知其不無才也此安知非真司馬相如耶小姐曰彼雖相如吾則決不爲文君
也春雲曰文君有意而從小姐無心而聽何嘗比小姐於文君乎兩人終日談笑自若矣一日小姐
侍夫人而坐司徒入來示新出科榜於夫人曰女兒婚事至今未定新榜及第中擬有佳
人矣姓名楊少遊淮南人年十六所製之詩諸試官無不稱贊必當今才子吾聞容貌
秀美未及娶妻云謂此爲女婿則吾意足矣夫人曰雖然見其貌而可定司徒曰此
亦不難也

詠花鞋透露懷春心 幻仙庄成就小星緣

小姐還入房語司徒之言於春雲曰曩日彈琴之人自謂楚人而年歲正似十六七准南壁
地年紀相當吾窠不無疑此若其人必來吾家汝仔細見之春雲曰吾未見其人何以知之
春雲之意小姐窺見於靑瑣內似應知之矣兩人相視而笑此時楊少遊連捷會試
殿試壯元入於翰林院聲名傾於京師公侯貴戚有女之家求婚者如雲而皆却之陞

見禮部權侍郎而受鄭司徒家求婚書納于袖而來見司徒擲桂花於雲髮與攤仙樂
左右到鄭門司徒顧見夫人曰楊壯元來矣請於後堂相見府中之人小姐一人外無
不見也春雲謂夫人侍者曰聞老爺與夫人酬酢之言前日來府中彈琴女冠即
新橋之表妹云不知容貌有彷彿處耶侍婢曰果然是矣世上中表兄弟有相肖者
矣春雲即言於小姐曰小姐明鑑果然不差小姐曰更進聞所言而來去良久而來曰
我老爺爲小姐爲求婚之言楊壯元起拜曰晩生來京師聞令愛小姐之窈窕幽閑便
生妄意受來座師權侍郎書而顧門戶之不敵如青雲濁水人品之不同如鳳凰烏
鵲慚愧踧踖不敢呈上回自袖出書而進老爺閱見大喜方催酒饌矣小姐大驚曰
大事何太容易爲之乎此際夫人使侍婢召之小姐承命而進夫人曰楊壯元真才子也
汝父親已定婚我老妻永得依托之所更無憂矣小姐曰聞侍婢之言楊壯元之容
貌彷彿曩日彈琴女子云信乎夫人曰正是矣女冠之仙風道骨超出世上吾未能忘更
欲使人邀之多事未果楊壯元容貌宛然不殊以此可知楊壯元美也小姐曰楊壯元雖

美小女與彼有嫌婚姻似不宜矣夫人曰此甚可異女兒深閨處子楊郎淮南人無相干預有何嫌乎小姐曰小女之事有所慚愧不忍白于母親矣前日女冠即楊壯元變服彈琴欲見小女之容也小女陷於奸計半日相接何謂無嫌乎夫人愕然司徒送楊壯元喜色溢於兩眉入來曰女兒汝今日有登龍之喜此最快也夫人曰女兒之意異乎吾夫妻因傳小姐之言司徒更問於小姐而聞鳳凰曲之說司徒花喜大笑曰楊郎真風流才子也昔王維學士爲樂工之服往太平公主家彈琵琶而求壯元及第至今傳以美事楊郎爲求淑女暫爲女服此正多情才子遊戲之事有何害也况女子知彼以女子尤異於卓文君之青瑣窺見有何嫌乎小姐曰小女心雖無愧恨其見瞞於人也司徒大笑曰非我所知他日問於楊郎也夫人曰楊郎婚期定於何時乎司徒曰納采從速爲之親事秋後待大夫人云矣司徒擇吉日受楊壯元之采幣此後楊郎來居鄭家別堂行女婿之禮矣鄭小姐一日過春雲寢房見春雲方繡鞋子困春氣憑繡機而眠入房見有中紙題字稍深方勝者披覽則雲之詠繡鞋者也詩曰

憐渠歲得玉人親 步步相隨不暫捨 㡠減羅帷解帶時 終須抛擲床象下

中姻見棄念春郞之辭益長進矣此鞋於渠玉人謂我而常時不離我之從人謂當棄渠

春娘愛我矣見更而笑曰春娘擬共針我之寢床欲與我同事一人也此兒心動矣不與起

春娘而上堂上見夫人夫人方指揮楊翰林年饌小姐曰楊翰林來吾家之後以指揮衣食

貽勞亦多而當代勞而似不可於人情春雲年已長成足以幹事吾意則送春雲於園花

看檢翰林內事似可矣夫人曰雲之才質何遽不宜而其父又有功勞於吾家渠之爲人又秀出

於他相公每欲爲之求賢也若從女兒似非渠之願矣小姐曰渠之意欲不離小女也夫人

曰從嫁之事人家例有而春雲才貌出衆與之偕行似不宜矣小姐笑曰楊生遠方十六歲

書生携三尺琴來宰相家深深中堂調戲閨中處子如許氣像他日擅承相府則郞

細有哉春雲乎 如是閒茶之際司徒入來而坐夫人道小姐之意又曰吾意則十分不宜婚

姻前送美妾尤似不可矣司徒曰春雲才貌與女兒行拂且相愛不似相離爲宜既與同

歸則先後何關送春雲慰楊郞之寂寞無不可而無端送之則太早以備禮則不當

於婚姻前何以則為好乎小姐曰小女之意則假春娘之身欲雪小女之恥使十三兒如是如是行事也司徒大笑曰此計最好矣司徒諸姪中十三郎者最賢而豪爽善戲謔楊翰林最相愛矣小姐來房中謂春雲曰吾與春娘頭髮未總之時爭花枝而終日啼矣吾乃已受他家禮幣亦知春娘之不稚也終身大事忖度於心者久矣不知欲從何人乎春娘曰賤妾無報恩於娘子之道雖欲沒身侍小姐也小姐曰吾固知春郎之情吾今與春郎有議論之事楊郎以琴曲相瞞難洗之羞也非春娘則無可雪之道吾家山莊在於終南山深深谷雖城外咫尺之地而景槩之幽邃非如人間借此地假春娘之花燭而與十三兒如是如是則可瞞楊郎春娘無辭避勞令春娘曰小姐何命敢不從但恐他日難於承顔也小姐曰欺人之可羞詎不愈見欺於人耶春娘許諾楊翰林院素閑暇閣中真而出則楊翰林有與朋友醉於酒樓之時有游城外訪花柳之時一日鄭十三謂生曰城南不遠之地有山水絶勝處吾輩當往一遊遂佩酒壺行十餘里臨清溪披松林而傳杯此時春夏之間山花亂落從水而下宛然如武陵桃源鄭生曰此水從紫閣峰下來自此上去十餘

里有異地花發月明之時則出仙樂之聲云吾未嘗見當與兄共訪也楊生風度豪
自好奇聞此言大悦忽鄭十三家僮急來曰吾家娘子有病患請郎君矣鄭生忽
遽以起曰固辭與兄訪仙境因家累而不成中第之無仙分可知也忽々歸去楊生雖孤單
興猶不衰從流水而漸入景槩益奇絶忽見水上浮下桂葉上有題詩者使書僮拯取
而見詩曰仙尨雲外吠倘是阮郎來生異之念此上山豈有人家此詩豈尋常之詩乎
益復深入書童曰日已晩不能歸城中生不聽又行十里日已暮趁月色而往不得宿所
始有蒼黃之意忽見十餘歲青衣女童洗衣水邊見生而急々回去曰娘子郎君來矣
生異之進數十步山回而一小亭臨于溪水極甚精洒一女子帶月而立於碧桃花下見生深
々作禮曰楊郎何其晩來也生見其女子身着紅綃衣頭插翡翠簪腰佩白玉珮
嬋娟標緻眞神仙矣遑忙答禮曰小生塵間俗子本無月下之約而仙娘責其晩來
何也美人曰請往亭上從容陳辭引生進亭子分主客坐女童進酒美人歎曰欲說
故事助人之悲矣妾本瑤池王母侍女郎君即上清仙子玉帝命朝於王母偶見妾而以仙

界相戲王母怒白上帝 郎君墮人間 妾謫此山中今已限滿將往瑤池而又欲見郎君之容
而說欲情故乃於仙官退一月之限妾因知郎君之今日來也此時月高河傾夜將深矣
相携就寢席如劉阮入天台山遇仙子恍惚不可形容矣兩人恩情未足山鳥喧嘩東方
動色美人起謂生曰妾今日當赴瑤池仙官持幢節而來郎君不先起則彼此俱有過題
離別之詩於羅巾而贈生詩曰
相逢花滿天 相別花在水 春光如夢中 流水杳千里
楊生裂汗衫題一詩而贈曰
天風吹玉珮 白雲何離離 巫山他夜雨 願濕襄王衣
美人再三促行相與揮淚而下山回望宿處曉雲籠於萬壑恍然如瑤臺一夕矣楊
翰林旣來之後念仙女雖謂滿謫限故天上而安知今日必往吾若暫留山中隱身
見仙官來迎而後下來亦未晩耶此日終宵不成眠早起不告於他人獨與書童話
紫閣之路至於逢見仙女處桃花流水景致宛然虛亭寂寞了無人跡終〻惆

徘徊洒淚而歸數日後鄭十三見楊生曰曩日以割人之病與兄不共遊至今有恨遺即
今桃花雖落城南柳陰正好當與兄昕畢焉矣兩人並馬出城擇林深處班荊而坐相
與傳盃生擧目見荒原之上古塚半頹而左右多植花柳生嗟嘆曰人生終歸于彼生時
何不醉乎鄭生曰兄不知此墳歟此即張女娘之墓也女娘生時容貌絶世死於二十人甚
悲之埋于此地種以花柳吾輩當洒酒於女娘之墳以慰芳魂楊生(自是)多情君子也與鄭生就
墳洒酒吊問古事作詩清詠矣鄭生便於墳頹處得出白羅題詩者曰何許無事人作詩
納於女娘之墓乎楊生見之即渠之裂衣汗衫贈仙女之詩也心中大驚念元來女娘之魂稱以
仙女與我相見也心甚不平頭髮竦然更念其貌美如彼情多如彼其仙其鬼何須辨
也乘鄭生起旋之時擧酒更洒以祝曰雖幽明道殊情則無間惟望今夜相會矣
畢與鄭生因故此日楊翰林於花園至夜深而思仙女不能睡樹影滿窓月色朦朧
之中似有人跡之聲闖牕而見林間一美人淡粧立於月下仔細見之則正是紫閣峰相
逢仙女也情不能勝起而携手請與入房女子辭曰吾之根脚郎君已知郎君特無

厭惡之心乎妾初逢郎君之時當以寔告而慮郎君之恐懼假托神仙侍一夜寢席妾
之榮華已極枯骨將不朽矣郎君今日枉顧妾家㴱酒而慰孤魂妾不勝感激一番見
形以示謝意而已何敢以幽陰陋質復近君子乎一之已甚何敢再乎厭惡鬼神者世
俗癡人人爲鬼復爲人何以辨彼此吾情如此君何忍棄之女子曰吾何以棄郎君乎郎
君見妾之眉青頰紅而眷戀意此皆假飾而與生人相接也郎君欲知妾眞面目則白骨
數尼凝青苔而已何忍以貴體近之乎楊生曰佛言人身以地水火風假借而成所知誰
眞誰假推乃其女子就寢復席而共夜恩情加於前矣生問曰從此可以夜夜會乎女子對
曰鬼與人相接惟在情誠郎君若念妾則妾何敢不托於郎君乎聞鍾聲而起身
天然入花林深處而去矣

賈春雲爲仙爲鬼　狄驚鴻乍陰乍陽

生自逢神女之後不尋朋友靜處花園專一其心望其更遇矣花園門外馬蹄聲出
二人入來前來鄭十三也引後來之人見生曰此師父太極宮杜眞人相法與古袁天綱齊

淳風一類人爲問楊兄之相而其之來矣楊生向眞人曰久聞高名而無緣遅逢也先生似詳視鄭兄之相果如何鄭生曰先生見小弟以爲三年內爲及第爲八州刺史云於弟足矣此先生無錯言之時試問之楊生曰君子不問福而問災殃先生直言之眞人熟視良久曰楊先生眉甚秀向鳳鬢其應廿三台耳郭如珠白似傅粉名聞天下權骨滿面執兵威權鎭四夷封侯萬里百事無欠矣雖然目前有横死之厄如不遇我則危矣楊生曰人之吉凶禍福各由於其人之所行而惟疾病不能如心倘有何採重病耶眞人曰此非尋常災厄青色貫天庭邪氣侵明堂相公倘或有來歷不分明婺婢卧之家內者耶楊生心知張女娘之祟而蔽於情答無驚動之意答曰無此事也眞人曰然則倘入於久遠神廟心有感動或夢中有與鬼神相接之事耶生曰無此事也鄭生曰杜先生曾無錯言須細思也楊生不答眞人曰人以陽明成身鬼以幽陰成質如水火之不相容今鬼氣入於相公之身三日後入於骨髓則相公之命恐不久矣此時貧道不曾說來也翰林念之曰眞人之言雖有所據女娘與我永好之盟固矣相愛之情至矣夫豈有害吾之理乎楚懷

遇神女而同席 柳春香鬼妻而生子 從古亦然 我獨何慮 乃謂真人曰 人之死生壽夭皆定於
有生之初 我苟有將相富貴之相 鬼神其於我何 真人曰 夭亦相也 壽亦相也 無其於我矣
乃拂袖而去 翰林亦不強留焉 鄭生慰之曰 楊兄自是吉人 神明必有所護 何鬼之可慮乎 此流注々
以誕術動人 其可惡也 乃進酒 終夕大醉而散 是日 翰林至夜分乃醒 焚香正坐 待女郎之來 至夜
三更 杳無形跡 翰林拍案曰 天欲曙矣 娘何不來 欲滅燭而寢矣 窓外忽有且啼且語之聲
矣 細聽之則乃女娘也 曰 郎君以妖道士之符藏於頭上 妾不敢近前 妾雖知非郎君欲逐賤
妾之本意 是亦前緣盡而魔妖戲也 惟望郎君萬歲保重 妾從此永決矣 翰林大驚而起
推戶而視之 已無人形 而只有一封書在於階下 乃拆見之 則即女娘之所題別詩也 其詩曰
昔訪佳期躡彩雲 更將清酌酹荒墳 深誠不效恩先絶 不怨郎君怨鄭君
翰林一吟一啼 焉焦燥 且恨且怒 以手撫頭 有一物在於總髮之間 出而披見 乃逐鬼符也 大
怒曰 此妖人誤我事也 遂裂破其符 痛恚益切 更把女娘之詩微吟一度 大悟曰 女娘之怨
鄭君亦甚矣 此乃鄭十三之事也 雖非惡意 沮敗好事 非道士之妖也 乃鄭生也 吾必得之遂次

女娘之韻作一首藏於橐中而歎曰詩雖成矣誰可贈乎其詩曰

冷然風馭上神云 莫道芳魂辭故墳 園裡百花花底月 故人何處不思君

達明往鄭十三家鄭生出去矣又三日往尋終未一遇女娘影響杳渺邈矣欲訪於紫閣
亡亭則精靈已歸欲尋於南郊之墓音容難接無處可問無計可施折塞牙齡
寢食頓減矣一日司徒夫妻置酒饌邀翰林討穩而飛觴矣司徒曰楊郎神觀近何甚瘁
耶翰林曰與鄭十三連日過飲因此而然矣鄭生忽來到翰林以怒目視之不與語鄭生先問曰兄近來職
事倥傯耶宿第不便耶睽阻之情若是耶飲酒疾作耶貌何憔也神何索耶翰林微答曰浪遊之人安得

不能司徒問於生曰家內婢僕之言楊郎與女子話於花園此言是否答曰花園豈有往來之人
傳者誤矣鄭生曰兄勿隱諱兄防遮杜眞人之言而亂動殊常故吾果以眞人之符藏於兄
之髮善閒隱於花園林中而見一鬼哭於兄之牕外而去兄不謝我而有怒色何也楊生知其難諱
向司徒而言曰此誠吾恠盡告岳長矣以逢女子之說一一俱言且曰十三兄之事知其愛我而
張女娘雖鬼多柔婉之情無害人之理而祀以恠符使不得來寀不能無恨也司徒大笑
曰楊文彩如宋玉應作神女賦矣老夫不瞞楊郎少時偶夆道術能致鬼神令爲楊郎
招張女娘之魂矣以麈尾打屛風曰張女郎安在忽自屛後一女子飄然出來含笑而立於夫
人之後楊生見之疑然女娘也以眼見司徒及鄭生久而言曰人耶鬼耶鬼何以見於白晝乎司
徒及夫人不耐笑鄭生絶倒不起矣司徒曰老夫今爲宗話矣此女子非仙非鬼而吾家貰
氏女子名春雲近日楊郎於老夫之花園甚孤寂故使貰女往侍本吾老夫妻好意而少
兒輩從間相戲疫惱楊郎之心矣鄭生大笑曰前後再次指路皆我爲之而不謝良媒
反以爲仇讎矣楊兄眞愚人也楊生亦大笑曰岳丈送彼女子於我鄭兄有中間操弄之罪而已

有何俗乎鄭生曰吾鈙有採戲也司徒曰我頭髮已黃豈為兒時授擔之事乎楊生謂主
曰非兒之事而又何人欺也第乎十三曰聖人云出乎爾者反乎爾楊兄自思欺何人乎男裝媚
為女人女人之妾為兒豈其異哉楊生悅然覺悟大笑曰是矣是矣向夫人謝曰小子有得罪於
令愛小姐之事果不忘睚眦之態也司徒夫人大笑楊生謂春娘曰春娘聞慧質而欲事人而
先欺之在婦道何如春雲答曰只聞將軍之令不聞天子之詔楊生曰若神女朝為雲暮為
雨今春娘朝為仙暮為鬼是可敵也強兵無弱將裨將如此大將可知矣是日諸人
娛樂終日取醉春雲以新人參於末席日暮執燭侍楊生歸花園楊翰林得由朝
庭欲舉來柳氏夫人此時国家多事吐蕃擾邊河北三節度自稱燕王魏王趙王韋
猴朝廷天子患之會百官議征伐三鎮滿庭諸臣皆無定策翰林楊少遊曰當下
詔開諭如漢文帝制南越不降則可以伐天子是之使楊翰林草詔於御前文辭
水湧揮毫如風頃刻之間奉獻於香案龍顏大悅曰此文威惠并行大得王言之
體狂寇必屈服矣詔下趙魏兩国見詔畏服去王號上表謝罪各貢羅一萬

馬一千疋惟燕王恃地遠兵强而不降矣上召楊翰林廣與之曰河北三鎭不順朝廷者
百年德宗皇帝以十萬兵征伐而出不挫摧卿以尺紙文使兩國之降過於十萬軍
矣以羅三千疋馬五十疋賞賜將欲尊其官楊翰林辭讓曰燕國猶未服從臣以何心
受陞擢之命乎願得一枝兵就行陣以死報國上壯其志問于大臣衆曰當使楊少遊
聞諭以利害猶拒逆則以兵伐之上是之命以楊少遊充使臣持節進去燕國翰林退
見刃徒司徒曰藩鎭驕慢拒逆朝廷久矣楊郎以一介書生入不測之地若意外之患
豈不爲一身之憂乎我雖不參朝論欲上疏爭之生止之曰岳丈勿慮也藩鎭作
亂乘東朝廷政亂而致然也今朝廷淸明天子神武趙魏二國旣歸順孤燕何能爲乎小
子今行決不辱國即日治發春雲辭翰林之衣而泣曰相國每宿玉堂之時妾早起衷衾
襪奉朝袍着相公之際頻顧妾而有眷戀之色今當萬里之別何無一語也生大笑
曰大丈夫當國事何以顧私春娘無用傷懷以銷花色好侍小姐以待吾成功翰林行之日至
洛陽先以十六歲書生布衣蹇驢過此地矣一年之間達玉節駟馬洛陽縣令治道

河南道府尹前光采照耀於一路現光之人謂如神仙矣翰林使童書訪蟾娘消息其家封鎖已久村人云蟾娘去年春遠方相公來宿而去後有病不接客官家之宴累招不赴佯狂而著道士之服無定處而行不知所在云書童回報翰林怊悵不已此日宿客館府尹極擇娼女十餘人餙以珠玉使侍賓見於天津樓者亦在其中翰林不顧而臨行題一首詩壁上詩曰

雨過天津柳色新　風光宛似去年春　可憐駟馬敀囊遲　不見當樓如玉人

摟筆上車而行諸娼大慚謄詩示府尹府尹閱于众娼而知翰林爲音處揭榜求蟾月擬待翰林之敀時矣翰林至燕遠地之余曾見如此風采過去之處挾東塞道威風大振矣時與燕王相見盛言大唐威德開諭利害言辭滔滔如翻波濤燕王乞乞屈心服即修表文去王號而請敀順矣燕王設宴餞行贐黃金千兩名馬十匹却不受離燕西敀行十餘日抵邯鄲之地有少年匹馬怖洋見使行在後避路而立翰林遠見曰彼馬正駿馬也及見少年容皃秀美如潘岳雖衛玠之清不能過也

翰林念吾周行兩京未見如此美少年或有才之人也公何從者請少年來前路翰林
到驛館少年追來入見翰林大悅問曰路上偶見潘郎之風采便生相愛之意而惟恐
不我顧也今也不棄幸何盡言願聞賢兄姓名少年對曰小生北方人姓狄名伯鸞
生長窮鄉無師友文武俱不能成而一尺之心猶欲為知己而死今相公過河北威如雷霆
患如陽春故不自度其無才而托於門下欲充鷄鳴犬吠之數矣蒙相公俯察而辱召
不勝感幸翰林大喜曰同聲相應同氣相求兩志既同大快之事也此後與狄生并轡而
行忘遠行之苦抵洛陽過天津酒樓追憶昔遊不能勝情樓上珠簾捲處一女子倚闌
而翰林稀覩則正是蟾月也欣悅而已未可與言既到客館蟾月已來待矣且喜且悲話
別之後事曰相公離去後公子王孫之會太守縣令之宴東困西侵遭患甚多受辱不少哉
疑托疾僅免其招避城中而棲山谷前月謂相公作思念妾之詩而縣令相公親來妾所
謝前日而請懇懃飲于舊舍妾始知女子之身亦尊重也天津樓上望相公之行何人不
稱桂蟾月之八字乎相公為壯元及第翰林學士妾已知之而不知娶夫人乎翰林道與

鄭小姐定婚四雖未及花燭相見而小姐才色如蟾月之言良媒之恩何以盡報乎翰林是
日與蟾月陳設旧篤不休即雖留一兩日翰林過蟾娘之後連日不見狄生書室里潛調翰林
曰狄秀才非善人也與蟾娘子相戲於無人處蟾娘子既從相公則當與前異何敢無禮
乎翰林似不然蟾娘則在無疑汝誤見也書童快〻而退不久書童復來曰相公以小人為
虛而兩人方相戲見之則可知也翰林從書童而往見兩人隔小墻戲笑執手而在翰林漸
〻近往欲聞其〻言狄生驚走蟾月見翰林頗有慚色翰林問曰狄生前日相親耶蟾月
曰否狄生妹子與妾親故問消息矣妾長於娼樓不知遠男女之嫌而携手密言致
相公之疑妾罪萬死翰林曰吾無疑蟾娘爾無嫌也因思狄生年少必難於見我當召而
慰之使人請之不知所之翰林大悔曰昔楚莊王絕纓而掩臣下之罪吾則深察暗昧之事
而失佳士自責何及使從者四索而是夜蟾娘話旧遽傾數杯滅燭就寢恩情益繾
綣矣朝陽照東窓後翰林始舉頭視之蟾娘先起對鏡調脂粉而忽見異於蟾娘
驚起詳見則綠眉青眼雲鬢花頰細腰弱態似蟾娘而亦非蟾娘也翰林大驚

不能測矣
金鸞直學士吹玉簫　蓬萊殿宮娥乞佳句
翰林悉問曰美人何人也美人答曰妾貝州人姓名狄驚鴻本與蟾娘爲兄弟昨夜蟾娘
出謂妾曰身適有病不能侍相公代我身無使有罪見瞞於蟾娘至於此矣忽蟾娘
自外入來賀翰林曰賀於相公之得新人也前日薦狄驚鴻妾言何如翰林曰見面愈
於聞名也便思驚鴻貌類狄生問曰狄生盖鴻娘兄也昨日[語有]得罪於狄兄者今在何處驚
鴻曰妾本無兄弟矣翰林後見鴻悅然覺悟而大笑曰邯鄲之道從我而來者鴻娘也西
過月廊與蟾娘私語者鴻娘也不知鴻娘男服欺我何也對曰賤妾何敢欺相公妾
雖陋醜常時發願欲從君子燕王誤知妾名以明珠一斛致妾於宮中口厭珠味身厭錦
衣而非妾之願也心中若如孤鳥入於籠中頃者燕王請相公宴於宮中妾偶窺見於朱簾
之內一生所願於從者也相公雖在燕王之時即欲逃隨而恐燕王覺而追之待相公發行十日
盜騎燕王之千里馬二日得達邯鄲即欲告實狀於相公而煩而未果至於此地謾致

漢時唐姬之事以助相公之一笑今則吾願已成當與鸞娘同居待相公娶夫人而進焉
於京師矣翰林曰鴻娘之高意揚越公之紅拂妓不及也但自愧無李衛公之才也此日與
兩美人共夜而將別翰林謂兩人曰道路非便不能同車惟待室家之成而相訪矣行
至京師後命繼國表文進貢朝廷之金銀彩緞各到天子褒獎楊翰林之功而欲用
封侯之由曰翰林之力辭加禮府尚書兼翰林學士賞賜益厚矣上善翰林之文學不
意引見討論經史以此翰林院直宿爲多而一日罷對故院明月飛上於禁苑而仙漏
況々楊尚書上高樓憑闌干而望月色忽於風便吹來洞簫之聲側耳聽之依微不辨
曲調矣尚書召院吏酌酒出碧玉洞簫弄數曲淸響上九霄如聞鸞鳳之鳴青鶴一
雙忽從禁中飛來依曲徘徊而舞諸院吏奇之相謂曰王子晉下來人間矣元來楊
尚書所吹洞簫之聲非尋常人之曲也此時皇太后有二子一女皇上及越王蘭陽
公主也公主誕生時太后夢見仙花及紅珠矣及長容貌氣質如神仙無一點世態
章女工事々過人又有奇事則天皇后之時西域大秦國貢白玉洞簫制度奇妙而

人無能吹者公主愛過仙女傳曲調而世人無能知者矣每一吹簫則群鶴降舞太后及
天子奇之思秦穆公之女弄玉之事必欲得如簫史之駙馬故公主已長成而尚無下嫁
處此日偶於月下吹一曲則一雙青鶴而曲調才止飛去玉堂閣中人咸傳楊尚書吹洞
簫降仙鶴云天子聞此言知公主之緣在於此處朝於太后而白此言又曰楊少遊之年
與御妹相當文采風流朝臣中第一擇於天下無愈於此者太后大悅曰簫和婚事處
無定處晝夜爲悶以此觀之天定配疋云云簫和蘭陽之名白玉洞簫之上刻房簫和二字固以
作爲太后曰楊尚書應是風流才子而吾欲一見其面而定上曰是不難楊尚書引見於別殿
從容講論文章娘娘當觀於簾而太后如是好矣天子殿坐蓬萊殿而使黃門召楊尚書
於翰林院則纔出去云詩於鄭司徒家而亦不來此時楊尚書與鄭十三飲酒於長安酒樓而
使各娼珠娘玉奴唱歌矣中使持命牌不意走入鄭十三驚走楊尚書醉眼朦朧徐緩而
起使二娼着冠帶從中使見於天子天子賜座論歷代帝王之治亂與亡尚書一一引證抉擇
明以奏之天顏大悅又曰作詩雖謂非帝王要切之事而我朝宗皆留意此事御製詩史傳

誦天下卿試為寡人論古今詩人之優劣帝王之詩誰為最臣下之詩誰為最也尚書奏曰君臣以詩歌相與唱和自帝舜皐陶始此姑勿論漢武帝之秋風辭魏武帝之月明星稀為帝王詩中之首魏國曹子建晉時陸機宋朝陶淵明謝靈運數人以詩有名而近今文章之盛終莫如國朝〻〻之盛莫如開元天寶之時帝王之文章吾皇上帝為最臣隣之詩李白居首也上曰卿之言合於朕意矣每見太白李士清平調行樂詞則欽不同時朕今得卿何羨太白此時宮女十餘人分左右侍立天子上顧曰此輩在宮中司文書翰墨所謂女中書也頗知作詩欲得李士佳句而為宝卿須各作一兩句而與之毋孤彼敬慕之意朕亦欲觀卿之揮毫也使宮女移置御前琉璃硯匣白玉筆筒玉蟾蜍硯滴於尚書之前諸女侍令各獻花牋羅巾紈扇尚書帶醉興而揮毫驚風雨起雲烟作絕句作四韻題一首題兩首筆勢飛動似龍吟鳳飛不移樹影已盡揮洒矣宮女以次獻于御前上連稱賛不已謂諸宮女曰李士勞矣供筆各進一杯諸人奉鸚鵡杯而獻尚書連傾十餘杯春色滿眼玉山欲頹天子命止酒

謂諸人曰季子之詩一字直千金無世之寶也毛詩曰投之木果報之以瓊琚以付御
爲潤筆之資乎諸宮女脫金釵解玉珮結環珥璫金鈿香帶之屬亂投上命御
黃門收尚書所用御前筆硯宮女潤筆向尚書還送尚書辭退黃門扶出國而
上馬已大醉矣還來鄭家花園春雲脫袍而問曰相公性何處而如是醉乎尚書謂
春雲曰此物天子賜春娘者也吾之所得與東方朔何如春雲復問已醉而對莫之辯
如雷矣翌日初起盥梳洗而閽者忽忽入告曰越王殿下來矣尚書驚思曰越王之
來見必有故也惶忙出迎越王年似二十餘而眉宇如天人矣尚書問曰大王臨陋地有
何教乎王曰常慕尚書之德而班行異路未展情誠今以上命來天子敬愛尚書之才
德欲結婚爲兄弟故先來告之徑而有朝命矣尚書聞此言大驚答曰皇恩如此寒
賤之士恐損福矣不幸已聘幣於鄭司徒女子望上達此意也王曰謹當告于皇上而
可惜孤皇上愛才之心矣尚書曰此關人倫之事不得已也從而詣闕下請罪矣王辭
去尚書見司徒言此而春雲先已入去傳之一家惶惶不知所爲尚書曰岳丈毋慮天子

聖明守法重禮無乱臣子倫紀之理也婿雖不肖決不為宋弘之罪人矣此時太后於
蓬萊殿見楊尚書滿心歡喜謂上曰此真蘭陽之配延後何疑乎使越王先通意天
子從而引見尚書欲竟之矣上居別殿忽思楊尚書之文筆奇妙使太監取來諸女
中書所受之詩此時諸宮女尚書之詩十襲藏于箱而唯一宮人持扇還房抱於胷
中終日泣而廢寢食此非他人姓秦氏名彩鳳華州秦御史女子御史死於非命之後
籍沒入於掖庭而為婢宮人傳秦女之美天子召見欲封婕妤矣此時皇后極被寵
幸嫌秦女之太美白于帝曰秦氏女子才色無雙宜侍至尊而陛下殺[illegible]人之父而近
其女似非古帝王不近刑人之意也上是其言問秦氏曰汝能文乎秦女答曰略通矣
上命為女中書職掌宮中文書兼注皇太后宮侍蘭陽同為讀書習字公主大
愛秦女之才情同骨肉不離頃刻矣此日侍太后往蓬萊殿因與他宮人在天子左右
得與楊尚書逢見尚書之名與容皃秦氏鏤骨豈有不諱之理惟尚書不疑秦
氏之生存而入於天子之前不敢擡眼故秦氏悲兩人之志不相同前緣無可成之道特

展讀而後讀其詩曰
紈扇團團似明月 佳人玉手幷皎潔 五絃琴裡薰風多 出入懷袖無時歇
又一詩曰
紈扇團團月一規 佳人玉手鎮相隨 無勞障却如花面 春色人間揔不知
秦氏讀第一詩曰楊郎不知我也吾豈有望承恩於宮中之意乎讀第二詩曰他人則
不見容貌楊郎則似不忘而詩意如此識咫尺如千里也因思在家之時楊柳詞相
和之事不勝情懷拏筆題一首於扇上而後吟忽然太監以上命取扇子而來秦氏曰
吾今死矣云
侍妾守義辭主人 俠女袖劍赴花燭
太監謂秦氏曰皇上欲後見楊尚書詩篇取去而來矣秦氏泣曰薄命之人迫於
死期楊尚書詩下書雜談而作死罪皇上見之則不免誅戮寧我自死身後欲埋
惟侍太監太監曰女中書何爲此言聖上仁慈或不之罪而設有震怒吾當力救中書從
我而來秦氏泣從太監而往太監使秦氏侍殿門外持諸詩獻於上上見之至於秦氏

之扇下題他人之詩上問太監〻〻白曰蔡氏謂臣曰不知皇上之更索書亂說於下云云
而惶恐欲自死救其天而章來矣上更見其詩曰
紈扇團團如秋月團 憶昔樓上障羞顔 早知咫尺不相識 悔不從君仔細看
上曰蔡氏必有私情也但不知注〻何地見誰之謂也後見曰蔡氏詩才可觀也使太監召蔡氏〻〻
入來叩頭請死上曰直告則赦死罪汝與何人有私情乎蔡氏曰臣妾何敢隱諱妾家不敢
辛時楊尚書赴擧上京過妾之樓前適與相逢因作楊柳詞而通意〻有婚姻之約
矣聖上蓬萊殿引見楊尚書妾知尚書而尚書則不知妾故想做事悲身傷
作狂詩入於聖鑑妾罪萬死上頗矜惻謂曰汝言楊柳詞約婚可記否蔡氏請紙
筆書入上覽見曰蔡氏之罪雖重才甚可惜謂曰汝罪不可赦而御妹甚愛故特赦汝
汝當知國恩侍御妹盡誠還下扇蔡氏叩頭謝恩而退越五還來回報上侍太后
而坐太后不樂曰尚書楊少遊爵至尚書當知朝廷事體而何其固滯之如是乎
上曰彼雖送聘幣異於成親開諭而言之則無不從之理矣上翌日命招禮部

尚書楊少遊々々承命入對上曰御妹才質異於凡人宜爲卿配故使御弟傳朕意卿
有納幣之處疑慮云此則卿不能細思也前代帝王擇駙馬出送前妻故王獻之
終身有悔如宋弘不受君命朕意異於古帝王朕爲天下人之君父何以誤教在下之人
乎今卿退鄭家婚事則鄭氏女子自有歸處卿無糟糠下堂之嫌有何倫紀之礙
乎尚書叩頭曰聖上不罪臣而如是開諭天恩罔極矣但臣情理異於他人臣以年
少書生來京師卽依鄭家非徒納幣與司徒定翁婿之分已男女亦與相見至
今未及親迎國家々多事不能挈來老母故以待後日也臣今順從皇命鄭女必無
他姓之理廷婦不得其所則豈不爲王政之欠事乎上曰卿之情理雖如此決以大義
則卿與鄭女無婦夫之義鄭女終何不議婚於他家乎今與卿結婚非徒朕重
卿欲爲兄弟也太后聞才德而力主張卿如是固執則太后應震怒朕亦不能造心
而爲之矣尚書猶叩頭力辭上曰婚姻大事也不可以一言決之以待後日姑與朕圍碁
而消日矣命小黃門持來碁局君臣相對從容着百而罷尚書故見刻延々々見尚書

言未悲色滿面曰太后下詔使老夫還送楊郎彩幣故授春雲置花園想小女之身
世憐何盡言老妻則病未諳人矣尚書聞此言如愚人然曰何以有此事乎小婿當上疏
爭之而朝廷豈無公論乎司徒挽止曰楊郎再逆上命今又上疏則必被重罪莫如
順從且又有一事楊郎今番老夫之花園事甚矣女雖悵然莫如移往他所也尚書不
發往花園春雲奉尚書所送采幣而獻曰賤妾以小姐之命侍相公以侍小姐之昧
今小姐之事已差辭相公以還侍小姐矣尚書曰吾今上疏力辭則皇上似有聽許
而設有不聽女子嫁而從夫春雲何以有棄我之理乎春雲曰女子從夫例事也
而春雲之情事則異於此妾事小姐誓同死生春雲之從小姐如形影也豈有影已往
而影獨留之理乎尚書曰春娘之情可謂美矣而春娘之身與小姐不同小姐則永吉
士於東西南北無害於道理而春娘從小姐而事他人何如於婦女之節行乎春雲曰相
公之言如此不知我小姐也小姐已有定計侍吾老爺及夫人殿下百歲之後截髮而
托空門發願佛像世世生生不爲女子之身春雲前程亦如斯而已相公欲見妾則待幣

帛復供小姐房中而更議而不然則今日即死生永訣也春雲戲妾家相公眷
愛今已過期年無報恩之道惟後生願爲辛馬相公千萬保重嗚咽久泣而入
去尚書惝然廢寢食矣翌日上疏言甚激切太后大怒下楊尚書于御史獄大
臣皆諫上上曰吾亦知嚴罰之太重而太后娘娘方震怒不能救矣太后數月不下
公事鄭司徒亦惶恐杜門不接賓客矣此時吐蕃侮中国動四十萬兵連陷邊方
諸郡先鋒過渭橋京師震動上會議群臣㕘曰京師之兵不過數萬外方之師
事急未及招之暫棄京城幸行關中聚諸道兵馬以圖恢復上疑之不決曰楊少
游善謀善決前降三鎭此公之功也卿請皇太后而使之持節鉞肩楊少游引見而問
計少游回京城宗廟宮闕所在一棄則天下人心震動雖收拾代宗皇帝時吐蕃與
紇回百萬軍犯京師其時王師之單弱甚於此時而郭子儀以匹馬見賊臣雖無才
得數千軍以死戰而却寇天子素知楊尚書之才即命爲師領京營軍三萬以防盜
賊尚書指揮三軍渡渭橋與虜先鋒戰而自射左賢王而擒賊軍一時退却尚

書追之三戰三勝斬首級三萬奪戰馬八千疋報捷於京師天子大悅使楊尚書回軍
還朝而論賞尚書在軍中上疏曰賊兵雖敗首級之數不及十分之一今大軍留京師猶
有侵犯之患願調發各鎮兵馬乘勝深入虜窟滅國永絕子孫之憂天子見表大悅
加楊少游之職爲御史大夫兼兵部尚書征西大元帥賜尚方寶劍彤弓矢通天御帶
借白旄黃鉞調發朔方河東山南隴西諸道兵馬而用之楊尚書聚大兵十萬祭旗
纛發行兵法應天六韜陣勢陳八卦軍容整肅號令嚴明破賊如敗竹數月之間已
回復吐蕃所奪之邑五十餘城軍行到赤石山下忽一陣飄風起於馬前而鵲噪貫陣
而去尚書卜於馬上曰目前敵國之人掩襲我陣而終有吉事住軍陣山下四面厚鋪
鹿角蒺藜嚴警戒三軍不寢嚴備此夜尚書坐帳中明燭觀兵書閱陣外巡羅
之詳緻三更矣忽一陣風吹燭火冷氣侵入一女子自空中下立如霜匕首在手矣
尚書知爲刺客不動色而問曰女子何如人而半夜來吾帳中何也女子奉吐蕃贊
普令欲受尚書之命而來矣尚書笑曰大丈夫豈畏死哉斬吾頭而去女拔劍

進尚書之前叩頭曰貴人毋驚也妾何敢害貴人尚書扶起曰旣推乃劒入營中而不
害何也女子曰欲盡告妾之本末而難悉於立談之間矣尚書賜座更問曰娘子何如人
而今來見我楊少遊有何可教之事乎

白龍潭楊郎破陰兵　洞庭湖龍君宴嬌客

楊尚書見其女子如雲之髮高髻而揷金簪佚袖戰袍繡石竹花穿如鳳頭繡
靴腰佩龍泉劒匣天然絶色如一枝海棠花若非從軍之木蘭則是偷盒之紅線
也尚書問其來意女子答曰妾本楊州人自祖上大唐百姓也妾幼失父母從之女冠爲弟
子矣女冠有道術弟子三人教劒術三人之名秦海月金彩虹沈裊烟裊烟即妾也
三年之間才盡成能乘風隨電瞬息之間行千里三年劒術別無高下而師欲報
讐斬惡人則唯送彩虹海月不使妾々問曰同被師父之教而吾獨無報恩之道吾之
才不及兩人不足使歟師曰汝本非吾徒也後日當得正道非我所及若與兩人殺害人
命則害汝前程以此之故不使汝矣妾又問曰若如此則教弟子劒術而安用師

曰汝之前世因緣在於大唐國其人大貴人汝身在於外國無相遇之道吾教汝釰術借此
事而爲逢見貴人之道他日汝往百萬軍搶釰之間成佳緣云矣前日師曰今大唐國天
子遣大將征伐吐蕃贊普揭榜於四門千金募得刺客而欲害汝思往吐蕃國與
諸刺客較釰術一則救唐將之災禍一則成汝之因緣云故妾往吐蕃國觧榜贊普
招見與先來刺客十餘人較釰術妾斬十餘人之髮以獻贊普大悦遣妾使害尚
書而成功之日封爲貴妃云云矣妾今尚書前依師言願爲末婢以侍左右尚書大悦
曰卿既救危命以身欲事何以報此恩乎惟願百年與之偕老耳此夜尚書與裊
烟共寢席搶釰之色代花燭刀斗之聲作琴瑟伏波營中肉色圓玉門關外
春光滿一床情與似過於深夜錦帳矣尚書沈溺新歡三日不見將裊烟曰軍
中非婦女久留之所請退去尚書曰烟娘何比於尋常女子乎方望良謀善策之誨
而何爲尋去也裊烟曰以相公之神武破殘賊如折朽木有何疑乎妾之此來雖是師
命而猶未永辭敢見師待相公之回軍而從往矣尚書曰如是爲好而師去後遣他

刺客則何以防備乎裊烟曰刺客雖多無裊烟之敵知妾故順於相公他人則不敢
來矣因自腰間解賜妙兒北爲名之珠曰此物贊普係髻之珠也使〻送于贊普令
彼知妾之不返也尚書復問曰此外又有何可教之言耶裊烟曰前道當過盤蛇
谷道狹無好水當探心行軍而穿井而飮三軍矣言畢拜辭尚書欲挽留
而裊烟一躍身不見矣尚書會諸將佐告以裊烟之言衆賀元帥之洪福如天異
人來助也即發使者送珠於吐蕃行軍多日到一泰山之底路甚狹纔容一馬之
過如是行數百里才得作廣之地造營休三軍〻士久勞之餘山下有一清潭
進而爭飮水渾身青而不能語寒戰欲死尚書大驚親往水邊而觀水深碧
不測其內寒氣凜〻尚書最疑而思曰此必裊烟所言盤蛇谷也命軍士穿井
十餘丈而〻無一處出泉尚書深悶歸令三軍離其地進去忽山之前後鐘鼓之
聲震動胡兵據險絕路官軍退不得進不得尚書在營中不能思却寇之
策而此夜倚桃几眠便異香滿營女童兩人進前容貌奇異謂尚書曰我娘

子請富貴人欲陳懷抱不惜降臨陋地也尚書問曰娘子何人也答曰我娘子洞庭
龍王之小女近日避家來居此地矣尚書曰童身所居之處深水也我則人間人
雖欲往何可得也女童曰外有來馬不防水府之行尚書從女童而出見驄馬一匹
備金鞍從者十數人衣服鮮華矣尚書上馬瞬息之間入潭水四歸陞塵抵一大門
宮闕壯麗如王者之居守門之卒魚頭蝦鬚異於世人矣美女數人開門引尚
書至殿上正中向南亂白玉交椅侍女請尚書坐交椅鋪錦席於階下而入內而已
侍女十餘人擁衛一女子從左邊月廊至於中途女子之美麗如神仙服飾之華
世所無也侍女一人贊引曰洞庭童女請謁於楊元帥尚書驚欲避侍女二人扶持
左右而龍女四拜佩玉之聲錚錚尚書請上堂童女果辭而上設小座而坐尚書
少遊塵世凡人娘子卽尊貴神灵也今禮度太恭非少遊之所知也龍女曰妾
洞庭龍王之末女妾初生父王朝於上界遇張真人問妾八字真人曰此女之命
前世降自仙家今爲童身後得人身爲人間大貴人之姬妾享一生富

貴榮華而終歸佛家我龜身雖爲首於水府而貴得爲人身極敬仙佛妾
之伯兄嫁於涇水矣旣嫁爲柳真君之妻九族之敬待異於他兄弟今妾得正果
門户榮華將加於兄父王故傳真人之言宮中皆賀矣及妾長成南海龍王之
子數聞妾之美謂其父王求婚於我家我洞庭爲南海龍王之官下逆彼之
言則恐有辱父王親注南海説張真人之言而辭婚南海王溺愛惡子反以父王
之言爲虛誕求婚益固妾在於父母膝下則恐辱及一門離父母逃身披荊棘
栖在胡地苟遣歲月父母但云女子不願跳身出去猶欲不棄則問于女子妾來此
之後備見逼迫狂童親率軍兵欲爲虜略而妾之至冤苦節感動天地潭水變
似寒水地獄他地水族不能入來故妾得保殘命以待君子矣妾請貴人入陋
地非徒陳妾之孤懷三軍無水勞於穿井雖費百丈不得水矣妾之所居潭水古稱
清水潭素是好水而妾來之後水性爲異此地之人不敢飲改名曰白龍潭矣今貴人臨
此妾之終身有托已解從前苦心如陽春回於幽谷自此水味無異於舊爲三軍飲而

無害先飲而病者何以醫矣尚書曰以娘子之言觀之我兩人之姻緣天定已久佳期今可卜乎
龍女曰妾之陋質許於君子者決而今便侍郞君不可者有三一則未告父母女子從人不可如是
苟且也二則妾將得人之身以事君子今以鱗甲之身不可侍寢席也三則南海童子每遣人
探聽識出狂詐則恐有一場之擾也郞君須速還陣整齊三軍成大功奏凱歌而歸京師
則妾當褰裳涉溱矣尚書曰娘子之言雖美吾意不然娘子之來此雖出於志而亦尊
父王之使從少遊之言也何謂無父命娘子是神明之孫靈異之類出入人鬼之間無所不可使
嫌有鱗甲乎少遊雖無才受天子之命率百萬雄兵馮夷導前海若殿後南海幼兒觀
如蚊渠若不量力則不過汚我寶劒而已月白風清不可虛送良夜與龍女就寢席恩
情繾綣矣夜未曉忽急雷一聲攪水晶宮殿如翻箕其侍女急告曰大禍出矣南海太
子率無數軍兵陣於前山而與楊元帥欲決雌雄矣龍女驚覺尚書曰吾所不悅即君[illegible]
此事也尚書大怒曰狂童何如是無禮拂袖而起上馬躍出水外南海軍已圍白龍
潭尚書指揮三軍與太子對陣南海陣中鼙鼓之聲震動而太子躍馬而出營

楊少游還羅人之婚姻人之柔女豈與汝不共戴天地之間矣尚書亦躍馬而笑太史白洞庭龍
女從少游初生之時記于天書吾但順從天命而已太子大驚點諸水陸使擒尚書醒提
督驚慌參軍踊躍馳入尚書一舉白玉鞭大唐陣中萬弩俱發敗鱗殘甲滿地如雪太
子身傷數處不能變化竟為唐兵所擒尚書打鼓止戰縛太子而故陣守門卒告曰
白龍潭娘子親來軍前賀元帥犒饋將士尚書大悅請入龍女賀尚書此勝戰千石酒萬
頭牛犒三軍士卒腹果氣盈震動楊元帥與龍女同坐拿來南海太子不殺卻視尚書
責曰吾受命天子征伐四夷百靈無不服今狂童不識天命抗拒天兵此則自取死也
吾之腰下寶劍昔魏徵丞相斬涇河龍之物也當斬汝頭號令三軍而以鎮定南海
念有大功德特赦汝此後則順從天命毋生妄心軍中出金瘡藥塗太子傷處而放送
太子累累頭如鼠隱而敗忽見東南之間瑞氣紛紛如龍蔥蘢擁節鉞自空中下來使者告
曰洞庭龍王聞楊元帥破南海太子而救貴主自當遣軍前欲賀軍吏而地有所守不能離
界路設宴凝碧殿謹請元帥暫為屈臨兼奉貴主而還宮尚書曰方率三軍興歎

國相對洞庭此去萬里之外雖欲往何可得也使者曰已備東加駕八龍宮半日之間可以往還矣
元帥偸閒叩禪扉　王姬微服訪閨女
楊尚書與龍女同車神靈之風拂車輪上空中不知已離人間幾千里而但俯視白雲靄
世界々々漸下而須臾之間到洞庭龍王遠迎執賓主之禮威儀嚴肅矣龍王會水族
設大宴慶賀尚書之勝戰龍女之還家酒既酣奏許多風流節奏迭蕩異於世人
矣尚書見殿前左右一千壯士持劍戰鳴鼓而進美女六行羅衣為舞雄壯華麗頗
可觀問龍王曰此舞非人間所見何曲調也龍王曰此曲水府昔無寡人之長女嫁涇河而
逢辱錢塘弟戰於涇陽而勝率來女子宮中之人作此舞謂之錢塘破陣樂
亦謂貴主還宮樂而間設於宮中之宴矣今元帥破南海太子父子更會與前日
彷佛因奏此曲只改名曰元帥破陣樂矣々尚書大悅告于王曰劉先生安在可得見乎
曰劉郎為瀛洲仙官有職事不能往龍來矣々酒過九巡尚書辭王曰軍中多事不
不得從容願娘子申托後日之期矣龍王送尚書於殿門外尚書便見一山秀出

五峯入於雲裡問王曰此山之名謂何少遊周行天下惟見華山與此山竜王曰元帥不
知此山矣此卽南岳衡山也尚書曰何以則見南岳乎王曰日勢惟未晩暫往玩賞
可以歸營矣尚書上車已到山下尚書罷推乃卽尋石逕而往千岩競秀萬壑爭
深不暇應接矣尚書歎曰何日功成身退爲物外閑人乎風便下來磬聲知山門之
不遠尋而上去有一寺殿閣極壯麗老僧坐講堂方設法眉壽眼淸骨格淸秀
非世人也率諸僧下堂而迎尚書曰山野之人無耳目不知大元帥之來不得遠迎願赦
罪也元帥今番則非歸來之時而旣來請上殿禮佛也尚書焚香禮拜下殿而失足
顚仆驚而覺身在營中倚交椅而日已明矣尚書會壯士問曰汝輩夜間有何夢乎衆
曰夢侍元帥與神兵卒戰擒其將帥此必滅胡之吉兆尚書大悅說夢而率將士往見白
竜潭之上魚鱗鋪野血流成川尚書取杯先飮潭水使飮病卒而卽好於是軍兵
戰馬一時飮之娛樂之聲如雷賊兵聞之大懼皆欲降矣尚書出師之後捷書
相續上一日朝於太后稱賛楊尚書之功曰楊少遊之功郭汾陽後一人也待其還

未當加丞相而猶未定御妹之婚彼曰心順從則大善矣若沒滯則切慮每難賜罪
無他處置之道以此爲慮矣太后曰吾聞鄭氏女子甚美與楊尚書相見云尚書豈
肯棄之同尚書出去之時莫如下詔鄭家早爲許婚於他人也上良久沉吟不決而
出去此時蘭陽公主侍坐於太后曰娘娘之言似違道理鄭女之許婚於他
家與否渠家事也豈有朝廷指揮乎大后曰此事汝之終身大事本欲與汝議
論矣楊尚書風流文采非端江朝廷中無比洞簫一曲占卜因緣者久矣決不可棄
楊家而他救楊尚書與鄭家非尋常叙婚情分甚重彼此似不相負此事極難
處吾意則尚書還朝後先成汝婚後許以妾娶鄭女則尚書似無語而但非女兒
之願也公主答曰小女一生不知妬忌何以不容鄭女但楊尚書初以妻聘幣後以妾娶
似違禮意鄭司徒累世宰相之家以女子爲人之妾亦似非願此似不宜矣太后曰此亦
不宜則汝意欲何以爲之公主曰禮諸侯有三夫人楊尚書成功而還則大則王而則侯
豈兩夫人似猥濫以此許鄭女何如太后曰此則不可同是人家女子共爲夫人無

無寵也而女兒先帝之遺體今上之愛妹一身不輕何以與閭閻小家女子有比肩之
理乎公主曰小女亦知小女之身尊重而古之聖帝明王恭敬賢人天子有與匹夫
爲友者小女聞鄭氏女子具容皃才德古之烈女不能過云誠如此言與彼比肩有何
忝乎雖然傳聞之言易過實狀小女從其路親見鄭女其容皃才德過於小女則
當從身御事而若所見不如所聞則爲吾爲婢唯娘娘之心處之焉太后聞此言
而嗟嘆曰女子常情忌人之才女兒愛人之才可謂美矣予亦欲一見鄭女明日當下
命於鄭司徒家矣公主曰娘娘有命而鄭女必稱病不來宰相家女子終不可捉來
小女之意則措揮諸道關尼院預知鄭司徒女子焚香而往則一見似不難也命
小黃門以太后之命問于各處寺觀空惠院尼姑曰鄭司徒家佛事本於我寺爲
之而鄭小姐素不往來於寺觀三日前爲楊尙書之賈春雲者以小姐之命爲佛事
而去小姐所作疏文在此持此而復命於太后娘娘也黃門啓告此意太后謂公主曰
如此則難見鄭女之容皃也共見其文曰弟子瓊貝鄭氏謹使婢子春雲叩頭告于諸佛

菩薩

弟子瓊貝 多罪前生 生爲女子 亦無弟兄 受楊家幣 許之以身
顧惟楊家 擯於禁禦 朝廷命嚴 天高遠人 二三其德 義所不忍
永依父母 以終餘年 自命畸窮 得此清閒 獻誠于佛 叩頭陳辭
願我父母 壽過期頤 亦使弟子 身無灾殃 斑衣弄雛 娛樂無窮
父母身後 誓啟空門 焚香誦經 以報佛恩 亦有侍婢 名曰春雲
早與瓊貝 有大因緣 名雖奴主 實則朋友 以主人命 先使抱裯
事乃大謬 離夫啟主 死生苦樂 誓與共之 伏望諸佛 憐我兩人
世、生、 免爲女身 消我罪惡 加我智慧 還度好地 逍遙快樂
公主因爲一人之婚而罷二人之緣有害於陰德也太后默然不言矣此時鄭小姐侍司徒
及夫人和顏色溫言語一無嗟恨之色而崔夫人見小姐則不耐悲心春雲侍小姐翰墨之餘
技送日漸、消鑠而生病小姐最關念欲慰夫人之意小姐使婢僕輩風樂之人民

玩好之物亦問以告矣一日女童一人来鄭府賣二軸簇子春雲持来見之則一花
鬪孔雀一竹林鷓鴣而繡品精妙非如等閑之物春雲留其女童入告夫人小姐
小姐每賛春雲之繡而見此簇子非神仙則鬼神之手也小姐展見於夫人前亦驚
曰今世之人無此巧而絲色尚新何人有此才也使春雲問之女童曰此繡吾家小姐
之自爲而小姐近日狎處客中急有用處搜来金錢矣春雲問曰汝家小姐何許家
而何事獨處客中乎女童曰我小姐李通判妹子而通判陪大夫人赴浙江任所時
小姐有病恙不得偕往留内舅張别駕宅矣近日别駕宅有故借来路越邊
賣臙脂謝三娘之家而待官中車馬之来矣春雲言此於小姐小姐多給釵鈿
首飾之属而買其簇子掛于中堂稱賛不已矣此後則李家女童間或来司
徒之家交婢僕而往来矣鄭小姐謂春雲曰觀李家女子之手品則非尋常
人物也試使侍婢從彼家女童而往来知李小姐爲人如何教慧黠婢子一人送之
閭家窄薄無内外李小姐聞知鄭司徒家人而招見饋酒食而送之婢子歸告

小姐曰李小姐非常例人容貌之美如我小姐矣春雲不信曰李小姐觀其才非凡之
人而言語何其容易爲之乎今世有如吾小姐之女子吾不信也婢子曰賈孺人不能
吾言則送他人而見之春雲其後送他人矣故曰誠異哉李小姐眞神仙也前人之
言不差矣賈孺人不信則親自往見數日後賣臙脂謝三娘來鄭府謁夫人曰近
來小人之家李通判宅娘子借入而其娘子才貌非世上人每御貴宅小姐之勞攄
欲一見而請敎不敢直請知人小姐之性來謁夫人先使取稟矣夫人召小姐而言此小
姐曰小女異於他人不欲以面目對人而但李小姐稱旣神妙容貌絶世云欲一見
之矣三娘喜而去翌日李小姐送婢子傳喝小姐通欲來之意而晩後李小姐
乘蠶帳小輪輿婢子數人來鄭府鄭小姐請於寢房而相見賓主對東西
織女宕於月宮上元朝於瑤地光采相射照耀渾堂彼此互驚矣鄭小姐曰
婢僕知玉趾之近臨而薄命之人廢絶人事久矣曾未成問候之禮今姐姐
儼然辱臨感激之懷不可以言語盡矣李小姐曰小妹僻陋之人而嚴親早世

慈母溺愛有何所咎私所嘆者男子求友天下而輔仁女子婢僕之外無相過 接
失有誰窺之咎關於何質之竊聞姐姐以班昭之文章兼孟光之行身不過中
門而名滿國中自忘鄙陋願望見盛德光輝令姐姐不棄迂愚卒生矣鄭小姐
曰姐姐所教之言即小妹心中之事而藏於閨中之人耳目昏塞未嘗識滄海之水巫
山之雲竊想荊山之玉南海之珠私自收斂光彩令人不知如小妹者自視欿然
何敢當盛獎也因使侍婢進茶果從容談笑矣李小姐曰聞府中云有賈孺人
可得見乎鄭小姐曰渠亦欲謁而不敢請矣召春雲使之來謁春雲入來而拜李
小姐發禮春雲驚而思曰果然神仙矣天生我小姐而又有此人不意飛燕玉環並世
也李小姐亦暗想聞賈女之名矣見其人則上於名楊尚書宜其寵愛也當與
秦中書並驅矣奴主兩人如此楊尚書何肯捨也李小姐與春雲各敘人事起辭
曰日暮未能久陪清誨而退去矣小妹所居之處只隔一路當更進請教鄭小姐
曰蒙姐姐之賁臨小妹當追謝於堂下而小妹蹤跡不似他人不能舉面目而出中

門姐姐容恕爲兩人情難而去鄭小姐謂春雲曰寶劍埋於泥中而光射斗牛大蚌沉
於海底而氣作樓臺李小姐才色如此而吾雖未聞誠是異事春雲曰妾有一疑
楊尙書每說於華州逢見秦御史女子而議婚之事至今顔色慘然觀其所
作楊柳詞果然才女不知其女子之死生此人故諱姓名來見吾輩欲續紹鄭
小姐曰秦女才色縱他亦聞之誠似相近而彼逢家禍入於掖庭云何得至於此小姐
白李小姐之事于夫人而稱贊不已夫人曰李家娘子吾亦欲見數日後以夫人言
請李小姐李小姐欣然承命來鄭府夫人相見於中堂李小姐以子侄禮見於夫人
夫人以酒饌接待謝訪見女兒而相愛李小姐起而答曰小侄洽聞小姐之德而惟恐
棄我姐姐一見而待以兄弟今蒙夫人之愛願從出入門下等夫人如母子也夫人不勝
當去矣鄭小姐侍夫人共話携李小姐來花園同春雲談笑自若兩小姐以其氣合
詩詞文章講論婦德終日不厭相敬相愛自恨相見之晩也

兩美人携手同車　長信宮七步試藝

李小姐去後夫人謂鄭小姐及春雲曰鄭崔兩家宗族千萬予自兒時多見艶女而如李
小姐之色未之見也誠如女兒無優劣結爲兄弟爲宜[illegible]姐以春雲所云秦家女子之
說告于夫人曰春雲則不無一疑而小女屢[illegible]無一論李小姐容貌才華氣像之觀然感
儀之端重大槩如凡人秦女雖有才貌亂動殊未尊重何比於李小姐乎直以小女
之意論之蘭陽公主才貌千人之中無比云或者李小姐之氣像似相近也夫人曰蘭陽
公主吾未之見而居於尊位雖得盛名而何能同此女子乎小姐曰李小姐之蹤跡終
涉有疑後日送春雲觀其亂動矣鄭小姐翌日與春雲設此事李家女童又
來傳李小姐之言曰適得浙東老母明日發行故今進府中告別云而已李小姐
至見夫人及鄭小姐而小姐恨其忽忽作別眷戀之心見於顔色矣李小姐告于
夫人曰小姪離母與兄已過朞年歸心如矢而惟以夫人恩遇姐姐情分如有結戀矣小姪
有請於姐姐之事而恐姐姐不許故告于夫人矣夫人曰何事也小姐曰小姪爲先親
繡南海大士像已畢而惟無文人之讚今欲受姐姐數句之文及筆而繡像甚

廣非但出納非便亦恐褻慢故暫請姐〻完余小徑爲觀之誠亦欲慰別後思慕
姐〻之心而不知姐〻以爲如何也夫又見鄭小姐曰汝雖不往至親家而此娘子之歸謀
於他事況家甚近似無害也小姐始有難色忽思疑李小姐之蹤跡而欲知何不來
此期會暫往見之答曰他事則宗雖行而人皆有父母何以不請此懇乎俚待日暮
欲往矣李小姐大悅起謝曰昏後則書字不便姐〻慮道路之煩則小妹所乘轎
子雖陋何容二人同入而往乘夕還而何如鄭小姐曰如是爲之最好矣李小姐辭於夫
人請春雲而作別與鄭小姐共乘轎子鄭府侍女只兩人隨去矣鄭小姐觀李小姐所處
之房排鋪之物不煩雜而極精粹所進飲食簡略而殊異不爲汎着而嗟李小姐不俗柔
作文之事鄭小姐曰觀音繡像安在乎欲禮拜李小姐曰今當使見矣便於門外出
車馬喧聒之聲無數青紅旗幟圍其家鄭家侍婢急告曰軍兵圍家矣鄭
小姐心已斟酌不變顏色李小姐曰姐〻莫驚小妹宗非他人卽蘭陽公主也姐
〻請來于此太后娘〻之命也鄭小姐避席曰閭閻微賤之人雖無知識猶知天人貴

格異於凡人而貴主降臨千萬夢寐之外多〻褻慢之事敢請罪公主未及答侍
女入告曰正殿送王尚宮石尚宮和尚宮而問安矣公主曰姐〻暫坐於此出坐堂上三
人次第爲禮而告曰貴主雖大内已多日太后娘〻思念深而萬世爺〻皇后娘〻各
各送婢子等問安今日乃還宮之期故儀仗侍於外皇上送趙太監魏太監而護
行矣王尚宮又白曰太后娘〻分付曰必挈來鄭娘子而同輦而入來爲教矣公主
使三人暫侍於外而入來房中謂小姐曰言語雖多〻當有從容太后娘〻欲見姐〻立
而待之與小妹共入朝見也小姐屢其不得不往曰貴主之愛妾知之矣而閨閣女子
不見至尊恐惶惧失禮也公主曰姐〻勿疑娘〻之心何異於小妹小姐曰惟依所教而
貴主行後還家具車從追後入去矣公主曰太后娘〻使與小妹同車而來勿辭也小姐謝
妾何人也而敢與王姬共乘輦乎公主笑曰呂尚漁父而乘文王之車侯嬴監門而公子
執轡姐〻累代侯伯之家大臣之女兒辭與小妹共乘乎遂携手上輦小姐分付侍婢一
人從來一人往告家矣公主所乘之輦入東華門過重〻宮門至一殿門之外公主偕小姐

下輦謂王尚宮曰尚宮陪鄭小姐暫侍於此王尚宮曰娘娘之命宣鄭小姐幕次
矣夫太后向鄭小姐初無好意公主微服往鄭府近處以績紡爲致身之道既見
鄭女之後大加敬服慶楊尚書之不奇而且不爲妾亦太相愛情欲比肩事人力回太
后之意太后大悟既心許爲兩夫人而必欲見鄭女之容貌故使公主瞞以率來
矣鄭小姐暫坐幕次自内宮女二人持衣服所藏函而出來傳太后之命曰鄭小姐
大臣之女兒受宰相之聘幣而尚爲處子之服云不可以便服朝見出送二品命婦
之章服矣小姐起而拜曰臣妾是處子之身也何敢爲命婦之服色冒輕
妾所着之衣雖簡略曾見父母時所着太后娘娘是萬民之父母請以是
父母之衣朝見宮女入去矣而已鄭氏女子使之引見小姐從宮女入殿庭而立艶色
射於九重見之者吐舌打手曰天下惟氐我貴主一人矣何以又有鄭小姐乎小
姐禮畢宮人因導上殿太后賜座下教曰頃因女兒之婚詔收楊家禮幣此
亦從國家古事而爲之非我創開而女兒謂我曰爲我婚而負宿約非

王者極盡人倫之意云而力諫情願比肩而共事人吾旣訟於帝從女兒之義
意待楊尙書還朝還送禮幣使汝同爲夫人此古來有之恩典特使汝知之
小姐起而答曰聖恩如此臣妾磨身萬末可不報萬一也但臣妾人臣之女何敢
與王姬齊位乎妾之父母以死爭之不承命矣太后曰汝之謙損之志雖美
鄭門累世公侯之家司徒先朝老身臣何可加以媵妾之賤名乎小姐曰臣子事
君如万物順從天命爲妾爲媵惟命是從臣妾何敢一毫恨乎閭閻女子
得事王姬亦豈非榮華乎但事勢有難便以妾爲妻春秋所戒楊少
遊似不肯爲之矣太后曰此言最好而夫人不可妾亦不可則惟女兒之婚似
議於他家而女兒與楊尙書宗有天命何可違天命乎仍言洞簫之由占卜
因緣之說小姐曰妾有何他慮乎臣妾無兄弟父母無子順受天命終養父母
亦豈非人子之願乎太后曰汝之孝誠雖如此吾何忍使匹婦不得其所乎汝
之容皃如彼德行如彼才學如彼言辯如彼楊尙書何以棄汝而他求如此則汝

之因緣女兒之婚俱將爲謬吾本有女子二人矣蘭陽之兄死於十歲吾每念
蘭陽之孤單令汝之容貌才氣真蘭陽之兄弟如見吾亡女今以汝爲養女告于帝
而定位號如此則一表吾思念亡女之意二成蘭陽親汝之意三與女兒從楊尚書
而無許多難便汝意何如小姐叩頭曰如是下教臣妾損福而死矣難望還收聖教
也太后曰吾姑試于帝勿苟辭也召蘭陽使見小姐公主盛威儀章服而出來太后
曰女兒與鄭女願爲兄弟令爲真兄弟汝意何如請以鄭小姐爲長女公主曰娘娘處
分至宜矣太后宣醞鄭小姐論文章書史謂小姐曰汝之詠雪之才因蘭陽詳聞
而宮中無事春日闌暇一揮彩筆以助吾喜心古人有七步作詩者汝能爲之否小姐對
曰娘娘有命何敢不盡焉以資一笑乎太后大悅宮女中擇廷小細腰妙步者於殿上
欲出詩題公主曰獨使作詩不宜小女試與同作太后喜曰女兒欲作則尤好而詩題
必出難題矣此時春已晩殿前碧桃花盛開而忽忽喜鵲飛來枝上噪聲拜太后大悅
吾定汝兩人婚之而喜鵲語於花上此吉兆也碧桃花上喜鵲群爲題作七言絶句一首

兩詩中亦汝輩定婚之意文房四部各置於前兩人把筆宮女已移步而心中慮或未及作眼見揮毫之狀而擧趾徐緩矣兩人筆勢如風雨一時書獻太后之前纔五步矣太后見鄭小姐之詩曰

紫禁春光醉碧桃　何來好鳥語交交　樓頭御妓傳新曲　南國穠華與鵲巢

公主之詩曰

春深禁掖百花繁　靈鵲飛來報喜言　銀浦作橋須努力　一時齊渡兩天孫

太后大贊曰吾之兩女兒女中青蓮子建也朝廷若試女進士則應為壯元探花矣兩詩相示小姐公主兩人各各欽服矣公主白太后曰小姐雖僥倖成篇而小女之詩意誰不思得惟姐姐之詩宛曲精微非小女之所及太后曰誠如女兒之言然女兒之詩亦奬甚可愛也此時花翊老宮人穠尚宮云者侍太后告于后曰婢子天性鈍濁少時十年學書而終不知詩中深意望娘娘此兩詩之意解釋下教也左右侍人皆欲聞之矣太后笑曰此兩詩下句皆有意思鄭家女兒之詩桃花比蘭陽鵲比於自亦毛詩召南王姬下嫁之詩曰華如桃李諸侯女子嫁詩曰維鵲

有嘆此兩詩俱以風流曲調則兩人之婚自然在其中古人之詩曰宮人傳曲支鵲樓此詩第三句引用而秘鵲字精妙宛曲如見其德性宜女兒之歎服蘭陽之詩則為戒鵲之言曰銀河之橋努力善為昔則渡一織女今則渡二織女公主之婚引用鵲橋側言而吾娘以鄭女為養女不敢當云而引用魯詩自處以諸侯女子而蘭陽之詩則與渠同是天孫云真知吾志也比豈非英邁乎雅尚宮大悅與諸人共呼萬歲矣

楊尚書夢遊上界　賈孺人竊傳遺言

此時天子上夕問安於太后太后命蘭陽與小姐暫避挾室謂上曰為蘭陽之婚权鄭女之禮弊終害風化並肩鄭女為夫人則鄭家不敢當而使鄭女為妾尤不宜故吾召見鄭女其才色與蘭陽宜為兄弟故已為養女他日共歸楊氏吾之處置何如上大喜賀娘娘之弘措盛德如天地迄今后未有所及也太后召鄭女使朝見於帝上命上殿告于太后曰鄭氏女子今為御妹豈尚為便服乎太后曰未白于帝無誥命故辭章服矣上使女中書持末織錦繡鳳叙誥命一軸秦彩鳳奉入上

擧筆欲書停筆而告太后曰鄭女旣封公主則當賜國姓矣太后曰吾欲如是更思之
鄭司徒年老無他子姪我不忍奪姓則不改也上御筆大書曰奉皇太后聖旨以養女鄭
氏爲榮陽公主使中書按兩宮御寶賜鄭小姐諸宮女奉公主章服着小姐謝恩上來
與公主定坐次小姐之年長公主一歲不敢上坐太后曰榮陽今我女兒何以外待如此小姐
叩頭曰今日坐次卽爲他日次第何敢亂乎蘭陽曰春秋時趙衰之妻晉文公之女而讓於
先得之狄女姐姐卽小姐之兄何疑也小姐辭謙者久之矣太后命以兄弟之序坐此後則
宮中皆呼榮陽公主矣太后示兩人詩於上上嗟嘆曰二詩俱絶妙而榮陽之詩引毛詩帰
于后妃之德化尤得體太后曰是矣上遂容白于太后曰娘娘待榮陽無古之盛德事臣
亦有所請遂細陳秦中書前後之事又曰渠之情理殊矜惻其父雖死於罪而祖
上代爲朝廷臣子今成其情願欲爲御妹送嫁之媵妾何如太后觀見蘭陽蘭陽白秦
氏言此事於小女矣小女與秦氏情分不尋常亦欲不相離矣太后召秦彩鳳而下教
曰女兒欲不離汝故特使汝爲尚書之妾成汝情願益加情誠事女兒也秦氏淚流如雨

叩頭謝恩矣太后謂蔡氏曰定兩女兒婚事而有喜鵲吉兆故各〻作詩令中書亦得
可佛之處能作一首詩乎蔡氏承命即作詩以獻曰
喜鵲查〻繞紫宮 夭桃花上起春風 安巢不待南飛去 三五星稀正在東
太后與帝共看贊之曰謝道韞不及也其中引毛詩好音之分尤可佳也蘭陽白曰喜鵲
詩料元不多而此女及紫陽先作惟曹孟德之詩贊鵲而本非吉語引用極難此詩合
曹孟德詩杜子美詩及毛詩之句而成之欣然如為蔡氏今日而作如此之才古亦為難
矣太后曰是之又曰千古女子中善書者惟班婕妤卓文君蔡文姬謝道韞蘇若蘭
數人已而今一時會才女三人可謂盛矣蘭陽白曰紫陽侍女賈春雲者詩才最
可觀矣太后曰此女子吾欲一見也此日兩公主宿蓬處翌日小姐早起問安太后而
請歸曰小女入來之時私家想應驚遑出見而使知娘〻恩德小女榮華矣太后
曰女兒今何容易離大內吾欲見司徒夫人而有議論之事即將傳教鄭府使崔
夫人入來此時小姐辭來先送已通司徒夫妻纔定驚心矣夫人承命入來見於

太后太后曰蘭陽公主當初廖來非徒欲見其容白〻宗為蘭陽之婚而一見之後愛情
發於中心與蘭陽無間想是我之前生女兒今世生於夫人也當賜国姓而念夫人孤单不段
鄭氏夫人知我至意崔夫人感激惶悚而已太后又曰蘭陽令為我女夫人勿推也夫人
曰何敢推之但臣妾之夫妻年老悲心未更見也太后笑曰不過婚姻前婚姻後則蘭陽
女兒亦託於夫人矣因召蘭陽與夫人相見夫人前日之褻慢再三稱謝矣太后曰夫人之家
有才女賈春雲云欲見之矣夫人招來春雲叩頭於庭下而見太后曰真美人也使之
進來曰蘭陽之言汝善作詩云能作於吾目前乎春雲曰試聞題矣太后示三人
喜鵲詩曰汝亦作此詩乎恐無餘料也春雲請筆硯即作進曰

報喜微誠只自知　虞庭幸逐鳳來儀　秦樓春色花千樹　三繞寧無借一枝

太后示兩公主曰賈女有才云而不料如此也蘭陽公主曰鵲比渠身鳳比於姐〻最得體
下句疑小女之不容欲借一枝而合古人詩而成之意思絶妙古語云飛鳥投人〻自
憐之正謂賈女也因與春雲退與秦氏相見公主曰此女中書花千陰縣秦家娘子

與春娘百年同居之人也春娘曰倘非作楊柳詞之秦娘子耶秦氏斂容問曰娘子何
處見楊柳詞乎春娘曰楊尚書言之矣秦氏不勝感愴曰楊尚書猶爲記念也
春娘曰娘子何爲此言楊尚書娘子之楊柳詞藏於身而不暫捨每說娘子而流
淚娘子何不知尚書之情乎秦氏曰尚書如是不忘則妾死無恨也因說作紈扇詩
事春雲笑曰妾之身上釵鈿指環皆伊日所得也便宮人來言鄭司徒夫人還歸
兩公主去隨太后而坐太后謂崔夫人曰楊尚書不久還朝前日禮幣自然還送而
吾想還受既退之幣頗尚艱況榮陽爲我女兒兩女婚禮一時欲行夫人許之乎夫
人曰惟命矣太后笑曰楊尚書爲榮陽三拒朝命予欲一瞞常談云言凶則事吉尚書
還朝之後詐謂曰鄭小姐得病不幸也尚書自謂見鄭女云欲觀其知得否也夫人
如是爲之矣辭而歸家小姐送夫人於殿門召春雲暗說傳於尚書之言而送之此
時楊尚書飲白龍潭水於軍馬而指揮大軍鳴鼓而進吐蕃贊普已見梟烟
之所送真珠而又聞唐兵過盤蛇谷大恐不知所爲 會諸將縛贊普進唐營

而降楊元帥整各軍容入吐蕃〻都慰安百姓登崑崙山立石記大唐功德吹
凱歌回三軍向京師行到秦州此時已屆秋節山川蕭瑟鴻鴈之群感愴客心尙
書入客館夜爛而思故鄕不成眠誰家三年老親平安乎驅馳王事至今未有室
家鄭家婚事因緣果如何吾今恢復五千里見失之地平定萬乘强敵功亦不小天子
應行封侯之賞吾若盡納官爵請鄭家婚事則天子何以不聽乎如是思想心步
平安而就枕忽然一夢升于天上七寶宮闕五雲籠葱侍女兩人謂尙書曰鄭小姐
請矣尙書隨侍女入去廣庭仙花爛開白玉樓上仙女三人並肩服色之盛如后妃
緑眉清眼相輝矣方倚欄干見侍女拋毬之狀見尙書起而揖分賓主而坐上
坐仙女問曰君子別後無恙否尙書見之宛然彈琴時說論之小姐容皃也尙書
喜且悲不成言小姐曰妾今離人間上來天宮思念舊事何徒隔弱水而已君
子雖見妾之父母而不聞妾之消息矣因指在傍二仙女曰此則織女星君彼
彼則披香玉女皆與君子前生之緣毋爲思念妾成此因緣則妾亦有所託矣

尚書見二仙女坐末席者面目似熟而未能覺悟矣輒因轅門打鼓吹角之聲而
睡覺思夢中之事三分不去心恍惚甚疑慮矣非久前軍抵京師天子親幸渭
橋而迎之楊元帥戴鳳翅紫金盔着黃金鎖子甲騎千里大宛馬御史白旄黃鉞龍
鳳旗幟擁衛前後載藩王於檻車西域三十六國君長各持朝貢寶物從於後軍容
之盛近古所無也觀光之人填道續於百餘里空長安城中矣天子勞楊元帥之勳於
王事論功行賞用郭汾陽故事欲封王尚書叩頭至誠辭讓天子義其志乃下詔以楊
少遊封大承相魏國公食邑三萬戶賞賜黃金一萬斤白金十萬斤綵帛十萬疋駿馬
十千疋此外各色珍寶不可勝記也楊承相詣闕謝恩天子設太平宴君臣同樂承相
之容命畫凌烟閣矣承相辭大闕造鄭司徒家鄭家子侄會於外堂迎承相而
各賀成功承相問司徒及夫人安否鄭十三曰叔父叔母僅得保全而遭姑子喪慽之後
老人過爲傷懷氣運異於上年承相來而不能出見於外堂耳少爺宜入矣承相
聞此言如愚人然久不能語問曰遭何喪事云耶十三曰叔父無男子惟有女兒既歿

此安得不傷懷承相見時必無爲悲慼之意承相不覺淚下十三慰之曰承相從妹婚姻之約不尋常而至於今當顧禮義不可如此也承相謝收淚與十三入見司徒及夫人賀承相成功榮貴而已不爲鄭姐之意承相曰小子賴朝廷威德猥爲封爵方欲納爵陳情以成前約矣人事至於如此不堪慘悵也司徒曰萬事俱在天何可人力爲之乎今日承相大喜之日也何事爲他言乎鄭十三顧以目見承相止之而往花園春雲迎而叩頭承相見春雲尤不忍悲淚流沾襟春雲曰承相今日爲哀慼之日耶收淚而聞春雲之言我娘子本是天仙謫降也還上天上之日謂妾曰汝辭楊尚書從我今我去辭塵世汝須還侍尚書尚書歸來則必以我傷悵汝傳我意於尚書若家送尚書禮幣之後則便是行路人也況有前日聽琴之嫌尚書如過悲則是拒君命而貽累於死人況有祭廳墳墓弔哭之事則待我以淫奔之女子吾未瞑目矣又謂曰尚書歸來則皇上必復論婚事吾聞公主之幽閑貞正宜爲君子之配必順從皇命矣承相聞此言尤悲曰小姐遺命雖如此吾何[illegible]

不悲乎況小姐臨終念小遊如此吾雖十死難報小姐之恩德也因說客館之夢
春雲曰小姐分明在天堂矣萬事皆前定承相毋過悲也承相曰小姐此外何言春
雲曰雖有言春雲難告達矣承相曰雖某言言之也雲曰小姐曰吾與春娘即一身也
楊尚書若不忘我則不棄春娘也承相尤感愴曰吾何以負春娘何況小姐之遺命
如此吾雖織女為妻宓妃為妾推衣不忘春娘矣

金屋帶花錦相輝映　獻壽宴鴻月雙擅場

翌日天子引見曰向因御妹婚事太后娘娘下嚴教朕心不安矣今聞鄭家女子不幸
御妹之婚惟待卿之還朝卿雖思念鄭家而卿方年少上有太夫人大承相府中無
女君之理魏國公家廟亞獻不可闕朕已作承相府公主宮於一處而待今亦不許
御妹之緣否承相叩頭曰臣之前後拒逆之罪當斬而如是下教惶恐欲死臣前日
不順天命實有拘礙人倫萬萬不得已也今已無鄭女更何言哉但寒賤之門庸
劣之蹤不宜於禁臠也上大悅問吉日欽天監九月十五日推擇以入不隔多日矣

上又謂丞相曰前日則婚事在於可否間故不爲詳言而朕有御妹二人皆賢儆令
並娶屢降於卿矣丞相想前日之夢而益奇白曰臣之被譴於禁扃本猥濫而況二
公主降於一人國朝所無之事臣何以堪當上曰卿之功至重故以此報也亦
御妹兩人友愛甚至欲不離故太后娘娘有特命卿須勿辭又宮人秦
氏本士族有姿色能文章御妹愛之故亦爲從嫁之媵妾使卿知之
丞相連叩頭謝恩而已此時榮陽公主在宮中閱月事太后益誠孝
與蘭陽秦氏情如同氣太后益愛菊秋佳期已至從容告于太后
曰當初與蘭陽定坐次之時上坐實猥濫而娘娘養育之恩似外待
未遂本志矣今欲揭家蘭陽猶辭第一位則此千古所無之事娘娘
及聖上之頒定是所望也蘭陽公主曰小女前日引趙姬之言正爲此事姐姐德性才
學俱非小女所及雖在鄭門小女猶爲趙姬之讓位今爲兄弟之後豈有尊卑於女
雖爲第二夫人而王姬之尊貴少無所損而若處第一則有何娘娘養育姐姐

之意乎必欲讓於小女則歸于楊氏情不顧也太后聞于上上曰御妹之若讓千古
之高志請成美事太后是之下敎曰榮陽公主封魏国左夫人蘭陽公主封魏国右
夫人秦氏本簪纓家子孫爲淑人自前公主下嫁之禮入於闕外公舍親迎矣太
后特命行禮於宮中到吉日承相簪花玉帶與兩公主交拜威仪之盛如山如海
不可勝記也禮畢入座秦淑人亦以禮謁承相侍立公主承相賜座矣此日三位
仸仙會于一處光彩滿於洞房五色輝映承相眼眩神蕩自疑夢也此日與榮陽
共夜早起問安太后太后賜宴承相上與越王侍太后終日娛樂第二日與蘭陽共
夜翌日又宴第三日往秦淑人之房垂錦帳出銀燭之際淑人便垂淚承相驚問淑
人樂日而悲傷有隱懷否淑人曰承相不諳賤妾可知其忘也承相忽然覺悟執手曰
卿非華州秦娘子耶彩鳳不覺嗚咽出拜承相袖中出楊柳詞彩鳳亦出楊生之
詩而人感愴脉脉者久彩鳳謂曰承相但知楊柳詞之緣而不知紈扇詩之緣
矣開箱而出示題詩之扇說始末曰太后娘娘萬歲爺爺公主娘娘恩德也承

相曰華陰爲亂兵所逐之後不知卿之生存更議婚事而每過華山渭水之時西
曰如誰荊棘今日知天從人願也但慚屈卿於小星矣彩鳳曰妾自知命薄初還
乳母之時君子如有定婚處則自願爲小室今爲王姬之副何敢恨也此夜說舊情講
新歡尤親愜於第一第二之夜矣翌日丞相與蘭陽公主會于英陽公主之房從容
侍杯英陽低聲召侍女請秦淑人丞相聞英陽之聲忽動心矣當初往鄭家彈琴
時小姐辨音孰於容貌此日見英陽之聲音宛然如鄭小姐復看容貌尤覺其同暗想
世上有相似之人矣吾與鄭小姐定婚時心中與共死生吾今得伉儷之樂而小姐之旅殯托
於何處如是思想顏色慘然鄭夫人是慧黠之女子豈不知其志歟斂衽而問丞相曰妾聞
主憂臣辱女子之事君子如君臣相公對酒而有悲色敢問其故丞相自覺其誤難於
說他自曰吾不敢責主矣少遊前日定婚於鄭家時見鄭氏女子今英陽之容貌聲
音案爲彷彿故追想去事不覺見於色使夫人疑惑不安心矣英陽聞此言顏色
暫紅起而入內久不出來丞相使侍女請之侍女亦不出來蘭陽曰姐姐太后娘娘所鍾

愛也性稟驕傲不似妾之殘疾代者相公擬娘々於鄭女以此似未安矣丞相使淑人
謝罪曰少遊酒後有妾發責、主出來則少遊當效晉文公自囚矣淑人入去良久而出
來不言丞相問曰貴主云何秦氏曰貴主盛怒言辭甚過不敢傳矣丞相曰非淑人
之過詳傳也秦氏曰蘭陽公主言妾雖陋太后娘々之愛女鄭女雖美不過閭閻
微賤之女子禮式路馬非敬馬也相公若剔逞何以擬妾於鄭女乎況鄭女不顧男女之
嫌而誇積色而言語酬酢踰越如此恨婚事之差遲杳々得病夭死青年其薄命如此
妾雖庸劣竊爲羞之昔魯國秋胡以黃金戲桑女其妻溺水而死誠使無行之人爲
與爲偶也相公已知鄭女之容貌彈音此必有挑琴偷香行案之罪甚於秋胡妾雖未
效古人之投水而誓老於深宮妹子性稟柔順堅與偕老也丞相悠於心中思想天家孝子
怙勢如此爲駙馬果難矣謂蘭陽曰吾與鄭女相見有曲折矣今蘭陽辱之以淫奔
吾則不關而辱及死人可嘆也蘭陽曰吾入去問諭娘々矣入去而月餘無消息寥[illegible]
捉燈燭蘭陽使侍女傳喝曰娘々百端開諭而不回妾當初與姐々死生苦樂欲與共

之姐々老於深宮則妾亦老於深宮相公請往淑人之房平安休息也丞相怒
氣滿於腹裡忍而不洩在空房太無聊乃目見秦氏々々燃燭待丞相往其
房焚香金炉鋪寢衾於象床謂丞相曰妾雖賤人嘗聞禮文妻不在妾御不
敢當夕相公私自平安妾退去矣天然起去丞相困於挽止不使留而此日氣像
殊冷淡心想此輩結黨戲丈夫吾何以爲於渠也吾前日居鄭家花園之時晝與
鄭從十三醉於酒樓夜與春雲對於燈下而斟酒一座無不快之時矣今爲三日駙馬
受人之制心頗煩惱開牕見之銀河垂於禁城月色滿庭曳履而徘徊於玉階之上遠
望榮陽公主之房紗牕大光輝々想或宮人尚未宿榮陽瞞我送此而還來房中無
曳履之聲而漸進房中出兩公主談笑及雙六聲暗窺牕隙而見之則秦氏於公
主之前與一女子對局方祝紅呼白其女子回身前嚮見之則正是春雲々々趁大禮爲觀光
入來累日而隱身不見丞相矣丞相驚訝思想春娘何以來此應是公主欲見而招
來矣忽彩鳳投博曰空博無與與春娘爲賭春雲曰春雲寒人勝賭而得一杯

酒一晃厭食多年而淑人侍貴主居處宮中身厭錦繡口飫八珍使春雲何物爲當
乎彩鳳曰吾負則吾身衣裳首飾不惜春娘之所求娘子負則聽吾請此事於娘子無
貴矣春娘曰何事也彩鳳曰吾前聞兩位公主爲私言春娘子爲鬼神瞞丞相云而不知
曲折娘子負則作古談詳細言之春雲推博局見榮陽曰小姐小姐我小姐常時愛春
雲矣如此之言何以言於公主乎淑人聞之誰不聞之春雲今則他人所視不能擧顏也
彩鳳笑曰何春娘子之小姐乎我榮陽公主丞相夫人魏国公小君年雖少反爲春娘
子之小姐乎春雲曰十年呼曰不意難改花枝相爭之事如昨日公主夫人不畏也蘭陽
陽笑問鄭夫人曰春娘之言吾亦不詳聞丞相果見瞞乎夫人曰胡不見瞞但欲見恐
惕之狀甚瞋緩不知厭惡鬼神好色之人色中餓鬼云者不虛鬼神何畏鬼神
衆大笑矣丞相方知榮陽公主即鄭小姐念旧不勝情欲閑窓入去忽想彼旣欺
我我亦欺彼潛還秦氏之房就枕而宿矣日明秦氏來問侍女曰丞相起耶曰不
起矣秦氏久待帳外日高而丞相不起時爲呻吟之聲秦氏進問曰相公氣不

平耶丞相故々疾視不識人間爲譫語秦氏問曰相公爲何譫語丞相恍忽久之始
請秦氏謂曰達夜與鬼神語氣何以平乎秦氏復問不答回身而臥秦氏問甚使
侍女報于夫人及公々主曰丞相氣不平速來見也鄭夫人曰昨日無病之人不何病是不
過欲我輩出去世而已秦氏來謂曰丞相情神恍惚不識人向晴而不止譫語告于聖上
使太醫視之如是相議之際太后聞之召兩公主責曰汝輩以丞相而戲有病云而不往見
此何道理急往問病若真有病患則當下敎於大醫矣鄭夫人不得已與公々主往
丞相所居留堂上入送蘭陽及秦氏丞相久見公主忽爲覺悟之氣而長嘆曰吾命
將盡今相永訣榮陽安在公主曰相公無病何爲此言丞相曰夜間似夢非夢
聞鄭女謂我背約怒責而搁給真珠我受而食之此亟徵闔眼則鄭氏來之我前
吾命不能久欲見榮陽矣言未畢而又爲昏困之狀向晴而爲譫語蘭陽爲問
出謂鄭氏夫人曰丞相之病生於疑非姐々則不可醫也說丞相之言鄭夫人半信半
疑而躊躇蘭陽推乃手同入丞相猶爲雜言皆與鄭小姐言者蘭陽出聲曰榮陽

姐〻來開眼見之丞相亂手爲欲起之扶秦氏進床上扶而坐丞相謂二公主曰此
遊蒙皇恩與兩位貴主登偕先矣有挈我去而催促之人不能留矣鄭夫人曰丞
相識理丈夫何爲此惟異之言乎設有鄭女殘魂九重宮闕百神護衛渠何以
入來侵人乎丞相曰彼方在我側何爲無之蘭陽不耐謂曰古人見弓影而得蛇
異云丞相如此矣丞相見鄭小姐之鬼神云若有生小姐則何以爲之丞相但稽
首鄭夫人曰丞相欲見生鄭女則妾即鄭氏瓊貝也丞相曰豈有此理蘭陽曰我
娘〻愛鄭小姐封公主與妾事君子此眞言也不然姐〻之容貌聲音何同於
鄭小姐乎丞相不答久而謂曰吾在鄭家時鄭小姐婢子春雲云者使喚於我
有招見可言者矣蘭陽曰春雲方爲見姐〻入來矣春雲待於窓外入見白相
公貴體何如丞相謂曰只有春雲而皆暫出去兩夫人與媵人出外待之丞相梳洗
整齊衣冠使春雲召三人春雲含笑謂三人曰相公請矣共爲入去丞相頭戴
華陽巾身着宮錦袍手執白玉如意憑案席氣像如春風精神如秋水

無半點有病之色鄭夫人知其見瞞微笑低首而蘭陽問曰丞相病患何如丞
相正色曰少游本無病而近來風俗大變婦女結黨欺瞞丈夫甚放肆以此成
病矣蘭陽淑人含笑不答鄭夫人曰此事非妾等所知相公欲醫病則問
于太后娘々也丞相不忍大笑謂鄭夫人曰少遊占卜逢夫人於後生此非夢耶
夫人曰此皆太后娘々及皇上之盛德與蘭陽公主之恩因言與蘭陽共朝而辭
讓位次之說丞相謝蘭陽曰公主之盛德古烈女未所及少遊無可報之道惟願白首
偕老矣蘭陽謝曰此皆姐々才德感動天心妾有何功太后使宮人問丞相之病淑人
同去告丞相之言於太后々々大笑曰吾元疑之引見丞相々々與兩公主見於太后太
后曰聞承相成舊日鄭女之緣云甚快事也承相曰聖恩浩蕩與天地造化無異臣
雖滅身難報萬一也太后笑曰偶爾戲弄何恩之有承相不弃而女則報此老身
承相叩頭受命矣天子視朝於宣政殿群臣曰近者慶星見甘露降黃河
清具豐三鎮節度使納地入朝此皆聖德之所致也上謙讓故功於臣下矣

群臣又曰楊承相爲嬌客吹洞簫養鳳凰而不下秦樓廟堂公事頗積滯矣上
大笑曰太后娘娘連日引見故未得出去今當出送矣承相就朝堂治国
事上疏請得由挈來母親上許之教以速還楊少遊十六歲離家三四年之間承相
威仪魏国印綬還歸故鄉覲於母親柳夫人喜悅之極而垂淚矣承相奉夫人發
行諸道方伯刺使縣令奔走陪行榮華光彩古無比也承相過洛陽而訪蟾月驚
鴻家人謂上京師已久承相嘆其彷遑行多日詣闕肅拜兩宮引見賞賜金銀彩
緞十車獻壽夫人承相擇日奉柳氏入国賜新舍寧鄭夫人及蘭陽公主秦淑人奉
幣行新婦之禮威仪之盛夫人之喜不可以言語形容矣承相以兩宮所賜金銀連
三日設壽宴天子賜樂内外賓客傾朝達承相治彩衣與兩公主次第而起奉玉
杯獻壽于柳夫人夫人大歡四座稱賀矣閽者告曰門外女子二人蟾月驚鴻云而
請謁於大夫人及承相與兩夫人矣承相曰鴻月兩人來矣告于柳夫人而召入兩人叩
頭於堂下衆賓相謂曰洛陽桂蟾月河北狄驚鴻之名聞已久矣果然絶色

也非楊丞相之風流則何以致此人乎鴻月雙起珠履上錦席長袖舞霓裳落花
飛絮飄搖春風雲影雲態回還帳中漢宮飛燕出世金谷綠珠不死矣柳夫人及兩公
主金珠彩緞賞賜鴻月秦淑人與蟾娘說旧而悲欣鄭夫人別斟玉杯以謝中媒柳夫人
謂丞相曰汝輩徒謝蟾月而忘吾表妹何謂報遣人問紫清觀出去雲遊三年而不敀云
夫人嗟嘆不已矣

樂遊原會獵鬪春色　油碧車招搖占風光

鴻月入來後丞相侍人漸多丞相各定居處正堂之名慶福堂
柳夫人所處其前燕喜堂左夫人榮陽公主居慶福堂西鳳簫宮右
夫人蘭陽公主居燕喜堂之前凝香閣其前清霞樓此二室丞相常時
居處宴宮中之所樓前催事堂其前外堂禮賢堂此二室丞相接賓
客爲公事之所鳳簫宮之前有希春院淑人秦彩鳳之室也燕喜堂
東南有別堂名迎春閣賈春雲之室也清霞樓之東西各有小樓綠窓

朱蘭極華麗行閣周統連於清霞樓及凝香閣東曰小花樓西曰待月
樓桂蟾月及狄驚鴻之所處也宮中風樂女妓八百餘人才藝極擇於天下
分左右部左部四百人桂蟾月領之右部四百人狄驚鴻領之教歌舞管絃
每月三會清霞樓操練較才而將或丞相及夫人侍大夫人而親爲考第賞
罰兩邊教師而勝者賞三杯酒插彩花一枝於首不勝者罰一觥水插一點墨
於額以是才斷精熟魏府及越宮女樂有名於天下雖皇帝之梨園弟子
不及也一日兩夫人陪柳夫人而言丞相手持一封書入來與蘭陽公主曰此即越王
之書也蘭陽披見曰向者国家多事公私疲廢樂遊原及昆明池絕遊人歌
舞之地久爲荒草今賴聖上之盛德丞相之勤勞天下太平百姓安樂可復
開元天寶之盛春光未晚花柳正好願與丞相會獵於樂遊原欲助太平
氣像丞相若不以爲可則定期以報公主笑問丞相曰知越王兄之書意否丞
相曰有何深意不過欲遊戲於花柳之節閑暇貴公子之例事也公主曰

丞相不能詳知矣此兄之所好者美色與風樂也宮中絶色佳人非一二而近
得一寵姬武昌人名玉燕吾雖不見亦必稱步天下云吾意則越王聞吾宮中
有美人欲效王介石崇之較也丞相曰吾泛然看過矣越王之意公主之養鄭太
曰雖遊戲之事負於人乎眼見鴻月兩人曰養兵十年用在一朝今日之事專係
君兩人須努力焉蟾月曰賤妾則不發當矣越宮風樂有名天下武昌女妓玉
燕之名誰不聞之妾之見笑於人不關而誠恐我魏府之受辱也丞相曰吾於洛陽初
逢桂娘之時聞江南萬玉燕青樓三絶之語應是其人也雖然青樓之中吾已得伏
龍鳳雛豈畏項羽之一范增乎公主曰越王姬妾中多美色亦非玉燕而已
蟾月曰妾察來宮其勝問于鴻娘也妾本膽弱之人聞此言而喉間
癢癢似不能唱歌頗役辣辣亦欲生粉剌矣驚鴻憤然曰蟾娘子僞言耶真
言耶我兩人橫行關東七十餘州有名之美色超獨之風樂無不見之未嘗
見負於人何獨讓於玉燕乎今世有傾國傾城之李夫人爲雲爲雨之神

女則猶可一分辭讓而不然則吾何畏彼哉蟾月曰鴻娘子言何容易我在關
東時往來之處不過太守方伯之會燕不過强敵而今越王殿下生長於天上眼高
如山又玉燕某名下之士何可小視因告丞相曰鴻娘自誇如此妾亦告鴻娘之短處
矣鴻娘初從丞相之時騎燕王千里馬若邯鄲少年者然而瞞丞相幾何有輕
盈婀娜之態則認之以男子乎彼又初承恩於丞相時黑夜假托妾身此所謂
因人成事者也今反向妾而為大言寧不為笑乎驚鴻曰甚矣人心之難測也賤
妾未從丞相之前蟾娘譽我如天人然矣至於今毁之不直一錢此不過丞相不鄙
妾蟾娘不得全寵而妬忌也諸娘子皆大笑矣鄭夫人曰鴻娘非不足纖弱丞
相一雙眸子本不清明以此不減鴻娘之言亦一確論女子男服欺人必不足婦女
之姿者也男子女粧欺人者必無丈夫氣骨之類也丞相笑曰夫人之言譏我者而此
亦一雙眸子不能清明之致也夫人非我容貌之屬而凌烟閣則不非之矣衆大笑
矣蟾娘曰與敵强對陣而但為誑諧乎不可只恃吾兩人賈孺人亦其雅矣越王非

外人淑人何事不往也秦氏曰鴻月兩娘子入於女進士科擧而使我請往則蘼
助一端歌舞之場推劣我安用春雲曰春雲不爲詩舞而只見笑於人則奇持之會冀
不欲觀光而妾往則丞相見笑於人而貽公主娘娘之憂春雲不敢往矣公主笑曰春
娘之往何以見笑又何以貽我憂乎春雲曰鋪歸行步席捲雲帳而揭丞相寢妾
賈孺人出來云而蓬頭鬼面驚人則我丞相謂有登徒子之病而越王殿下天人也一生未
見醜惡之物胃月遊而口吐則公主娘娘豈不憂乎公主曰甚矣春娘之謙也春娘從
而爲鬼者然今以西子爲無艶春娘之言無信可也問丞相曰答書以何日爲
期乎丞相曰明朝期會矣鴻驚曰兩部教坊願爲下令矣令一下魏府蔚
子八百餘人理容貌習風樂改琴絃束腰裹必欲不負於人矣翌日丞
相早起龍衣戎服左右佩弓矢騎雪色千里驌驦馬調鼓獵士三千向城南
蟾月驚鴻結束如神仙而飛上飛竜之馬繡鞋履銀鐙玉手美珠鞭近陪
丞相之後而女妓八百端莊極華而從後中路正遇越王與丞相並馬偕行問曰丞

相所乘之馬何地種類也丞相曰出於大宛國而大王所乘亦似宛馬矣越王曰正是此
之名千里浮雲驄前秋陪天子宴上林苑之時萬馬如風而無一及之張駙馬之桃
花驄李將軍之烏騅馬誇以無世上而皆不及此馬矣丞相曰上年征藩國時險
路深塹人不能接足而此馬則過如平地少游之成功實此馬之力也少游還後官趣高
日日以平轎子緩緩而進朝堂人馬久閒欲生病請與大王一氣鞭而試步越王大悅曰吾
意亦然遂謂從者曰兩家賓客及女樂預往幕次而待之正欲加鞭之際便一鹿
見逐於軍兵躍過越王之傍越王使將士射之衆射而不中王怒躍馬而出一矢
射鹿脇而仆之諸將士呼千歲矣丞相稱贊曰大王之神箭古之養王不及也
越王曰何足云也欲見丞相之射法矣正話時天鵝一雙高翔雲間衆士曰此禽
最難捉當於海東青丞相笑曰姑止自腰抽出天子所賜寶雕弓金鈚箭
翻身一箭中天鵝之頭墜於馬前越王大贊曰丞相之妙手非人所及也兩
人咸擧珊瑚白玉鞭而一揮兩馬如星流電擲瞬息之間過大野上高原兩人

咸任革並立望山川風景而論射矢用釼之法矣從者始流汗追來親射禽獸盍
炙奉玉盘而獻兩人下松林班荊而坐拔佩刀截肉而傾醱瓷之酒遥望紅衣官負
自城中路托馳來從者告曰兩宮宣醞矣丞相與越王徐進張幕而待兩宮
大監酌黄封御酒而勸天子下御製詩兩人叩頭四拜而飲酒各作和詩親寫與太監
而遣之兩邑而家賓客次第而坐進酒饌橐駝之背猩猩之唇出於綠錡越王荔
支永嘉黃柑列於玉盤王母瑶池之宴則不知兩人間琮饌無不有之兩家女樂千人
繞座華色千樹花柳奪其艶風樂之聲沸曲江水動終南山岳酒半越王謂丞相曰
蒙丞相之眷愛無以表區區之情率來少妾數人請招出歌舞獻壽於丞相丞相謝曰
少游似不敢當而婚姻之故亦不能辭而少游之妾亦有欲觀光而從者見於大王而
答禮也驚鴻蟾月及越宮四美人承命自帳中出來叩頭而謁各賜座丞相曰古寧
王有一美人太白僅聞其詞聲不見其貌少游一日之間見四仙所得過太白十倍矣諸
美人之芳名云何四人起而對曰妾等金陵杜雲仙陳留薛嬌五武昌萬玉燕長安

海燕〻也承相謂越王曰少遊儒士時行兩京之間而聞玉燕娘子之名如天人然今
見容貌過於名也王亦問鴻月兩人之名兩美人天下所共推也今從承相可謂得主矣
不知承相何時得之乎承相曰桂氏少遊赴擧過洛陽時願從狄女入於燕國宮中矣
少遊奉使往燕時逃亡隨來中路越王叩手而笑曰鴻娘之俠氣紅拂妓不能過也然狄
娘子之逢承相時則翰林秀士逢玉鄭易諳鳳凰麒麟而桂娘子從於承相之時則窮
困之時矣尤奇也不知緣何以逢乎承相笑曰少遊其時事言之實可笑遠方騎
羈書生過飮村店濁醪過天津酒樓洛陽才子數十人挾娼樂而飮酒賦詩於其上小
妾亦在其中矣少遊以弊布之衣沾雨之巾假酒力而進座上諸生乘馬之奴無有如
少遊之麤粗矣少遊醉中元無璇惑荒難之句不知以何爲辭而諸詩之中少妾擇少遊
之詩而歌之諸人已有約故不敢爭蟾月此亦似因緣矣越王大笑曰承相爲兩
場壯元知爲天下之快事然此日之快上於壯元矣其詩似妙可得聞乎承相曰其時
醉言忘已久矣王願見蟾娘曰承相雖未記娘子則似想得矣蟾月曰妾記之不知

以紙筆書獻之以徵唱之乎越王大悅曰君兼聽玉人之聲則又快事也蟾娘以碎
玉之聲三章詩次第而誦滿座動色矣王嗟嘆曰丞相之詩桂娘之色與聲真
可謂三絶也第二詩花枝羞殺玉人粧未發纖歌氣已香宛然盡出蟾娘丞相
是太白之一類洛陽凡常之徒何敢望也酌酒金鍾賞蟾月矣鴻月兩人與越宮
四女清歌妙舞獻壽於賓客似鳳凰雙鳴青鸞對舞真敵手也無一分參
差況玉燕之姿色與鴻月齊名其餘三人雖未及玉燕而亦稀世之色也彼此相敬
越王亦見不負於魏府心中爲喜也酒半醉止巡杯便與賓客出去帳前見
武士射獸之狀越王曰美女騎射亦好觀吾宮中女妓中有弓馬精熟者數十
人丞相府中正有北方女子皆調發射雉而見之丞相最好云而抜善射者二十人
而較才秋鸞鴻告于丞相曰妾雖未習射而曾見他所謂識射矣丞相解弓箭
而給之鸞鴻觀謂諸人曰不中諸娘子勿笑也飛上馬周行帳前而一雉見逐
於狗而高飛鸞鴻回細腰而彎弓徽五色之羽墜於空中丞相及越王大笑矣

驚鴻還馳下馬於帳前爲男子之拜而弓箭還納於丞相從容入座諸娘子皆
稱賀矣此時獵取之物積如雲而女子之中亦多捉雉兎越王及丞相等賞其
功金帛賞賜而還進帳中撤饌樂賓主進座使六美人發聲絃而傳杯觴
月思想吾兩人雖不負於越女而彼則四人我則一雙殊孤单可惜不得携來春娘
々々歌舞雖非所長顔色言語豈不壓倒於雲仙輩乎忽見越邊道衢二人驅
油碧車轉於花落々芳草之上而漸近闈者問之驅車之奴曰楊丞相小室而有故
不得一時來矣軍中告于丞相々々想正是春娘鴻月而來矣行色何太簡畧
手使之招入軍至帳前捲朱簾而兩女子出立前者正是沈裊烟後者宛然夢中所
逢洞庭龍女進承相之前叩頭而謁承相指越王曰此越王殿下汝輩禮謁禮畢賜
座而使與鴻月同座承相謂越王曰此兩人少遊征伐西蕃時所得之妾也未及率來家
内矣聞吾陪大王而樂似爲觀光而來矣王見兩人容皃之秀麗與鴻月無高下物
縹緲之氣像尤過之王大奇之越宮美人爲之奪氣王問曰兩美人姓名云何兩人對

曰妾裊烟姓沈氏西涼州人也妾淩波姓白氏家在洞庭瀟湘之間逢患亂流離西遷
々方而從楊丞相而來矣王曰兩娘子容貌氣質真天人也亦有所爲風流乎裊烟
對曰妾遐方之人未得聞絲竹管絃之聲以何樂大王乎唯自兒時漫學劒舞而此軍
中之戲不宜於貴人之觀也王悅謂丞相曰玄宗朝公孫大娘之劒舞有名於天下今不傳
曲每吟杜子美之詩而嘆其不見此娘子爲劒舞則大快之事也遂各解腰佩寶劒與
裊烟々々捲袖解帶錦筵之上舞一曲紅粧白日相輝如三月之雪灑于桃花之林矣漸
々急舞劒光滿於帳中而不見人而已白虹射天寒風裂衆幕座中之人無不骨冷髮竦
矣裊烟盡其才則慮驚王擲劒叩頭而退越王始定精神謂裊烟曰人間劒舞何以至於此
吾聞神仙有爲劒術者娘子非其人耶裊烟曰西方風俗以兵戟爲遊自兒時見以習之有
何道術乎王曰吾還去擇宮中身輕善舞女子而送之娘子教毋辭勞裊烟曰謹奉
教矣王又爲淩波曰娘子爲何才也淩波對曰妾之家古之娥皇女英所遊之地也風
清月白之夜則風流之聲今在雲水之間妾自兒時依倣其聲漸自娛樂恐非大王

之所聽也王曰寡人雖於書冊上見湘灵之彈琴而未聞其曲之傳世娘子能之則伯牙師曠何足云也凌波自車中出二十五絃彈一曲哀怨清切三峽水落九秋鴈唳四座悄然多悲慼矣而已千林颯颯而動秋聲病葉亂落越王大奇之曰不信人間曲調能回天地之造化意者娘子非世上人也此曲調世人爭之耶凌波對曰妾不過傳古聲而已有何能奇何以不可爭乎便玉燕告于王曰妾雖無才試使妾之所能風流傳得白娘子之湘灵曲矣玉燕抱秦筝以十三絃二十五絃之聲一一傳來用手之法精切流動少無差錯誤鶯曰此娘子之聰明蔡文姬不能及也丞相及鴻月皆稱賛不已越王最喜也

駙馬罰飲金巵酒　聖主恩借翠微宮

此日樂遊原之宴烟波兩人推後至而助賓主之歡高興有餘而日已暮矣將罷宴而兩家各出金銀彩緞爲纏頭真珠斛量錦帛之積侔於紫閣峰矣越王及丞相上馬帶月色而入城門兩家女樂爭道珮玉之聲如流水香風不絶於十里墮釵碎珠鋪於道上馬蹄有聲矣長安士女雲集填巷百歲老翁垂淚而言曰兒時觀玄宗皇帝華清

宮氣動正如此矣不意老來復見太平氣像也此時兩夫人與秦氏賈女侍柳夫人請承相之還矣承相引沈裊烟白凌波見於柳夫人及兩夫人鄭夫人曰承相每說兩娘子救承相之危有功於国家日望其逢何來之晚也烟波對曰妾等是遠方鄉僻之人蒙承相之不棄而猶慮兩位夫人之爲非久爲趑趄至於京師便聞人言夫人德化如關雎樛木無不稱誦故始欲進門下適遇承相出郊外之時幸參勝宴矣蘭陽見承相而笑曰我宮中花色方盛相公則以爲相公隨之風彩而須知我兄弟之功也承相大笑曰貴人喜稱譽之說誠然矣鄭夫人問於鴻月曰今日勝負何如鷰月對曰僅免羈府之辱矣鴻娘曰鷰娘雖折賤妾之大言而妾以一矢奪越王之氣妾言之不虛問于鷰娘也鷰娘曰鴻娘軍馬之才可謂英特而越人之奪氣此皆服新來兩娘子仙貌仙才豈鴻娘之功君又言古事於鴻娘矣春秋時賈大夫之陋惡有名於天下娶妻三年而不笑賈大夫與其妻出郊射雉而從其妻始笑今鴻娘之射雉倘與賈大夫有同乎鴻娘曰以賈大夫之陋而因弓矢之才使其妻笑若使子都射雉而中則尤豈不人愛乎鷰娘曰鴻娘自誇去而益甚此皆承相使鴻娘

驕慢之害也承相笑曰久知蘇娘之才而不知有經術矣何時爲春秋左傳乎蟾月曰閑暇之
時閱於回真院矣翌日承相退朝欲歸家矣太后娘娘召承相及越王俱引見兩人入去榮陽
蘭陽已召來矣太后問越王曰吾見昨日與承相鬪春色云勝負畢如何越王奏曰妹夫福
祿非人之所敵也但承相如此之福於妹子爲福與否問于承相也承相奏曰越王不勝於臣云
者正如李白奪氣於崔顥也於公主爲福與否願問諸氷賓太后顧見而公主對曰夫
婦一身榮辱苦樂無異爲福於承相則亦女兒等之福也越王言妹子之言雖好非
真情矣自古駙馬無楊丞相之放恣者此亦係國綱請下楊少遊於有司以
致不畏朝廷之罪太后大笑曰楊駙馬誠有罪而若以法治之則吾之女兒爲寡嫠
將屈王法矣越王曰雖然楊少遊推問於御前見其對而處亂太后從之推考曰
古之爲駙馬者不敢置姬妾敬畏朝廷也况榮陽蘭陽兩公主容貌才德如天
人楊少遊不思敬奉求聚美人不已挾邪人臣之道毋爲隱諱而直告丞相罪
狀奏曰臣少遊蒙恩國官至三台年猶少不禁少年風情家內畜有爲歲

衆之人惶悶待罪雖然竊見國家法令事在令前則分揀矣臣家雖有多媵
淑人秦氏皇上賜婚之人不在議論之中而妾桂氏臣之書生時所得之人妾賈氏狄
氏沈氏白氏此四人之從臣西征臣之未爲駙馬之前而其後家屬從公主之勸非臣之擅
也太后命分揀越王奏曰公主雖有勸楊少遊之道不宜家齋請更問丞相恩叩頭曰
臣罪萬死而自古作罪之人有論功之規臣賴皇上之任使東降三鎭西平吐蕃
功亦不少以此似可續罪矣太后大笑曰楊郎社稷之臣吾宜待以女婿乎使着紗
帽越王曰雖以重功不加之罪而不可永赦當爲罰杯太后笑從宮女奉白玉杯而來越
王曰丞相酒量如鯨何以罰小杯乎親自指揮一手金巵滿酌而罰丞相起而拜受而
一吸丞相雖太量輒飮斗酒何以不醉叩頭奏曰康年甚愛織女丈人怒少遊家
有姬妾岳母罰果雖爲婿於夫家矣臣大醉請退去起而顚仆太后大笑使宮
女扶而出送謂兩公主曰楊郎困於酒氣不平汝等皆出脫衣進茶兩公主笑曰雖非
也女等脫衣之人不爲不足矣太后曰雖然婦女之道不可不行也兩公主隨丞相

而歸家柳夫人明燭堂上而待見丞相之大醉問曰前日宣醞無過醉之時今日
何爲如是醉乎丞相以醉眼久視公主而告曰公主之兄構兒子之罪於太后
震怒事將不測兒子善辭僅得解釋而越王猶欲害兒子勸太后毒酒飮罰
哉乎殆矣此雖越王較義人而不勝爲含憾報復之計而亦蘭陽妬忌吾姬妾
同謀於越王而困我也前日仁言何可信也母親請欲飮蘭陽以罰酒爲兒子雪
憤夫人笑曰蘭陽之罪不分明素不飮酒必欲罰則以茶代之丞相曰必欲罰酒矣
公主不飮罰則醉容不解怒使侍女送罰杯於蘭陽受而欲飮酒之際丞相坐
疑奪杯而欲飮蘭陽急墜于地杯底有餘瀝丞相指而嘗之砂糖水也丞相咆哮
使持酒而來親酌一盃送蘭陽蘭陽不得已受飮丞相告于柳夫人曰罰兒子雖蘭陽
之謀詐而鄭氏亦無不參觀吾困於太后之前而與蘭陽目而相笑其心不可測請
爲罰夫人笑送一盃於鄭氏鄭氏移座受飮而復入座矣柳夫人答曰太后娘娘罰少遊
之有姬妾也因此主母兩人皆飮罰酒姬妾何可晏然乎鴻月烟波俱罰一盃酒

人跪受而飮蟾月驚鴻告于夫人曰太后娘〻之罰丞相責有娘〻妾非爲樂遊原會
也烟波兩新人尚未抱衾着未亂顔而與妾等共飮罰酒賈孺人侍丞相如此之久
恩寵如此之專而不往樂遊原稀免罰下情共爲不平矣夫人是之大盃罰春雲〻〻含
笑飮罰酒此時諸人皆罰酒殊紛〻蘭陽公主則困於酒而不耐唯秦淑人不言不笑承相
曰秦氏如真然而視人之疵不可不罰送一盃秦氏笑而飮柳夫人問兒公主之氣何如對曰頭
痛涔〻夫人使秦氏扶公主往寢房使春雲斟酒而來把杯曰吾之兩子婦〻天上神仙吾
每恐損福今少遊狂使酒情使蘭陽不得安大后娘〻聞之則必過憂爲臣子貽憂於君
父極矣此皆老身不能教兒子之罪此盃吾自罰云矣盡飮之承相惶恐跪告曰母親教
以自罰兒子之罪深矣使驚鴻以大巵酌酒而來起而拜曰少遊母親教令不能順從飮
罰酒盡吸之大醉不能坐欲去凝香閣鄭夫人使春雲扶而去春雲曰賤妾不敢往從
桂娘子狄娘子罵之矣使鴻月兩人往蟾月曰雲娘子以我言不往賤妾尤有嫌矣鴻
娘笑而起侍承相往諸娘子各散矣承相以烟波兩人性好山水定居於花園之中清潭

廣如江湖其中有彩閣名迎迓樓使居淩波潭北有假山萬玉峰峨老松瘦竹交陰而其間有亭子名氷雪軒使居裊烟諸婦女遊花園之時此二人爲主人矣諸婦人從容問童女曰娘子神道變化可以得見乎龍女曰此則吾之前身時事吾賴天地造化得人身之時脫身而骨與鱗積如山雀變爲蛤之後豈有兩翼高翔裊烟則雖於夫人承相之前時以劍舞爲歡而亦不頻爲曰初假舞術逢承相而殺伐之事非常時之觀去此遂爲夫人及六娘子相親如手足承相之恩情彼此如一此雖諸人德性之義而實則當初於南岳九人之發願如此云云一日而夫人相議曰古人姊妹多人嫁於一国其中有妻有妾今我妻六妾雖各姓當爲兄弟稱之以姊妹六人皆謂不敢當而春雲及鴻月則尤若辭鄭夫人曰劉關張君臣而不背兄弟之義我與春娘本閨中朋友豈不爲兄弟耶須夫人世尊之妻登伽女子淫亂之娼女共爲佛弟終得正果以初微賤何自慊也而夫人率六娘子進觀音像前焚香以告曰維年月日弟子鄭氏瓊貝蕭和李氏彩鳳秦氏春雲賈氏蟾月桂氏驚鴻狄氏裊烟沈氏淩波白氏謹告于南海大師弟子八人雖

各家長事一人情合氣同譬如一樹之花吹於風頭或墜於九重或墜於閨閣或墜
於村家或墜於陌上或墜於邊方或墜江南求其本則豈有異哉自今日豈爲兄弟
與共死生苦樂或有懷異心者則不容於天地伏望大師降福除殃百年之後共歸於極
樂世界也此後則六人雖守名分不敢以兄弟稱號而兩夫人則常時稱以妹子恩意尤至
矣八人各有子女而兩夫人春雲裊烟鴻月男子蔡淑人及龍女〻子而皆一次產育之後更無
孕胎此亦異凡人矣此時天下太平朝廷無事承相出則陪天子遊獵於上林苑入則奉
大夫人宴於北堂舞袖翻歲月風流之聲催光陰承相在相位過累十年柳夫人與鄭
司徒夫妻年至上壽之後別世承相諸子已列朝廷六男二女皆類父母風彩玉樹芝蘭
暎於門庭第一子名大卿鄭夫人出子爲禮部尚書第二子次卿狄氏所生京兆尹
第三子叔卿賈氏所生爲御史中承第四子季卿蘭陽公主之子爲吏部
侍郎第五子有卿桂氏所生爲翰林學士第六子致卿沈氏所生年十五勇
力絶倫天子愛之爲金吾上將軍率京營軍十萬護衛大闕矣長女名金

丹秦淑人所生爲越王子瑯琊王之夫人小女名永樂洞庭龜王之外孫爲皇太后
之妾封良娣楊丞相以一介書生遭知己之主武定禍亂文致太平功名富貴與
郭汾陽齊名而汾陽六十方爲將相而少遊二十爲丞相前後享相位過汾陽
之二年四夷君臣長享太平福祿之完全亘于古所無也丞相自謂久在相位家
門盛滿上疏請去官退危天子親批曰卿之勳業覆世德澤霈在百姓國家
之所依賴寡人之所仰昔太公及召公年百歲尚輔成康今卿非衰危之年況張
子房之道肖異於凡人李鄴侯之仙風超出世上風彩如玉堂製詔之時精神如
渭橋討賊之時當回箕山高志致世於唐虞上疏所請不允矣承相本佛家高節
子諸娘子南岳女仙稟氣灵異承相又傳受藍田山道人之仙方春秋雖高而九人之
容貌益少時人疑以神仙故詔書如此矣承相上十餘疏詔益懇切上引見曰卿之
志如此朕豈不成高節但卿就封建之邦則距京師千里之外国家大事難於議
論皇太后棄世之後則與蘭陽不相離忍上城南四十里地有一離宮名翠微宮昔

玄宗皇帝借岐王而避暑處也此地最宜於暮年優遊令其御而使居處矣遂
詔曰魏國公楊少遊加太師並封食邑五千户上承相印綬矣
楊承相登高望遠　眞上人返本還元
承相感激聖恩叩頭謝恩擧家移住翠微宮此宮在於終南山中樓臺之壯麗景致
之奇絶宛然如蓬萊仙景王維學士之詩曰仙家未必能勝此何事吹簫向碧空此一句
可知其景槩也承相空正殿奉安詔書及御製衣詩文其餘樓閣臺榭諸娘子分居日日
侍承相臨水訪梅作詩題於雲籠雲之壁彈琴而和松風清閒之福左爲人所羨也承相
之誕閣亦過累歲八月念間是承相生辰也諸子女皆會連十日設宴繁華盛義古所未
聞也罷宴諸子各散之後便屆菊秋佳節菊花蘂黃萸英紫紅正是登高之時
也翠微宮西有高臺登其上則八百里秦天如視諸掌承相最愛之之地也此日兩夫人
與六娘子登臺頭揷菊花戲弄秋景口殿八珠具管絃只使雲扶果盒鑊月擕
玉壺細斟菊花酒妻妾次第獻壽而已斜日回昆明池雲影落秦天擧目一見秋光

蒼茫矣承相自把玉簫吹數聲嗚〻咽〻如怨如訴如泣如慕如荊卿渡易水而難別漸
離如霸王起飮帳中而顧見虞姬諸美人凄然有悲色矣而夫人斂衽而問曰承相功名
已成富貴已極萬民之所羨千古之所未聞當佳辰弄風景香酒滿酌佳人在傍此亦人生
之喜事而簫聲如此今日洞簫非旧日洞簫也承相投洞簫召夫人娘子倚欄干擧手指示
曰北望平郊杞原夕陽暎衰草此則秦始皇阿房宮也西望悲風吹寒林暮雲覆空
山此即漢武帝之茂陵也東望粉堞繞靑山朱甍隱於半空明月自去來而無倚玉欄
之人此即玄宗皇帝與太眞妃子所遊之華淸宮也此三君千古英雄四海爲家億兆爲
臣妾豪華意氣百年猶以爲短矣而今安在哉少遊淮南地布衣之士也蒙聖天子之
恩爵至將相諸娘子相從恩情百年如一日若非前生宿緣何以至於此乎人生以緣會緣
盡各歸天地之常理我百年之後高臺已頹曲池已塡歌舞之地變爲衰草荒烟而樵
夫牧童上下而嘆曰此楊承相與諸娘子所遊之處也承相之富貴風流諸娘子玉容
花態而今安在云則人生豈不瞥然乎吾思之天下儒道仙道佛道最尊此謂

三教也儒道生前事業身後流名而已神仙自古稀求而得之者秦始皇漢武帝玄
宗皇帝可以見也吾自致仕之後夜間就睡每於蒲團之上參禪此必與佛家有緣
吾將張子房願從赤松子棄家求師渡南海尋觀音登五臺禮文殊得不生不滅之道
超出塵世之苦樂與諸娘子從半生一朝欲別悲懷自發於曲調矣諸娘皆前
生有根氣之人亦盡世緣聞此言自然感動曰相公富貴繁華之中生如此清淨
之心張子房何足言也妾等(諸娘子)姊妹八人當於深閨之中焚香禮佛以待相公之還相公
今行當遇明師仁友而得大道得道之後請先濟度妾等也承相大悅曰九人之意
真快事也吾當明日行今日則與諸娘子盡醉矣諸娘子曰妾等各奉一杯餞相
公欲洗盞更酌矣忽聞石逕投節之聲異之思想何許之人上來乎一胡僧眉秀
眼清容貌奇異儼然至座上向承相而為禮曰山野之人謁於大丞相矣承相知為
異人惶忙答禮曰師父從何來乎胡僧笑曰承相不識平生故人耶可謂貴人善忘也承
相細觀則顏面果熟忽然覺悟顧見凌波娘子曰少遊前日征伐吐蕃之時到洞庭

龍宮宴罷歸路遊於南岳一和尚坐於法座講論經文師父非其和尚耶胡僧拍掌
大笑曰是矣是矣雖是思夢中暫見之事不知十年同處誰謂楊壯元聰明乎承相茫
然曰少游十五六歲之前未嘗離父母膝下十六及第連有職名東使燕國西伐吐蕃之
外曾未久離京城何時與師父十年相從乎胡僧笑曰相公猶未覺春夢矣承相曰何以
則師父能使少游覺春夢乎胡僧曰是不難舉手中錫杖擊石欄干忽然自四面山
谷中雲起而籠於臺上昏昏暗暗咫尺不卞丞相若在醉夢中良久乃大聲疾呼曰師
父不以正道指教少游乃以幻術相戲耶言未盡雲氣盡捲胡僧及兩夫人六娘子皆無蹤
跡良久驚大惑定睛詳見則層樓傑臺疎簾寶帳都不可見而自顧其身則獨在小菴
中蒲團上火消香爐日在西峰自撫其頭則頭髮新剃餘根鬆鬆百八顆念珠已垂項前
真是小和尚形模非復大丞相威儀神精惚惚胸膈憧憧矣旣久忽覺其身是蓮花道場
性真小和尚也回念初被師傅戒責隨力士往豐都幻生人世爲楊家之子早捷壯元爲翰林之
官出將三軍入總百揆上疏乞退謝事就閑與兩公主六娘子對飲舞聽琴瑟盡閑

[illegible]今也事耳今日此[illegible]
貴婆帝界與女情慾皆無幻世界尚存泉淨洗盡而着衲整身曰諸方丈衆闍利已
會矣大師高聲問曰性眞人間滋味果何如也性眞叩頭流涕曰性眞已大覺矣弟子無狀
猶心不正自作之孽誰怨誰咎須落鈌陷之世界永受輪廻之咎殃而師傅喚起一夜之今能
悟性眞之心師傅大恩雖閱千萬歲而不可報也大師曰汝乘興而去興盡而來我有何干涉之
事乎且汝曰弟子今人間輪廻之事此汝以夢與人世分而二之也汝之夢猶未覺莊周夢爲蝴蝶
蝶又變爲莊周莊周蝴蝶之夢爲莊周耶莊周之夢爲蝴蝶耶終不能卞之孰知何事之爲夢
何事之爲眞今汝以性眞爲汝身以夢爲汝身之夢則汝亦身與夢爲非一物也性眞少游孰是夢也
孰非夢耶性眞曰弟子蒙暗不能卞夢非眞也眞非夢也望師傅說法使弟子覺之大師曰我當
說金剛經大法以悟汝心而當有新來弟子汝姑待之言未畢守門道人入告曰昨日所來衛夫人
八座下仙女八人又到請謁於大師矣大師命召之八仙女詣大師之前合掌叩頭曰弟子等雖
侍衛夫人左右而實無所學未除妄念情慾尚動重蒙大師慈悲一夢無人喚醒今家

師傅慈悲親往翠來而昨往衛夫人宮中稱謝前日之厚從謝夫人乘故佛門伏乞師傅憐憫焉衍從將垂明教大師曰女仙之意雖美佛法深遠難測今非德量大發願則道不能成者唯仙女自得量處之心仙女即退除滿面之臙粉脫遍身之衛穀取金剪刀自剪綠雲之髮後入告曰弟子既是変形誓不慢師傅之教訓矣大師曰善哉善哉汝等八人也至誠如此學不厭勤遂因上法座講說經文其經有白毫光射世界天花下如亂雨等語說法將畢乃誦四句之偈性真及八尼皆頓悟本性大得寂滅之道大師見性真戒行純熟乃會衆弟子而言曰我本為傳道遠入中国今既得傳法之人我今行矣以袈裟及一鉢淨瓶錫杖金剛經一卷給性真遂向西天而去此後性真率蓮花道場大衆大宣教化仙與乾神人與鬼物尊重性真如大視大師八尼皆師事性真深得菩薩大道畢竟皆脫於極樂世界嗚呼異哉

노존본A 하버드대본

【해제】

노존본A 하버드대본

노존본A 하버드대본은 현재 전하는 한문 노존본에서 가장 중요한 이본 중 하나로 꼽히는 것이다. 상·중·하 3책으로 되어 있고, 상권은 47장, 중권은 65장, 하권은 52장 모두 164장이며, 縱이 30㎝, 橫이 20㎝로 되어 있다. 필사 연도는 미상이며, 현재 미국 하버드대학 燕京學會에 소장되어 있다.

노존본A 계열에 속하는 이본들 대부분이 분량상 적게는 작품의 3분의 1, 많게는 절반까지 을사본과 궤를 같이 하고 있어 순 노존본에 속하는 이본은 없다고 해도 과언이 아니다. 이 이본들 중 하버드대본은 비록 군데군데 을사본과 같은 모습을 보이기는 하지만, 한 회분(8회) 정도와 몇몇 부분이 을사본과 같은 모습을 보이는 김동욱본(105장)과 함께 가장 순전한 노존본의 모습을 보여주고 있다는 점에서 현전 노존본A 계열 이본 중 最善本이라 할 수 있다.

하버드대본은 유려한 문체, 세밀한 인물 묘사, 풍부한 사건의 형상화 등 노존본A의 특징적인 요소를 단적으로 보여준다. 다만 노존본B에 비해, 그리고 다른 노존본A에 비해 인명과 지명에서 오류가 자주 발견된다.

이 필사본은 『구운몽 원전의 연구』(일지사, 1977)에 영인된 바 있다.

九雲夢卷之一

老尊師南岳講妙法　少沙彌石橋逢仙女

天下名山有五焉東曰東岳即泰山西曰西岳即華山南曰南岳即衡山北曰北岳即恒山中央之山曰中岳即嵩山此所謂五岳也五岳之中惟衡山距中土最遠九疑之山在其南洞庭之湖徑其北湘江之水環其三面若祖宗儼然中處而子孫羅立拱揖焉七十二峯或騰踔矗天或嶄嶭而截雲如奇標俊彩之美丈夫七竅百骸皆秀麗清爽無非元氣所鍾矣其中最高之峯曰祝融曰紫蓋曰天柱曰石廩曰蓮花五峯也其形擢竦其勢陟高霧翳掩其真面霞氣蔽其半腹非天氣廓掃日色晴朗則人不能得

其彷彿禹昔大禹氏治洪水登其上立石記功德天書玄篆歷千萬而尚存秦時女仙魏夫人修鍊得道受上帝之職率仙童玉女來鎮此山即所謂南岳魏夫人也盖自古昔以來靈異之跡環奇之事不可殫記唐時有高僧自西域天竺國入中國愛衡岳秀色就蓮花峰上結草菴以居講大乘之法以教衆生以制鬼神於是西教大行以為生佛復出於世富人薦其財貧者出其力鑱疊嶂架絶壑鳩材僝工大開法宇幽敻寥闃勝槩千萬杜工部詩所謂寺門大開洞庭野殿脚插入赤沙湖五月寒風冷佛骨六時天樂朝香鑪四句已盡之矣山勢之傑道場之雄可知為南方之最其和尚唯手持金剛經一卷或稱六如和尚或

謂六觀大師弟子六百人中修戒行得神通者三十餘人
有小闍梨名性真者皃瑩氷雪神凝秋水年纔二十歲三
藏經文無不通解聰明智慧卓出諸髡大師甚加愛重将
欲以衣鉢傳之大師每與衆弟子講論大法洞庭龍王化
為白衣老人来參法席味聽經文一日大師謂衆弟子曰
吾老且病不出山門已十餘年今不可輕動矣汝輩众人
中誰能為我入水府拜龍王荅行回謝之禮乎性真請行
大師喜而送之性真著七斤之袈裟曳六環之神節飄飄
然向洞庭而去俄而守門道人告於大師曰南岳衛真君
娘娘送八箇女仙已到門矣大師命召之八仙女次第而
入周行大師之座至三回乃已以仙花散地訖跪傳衛夫

人之言曰上人処山之西我則在山之東起居相近飲食
相接而賤曺多事使我苦惱尚未得一造法座穩聽玄談
處仁之智蔑矣交隣之道闕矣茲遣洒掃之婢敬修起居
之禮兼以天花仙果七宝紋錦以表區〻之誠遂各以所
領花果宝貝擎進於大師〻〻親受之以授侍者供養於
佛前屈身而禮叉手而謝曰老僧有何功德荷此上仙之
盛餽仍設齋以待八仙女於其敀致敬謝之意而送之八
仙女同出山門携手而行相謂曰此南岳千山一丘一水
無非我家境界而自和尚開道之後便任鴻溝之分蓮花
勝景在於咫尺而未得探討矣今者吾儕以娘〻之命幸
到此地且春色政妍山日未暮趂此良辰陟彼崔嵬振衣

於蓮花之峰濯纓於瀑布之泉賦詩而吟乘興而歸誇張
於宮中諸婦妹不亦快乎皆曰諾遂相與緩步而上俯見
瀑流之源緣崖而行遵水而下小憩于石橋之上此正春
三月也林花齊綻烟霞迷籠望之如展錦繡之色谷鳥爭
鳴嬌音宛轉間之如奏管絃之曲春色使人駘蕩物色挽
人留連八仙女油然而感怡然而樂踞坐橋上俯瞰濟流
百道飛泉滙為澄潭清冽瀅澈如挂廣陵新磨之鏡翠蛾
紅粧照耀水底依俙然一幅美人畵新出於龍眠手下也
自愛其影不忍即起不覺夕照度嶺暝靄生林也是日性
真至洞庭劈琉璃之波入水晶之宮龍王大悅出迎於宮
門之外延入殿上分席而坐性真俯伏奏大師遣謝之言

龍王恭已而聽之遂命設大宴而接之珍果仙菜豐潔可
口龍王親自執酌以勸性真、、固讓曰酒者伐性之狂
藥即佛家之大戒賤僧不敢飲也龍王曰釋氏五戒中禁
酒予豈不知寡人之酒与人間狂藥大異只能和人之氣
未㝵蕩人之心上人獨不念寡人殷勲之意耶性真感其
厚眷不敢強拒乃連倒三巵拜辭龍王出水府御泠風向
蓮花而來至山底頗覺酒暈上面昏花纈眼自訟曰師父
若見兩頰紅潮則豈不驚恠而切責乎即臨溪而坐脫其
上服攝置於晴沙之上手掬清波沃其醉面忽有異香撲
鼻而過既非蘭麝之薰亦非花卉之馥而精神自然震蕩
鄙吝倏尒消鑠悠揚荏弱不可形喻乃自語曰此溪上流

有何採奇花郁烈之氣泛水而来耶吾當往而尋之更整
衣服緣流而上此時八仙女尚在石橋之上正與性眞相
遇性眞捨其錫杖上手而禮曰金女菩薩俯聽貧僧之言
貧僧即蓮花道場六觀大師弟子也奉師之命下山而去
方還歸寺中矣石橋甚狹菩薩齊坐男女恐不得分路惟
願金菩薩暫移蓮步特借歸路八仙女答拜曰妾等即衛
夫人娘娘侍女也承命於夫人問候於大師歸路適少留
於此矣妾等聞之禮云於行路男子由左而行婦女由右
而行此橋本来偏窄妾等且已先坐令道人從橋而去於
禮不可請別尋他路而行性眞曰溪水既深且無他徑欲
使貧僧從何處而去乎女仙等曰昔達摩尊師乘蘆葉涉

大海和尚若學道於六觀大師則必有神通之術涉此小
川何難之有而乃與兒女子爭道乎性真咲而對曰試觀
諸娘子之意必欲索行人買路之錢也我貧寒之僧本無
金錢適有八顆明珠請奉獻於諸娘子以買一線之路說
罷手折桃花一枝以擲於仙女之前四雙絳蕚即化爲明
珠祥光滿地瑞彩燭天若出於海蚌之胎八仙女各拾取
一箇顧向性真粲然一笑竦身乘風騰空而去性真佇立
橋頭擡首遠望良久雲影始滅香風盡歇惘然如失惆悵
而歸以龍王之言復於大師大師詰其晩歸對曰龍王待
之甚款挽之頗懇情禮所在不敢拂衣而卽出矣大師不
答使之退休性真來到禪房日已曛黑矣自見八仙之後

嫩語嬌聲尚留於耳邊艷態姸姿猶在於眼前欲忘而難
忘不思而自思神魂怳惚悠悠蕩蕩兀肢端坐默念於心
曰男兒生世幼而讀孔孟之書壯而逢堯舜之君出則作
三軍之帥入則爲百揆之長着錦袍於身結紫綬於腰揖
讓人主澤利百姓目見嬌艷之色耳聽幼妙之音榮耀極
於當代功名垂於後世此固大丈夫之事也噫我佛家之
道不過一盂之飯一瓶之水數三卷之經文百八顆之念
珠而已其德雖高其道雖玄寂寥太甚矣枯談而止矣假
令悟上乘之法傳祖師之統直坐於蓮花臺上三魂九魄
一散於煙焰之中則夫孰知一箇性眞生於此天地之間
乎思之如此念之如彼欲眠不眠夜已深矣霎然合眼則

八仙女忽羅列於前矣驚悟開睫已不可見矣遂大悔
曰釋教工夫正其心志斯為上行也我出家十年曾無半
點苟且之心矣邪心忽發令乃如此豈不有妨於我之前
程乎遂自爇旃檀趺坐蒲團振刷精神輪盡項珠方靜念
千佛矣忽聞童子立牖外呼之曰師兄着睡否師父命召
之矣性真大愕曰深夜促召必有故也仍與童子偕詣方
丈大師集衆弟子儼然正坐威儀肅々燭影煌々乃厲声
責曰性真汝知汝罪乎性真顛倒下階跪而對曰弟子服
事師父十閱春秋而曾未有毫髮不順不恭之事誠愚且
昏實不知自作之罪矣大師曰修行之工其目有三曰身
也曰言也曰意也汝往龍宮飮酒而醉歸到石橋邂逅女

子以言語酬酢折贈花枝與之相戲及其還來尚且纏戀
初既盡心於美色旋且留意於富貴慕世俗之繁華厭佛
家之寂滅與三行工夫一時壞了其罪固大矣不可仍留
於此地也性真扣頭泣訴曰師乎師乎性真誠有罪矣破
酒戒因主人之强勸而不獲已也與仙女酬酢言語只為
借路本非有意有何不正之事乎及歸禪房雖萌惡念一
倏那間自覺其非惕狂心之走作鵠善端之自發咋指追
悔方寸汝正此儒家所謂不遠而復者也苟使弟子有罪
則師父撻之儆戒亦教誨之一道何必迫而黜之俾絕自
新之路乎性真十二歲棄父母離親戚依歸師父即剃頭
髮言其義則無異生我育我語其情則所謂無子有子父

子之恩深矣師弟之分重矣蓮花道場即性眞之家舍此
何之大師曰汝自欲去吾令去之汝苟欲留誰使汝去乎
且汝自謂曰吾何去乎汝所欲往之処即汝可歸之所也
仍復大聲曰黃巾安在乎忽有神將自空中而下俯伏聽
令大師分付曰汝領此罪人往酆都交付於閻王而回性
眞聞之肝膽隳落涕淚迸出無數叩頭曰師父聽此性眞
之言昔阿難尊者入於娼女之家與同寢席共其操守而
釋家大佛不以為罪但說法而教之弟子雖有不謹之罪
比之阿難猶且輕矣何必欲送於酆都乎大師曰阿難尊
者未制妖術雖與娼女親近其心則未嘗變矣今汝則一
見妖色全失素心嬰情冕紱流涎冨貴其視於阿難何如

罪汝罪如此一番輪回之苦烏得免乎性真惟涕泣而已頓無行意大師復慰之曰心苟不潔雖処山中道不可成矣不忘其根本雖落於十丈狂塵之間畢竟自有稅駕之處汝必欲復敀於此則吾當躬自率來汝其勿疑而行矣性真知不可奈何拜辭於佛像及師父每師兄弟相別隨力士而敀八陰魂之関過望鄉之臺至酆都城外守門鬼卒問其所從來力士曰承六觀大師法旨領罪人而來矣鬼卒開城而納之力士直抵森羅殿以押來性真之意告之閻王使之召入指性真而言曰上人之身雖在於南岳山蓮花之中上人之名已載於地藏王香案之上矣上人得成大道一陞蓮坐則天下衆生必將普被陰德矣今因

何事欲至於此乎性真大慚良久乃告曰性真無狀曾遇南岳仙女於橋上不能制一時之心故仍以得罪於師父待命於大王矣閻王使左右上言於地藏王曰南岳六觀大師使黃巾力士押送其弟子性真要令冥司論罪而此与他罪人自別敢此仰禀矣菩薩答曰修行之人一往一来當依其所願何必更問閻王方欲按決矣鬼卒又告曰黃巾力士以六觀大師法令領八罪人来到於門外矣性真聞此言大驚矣閻王召其罪人南岳八仙女匍匐而入跪於庭下閻王問曰南岳仙女聽我言也仙家有無窮之勝槩自有不盡之快樂諸仙女何為而到此地也八人含羞而對曰妾等奉衛夫人娘娘之命修起居於六觀大師

路逢性真小和尚有問答之語大師以妾等為玷汚叢林
之靜略移牒於衛娘〻府中拉送妾等於大王妾等之升
沉苦樂皆懸於大王之手伏乞惟大王大慈大悲使之再
生於樂地閻王定使者九人指之前密〻分付曰率此九
人速往人間言訖大風倏起於殿前吹上九人於空中散
之於四面八方性真隨使者為風力所驅飄〻搖〻無所
終薄至於一処風声始息而足已在地上矣性真収拾驚
魂乘目而見之則蒼山峦〻而四圍清流曲〻而分流竹
籬茅屋隱然間者才十餘家矣使者携性真立於數間精
舍门外自入於内性真独立彷徨聽得人語數三女人相
對而立私相語曰楊処士夫人五十後始有胎候識人世

間稀罕之事矣臨産已久尚無兒声可恠可慮性真默想
曰今者我當輪生於人世而顧此形身只箇精神而已骨
肉定在蓮花峰上已火燒矣我以年少之故未畜弟子不
知更有何人収我舍利思量反復心切悽愴俄而使者出
揮手招之言曰此地即大唐國淮南道秀州縣也此家即
楊處士家也處士乃汝父親其妻柳氏即汝慈母也汝以
前生之緣為此家之子汝須速入毋失其時性真即入見
則處士戴葛巾穿野服坐於堂中對炉煎藥香臭藹〻肰
襲人房内隱〻有頻人呻吟之声矣使者促性真入房中
性真趑慮逡巡跪肰什地神昏乱窒若在天地反覆之中
者肰性真大呼曰救我〻〻而声在喉間不能成語只作

小兒啼哭之声矣侍婢走告於處士曰夫人誕生小郎君矣處士捧羹椀而入夫妻相對滿面歡喜性真飢則飲乳飽則止哭當其始也心頭尚記蓮花道場矣及其漸長知父母之恩情然後前生之事已茫然不能知矣處士見其兒子骨格清秀撫頂而言曰此兒必天人謫降也名之曰小游字之曰千里流光水駛犀角日長於焉之間已至十歲矣容如韞玉眼如晨星亂竇擢秀智慮深遠魁然若大人君子矣處士謂柳氏曰我本非世俗之人而以与君有下界因緣故久留於煙火之中蓬萊仙侶寄書招邀者已久而念君孤孑未能決去今皇天默佑英子斯得聰達超倫穎睿拔萃真吾家千里駒也君既得依倚之處晩年必

將覩榮華而享富貴也此身去留須不介念也一日衆道人來集於堂上與處士或騎白鹿或騎青鶴向深山而去此後唯往〻自空中寄書札而矣蹤跡未嘗到家矣

華陰縣閨女通信　藍田山道人傳琴

自楊處士升仙之後母子相依經過日月小游才過數年才名藹蔚本郡太守以神童薦於朝而小游以親老為辭不肯就之年至十四五秀美之容似潘岳發越之氣似青蓮文章燕許如也詩材鮑謝如也筆法僕命鍾王智略彙畜孫吳諸子百家九流三敎天文地理六韜三略舞槍之法用劒之術神授鬼敎無不精通蓋以前世修行之人心竇洞澈胸海恢廓觸處融解如竹迎刃非凡流俗子之比

也一日告於母親曰父親升天之日以門戶之責付於小子而今家計貧寠而老母勤勞兒子若甘爲守家之狗曳尾之黽而不求世上之功名則家声無以繼矣母心無以慰矣甚非父親期待之意也聞旺家方設科抄選天下之羣才兒子欲暫離母親膝下歌鹿鳴而西遊柳氏見其志氣本不碌碌少年行役不能無慮遠路難別且不關心而已知其沛然之意不可以阻乃黽勉而許之盡賣釵釧備給盤纏小游拜辭母親以三尺書童一匹蹇驢取道而行視千里如咫尺行累日至華州華陰縣長安已不遠山川風物一倍明麗以科期尚遠日行數十里或訪名山或尋古跡客路殊不寂寞矣忽見一區幽庄近隔芳林嫩柳交

影緑烟如織中有小樓丹碧照耀蕭洒遼[illegible]想遂
垂鞭徐行迫而視之則長條細柳拂地嫋娜若美女新浴
緑鬟臨風自梳可愛然可賞也小遊手攀柔絲躑躅不能
去嘆曰吾鄉蜀中雖多弥樹曾未見鬖鬖千枝毿毿萬縷
若此柳者也乃作楊柳詞其詩曰
楊柳青如織長條拂畫樓願君勤種植此對最風流

又曰

楊柳何青青長條拂綺櫳願君莫攀折此樹最多情
詩成浪詠一遍其声清亮豪爽宛若叩金而擊石一陣
春風吹其餘響飄散於樓上其中適有玉人午眠方
濃旦肰驚覺推枕起坐拓開繡户徙倚彫欄流眄凝

睇四顧忽声回与楊生兩眸相値鬖髿雲鬟亂垂双鬟玉釵欹斜眼波朦朧芳魂若癡弱質無力睡痕猶在於眉端鉛紅半消於臉上天然之色嫣然之態不可以言語形容丹青描畫也兩人脈脈相對未措一辭楊生先使書童於邸前客店使備夕炊矣至是還報曰夕飯已具矣美人凝情熟視開戶而入唯有陣陣暗香隨風而來矣楊生雖大恨一垂珠箔如隔弱水遂与書童回來一步一顧紗窓已緊閉而不開矣來坐店舍悵然消魂原來此女子姓秦氏名彩鳳即秦御史女子也早喪慈母且無兄弟年纔及笄未適於人矣時御史上京師小姐獨在於家夢寐之外豈逢楊生見其皃

而悅其風彩聞其詩而愛其才華乃思曰惟曰女子從人終身大事一生榮辱百年苦樂皆係於丈夫故卓文君以寡婦而從相如今我以處子之身也雖有自媒之嫌臣亦擇君故人不云乎今若不問其姓名不知其居住他日雖稟告於父親而欲送媒妁東西南北何處可尋於是展一幅之牋寫數句之詩封授於乳媼曰持此封書往彼客店尋得佩者身騎小驢到此樓下咏楊柳詞之相公而傳之俾知我欲結芳緣永托一身之意也此吾莫重之事慎勿虛往此相公其容兒如玉眉宇如畫雖在衆人之中昂昂如鳳凰之出雞群乳媼必親見傳此情書乳娘曰謹當如教而是時老爺若有問則

將何以對之乎小姐曰此則我自當之汝勿慮否乳娘出
門而去旋又至問曰相公求已娶室或既定婚則何以為
之耶小姐移時沉吟乃言曰不幸已娶則我固不嫌為副
而我覩此人年是青陽恐未及有室家矣乳娘往于客
店訪吟詠楊柳詞之客此時楊生出立於店門之外見老
婆來訪忙迎而問曰唯楊柳詞者乃小生也老娘之問有
何意耶乳娘見楊生之美不復致疑但云此非討話之地
也楊生引乳娘坐於客榻問其來爲之意乳娘問曰郎君
楊柳詞詠於何處乎答曰小生以遠方之人初入帝折愛
其佳麗歷覽遊勝今日之午適過一處即大路之北小
樓之下綠楊成林瞥見可玩感興之餘賦得一詩而詠

之矣老娘何以問之乳娘曰郎君其時與何人相面耶楊
生曰小生幸值天仙降臨樓上之時艷色尚在於眼異香
猶栖於衣矣乳娘曰老身當以實告之其家蓋吾主人秦
御史宅也其女子即吾家小姐也小姐自幼時心明性慧
大有知人之鑒一見相公便欲托身而御史方在京輦往
復禀定之間相公必轉向他處大海浮萍秋風落葉將
何以訪其蹤跡乎絲蘿雖切顧托之心爐金寶有自
躍之恥而三生之緣重一時之嫌小也是以捨經從權包
羞冒慚使老妾問郎君姓氏及鄉貫仍探婚娶與否矣
楊生聞之喜色溢面謝曰小生楊小游家本在楚年幼未
娶矣有老母在堂婚姉之禮必告於兩家父母而後行

之結親之約今以一言定之矣華山長青渭水不絶乳娘亦大喜自袖中出一封書以贈楊生〻〻折見乃楊柳詞也其詩曰

樓頭種楊柳擬繫郎馬駐如何折作鞭催向章臺路

楊生艶其淸新亟加歎服曰雖古之王右丞李學士蔑以加矣遂披彩〻牋寫一首詩以授乳娘其詩曰

楊柳千萬絲〻〻結心曲願作月下繩好結春消息

乳娘受置於懷中出店門而去楊生呼而語之曰小姐秦之人小生楚之人一散之後萬里相阻山川脩敻消息難通況今日此事既無良媒小生之心無可憑信之處也欲乘今夜之月色望見小姐之容光未知老娘以爲如何

小生詩中亦有此意望老娘更稟于小姐乳娘去即還
來曰小姐奉覽郎君和詩十分感激且仍傳郎君之
意則小姐曰男女未及行禮私與相見極知其非禮然方
欲托身於其人而何可有違於其言乎但中夜相會人
言可畏異日父親若知之則必有厚責欲待明日會
於中堂相與定約云矣楊生嗟嘆曰小姐明敏之見正
大之意非小生所及矣對乳娘再三勤囑無令失期乳
娘亦唯唯而去是夜楊生曾宿於店中展轉不寐坐
待晨鷄苦恨春宵之長也俄而斗杓轉西村鼓催鳴方欲
呼童而秣驢矣忽聞千萬人喧闐之声潮湧湯沸自西方
而來矣楊生大驚攝衣而出立街而見之則執兵之乱卒

避亂之衆入竄山谷野徐迸雜遝軍聲動地哭響干霄間之於人則曰神策將軍仇士良自稱皇帝起兵而反天子出巡楊州闕中大亂賊兵四散劫掠人家且傳言聞幽谷僻不通往來之人無論良賤皆作軍丁矣楊生慌忙驚惧遂率書童鞭驢促行望藍田山而去欲竄伏於深谷間矣仰見絶頂之上有數間草屋雲影掩翳鶴声淸爽楊生知有人家從岩間石徑而上有道人凭几而臥見楊生起坐而問曰君是避亂之人必淮南楊處士令郎也楊生趨進再拜含淚而對曰小生果是楊處士子也自別嚴父只依慈母亂離甚魯才學俱蔑而妄出徼幸之計冒充覲廷之賓行到華陰縣卒値變亂不圖今

日獲拜大人此必上帝俯鑒微誠故令叨陪大仙之几杖得聞吾父之消息伏乞仙君無惜一言以慰人子之至情家吾今在何処而体履亦如何道人笑曰尊公与我着棊於紫閣峰上別去屬耳未知其去向何山而童顏不改綠髮長春惟只無用傷悵楊生泣訴曰或因先生可得一拜於家吾耶道人又笑曰父子之情雖深仙凡之分迥殊雖欲為君盡之未由也已況三山渺邈十洲空闊尊公去就何可得知君既到此姑且留宿徐待途路之通後去亦未晚也楊生雖聞父親安寧之報道人落落無顧念之意欲會合之望已絕矣心緒悽愴流淚被靣道人慰之曰合而離離而合乃理之常也何為旡益之悲耶楊生收淚而謝

當隅而坐老人指壁上玄琴而問曰爾能解此乎生對曰雖有素癖而未遇其師不得其妙處矣老人使童子授琴於生使彈之生遂置之膝上奏風入松曲老人笑曰用手之法活動可教也乃自移其琴以千古不傳之四曲次第教之清而幽雅而亮實人間之所未聞者生本來精通音律且多神悟一學能盡傳其妙老人大喜又出白玉洞簫自吹一曲以教生仍謂之曰知音相遇昔人所難今以此一琴一簫贈君日後必有用處君其識之生受而拜謝曰小生之得拜先生必是家親之指導先生即家親故人小生敬事先生何異於家親乎願侍先生杖屨以備弟子之列老人笑曰人間富貴自來逼君君將不可免也何能從

遊老夫棲在岩穴乎況君畢竟所做之處與我各異非我之徒也但不忍負懇勤之意贈此彭祖方書一卷老夫之情此可領也習此則雖不能延年久視亦足以消病却老也生收起拜而受之仍問曰先生以小子朋也以人間留戀敢問前程之事矣小子於蓉陰縣與秦家女子方議婚為亂兵所逐奔竄至此未知其婚可得成乎老人大笑曰婚姻之路昏黑似夜天機何可漏泄乎然君之佳緣在於累處秦女不必偏自眷戀也生跪而受命陪老人同宿於客堂天未明老人喚覺楊生而謂之曰君路既通科期退行於明春起大夫方切倚閭之望須早惕故以無貽北堂之憂仍計給路費生百拜稱謝

謝厚眷收拾琴書行出洞門不勝依黯矯首回顧芳茨
及道人已無去處惟曙色蒼涼瑞霞蓊籠而已生入山
之初楊花未落一夜之間菊花滿發生大以爲怪問之於
人已秋八月矣來訪舊日客店新經兵火村落蕭條與向
來經過之時大異矣赴舉之士紛紛下來生問都下消息
則谷回國家召諸道兵馬過五箇月始削平僭亂大駕還
都科舉且以明春退定矣楊生往訪秦御史家則繞溪衰
柳寥落於風霜之後殊非舊日景色朱樓粉墻已成灰燼
陳燒破瓦堆積於遺墟而已四隣荒涼亦不聞雞犬之聲
生悵人事之易變恨佳期之易睽攀援柳枝佇立斜陽徒
唫秦小姐楊柳之詞一字一淚衣襟盡濕往問從事不見

人跡乃罕然而敢問於店主曰彼秦御史家〻屬今往何處耶店主嗟惋曰相公不聞耶前者秦御史仕宦在京惟小姐率婢僕守家矣官軍恢復京師之後朝廷以秦御史為反逆賊僞爵以極刑斬之小姐押去京師而其後或云終不免慘禍或云沒入於掖庭矣今朝官人押令罪人等數多家屬過此店之前問之則曰此屬皆沒為英南郡奴婢者也或者秦小姐亦入於其中矣楊生聽之淚汪然自下曰藍田山道人云秦氏婚事昏黑如夜秦小姐必已死矣更無詰問之處乃治行具下去秀州此時柳氏聞京都禍亂之報恐兒子死於兵火日夜呼哭幾不能自保矣及見楊生相持痛哭若遇泉下之人矣未幾舊歲已盡

新春又届矣生將又往赴試之行柳氏謂生曰去年汝往
皇都幾陷危境至今思惟凜凜可怕汝尙穉功名不急
然吾所以不挽汝行者吾亦有主意故也顧此秀州旣狹
且僻門戶才兒實無堪爲汝配者而汝已十六歲也今若
不定幾何其不失時乎京師紫清觀杜鍊師乃吾表兄出
家雖久計其年歲則尙在生存此兄氣宇不凡智計有裕
名門賢族無不出入寄託情誼則必視如子而出力周旋
爲求良匹汝須留意於此仍作書而付之生受命始以華
陰縣秦氏事告之言畢輒有凄感之色柳氏嗟咄曰秦
氏雖美旣無天緣禍家餘必難全生設令不死逢著亦
難汝須永斷浮念更求他姻以慰老母企望之懷也生拜

擬登程及到洛陽猝値驟雨避入於南門外酒店主人問
曰相公欲飲酒乎生曰取美酒而來主人携一大樽而至
生連倒七八觥謂主人曰此酒雖美亦非上品也主人曰
小店之酒無勝於此者相公若求上品之酒天津橋頭酒
樓所賣之酒名曰洛陽春一斗之酒千錢其価味雖好而
價則高矣生翻思曰洛陽自古帝王之都繁華壯麗甲
於天下我去年取他路而行未見其勝槩今行當不落
莫矣

楊千里酒樓擢桂　桂蟾月鴦被薦賢

生乃使書童筭給酒価仍驅驢向天津而往及抵城中
山水之勝人物之盛果叶所聞矣洛水横穿都城如鋪

白練天津橋迴過澄波直天大路隱隱如彩虹之飲水蜿
蜿若蒼龍之展腰朱甍徹空碧瓦曜日色映清漪影影
搖香街可謂第一名區也生知其爲店中謂酒樓乃催
至其樓前金鞍驕馬填色通衢僕夫林立譁聲雷聒
仰視樓上則絲竹與鳴聲在半空羅綺紛繽香聞十
里生以謂河南府尹讌客於此使書童問之曰城裏
諸公子衆集一時名妓設宴玩景生仰之已覺醉興翩
翩豪氣騰騰於是留樓下驢直入樓中年少書生十餘
人與美女數十雜坐於錦筵之上騁高談浮大白衣冠鮮
明意氣軒輊諸生見楊生容顔秀美符彩洒落齊起迎揖
分席列坐各通其姓名後上坐有盧生者先問曰吾見楊

兄行色所謂槐花黃來子忙者也生曰誠如兄言矣又有王生者曰楊兄苟是赴舉之人則雖云不速之賓忝於今日之會亦不妨也生曰以兩兄之言觀之則今日之會非但以盃酒留連而已必結詩社而較文章也若小邦者以棲旺寒賤之人年齒既少識見甚狹雖以薄劣猥充以貢忝與於諸公盛會之事不亦僭乎諸人見楊生語遜而季幼頗狂而已答曰吾輩之會非為結詩社也而楊兄所謂較文章豈彷彿矣然兄是後來之客雖作詩可也不作亦可也與吾輩飲酒恰好矣仍促巡傳杯使諸座諸妓迭奏衆樂楊生下㙜醉眸擺視群娼二十餘人各抱其藝而惟一人端坐不奏樂不接語淋美之容

冶艶之態眞旺色也望之如南海觀音婷婷獨立於僧衆之中矣生神魂撩亂自忘盃巡其美人亦頻顧楊生暗以秋波送情生又睇視則累幅詩箋堆積於美人之前遂向諸生而言曰彼詩箋必諸兄佳製可得一賞否諸人未及對美人輒起身攝其華箋置於楊生座前生一一搜閱則大都十餘張詩而其雖不無優劣精麤視蓋平平無警語佳句也生心語曰我嘗聞洛陽多才子矣以此見之則虛言也乃還其詩箋於美人對諸生拱手而言曰下土賤生未得見上國之文章矣今者幸玩諸兄珠玉快樂之不可勝喩此時諸生皆已大醉矣恰恰笑曰楊兄但知詩句之妙而已不知其間有尤妙之事

也生曰小弟過蒙諸兄眷愛盃酒之間已作忘形之友
所謂妙事何惜向小弟說來耶王生大笑曰說之於兄
何害之有吾洛陽本称人材府庫是以近前科甲洛陽
之人不為壯元則必為榜眼探花吾輩諸人皆得文字
上虛名而未能自定其高下優劣矣彼娘子姓桂名蟾
月非獨姿色歌舞獨步於天下古今詩文無所不通
且其詩眼尤妙靈如鬼神洛陽諸彼納卷而來則一
閱其文斷其立落而言如符合未嘗一失其鑑如此
也以之吾輩各以所製之文送於桂娘經其品題取
其入眼者載之歌曲被之管絃以定其高下長其
聲価如旗亭故事況桂娘姓名蓋應月中之桂取

榜魁元之吉兆宣在於此矣楊兄試問之此非妙事乎有杜生者又曰此外別有妙而又妙者諸詩之中桂卿擇其一首而歌之則作其詩者今夜當與桂卿好結芳緣而吾輩皆作賀客而已斯豈非妙而又妙者乎楊兄亦男子也苟有一段豪興亦賦一詩與吾輩爭可也生曰諸兄之詩成之已久未知桂卿已歌何人之詩乎王生曰桂卿尚斷一闋清音櫻唇久鎖玉齒不啓陽春絶調從不入於吾儕之耳桂卿若不故作嬌態則必有羞澁之心而然也生曰小弟曾在楚中雖或依様畫芦作一兩詩首而乃局外之人也與諸兄較藝恐未安也王生大言曰楊兄容貌美如女子矣又何無丈夫之意耶

聖人有之曰當仁不讓於師又曰其爭也君子第恐楊兄無作詩之才也豈可徒執撝謙守楊生雖外飾虛讓一見桂娘豪情已不可制矣見諸生座旁有空箋生抽其一幅縱横走筆題三章詩比如風檣之走海渴馬之奔川諸生見其詩思之敏捷筆勢之飛動莫不驚訝失色矣楊生擲筆於席上謂諸生曰宜先請教於諸兄而今日座中桂卿即考官也納卷時刻已不及也即以其詩箋於蟾月其詩曰

楚客西遊路入秦　月中丹桂誰先折
酒樓來醉洛陽春　今代文章自有人
天津橋上柳花飛　側身要聽歌一曲

珠箔重々映夕暉　錦筵休復舞羅衣
花枝羞殺玉人粧　待得樑塵飛盡後
未吐纖歌口已香　洞房華燭賀新郞
蟾月作轉星眸霎然過檀板一声清歌自嬌嬈々如
㛹娟々如許鶴唳青田鳳鳴丹丘秦箏奪其聲趙瑟
失其曲滿座皆洒然易容初諸人傲視楊生許令作詩
矣及其三詩皆入於蟾月之歌喉憮然敗興相顧無言
欲讓蟾月於楊生則乏於無膽欲背座中之初約則
難於失信面々直視嘿然癡坐楊生知其氣色倏起
告辭曰小弟偶蒙諸兄款接叨參盛宴既醉且飽誠
切感幸而前路尚遙行色甚忙未得從日討話他日曲

江之會嘗醒其餘情矣乃從容下去諸人亦不肯挽出矣
生出至樓前方欲跨驢蟾月扶步而來謂生曰此路南
畔有粉墻墻外櫻桃花盛開此是妾家相公須先往訪
得此家待妾豈敢妾亦從此往矣生點頭諾向南而去
蟾月上樓謂諸生曰諸相公不以妾爲陋以數闋之歌
卜今夜之緣將何以處之乎諸人猶不捨愛慕之情
谷曰楊哥客也非吾輩中人何可以此爲拘乎互相和
應終無定論蟾月以冷談應之曰人而無信妾不知其
可也座上唱亦非不足也諸相公盡其不盡之興妾適
有病未能侍坐終宴矣乃緩步而出諸人初既有約
且見其冷談之色不敢出一言矣此時楊生往住店搬移

行李趂黃昏君往蟾月之家蟾月先已在家掃中
堂燃燈燭悄坐而待之楊生繫驢於櫻桃樹往扣
重門蟾月聞剝啄之声跕夜出迎曰下樓之时郎先向
妾後矣今妾先到而郎何後來耶楊生曰以主人而待客
可乎以客而待主人可乎真所謂非敢後也馬不前也
遂相與扶携而入兩人相對其喜可知滿酌玉盃以金縷
衣一曲侑之芳姿軟態能割人之腸而謎人之魂生情不
自抑相携就寢雖巫山之夢洛浦之遇未足以喻其樂
矣至半夜蟾月於枕上謂生曰妾之一身自今日已托
於郎君矣妾請略暴情事惟郎君俯察而矜閔焉妾
本韶州人也父曾爲此州驛丞不幸病死於他鄉家

亭傍落故山迢遞力單勢蹙無路迴莖繼母賣妾於娼
家要百金而去妾忍辱含痛屈身亭人只祈天或
亀倖幸逢君子復見日月也明而妾家樓前已去長
安道也來馬也轡晝夜不絕來人過客孰不落鞭於
妾也門前乎億子三四年間眼閱千萬人矣尚未見
近似於郎君者今何幸遇赤郎君至願已畢矣郎君
若不以妾鄙賤也則妾願為爨汲也婢敢問郎君也
意如何生乃欵答曰我也深情豈与桂娘小間哉第我
本吳秀才也且堂有老親与桂卿偕老亞不諒於老
親也心若具妻妾則亦亞桂卿也不樂也桂卿雖不以
為娼天下必無可為桂卿女君也淋女是可慮也嗒月

曰郎君此何言也當今天下之才無出於郎君右者彩榜
壯元固不足論也丞相印綬大將節鉞亦久當歸於郎
君手中天下美人誰不願從於郎君乎將見紅拂隨李
靖之匹馬綠珠步石崇之香塵蟾月何人敢有一毫
專寵之心惟願郎君娶賢婦於高門以奉大夫人後
亦勿棄妾焉請自今以後潔身而待命矣生曰公
季我曾過華州偶見秦家女子其容皃才藝足與桂
口伯仲而不幸今也則亡桂卿欲使我更求淑女於何
處乎蟾月曰郎君所言者必是秦御史女彩鳳也御史曾
者為吏於此府秦娘子與賤妾情誼頗綢密矣其娘
子有卓文君之才皃郎君有司馬相如之情而今雖

思之亦每益矣請郎君更求於他門矣楊生曰自
古絕色本不世出今秦女桂卿兩人生并一世吾恐
天地精明之氣殆已盡矣蟾月大笑曰郎君之言
誠如井底蛙矣妾姑以吾娼妓中公論告於郎君
矣天下有青樓三絕之語江南萬玉燕河北狄驚
鴻洛陽桂蟾月蟾月即妾也妾獨得虛名玉燕
驚鴻即當代絕艷豈可曰天下更無絕色乎昔吾
言彼兩娘猥與桂卿齊名矣蟾月曰玉燕以地之
遠雖未得見南來之人無不稱贊可知其決非虛
名驚鴻與妾情若兄弟驚鴻一生本末請略陳之
矣驚鴻乃播州良家女也早失怙恃依其姑母自

十歲美麗之色名於河北道地之人欲以千金買以爲妾媒婆塡門鬧如羣蜂而鸞鴻之姑母一皆斥送衆媒婆問於姑娘曰姑娘東推西却不肯許人必得何許佳郎可合姑娘之意乎欲以爲大宰相之寵妾乎欲以節度使之副室乎欲許於名士乎欲之於秀才乎鸞鴻答曰若如晉時東山攜妓之謝安石則可以爲大宰相之妾矣若如三國時使人誤曲之周公瑾則可以爲節度使之妾有若玄宗朝獻淸平詞之翰林學士則名士可隨矣有若武帝時奏鳳凰曲之司馬長卿則秀才可從矣雖然豈適何可逆料衆媒婆大笑而散鸞鴻私以爲窮鄕女子

耳目不廣將何以揀天下之奇才擇閨中之吳匹
乎唯娼女則英雄豪傑無不接席而酬酢公子
王孫亦皆開門而逢迎賢愚易下優劣可分以之
則求竹於林岩探玉於藍田奇才美品何患不遂
願自棄於娼家必欲托身於奇男未及數年聲名
大噪去年秋山東河北十二州文人才士會於鄭都設
宴以娛鶯鴻以一曲霓裳舞於席上翩如驚鴻矯如
翔鳳百隊羅綺盡失顏色其才其見此可見矣宴
罷後上於銅雀臺帶月徘徊感古悲倚詠斷腸之
遺句吊今昔之佳迹仍竊嘆曹孟德不能莊二
喬於樓中見之者無不愛其才奇其志願公閨閣

之中豈獨無其人乎鸞鴻與妾同遊於上國寺與之論
懷故鴻謂妾曰爾我兩人苟得意中之君子互相薦
引同事一人則庶不誤百年之身矣妾亦諾之矣
妾遂逢郎君輒思鸞鴻而鸞鴻方入於山東諸侯
宮中與所謂好事多魔者耶侯王姬妾富貴雖
極此非鸞鴻之願也仍唏噓曰惜乎安得一見故鴻
說此情也楊生曰青樓中雖多許多才女安知士
家閨秀不讓娼妓一頭地乎蟾月曰以妾目見無如
秦娘子者苟下秦娘子一等妾不敢薦之於郎君
矣然妾能聞長安之人爭相稱道曰鄭司徒女子
窈窕之色幽閑之德爲當今女子中第一妾雖未

覩見大名之下本是處士郎君既到京師留意訪問
是所望也問答之間紗囱已微明矣兩人同起梳
洗畢蟾月曰是処非郎君久留之地況昨日諸公
之想不無快々之心恐不利於相公須趁早登程前所
叨侍之日尚多何必為兒女情々之悲守生附曰卿
々誠如金石当銘鏤於心肝矣遂相對揮淚分手
而去

俏女冠鄭府遇知音 老司徒金榜得快婿

楊生自洛陽抵長安定其旅舍頓其行裝而科日
尚遠矣指店人問紫清觀遠近云在春明門外矣
乃備礼段往謁杜錬師々々年可六十餘歲戒行甚高

爲觀中女冠之首矣生進而拜謁傳其母親書答錄
師問其安否垂涕而言曰我與令堂姐々相別已二十
稔矣後生之人軒昂若此人世流光信如白駒之隙
也吾老矣厭處於京師煩囂之中方欲遠向崆峒山
山中尋仙訪道鍊魂守眞棲心物外矣姐々書中
有所托之言吾爲不得已爲君小留矣柳郎風彩以秀
如仙當世閨艷之中正難得相敵之良配也然當從
須商量如有閑日更可一來矣楊生曰小侄親老家
矣年近二十而身處僻以未能擇配方當喜懼之
日反貽老母之憂誠孝莫展歎愧深切今拜姨母眷
念至斯感荷良深矣卽拜辭而退時科日將迫而自閉

擇婚也諾稍弛求名之心數日後往觀中鍊師迎笑曰一
處有處女其才與貌則眞楊郎之配而但門楣太高
六代公侯三代相國楊郎若爲今榜魁元則此婚事
庶可望矣其前雖曰無益也楊郎不必頻訪老身勉修
科業期於大捷可也楊生曰第誰家耶鍊師曰春明
門外鄭司徒家也朱門臨路門上設棨戟者乃其第
也司徒有一女而其處子仙也非人也生亟里嬉月之亡
潛念曰此女子果如何也而大得聲譽於兩京之間乎
問於鍊師曰鄭氏女子師傅嘗見之乎鍊師曰我豈不
見乎鄭小姐乃天人也不可以口言形其美也生曰小侄
不敢爲誇大之言今在科第如探囊中物也此則

固不足掛念而平生之癡獃之願不見處子則亦欲求
緣願師傅特出慈悲之心使小子一見其顏色如何鍊
師大笑曰宰相家女子豈有得見之路乎楊郎或慮
老身之言有未可信乎生曰小子何敢有疑於尊言乎
第人之所見各自不同安測其師傅之眼必如小子之
目乎鍊師曰豈無此理也鳳凰猉獜婦女孺皆稱祥瑞
青天白日奴隷亦知清明苟非無目之人則豈不知子
都之美乎楊生猶怏而散矣必欲受諾於鍊師翌日清
晨又往之觀鍊師笑謂曰楊郎早來必有事也生曰小
子不見鄭小姐則終不能無疑於心願乞師傅念母親
付托之意諒小子委曲之情密運沖襟別出妙計使

小子一世望見則當信中而益報矣鍊師掉頭曰未易
哉未易哉沉思半餉乃謂曰吾見郎之聰睿明透
爲問之脈或知音律乎生曰小子嘗遇異人學得妙
曲六律五音頗皆精通鍊師曰宰相家甲第歲歲
重門五重花園深深繚垣數丈自非身具羽翼不
可越也且鄭小姐讀書學禮律身有範一動一靜合
度合儀旣不焚香於道觀又不薦齋於尼院正月
上元不觀燈市之戲三月三日不往曲江之遊外人何
從窺見乎只有一事串答章高且楊郎不肯從也
生曰鄭小姐姐何可得見雖令升天入地握火蹈水何
所不從乎鍊師曰鄭司徒近因老病不求仕宦唯寄

與於園林鍾毅夫人崔氏性好音樂而小姐聰慧穎悟
天壤間千古絕響無不明知至於音律清濁節奏
緊緩一聞輒毫分縷析雖如師曠神如妙明未必
過此而蔡文姬之能知斷絃蓋餘事耳崔夫人所有取
數之曲則必招致其人使奏於座前令小姐論其高下評
其工拙憑几而聽之以此為晩景之樂吾意楊郎苟能
彈琴須習一曲而待之二月晦日乃靈 芝君誕日鄭
府每年必以緑事婢子賫來香燭於觀中楊郎若以此
時換著女服手弄三尺絲綺使彼聞之則彼必歸告於
夫人〻〻聽之則又請去矣入鄭府之後得見小姐與
否皆係於天緣非吾身所知而此外無他路矣況君兒

如美人且不生鬚出家之人或有不裹髮不掩耳者
変服亦不難矣楊生喜而謝曰謹奉尊教爲退歸
旅次屈指待日矣原來鄭司徒無他子女唯有一女小
姐而已崔夫人解娩之日於昏困中見之則有仙女抱
一顆明珠入於房櫳俄而小姐生矣名之曰瓊貝及長
嬌姿雅儀奇乎徽範蓋千古一人也以此其父母鍾愛
甚篤欲得佳郎而無可意者年至二八尚未許矣一
日崔夫人召小姐乳母錢嫗謂之曰今日乃是君誕日
汝持香燭往紫清觀傳與杜鍊師使以衣服茶果段
吾衷〻私區之意錢嫗領命乘小轎至紫觀鍊師處
其香燭供享於三清殿且受三種感餽百拜而謝京

供錢婢(大略)佃別鍊師正欲上轎矣忽聽琴韻出於三清
殿迴而小廊之上其聲甚妙宛轉清和如在雲霄
之外矣鄭婢停轎而立側聽頗久顧問於鍊師曰我
在夫人左右多聽名琴而此琴之聲果初聞也未知何
人所弾也鍊師答曰日昨年少女冠自楚地而来欲壯
觀皇都姑此淹留而時時弄琴其聲可愛矣貧道於
音者不知其工否知其拙今婢之有此察必善手也鄭
姬曰吾夫人若聞之則必有召命鍊師須留挽此人勿令
之他鍊師曰當如教矣送鄭姬出門後入以此言傳於
楊生生大悅苦待夫人之召矣鄭姬歸告於夫人曰紫清
觀有何許女冠能奏已絶之曲 誠是異事矣夫人曰

吾亦一欲聽之矣明日送小鶴一介侍婢一人於觀中
傳語於鍊師曰小女雖不欲辱臨是人須爲之劝
也鍊師對其侍婢謂楊生曰尊人有命君須勉往
生曰區區賤軀雖不合進謁於前而大師之教何
敢有違於是具女冠之巾帔拖裾而出隱然有飄仙
君也是骨飄然有附自然之仙風矣鄭府叉鬟
欽羨不已楊生亦橋至鄭府侍婢引入於門庭矣
人坐於中堂威儀端嚴楊生叩頭再拜於堂下夫人
命姻娘謂之曰昨日婢子誰是觀音聽而奇之今
欲一見得接是人清儀高覽俗塵也自消楊生避
席對曰貧道本是吳楚間孤賤之人也流蹤如雲

朝暮東西茲因賤技並於夫人座上之塵豈始望也而
及夫人命侍婢取楊生手中之琴置膝摩挲
乃稱賞曰眞箇妙材也楊生答曰此琴乃山上百年
自枯之桐木性已盡於霹靂堅强不下於金石雖
以千金賭之不可易也酬答之頃砌陰已改而漠然
無小姐之形影矣楊生心甚著急疑自起告於
夫人曰小子幸得傳古調而今之人多不解之矣
願亦不能自知其聲之非今而古也須回崇淸觀衆
女冠而聞之則小姐之知音雖今無之師曠欲效賤
藝以聽小姐之下教也夫人使侍婢兒招小姐侍而偏
命下揖鄕譯微生小姐卞等些於夫人些似楊生起拜

畢縱目而望之太陽初動於形露芳蓮正瞑於綠水
矣裙搖眸眩不能正視楊生始其座席稍去眼力
有碍乃告曰奚吾欲使小姐之所教而華吾廣聞
其韻散俾至此不專於細聽於夫人謂侍婢曰女
歸之坐可移於前也侍婢移席請坐雖已偏側於夫
人之座而意當小姐坐席之隅反不如直對相面也
生大以為恨而不敢再請侍女設香案於前開金爐
爇名香生乃改坐援琴先奏霓裳羽衣之曲小姐
曰義哉此曲宛然天寶太平之氣像也此曲人皆解之而
曲臻其妙未有如吾人之手段者也此非所謂漁陽鼙
鼓動地來驚罷霓裳羽衣曲者乎亂階之淫樂不

足聽也願聞他曲楊生更奏一曲小姐曰此曲樂而淫
哀而促乃陳後主玉樹後庭花也此非所謂地下若
逢陳後主豈復重問後庭花者乎亡國之聲音不
足尚也更奏他曲楊生又奏一闋小姐曰此曲如悲如
喜如感激者然如思戀者昔蔡文姬遭亂被拘
二子於胡中及曹操贖還文姬將歸故國留別兩
兒作胡笳十八拍以寫其戀之意所謂胡人落淚沾
邊草漢使斷腸對歸客者也其聲雖可聽也失
節之人豈足稱哉請彈其曲楊生又奏一腔小姐曰
此王昭君出塞曲也昭君眷係舊君瞻望故國悲
身世之失所願畫師之不公以無限不平之心付於一

曲之中所謂誰聆一曲傳與府能使千秋傷綺羅
者也耿胡姬之曲盈方之聲本非正音也抑有他曲
乎楊生又奏一轉小姐改容而言曰吾亦此聲久矣
是人實非凡人也此曲乃英雄不遇其時寄心於塵世
之所而忠義之氣壹鬱於放蕩之中得非嵇叔夜
廣陵散乎及其被戮於東市也顧日影彈一曲曰恐
哉人有欲學廣陵散者吾惜之而不傳矣噫乎廣
陵之散從此絶矣所謂獨鳥下宋南廣陵何處在者
也後人無傳之者是人必遇嵇康之精靈而學得此
曲也楊生膝席跪曰小姐之英鑒出人上萬萬也然是
嘗聞之師其言亦與小姐一也又奏一翻小姐曰佳佳

哉風々哉青山峩々綠水洋々神仙之跡超然於塵外
也味此伯牙水仙之操乎所謂鍾期既逝奏流水而
何慚者也若人乃千百年知音如伯牙之灵如有而知必
不恨鍾子期之死也楊生又彈一調小姐輒正襟危坐
曰至矣盡矣聖人遭遇亂世遑々四海有拯濟蒼
生之意非孔宣父誰能作此曲乎必猗蘭操也所
謂逍遙九州無有定處者非其意乎楊生跽坐低
首復彈一聲小姐曰高哉美哉猗蘭之操雖出於
大聖人憂時救民之心而猶有不遇時之歎也此曲與
天地萬物熙々之同春巍々蕩々無得而名也是必大
舜南薰曲也所謂南風之薰兮可以解吾民之慍

者非其詩字與畫美妙過於此者雖有他曲不願
聞也楊生敬而對曰奚豈聞樂律九變天神下降
賓若而奏者只八曲也尚有一曲請玉振之矣從柱
調絃閉手而彈其聲悠揚閒悅能使人魂佚而心蕩
庭前百卉一時齊綻乳燕雙飛流鶯互歌小姐
蛾眉暫低眼波不收泯默而坐矣至鳳凰兮〻〻故
以遨遊四海求其凰之句乃開眸再舉俯視其第
紅暈轉上於雙頰黃氣忽消方八字正若被惱者
色者也已離容起立轉身入內生愕然無語推琴
而起惟瞪視小姐之背魂飛神飄立如泥塑夫人
命坐之問曰師傅俄者而彈者何曲耶生詐對曰

矣小子雖傳得於師而不知其曲名故正待小姐之命矣
小姐久而不出夫人使侍婢問其故侍婢還報曰小姐
半日觸風氣候欠安未能出來矣楊生大疑小姐之覺
悟藏之不安不敢久留起辭于夫人曰伏聞小姐玉體不
平矣小子實切憂慮矣伏想夫人必往親自診視矣玆
請退去矣夫人出金帛而賞之生辭而不受曰出家
之人雖粗解音律不過自適而已敢受伶人之纏頭
乎因叩首而辭下階而去矣夫人憂小姐之病即召問
之已快差矣小姐還于寢室問於侍婢曰春娘之病
今日何如侍婢曰今日則已瘥間小姐聽罷乃起梳洗
矣原來春娘姓賈氏其父西蜀人也上京為丞相府小

吏役有功勞於鄭司徒家矣未久病死時春娘年纔十歲矣司徒夫妻憐其無依收置府中使與小姐同處其齒少小姐數一月矣容貌粹麗百態俱備端莊高貴之氣像雖不及於小姐而亦絶代佳人也詩才之高筆法之妙女紅之工足與小姐相上下小姐視如同氣不忍暫離雖有奴主之分實同朋友之誼本名曰楚雲而小姐以態度之奇愛採韓吏部詩態度春害雲之句改其名曰春雲家內之人皆以春娘呼之春雲來小姐而問曰胡者諸侍女皆言中堂彈琴之女冠容如天仙手彈稀音小姐大加稱贊小婢悉却在病未欲詳賞矣其女冠何其速去耶小姐不答於酉徐言曰

吾之身如玉持身如盤石跡不出於重門言語不交於
親戚乃春娘之所知也一朝爲人所詐無愛難洗之羞
辱自此何面目對人乎春雲對曰惟哉此何言耶小
姐曰頃來女冠果然其容顏秀矣琴曲妙矣而嘖嘖
不異其說春雲曰其人芳如何小姐曰其女冠始奏霓
裳羽衣次奏諸曲其終也奏帝舜南薰之曲我一々
評論遵季札之言仍請止之女冠言又有一曲矣更奏
而聲即司馬相如挑卓文君之鳳求凰也我始有疑而
見之其容貌非止與女子大異也必詐僞之人欲賞春色
變服而來矣所恨者春雲若不病一見必卞其詐也我
以閨中處女之身與所不知男子半日對坐露面接語

天下寧有是事耶雖母女之間我不忍以此言告於母
貌若非春娘誰與說此懷也春雲笑曰相如鳳求凰処
子獨不知耶小姐必見盃中之弓影也小姐曰不厭
此人奏曲皆有次第若使無心求凰之曲何必奏之於
諸曲之末乎況女子之中窈窕者有淸弱者矣亦有壯
大者矣氣像之豪爽未有如此者也斜宦則國試已
迫四方儒生皆集於京師其中必有誤聞我名者妄
生採芳之跡也春雲曰其女冠果是男子則其窈窕之
秀美如此其氣像之豪爽如此其精通聲律又如此
可知其才禀之高矣安知非其相如乎小姐曰彼雖相
如我則決不作卓文君也春雲曰小姐勿爲可笑之說

文君寡婦也小姐處女也文君有意而從之小姐守心
而聽之小姐何以自比文君乎兩人情々談笑終日自
樂一日小姐侍夫人而坐司徒自外而入手持新出榜
以授夫人曰女兒婚事至今未定故欲擇佳郎於新
榜之中矣聞壯元楊少游乃淮南之人也時年十六歲且
其科製人皆稱讚此必一代才子且聞其儀風俊秀標
致高爽將成大器而未及娶妻若得此人爲東床也
容則於我心足矣夫人曰耳聞不如目見人雖過稱之
豈盡信必也親見然後方可定之矣司徒曰吾亦不難
矣

詠花鞋透露懷春心　幻仙庄成就小星緣

小姐聽其父親之言還入燕寢謂春雲曰向日鍊師女冠自稱楚人年可十六七歲矣維南之楚地且遠隔絕相逢無心要不能無疑也此人必其女冠不必來謁於父親矣汝須侍其來到細察見之焉雲曰其人安曾來之見雖與相對何以知之春雲曰然則不妨小姐從青鎖之內親自窺見矣兩人相視而笑此時楊小游連魁于會試及殿試即授揀于補院聲名藉甚一時矣公侯貴戚有女子者爭送媒婆而生盡却之往見禮部權侍郎以求婚於鄭家之意侍侍告之仍無但令侍郎裁一札而付之生以袖往鄭司徒家通其姓名司徒知楊壯元之到謂夫人

曰新榜壯元來矣即延見於外軒楊壯元戴桂花
擁仙樂追拜於司徒司徒見其風彩之美禮貌之恭已令
司徒乃喜而齒露矣一府之人唯小姐一人之外莫
不奈喜之而潛窺登春雲閣於夫人侍婢曰吾於老
爺與夫人唱酬之宴前日強要其人以楊壯元之表
妹未知其家見果與其表妹有彷彿處乎爭之
曰果是矣觀其容貌氣止小無參差中表兄弟何
其酷相似耶春雲乃入謂小姐曰小姐所識果不差
矣小姐曰汝須更問其為何語而來春雲乃出
去矣久而罷曰吾老爺為小姐求婚於楊壯元〻〻
拜而對曰晚生自入京師聞令小姐窈窕幽閑妄

出非今之望矣今吾隨遊於座師權侍郎則侍郎許以一書通于大人而所念門戶之不高如青雲蜀小之相殊人品之不同如鳳凰烏鵲之各異侍郎也方在晩生袖中而慙愧自趄不敢進矣仍擧而獻之老爺見而大悅方欲進酒饌矣小姐起曰婚姻大事不可草率而父親何如是輕許也語未了侍婢以夫人命招之小姐承命而進夫人曰楊壯元一擧而擢第人所稱汝之父親既以許婚吾亦夫家已得托身之人矣更無可憂者矣小姐曰小女聞侍婢之言楊壯元容儀一如頃日彈琴之女冠果其然乎夫人曰婢輩之言是矣吾亦憂其女冠

仙風道骨拔出於世久從小思而欲更邀而密問
爲事許莫之遂矣今見楊壯元宛與女冠相對
以此足知楊壯元爲矣小姐曰楊壯元雖義小女與彼
有相與之結親恐不可也夫人曰是迷甚恠哉吾女兒
處於深閨楊壯元在於淮南本無干涉之事有何
嫌疑之端乎小姐曰小女之事言之可懸故尚未
得告知於母親矣前日女冠即今日楊壯元也變服
彈琴欲知小女之姸媸也小女陷於奸計終日打話
豈不可曰無媒乎夫人驚懼乃言司徒送楊壯元於
入內寢春色已律〻矣謂小姐曰吾女瓊貝從〻
日有宗就之變矣甚是快活事也夫人曰吾兒

之與吾夫妻大異仍以小姐之言傳之司徒更問於小
姐知楊生彈琴鳳凰曲之顛末大笑曰楊狀元真風
流才子也昔王維學士著樂工衣服彈琵琶於
太平公主之第仍占狀元至今為流傳之美談楊
郎為求淑女假著女服實多才之人一時遊戲事
也何嫌之有況女兒只見女道士而已不見楊狀元如
楊狀元幻女道於此何關乎與卓文君之隔坐屛
窺見不可同日而語也有何自歎之心乎小姐曰小
女之所實無所愧見欺於人一至於此以是憤恚
欲死司徒又笑曰此則非老父所知他日必問
之於楊生也夫人問於司徒曰楊郎欲以何

問守司徒曰約幣之禮從俗而行之親迎則稍待
秋間陪大夫人後方定日矣夫人曰禮則然矣
遲速何論遂擇吉日捧楊翰林之幣仍請翰
林處於花園別堂翰林以子婿之禮事司徒
夫妻司徒夫妻愛翰林如親子焉一日鄭小姐偶
過春雲寢房春雲方刺繡於綵鞋爲春陽
所惱獨倚繡機而眠小姐因入房中細見繡綵歎
其才品之妙矣機上有小箋寫數行書展見則詠
鞋之詩也其詩曰

憐渠最得玉人親　燭滅羅帷解帶時
步步相隨不暫捨　使爾拋却象床下

小姐見罷自語曰春娘詩才尤長進矣以鞋比之於身以玉人擬之於吾言常時與我未嘗相離彼將從人必與我相疎也春娘誠愛我也又微吟而笑曰春娘欲上於吾所寢象床之上欲與我同事一人也此兒之心已動矣正與春娘因自語也將入內堂見於夫人夫人方率侍婢陪楊翰林夕饌矣小姐曰自楊翰林來住吾家母親以衣服飲食爲憂指揮婢僕損傷精神小女當自當其苦而已但於人事有悖在禮法亦無所據春雲年既長矣能當百事小女之意以春雲於花園任奉楊翰林內事則母親之憂可除其一分矣夫

人曰春雲妙才奇質何事不可當乎但春雲之
父嘗已有功於家且其人物出於等夷相公每以
為春雲而求良匹從事如兒亦非春雲之意也
小姐曰小女視春雲之意不欲與小女分離矣夫人
曰從嫁婢妾於古亦有然春雲之才貌非等閑
侍兒之比與汝同歸實非盡善小姐曰楊翰林以
遠地十六歲書生媒三尺之琴調戲宰相家深
閨處女其氣像豈獨守一女子而從乎他日據
丞相之府享萬鍾之祿則閨中將有幾春雲乎
鄭司徒入來夫人以小姐之言言於司徒司徒曰女兒欲
使春雲陪侍楊郎而吾意則不然行禮之前先

送媵妾使知其不可也司徒曰春雲與女兒才貌
似兒相似也情愛之篤亦相同不可使相從不可
使相離也畢竟同歸先後何妨少年男子豈無
風情亦不可獨擁孤房以一枝殘燭爲伴況楊
翰林學思色春雲以慰其岑寂之懷正是不可爲
但小侍禮則大倚草草欲具其禮則亦有所不便者
何以則可以得中耶小姐曰小女有一見欲借春雲
之身以雪小女之恥司徒曰汝有何所謀之小姐
曰使十三兄如此如此則小女見辱之恥可以除矣司
徒大笑曰此計甚妙矣蓋司徒諸姪子中有十
三郎者賢而機警志氣豪宕平生喜作諧

禮之事且與楊翰林氣味相合眞莫逆交也小姐
倣其寢所謂春雲曰春娘吾與汝頭髮覆額
以肝已通共學花枝終日偉呼今我已受人聘禮
可知春娘之身亦不難矣百年身事必自異
未知欲托於何等人也春娘對曰賤妾偏荷娘子
擇愛之恩消埃之報未由自效惟願長奉巾匜
於娘子以終此身也小姐曰我元來素知春娘之情
與我同也我與春娘欲議一事爾楊郞以枯桐一聲
弄此閨裏之處女貽辱深矣受侮多矣非吾春
娘誰能爲我雪恥乎吾家山莊在終南山家
僻處也去京城僅半鳴地景槩蕭灑非人境

也債此別區設春娘之夢燭 但令鄭兄導楊郎
之迷心行如此〻〻之計 則構巧之詐誘彼不得
安售矣 藉曲之深蓄我一之以快滿矣 惟望老
娘早借一時之勞 春雲曰 小姐之命 賤妾何敢
違乎 但是日何以求面於楊翰林之前乎 小姐曰
欺人之蓄 不猶愈於見欺者之蓄乎 春雲微〻
笑曰 死且不避 當惟命 爲翰林戲事 僕直之
敢受奈拒之甚矣 楊翰林持被之餘 閑日尚多
或尋朋友 來醉酒樓 有時跨驢出郊訪柳
尋花 一日 鄭十三謂楊翰林曰 城南不遠之地 有一處
界 山川絶勝 吾欲与兄一遊 寫此幽情 翰林曰 正

音亮也遂挈壺携屐騎隷行十餘里芳草被堤
青林繞溪剩有山樊之與檜林與鄭生臨水而坐
把酒而飲此時與春夏之交也百卉猶存紫樹相
映無有蒼英綠溪而與檜林詠春與遍是松
巻水之句同此皆必有武陵桃源如鄭生曰此山與
崇閣峯巒隱而與也曾聞花開月明之時則
此之有仙樂之聲出於雲煙縹緲之間而人或有
聞之者於則仙衣甚淺尚未得入其地天矣今日
尚與大兄躡靈境與仙蹤拍洪崖之肩窺玉女之
幽矣楊檜林性本好奇仰之嘆曰天下只神仙
不已若有之則只在此山之中矣振衣欲嘗無見

鄭生家々僮流汗而來喘言曰娘子出候梓家
遣請郎君矣鄭生悵報曰本欲与兄壯遊於神
仙之所矣家憂此迫仙緣已盡向所謂仙分甚淺
者尤可驗矣促鞭而歸翰林雖甚悵恨而無興
已不出矣步随流水轉入洞口幽澗泠々群峰矗々
矗無一點飛塵脫襟自覺蕭爽矣翰林獨立
溪上徘徊吟哦矣丹桂一葉漂水而來葉上有數
行字矣使書童拾取而見之有一句詩曰

仙尨吠雲外

知是楊郎來

翰林心竊怪之曰此山之上
豈有人居此詩亦豈非凡人之詩乎攀蘿緣

蘚徑步逮進書童曰日暮路險進無所托請老
爺還啟城寬翰林不聽又行七八里東嶺初月已
在山腰矣遙影步先穿林撤消唯聞驚禽啼而
逃猿啼矣而已星搖峰頂霧鎖松楷可知夜將
深矣四無人家無處投宿欲覓禪菴佛寺而亦
不可得方彷徨之際十餘歲青衣女童浣衣於溪
忽見女子驚起且怒且呼曰娘子〻〻郎君至
矣生怪之尤以為怪又進數十步山回路窮有小
亭翼然臨溪窈而深幽高閒真仙居也一女子披
窗先帶月影牙然獨立於碧桃花下向翰林施
禮曰楊郎來何晚耶翰林將見女女子身着紅

錦之花頭插翡翠之簪腰横白玉之佩手把鳳
尾之扇嬋娟清高認非世界人物乃惶怯
而問曰學生乃塵間俗子本無月下之期而有此晚來
之教何耶女子請往亭上共做極話仍引入亭中
分賓主而坐招女童曰郎君深夜遠來宜有飢
色盼以薄饌金之女童受命而退少焉排瑤床
設瓊饌殺手瑤玉之鍾金紫霞之酒味洌香濃
一酌須臾醺翰林曰此山雖僻亦在天之下矣仙娘何
以厭瑤池之樂附玉京之侶而居於此守義人乎
呼嗟歎曰欲說舊事徒增悲懷妾是王母之
侍女郎司奈府之仙吏玉帝賜宴於王母衆仙皆會

郎依見小妾擲仙桃而戲之郎則誤被重謫幻生於人世妾則幸受薄罰謫在於此而郎已爲塵火所蔽不能記前身之事也妾之謫限已滿將向瑤池而必欲見郎君作展舊情懇囑仙官退却一日之期已知郎君將到此而方今待矣郎今屆臨宿緣又償時桂影將斜銀河已傾翰林攜入同寢若劉阮入天台山與仙女結緣似夢而非眞似眞而非眞也繾遣繾綣之情山鳥已啼於花梢而紗窗微白矣美人先起謂翰林曰今日即妾上天之期也仙官奉帝勅備幢節尋逐小妾之時若知郎君在此則彼此將俱被謫罰郎君促行矣郎

君客不忘旧情必有重逢之日矣遂别詩於羅巾以給翰林其詩曰

相逢花満天　春光如夢中
相别花在地　弱水杳千里

楊生覧之雖恨斗起不勝凄黯自裂汗衫和題一首詩以贈之其詩曰

天風吹玉佩　巫山他夜雨
白雲何離披　願隨襄王衣

義人更覧回環對月陞桂殿霜兎作九萬里外面目者指此一詩也遂藏於香囊仍再三催促曰時已至矣郎可行矣翰林携手拭淚各稱保重

而別緣出林外回瞻亭樹碧鬱重々瑞霧融々
如覺瑶臺一夢及啟家精爽怳惚々不樂獨
坐而思之曰其仙女雖自云已蒙天赦啟期在即安
知其不必在於今日乎暫留山中藉身密邇目見
群仙以償情事遂而後山事亦未晩也我何曾
也不容行之太躁耶悔之情々達宵不寐輾轉
無寐作坐々守覺而盥櫛早起率書童復往於
昨日所留之處不惟花笑鳥啼流水咽々虛亭獨留
香塵已閱矣稍憑虛檻悵望青雲指彩雲而
歎曰想仙娘必彼雲而朝上帝矣仙影已絶何嗟
及矣乃下亭傍巖封而植伴曰此花應知崔護

城南之恨矣豈久迺悵然而回過數日鄭生再謂孫
林曰頃日因家人有疾不得與兄同遊尚有遺恨
矣而今桃李雖盡謝而城外長郊柳陰正好與
兄當偕得半日之閑更辦一場之遊玩攜罇而
詠驢馬歌可乎孫林曰綠陰芳艸亦勝花時矣
兩人并偕而行催出城門步至野擇茂林藉艸
而坐對酌數盞旁有一坏荒墳寄在於斷岸之
上而蓬蒿四沒莎艸盡刺惟有雜卉成叢綠
影〻相交數點迷花隱約於草荒阡亂封之間也翰林
因醉興指點而孫曰吾思貴賤百年之後盡歸
於一丘土此孟嘗君從以下淚於雍門琴者也吾

何以不醉今日乎鄭生曰兄必不知彼墓也此乃張女娘之墳也麗娘美色鳴一代人以張麗華稱之二十而夭瘞於此後人哀之以花柳雜植墓前以誌其處矣吾輩以一盃酒澆其墳而慰其女娘芳魂如何翰林自是多情之人也乃曰兄言是也遂與鄭生至其墳前祭酒澆之各製四韻一首以吊孤魂翰林之詩曰

美色曾傾國 芳魂已上天
管絃山鳥學 羅綺野花傳
古墓空春草 虛樓自暮烟
秦川舊聲價 今日屬誰邊

鄭生之詩曰

問昔繁華地 芭蕉藏小宅 竹葉羅裙色

誰家窈窕娘 麻莫薜濤庄 花留寶靨香

芳魂招不得

惟有暮鴉翔

兩人傳看諷吟更進一盃鄭生繞墓彷徨且崩

頹之處得白羅而書絕句一首而咏之曰何許多事

之人作此詩納乎女娘之墓乎翰林索見之則乃自

家裂衣衿題詩以贈仙娘者也乃大驚於心曰向日所逢

美人果是張女娘之靈也駭汗自出頭髮上竦心

不能自定矣已而自解曰其色之美如彼其情之厚

如此仙亦天緣也兒亦宿緣也仙與兒不必下之矣亦
鄭生起旋之時更酌一盃潛澆於墳上默禱曰迷
以佳殊情誼不屬惟祈芳魂鑒此至誠更趂今夜
重續舊緣禱畢拉鄭生還歸宿獨花園倚枕
歎咄担其美人思甚渴惆悵不成眠矣時月光窺
牕對影滿囱聲寂已息人語並闃而似有跫音
自暗中而至翰林開戶而視之則乃紫閣峰仙女
也翰林滿面驚喜跳出戶限攜其玉手欲入房中
美人辭曰妾之根本郎君已知矣得非嫌猜之心乎
妾之初逢郎君非不欲直吐而恐或驚動係托神
仙叨陪一夜之寢席榮已極矣情已密矣席哉

斷魂再續朽骨更肉而今日郎君又訪賤妾之幽
宅澆之以酒弔之以詩慰此無主之孤魂妾於此不
勝感激懷恩戀德欲躬附厚眷而布微悃而
耳豈敢以幽隱之質復近君子之身乎翰林更
挽其袖而言曰世之惡鬼神者愚迷惘懦之人也人
死而爲鬼鬼幻而爲人以人而畏鬼人之騃者以鬼而
避人鬼之癡者其來則一也其理則同也何人鬼之卞
而幽明之分乎我見若好我情若斯娘何以背我耶
美人曰妾何敢背郎君之恩而負郎君之情哉郎
君見妾眉如蛾翠臉如猩紅而有眷戀之情此
皆偽也非真也亦爲詐冒假飾欲與生人相接也郎

君欲知妾真面目乎卽白骨數片綠苔相蒙而已
郎君何以如此之陋質近於鬼體乎翰林曰佛
語云人之身體似水泡風花係華者也孰知其真
也孰知其假也攜抱入寢穩度其夜情之縝密
一倍於前日矣翰林謂美人曰自今夜夜相會乎
或間沮矣美人曰惟人與鬼其途雖異至誠所格自
相感應郎君之眷妾誠出於至情則妾之欲托
於郎君夫豈淺之頃竹晨鐘之聲起向百岳際
然而去翰林憑欄送之以夜爲期美人亦答倏然
而逝矣且說下回

九雲夢卷之二

賈春雲爲仙爲鬼　狄驚鴻乍陰乍陽

翰林自遇神女以來不言朋友小接賓客靜処花園專心一意日出則待夜夜則待來惟望使彼感激而美人不肯數來翰林念轉篤而望益切矣久之兩人自花園挾門而來在前者即鄭十三也在後者生面也鄭生引在後者見於翰林曰此師傅乃太極宮杜真人相法卜術與袁天綱李淳風相頡頏也欲相楊兄而邀來矣翰林向杜真人而揖曰慕仰尊名久矣尚未承顏一接今者幸耶先生宜見鄭兄之相以爲何如耶鄭生先答曰此先生相小弟而稱曰

三年之內必得高第將爲八州刺史矣於小邦足矣
此先生之必有未見識問之翰林曰君子不白卜只
究陝惟先生立之一而真人孰視而言曰楊先生
兩眉皆秀鳳眼向鬢位可至於三台耳根白如
粉圓如垂珠名必聞於天下顴骨滿面必手執兵柄
威振四海封侯之榮足也然而謂百無一欠而但印
今有目前之橫厄矣不逢我殆哉殆哉翰林曰人之
吉凶禍福無不自己求之而唯疾病之來人所
難免無乃有重病之心耶真人曰此非尋常之
病也青色異於天庭邪氣侵於明堂相公家內
或有可疑不分明之奴婢乎翰林心已知張女

之崇高敞於思情不驚恐答曰吾甚遇事如真人曰然則我遇古墓感動於心中我與鬼神相接於夢寐乎翰林曰亦無是事也鄭生曰杜先生嘗言一言也楚楊兄更加痛念翰林不答真人曰生人以陽明保其身鬼神以幽陰聚其氣若晝夜之相反水火之不容今見女鬼邪穢之氣已罩於相公之身三日之後必入於骨髓相公之命恐不可救矣此時吾曰矣豈不曾說來也翰林念之曰真人之言雖有所據女鬼與我永好之盟固矣相愛之情至矣夫豈有害吾之理乎楚襄王神女而同席柳春言因鬼妻而生子從古之然我獨

何處乃謂真人曰死生壽夭皆定於有生之初
我若有將相富貴之相鬼神其於我何真人曰夫
亦相公之壽亦相公之無與於我矣乃拂袖而去孫
林亦不强留而鄭生慰之曰楊兄自是吉人神
明必有所助何患之有處守此說往往以巫術動人
者惡也乃進酒終夕大醉而散是日翰林過夜久
乃醒焚香正坐苦待女娘之來已至深更香盡
形跡翰林拍案曰天欲曙矣娘不來矣仍滅燭
而寢矣回外無有且啼且語之聲細聽之則乃
女娘也曰郎君妖邪之士也故藏於頭上妾不敢近前
矣妾雖知非郎君之意豈不勞緣出而魔妖哉

也惟鄭郎君保尙安從此亦訣矣翰林大驚而起拓戶而視之已無人形而只有一封書在於階上乃拆見之即女娘所題也其詩曰

昔訪佳期躡彩塵　更斟清酌酹荒墳
深誠未效恩先絶　不怨郎君怨鄭君

翰林一吟一噫五內焦燥且恨且悵以手撫頭有一物在於從髮之底出而披見乃逐鬼符也大怒叱曰妖人誤我事也遂裂破其符痛恚益切更把女娘之詩微吟一度大悟曰女之怨鄭生深矣乃鄭十三之事也雖非惡意但敗好事亦爲士之妖也乃鄭生也吾必辱之遂次女娘之韻作一詩書於

囊中而親曰詩誰可贈乎其詩曰

冷然風馭上神雲 花園百卉々底月

莫道芳魂寄古墳 故人何處不思君

遲明往鄭十三家鄭生出去矣三日往尋終未一遇女娘親嗜音已緲邈矣往訪於紫閣之亭子精靈已散矣欲尋於東郊之塚子音容難接無處可問悵恨不能抑塞行輟寢食飢減矣一日鄭司徒夫婦具酒饌邀翰林討穩而飛觴矣司徒曰郎之神觀何憔悴耶翰林曰與鄭十三兄連日過飲致困此而然矣鄭生自外到翰林以怒目睨視不與語矣鄭生先問曰兄近日耽事 僕從郎

心緖不佳耶思此之情苦耶過酒之疾作耶兄何
悴耶神何憊耶翰林微笑曰旅遊之人安得不
厭司詰曰家中婢僕傳之楊郞與一美妹相語
於花園信耶翰林答曰花園僻矣人誰能知也
傳之者誤也鄭生曰以楊兄戲謔之量爲兒女羞
愧之態耶兄雖以文之斥杜眞人視兄氣色不安
掩而初至兄迷而不悟禍將不測以杜眞人遣兄
之符置於兄束髮之下而兄醉倒不省矣是夜潛
身於園林叢密之中竊見之則有鬼女哭辭於兄
窺窓外而踰墻而去此眞人之言驗矣小弟之
誠盡矣兄不我謝而乃反怒耶翰林知不可掩

謝問司徒而告曰小婿之事頗涉怪誕當待告于
岳丈矣貝其惡乎紛仍曰小婿固与于三光之定我
而如娘郎曰鬼神莊而不誣正而不邪決不敢禍於
人小婿雖瘦劣之大丈夫必忍不爲鬼物所迷而鄭
兄乃以不經之說欺其自在之語實小技乎介於中
也司徒擊掌而大笑曰楊郎文彩風流与宋玉
同必已作神女賦也老夫非爲戲言於楊郎而少時
偶值異人果學少翁致鬼之術矣今當爲賢婿
致張女娘之身以附值鬼之魂以慰吾婿之心未
也如何翰林曰此岳丈弄小婿而少翁雖能致
李夫人之魂而此術之不傳也久矣小婿於岳丈之

吾不旋往而鄭生曰張女娘也見楊兄則不費一言
而發也小弟則拈以一符而逐之鬼中之可憐者也
兄何疑乎司徒以麈尾打屏風曰張女娘安在一
女子忽自屏後而出含笑含嬌立於夫人之後翰
林一舉目已知其張女娘也恍恍惚惚莫知端倪直視
司徒及鄭生而問曰此人耶鬼耶鬼何能出白晝
耶司徒及夫人啓齒而笑鄭生捧腹大噱顛仆不
能起左右侍婢亦已折腰矣司徒曰吾當為賢
婿而吐其實矣此兒非仙非鬼即吾家所育賈氏女
子其名春雲也因楊郎獨處花園寂寞苦況
吾夫婦使美人以侍賢郎以慰客中無聊之生

於吾之夫妻好意而奉少輩居官閒時我請太
色使楊郎也心生謫苦惱不忍之笑乎鄭生方止
笑而言曰前後再度之逢皆我所媒而不感嫉
妒也是反以仇讐視也楊兄可謂負恩忘德者耶
翰林亦大笑曰岳丈既以此女給於小婿鄭兄從中
操矣而已何功也之處鄭生曰操矣之責亦實有
心發縱指示自有其人此豈獨爲市之冤乎翰林
問司徒而笑曰若有是如或者岳丈爲小婿作述我
事也司徒曰噫噫事夫也默已莫矣豈可作說戲
乎楊郎以德恩如翰林所鄭生曰非兄作爲而誰
後爲此戲乎鄭生曰聖人有云出乎爾者反乎爾

楊兄更且之兄嘗以何以欺何許人乎男子而化爲
女子以俗人爲仙以仙子而爲鬼何足怪乎翰林乃
大覺悟笑告司徒曰家翁〻〻小壻嘗有得罪於
小姐之事矣小姐必不忘雖然此之懲亦司徒夫人所
笑而不答翰林顧謂春雲曰春娘汝固慧黠矣
欲事其人先欺之其於婦女之道何如耶春雲跪
而對曰賤妾但仰將軍令不知天子詔者亦翰林
笑歎曰昔神女朝爲雲暮爲雨今春娘朝爲仙
暮爲鬼雲與雨雖異一神女也仙與鬼雖變一春娘
也襄王惟知一神女而已何異於雲雨之變化今我亦
知一春娘而已何論其仙鬼之區變乎然襄王見雲

則不雲雲而曰神女見雨則不曰雨而曰神女今我
遇仙則不曰春娘而曰仙遇鬼則不曰春娘而曰鬼
是我不及於宋玉遠矣春娘變化非神女所及也吾
仰殊將不弱齊甘羅將出此大將不待親兄而
安坐而座中又大笑更進酒肴終夕大醉春雲
名以兩人與於宋席並有春雲枕燭陪翰林並卷
困翰林醉甚抱春娘之手而戲之曰汝真仙乎真鬼
乎仍就視之曰我仙也非鬼也乃人也吾仙亦愛之鬼
亦愛之況人乎又曰仙之我汝也鬼之我汝也寧使汝而
爲仙寧使汝而爲鬼者亦真有爲仙爲鬼之術而
以楊翰林爲倦客而不答 相從耶 以花院爲陽界

而不能相訪耶人能使汝為仙為鬼而我獨不能使
汝而變化使汝而為仙女將為月中之姮娥
守使汝而能為鬼抑將為南岳之眞人乎春雲
對曰賤妾僭越之實為欺罔之罪唯相公寬假之
翰林曰當汝之變化為鬼亦不以為惡到今豈有
追咎之心乎春雲起拜而謝之楊翰林得第之後
即入翰院身縻職事尚未歸覲方欲請假做行
省拜母親仍陪來京第將過婚事而時國家多
事吐蕃數侵掠邊境河北三鎭度率自稱燕王
率自稱趙王率自稱魏王連結强隣稱兵反噬天
子憂之博謀群臣廣詢廟畧將欲出師致討

大小並係定將分屬皆振然恩篤且並朱翰林
學士楊小徐出班奏曰宜如漢武帝招諭南越王
故事並以詔書誥以禍福後不服命用武取勝
爲萬全之策以上從之使楊小徐即草詔于上前
小徐俯伏受命走筆製進上大悅曰此文典重
能裁恩威并施大有誥諭之體狂寇必自戢矣
即下詔于三鎮趙魏兩匹夫王歸服朝命上表
請罪遣使進貢馬一萬匹絹一千疋以唯燕王恃
其地遠而強不肯歸順上以兩鎮之歸皆小徐之功
陰名懷嵩曰河北三鎮專據一隅恃強爲亂殆百
年矣德宗皇帝起十萬衆命將征伐終未能

挫其鋒而服其心矣今楊小將以盈尺之書服兩
鎮之賊不勞一師不戰一人而皇威遠暢於異域
之功勝實萬之物倍三千匹馬五千匹表字從獎
之至仍令重秩小將重爵辭謝曰臣小將代州王
命即臣殘不為鎮做化莫非天威而以何功功此
空實洗一鎮積穢歷化敢肆跳梁而臣不能提
劍執殳以報國家之恥世提之命何安於心人而取
忠國常有於戰階之業守無家騰負不予在奈
世卒之多少臣亦得一枝之無倚杖天朝之命
重與兼最決死力戰以報兩國恩之嘗一上壯其
奏曰於六西皆曰三鎮五為唇齒之形而鎮阮

已屈奴小蕃狂賊特罪魚完係也以其將迫之則必
出拉枯於朽而王者之兵先禮後戰請遣小
將諭以利害不奴則即加兵一舉而上然之使小將於
節往諭鷄林某詔旨受鈇鉞將行門拜別歸
司徒〻〻曰金之鎮鰲驕蓮不用朝命一日而楊郎以
一介之書生入不測之危地非有不虞之變發者
其倚之安豈但為其夫之不孝守吾其且病不
與我逆未謀於上一請而予之鷄林也曰岳丈
其膺過重藩鎮不過奈我逆也不請諫謁於一
時也今天子神武我運請以趙魏兩壁且已來年
爭弱之小鎮偏小之一藩何能為哉司徒曰王命

既以君意已定老夫更無他說加飲自喜而
已夫人亦深以為喜曰自得賢郎頗慰吾懷郎
今春以賤悰如何主程有限不說其敢淹也歸
林道益花園將以即將妻處親衣而經司出公也
雖直字至嘗此宴必早起整飭寢具等著
朝罷相公必流眄顧視常有眷眷不忍離之色
今當遠別也安何無一言相贈翰林大笑曰大
丈夫當國事安危死生且不可顧區區私情
安是從手出根留心懷盈以傷春為恨者小姐
極度時時待君談事英勇腰懸如斗大金印
得意做事也即出門家來而門之道洛陽而由

經過之欲尚不改矣當時以十六字覓默一生
然布衣寒騎擔擔日念銀闕不賣
如龍泰十上之勞矣才過數年遇王翁騷駟
馬洛陽孫令壽去陳危河南府尹甸甸壽
日光彩之耀亦一路先聲震懾於諸如閭里榮
視日路洛嗟豈不誄偉哉露林先俠也意此探
桂樓月消息也意此樓月之家重門深鎖
畫樓不開惟有櫻花笑蝶開不情況畫之詩亦
深人思曰公年華惱狠與遠寸相公結一夜之
緣廿後孫有夜夜附傳述客夜府設宴托故
不赴矣未久佯狂出去誅翠之粧改著花士

也狄過武山小尚未返歸不去其身在何山矣也
意以此來探諸林欲遂過但家隱深坑為過只
門墻於路循身夜入客館不能交睫府尹進
娼妓可與人而揚也皆一時名艶也同粧麗姬之
迎園咫前者天津橋樓上諸妓各在其中矣
爭妍誇媚於賭一賭而諸林付其佳情小送一
人翌曉於川遂題一詩於壁上其詩曰

雨過天津柳色新　可憐玉節歸來地
風光宛似去年春　不見當壚勸酒人

寫訖投筆索船取前路而去諸妓立望川塵
只切慚赧而已爭將其詩納於府尹府尹黃衣

娼曰如華亦得楊翰林之一顧則可增三倍之
價而一隊紅粧皆不入於翰林之眼洛陽自此無
顔色矣問於衆妓知屬意之人揭榜四門訪幰
月容姬以待翰林復路之日矣翰林與越園俟徼
之人未嘗睹皇華盛儀見翰林如坐上祥雲
間瑞鳳到庭擁車不以一睹爲快而翰林盛
如疾雷是恰時雨急過民之皆欣欣鼓舞嘖嘖相稱
曰聖天子將語我矣翰林與越王相見翰林基稱
天子盛治邦運宴今以而皆之契達順之機縱横
閣闈之皆有理綱綱如波之渦濼濼如雷飈之
烈越王瞿然而起惕然而悟乃以膝蔽坐而附曰

弊藩僻陋自外聖化習故爲常迷不知返今承
明教大覺前非自此當永戢狂圖恪修臣職惟
皇使敝寨於途使小邦因危獲安轉禍爲福際
此小鎭之幸也仍設宴於樓鑾店以餞翰林將
別以黃金千斤名馬十匹贐之翰林卻不受離燕
土而西啟行十餘日至邯鄲地有一少年跨匹馬
在於路矣因前導辟易立於路旁翰林望見
曰彼書生所騎者駿馬也漸近則其少年美如衛
玠嬌如潘岳翰林曰吾嘗周行於兩京之間而男
子之美者未見如彼少年者也其貌如此其才可知
也謂從者曰汝請其少年隨後而來翰林午憩

驛館少年已至矣翰林使人邀之少年入謁翰
林愛而謂曰學生於路上偶見潘郎之風彩便
生愛尔之心乃敢使人奉邀而惟恐不我顧矣
今蒙不遺幸而會席此謂傾蓋如舊者也願
聞賢兄姓名少年答曰小生北方之人也姓狄名仍
鴻生長窮家而未逢碩師良友學術粗識書劍
無成尚有一片之心欲爲知己者死今相公使過
河北威德並行雷厲風飛陸悟小懷人尔葉
名其有既守小生不揆卑拙欲托門下一效雞鳴狗
盜之賤技而相公俯察至誠有此厚遇豈直爲
小生之榮實有光於大人先生屈身待士之美

德如韓林尤喜曰語云同聲相應同氣相求兩
情相投甚是快事此後與狄生並轡而行宿
床而食逸勝相共談山水論良宵則同賞
風月不知鞍馬之勞行役之苦矣生到洛陽過
天津橋乃有感舊之意曰桂娘自稱如窮傳述
山中者超於守初盟以待吾行而吾已杖節杖歸
來桂娘獨不在否人事乖張佳期晼晚烏得無
怨恨之心守桂娘於知吾今日之應過則必來待
於此而想其蹤跡不在於花觀則必在危院是路
消息何以得聞懷令行又不得相見則未知貴
子家許日月而有圖會之道而守盈恨遙睽則

一佳人獨立樓上高捲緗簾斜倚彩檻注目
於平虜馬跡之下卬桂帳月中韓林恩趣之何
無兄以爲欣羨之色可測矣集鴿飛鳳背上樓
安爲人而視凝情良久俄又客館嬌月先説捷
徑已尋候於館中矣見孫林小率金拜於陪
介憐憐操搖而唔悲喜交切淚下空前乃偃身
而哭曰距馳原涯責休榮於區區之愛恋不之賤悰
也仍歷陳別後事曰自別相公〻子弄孫之會太
守孫〻之家左右指遊京西偶爲世道境於此
一再而自藏頭髮移書急於至危之賀之存
盡附華粧幻著山衣遁於林中之閒歷梅谷家

也教室每逢遊山之客訪花之人來自峰府而
至東洛京華而來者輒問相公消息矣今年
逢春無卯相公曰舍天倫路經此地而來洛川之
遠矣遙望蒼雲惟臨血淚獨令相公爲逢花觀
以寄公館壁而題一首詩孤賤妾曰向者楊翰林
也幸命過此金橘滿車而以不見怊悵爲恨
終日看花不折一枝惟題此詩而惆悵何獨梅
山林不忘之故人使家梅詩之禮太埋後學仍而
過玫家禮自附其日之事懇請還惆舊居以待
相公之回賤妾如知女子之身亦當宣此賤妾
獨立於天津樓上望相公之行也滿掛琴枝攔

街上人孰不羨小姐之賢命欽小姐之光榮也
新相公之已占壯元方爲翰林之配小姐已作之矣
第未知得已主饋之夫人乎翰林曰嘗已定娶於
鄭司徒女子第婦之孔聖未及見之賢淑之見已仰
之慇矣桂娘之言小生至庭亦嫁厚恩泰山之
輕矣更展舊情未忍即離仍留一兩日而以桂娘
在寢久不訪狄生矣書意急來密告曰小僕兄
狄生秀才乃善人也與悵娘子相識於桐谷之中矣
悵娘子既從相公後與前日大異矣何敢如是乎
君禮乎翰林曰狄生必不是事悵娘尤無不貌
此必誤見也意快快而退獺而復坐曰相公以

小僕爲誑妄矣兩人方相與戲謔相公若親見之乎不知小僕之言實矣蟾林作出西廊而還見了兩人隔小墻而立來哭來語携手而戲笑聽其密語稍々述往秋生仰與後約而去悵月所見蟾林頗有羞慚之態蟾林曰月桂卿曾與秋生相親乎悵月曰妾與秋生雖有宿昔之誼而與其妹子有舊誼故曰其安否矣妾本非樓賤妾自從清樂於耳目不知甚擬於男女執手握戲附耳密語以招相公之疑賤妾之罪實合萬殺蟾林曰吾已知汝之於汝須容爾於中而仍窩嘗曰秋生少年而必以家

爲娼我當留而慰之使也意請已去矣翰林大怒曰昔於莊王絶纓以安羣臣矣我則當察曖昧之事仍失才義之士今雖自責何可及矣即使從者邀請於埤之門於是夜與紅月話舊論心對酒取樂至夜半滅燭而寢矣及徹明覺乃紅月方對鏡粧調鉛紅矣寫情留目心無翰悟更見之則翠眉明眸雲鬟花臉柳腰之依約宜賣之皎潔皆紅月而細度之則非也翰林獨悟疑惑而亦不敢即詰焉

金鑾直學士吹玉簫　蓬萊殿宮娥乞詩句

翰林細繹綵牋知非紅月而後問曰美人何如人耶

對曰妾本播州人姓名狄驚鴻也自幼時與蟾娘結
爲兄弟昨夜蟾娘謂妾曰吾適有病不得侍相公
矣汝代我之行俾免相公之責以此妾敢替桂娘猥
陪相公矣言未畢蟾月開戶而入曰相公又得新人
妾敢獻賀矣賤妾嘗以河北狄驚鴻薦於相公矣
賤妾之言今果何如翰林曰見面大勝於聞名矣更
窺驚鴻儀容則與狄生毫髮無異乃言曰原來狄
生乃鴻娘之同氣也男女雖異容貌則同狄娘爲狄生
之妹乎狄生爲狄娘之兄乎我昨日得見狄生矣今
狄兄何在乎驚鴻跪曰賤妾本無兄弟矣翰林又細
見大悟笑曰邯鄲道上從我者本鴻娘也昨日墻隙與

桂曰諸者亦鴿狼也未若鴿狼以男帳膓我何取於鴿
對曰賤妾何敢欺相公乎賤妾鄙見不過人才不如人年
生頗從君子人矣燕王曰竹篆名膜以名珠一斛貯
之宮中雖口厭珍味身厭錦繡私妾之願也莫之
知鸚鵡係鎖之雕籠心多奮飛恨不能得也頃日
燕王之過相公聞大家也妾究妙因而見之則是賤妾
之所願從者也然宮門九重何以能越去程萬里何以
自孩百爾思度望得一計而相公離燕之日妾以
抽身而從之而燕王必使人追蹤故待相公啓程後
十日偷騎燕王千里馬第二日追及拜相公宜告其
狀也然耳目不能開口欺瞞之責寔難免也前日之

著男子服者 欲遊此者之物色 昨夜之效唐姬
故事者 蓋倣桂娘之情態也 前後之罪 有可恕
而惶恐之心 久而益切矣 相公若不錄其
過而仍為之不已 陰借一枝之巢 則妾當與蟾娘同
去就 待相公有室之後 與蟾娘進賀於門下矣 翰林
曰 鴻娘高節 雖楊家執拂之妓 不能及矣 我愧非李
衛公將相之才而已 終相將豈有異哉 鴻娘亦附之
蟾月曰 鴻娘既代妾身以待相公 妾亦當代鴻娘而
謝於相公矣 仍起拜係之 是日 翰林與兩人經宿 明
朝將行 謂兩人曰 路上多煩 不得同車 將待立家
即相迎矣 至京師 復命於闕下 時燕藩表文及貢獻金

銀綵段亦隨至矣上大悅嘉其勤勞褒其勳庸將
謀者侯以答其功翰林力辭寢其謀擢拜禮部尚
書兼帶翰林學士贊貧便蕃寵遇隆至人皆榮之
翰林遂家司徒夫婦遂見於中堂賀其生還於危
地喜其超拔於口相歡聲動一家矣尚書悅是院與
春娘說離拋結永歡鄰至之情一言畢矣上重楊小
游文學擢以便殿討論經史翰林直宿宮頗一日展
值暑散直廬宮壺偏禁苑月上翰林不堪豪
興獨上高樓憑欄而坐寒月吟詩無因風便而作
之則何第一曲自雲霄霄蘇飄之百轉而來矣地密
聲遂歸不能下其調以音而呈盛儀耳何不仰者卽

呂院吏而問曰此聲出於宮墻之外耶東宮中之人有能吹此曲者乎院吏曰不知也仍命進酒連飲數觥仍出所藏玉簫自吹數曲其聲直上紫霄彩雲四起聽之若鸞鳳之和鳴也青鶴一雙自禁中飛來應其節奏翩翩自舞院中諸吏大奇之以爲王子晉在吾孫院中矣時皇太后有二男一女皇上及越王蘭陽公主也蘭陽公主之誕生也太后夢見神女奉明珠置懷中矣公主既長蘭姿蕙質閨範壼則超出於銀漢玉葉之中矣一動一靜一語一嘿皆有法度旣不俗態文章女紅亦皆通真太后以鍾愛甚篤先時西域大秦國進白玉洞簫其制

度極妙而使工人吹之聲不出矣公主一夜夢遇仙
女教以一曲公主盡得其妙及覺試吹大暢玉簫
聲韻其清律呂自叶太后及皇上皆異之而外
人莫之知也公主每吹一聲群鶴自集於殿前
蹁躚對舞太后謂皇上曰昔秦穆公女弄玉吹
玉簫今蘭陽妙然不下於弄玉必有如蕭史者然
後方使蘭陽以嫁矣以此蘭陽已長而尚未
許聘矣是夜蘭陽適吹簫於月下以調鶴舞矣
曲罷青鶴飛向玉堂而去舞於翰院是後院人
遂傳楊尚書吹玉簫舞仙鶴其言流入於宮中天
子仰而奇之以爲公主之緣必屬於小游入朝皇太后

以此告之曰楊小游秦氏與御妹相當其標致才華
亞中宮二孫乳也天下不可得也太后大喜曰簫和
將事訖定宮處以常但佳結矣今仰是語楊
小游即蘭陽天定之配也但吾當見其爲人而定
之矣上曰此不難矣後日當召見楊小游于宮殿講
論文章娘娘從簾內一窺可之也定矣太后益喜
與皇上定此蘭陽公主名簫和並其玉簫刻簫
和二字故以此名之一日天子燕坐於翠華殿使小
黃門召楊小游黃門往翰林院院吏曰翰林才已
出去矣往尋于鄭司徒家則未還矣黃門奔馳遑
忙莫知去向矣時楊尚書與鄭十三大醉於長安酒

樓使名姬朱娘玉露唱歌軒〻笑傲亡年伯家
黃門促鞴而來以命呼召之鄭十三大驚避出翰林
大醉〻眼朦朧髮〻鬢〻鬅鬙不省黃門之已在樓
上矣黃門立促之翰林使二姬扶而起著朝服隨
中使入朝天子賜座仍論歷代帝王治亂興亡尚
書出入古今敷奏明辯天顔喜色又曰組繪
詞句雖非帝王之要務惟我祖宗亦嘗留心於
此詩文或傳播於天下至今稱誦卿試爲我論聖
帝明王之文章評文人墨客之詩篇勿憚忌諱
定其優劣上而帝王之作誰爲雄也下而臣隣之
詩誰爲宗的當也伏而奏曰君臣賡和自大舜

帝舜南風之詩已不容議爲漢高祖大風之歌魏太祖月明星稀之句爲帝王詩詞之宗晉宋之李陵蘇都之子建南朝之陶淵明謝靈運二人亦其選著也自古文章之盛無如國朝國朝人才之蔚興世多之開元天寶之間帝王文章卒玄宗皇帝爲千古之首詩人之才李太白無敵於天下矣上曰吾亦欲合於朕之爲朕欲見太白學士清平詞三章詞則恨不與同時也朕今得卿何羨頌守太白乎朕當選國中使宮女十餘人掌翰墨作調如中書者頗有雕篆之才能模月露之形其中亦有一可觀者矣吾欲效李白倚石題詩之舊

亭試揮彩毫一吐珠玉矣實宮隊嬪御也詠
殿亦各覲下條焉也作吐鳳也才即使宮女以翡
翠琉璃硯置白玉筆床玉帖條條硯滴移置於
學士席於諸宮人已呼乙詩也命矣各以華牋
罪中畫翡翠筆於學士々々醉興方高詩思自
湧指揮筆管次第揮灑風雨雲煙起雲煙爭吐出
作絶句或數四韻來一首而罷日影未移牋牒
已盈宮女以次跪筆於上々一々鑒別閱之稱揚謂
宮娥亦同學士亦既嘆矣特宣御醞諸宮女來獻
蔡金盞或把琉璃鍾來執鸚鵡盃來獻白玉
樹備而清醴倫列佳肴作跪作立更進迭勸

翰林左受右接受獻輒傳至十餘觥龍顏已酡
玉山將頹上命止之又下教曰學士一句可直千金
真所謂不價之寶也詩曰投之木瓜報之瓊瑤當學
以何物爲潤筆之資乎宮娥來抽金釵解玉
佩來卸指環來脫金釧爭投亂擲須臾成堆
上召謂小黃門曰甫收取學書所用筆硯及硯滴
宮女潤筆之物隨學士而去傳給于其家學士叩
謝恩將起足仆上命黃門扶掖而出宮門翰
侍齋扶上馬歸到花園春雲扶上高軒解其
朝衣而問曰相公過家何乎翰林醉甚不能答已
而蒼頭在賞賜筆硯及釵釧首飾之物積置

於軒上尚書戲謂春娘曰此物皆天子賞賜春娘
者也我之所得與東方朔往倭春娘更於白之孫
林嶠僑鼻息如雷翌日、高尚書始起盥洗
矣閽者走告曰越王爲小車矣尚書驚曰越王之
來必有所款語也迎王上座稱禮年可二十餘
華眉宇炯然真天人也尚書跪曰大王枉屈於
陋地抑有何教耶王曰寡人竊余基俺雅集也
入見路尚稽承極慈至上命才年宜聖多矣蘭陽
公主正當芳年朝家方揀駙馬矣聖上望尚
書才德已定擬降之意先使寡人諭之詔命將
繼之矣尚書大驚曰皇恩至此感首至極逼補之

實有不暇論而臣與鄭司徒女子約婚納聘已經
歲矣伏望大王以此意奏達於皇上王曰吾當將
奏於天陛而惜乎皇上意寸之一定已將虛矣尙書曰
此關係人倫之大事不可坐而退當請罪於闕下矣
王即辭歸尙書入見司徒以越王之言告之書夫
已奏告於內闕矣舉家遑遑莫知所爲司徒悚沮
不能出一言尙書曰岳丈勿憂天子聖明守法度重
禮儀必不壞了臣子之倫紀小婿雖不才誓不作宋
弘之罪人矣聞太后出於蓬萊殿竊見楊小婿以甚
喜悅謂皇上曰此真蘭陽之匹也吾既親見更何
猶豫乎乃使越王先諭於小婿天子將欲命召而面諭

矣時上在別殿召恩昨日小楷詩才筆法俱極精
妙更寫親覽使太監出收女中書之所受詩牋諸
宮人皆稱羨於是因問而唯一宮女持題詩畫扇於枕
敝寢而置之懷中終久不忘常忌寢廢食比宮
女非他人也姓蔡名彩鳳華州蔡御史女子也御史
死於非命沒入宮掖宮人皆稱奏女之好上召見之
寫書建婕妤問皇后有寵獨榮女之美自於上曰蔡
家女不可合睡侍急當而陛下殺其父而今迎其女恐不吉
先哲王立刑憲之意也上從之而於蔡女曰汝知
文字乎蔡氏曰臣下亦急矣上命為女中書使掌
宮中文書仍令集陛皇太后宮中隨蘭陽公

主讀書習字公主大愛秦氏妙色之才視如宗戚
踵步相隨不忍一刻分離秦氏一日侍太后陛
遂草製何必上命與女中書亦能詩者擔當書
者也之七寶百綴曾已銘鏤方秦女之以肝矣豈
有不知之理哉秦女生存者也既不拒之況天祚
從天亦不敢舉目秦女一見尚書心如火熾旋亦盈
哀乎彼人兮痛情意之不通悲舊緣之難續手
握團扇以詠情詩一展一吟不忍暫釋其詩曰

紈扇團團似明月　五絃琴裏薰風多
佳人玉手爭皎潔　出入懷袖無時歇
紈扇團團月一規　無勞遮却如花面

佳人玉手正相隨　春色人間摠不知

秦氏咏其一首而歎曰楊郎不知素心矣我雖在宮中豈有承恩之念哉又咏後一首而歎曰我之容顔他人雖不得見之楊郎必不忘於心而詩意如斯豈又識如千里矣仍憶在家之時與楊郎唱和楊柳詞之事悲不自勝情不自抑和淚濡筆續題一首於扇頭方吟哢矣忽聞太監以上命來索畫扇秦氏骨驚膽落肌肉自顫叫苦之聲自出於口曰我其死矣〻〻〻〻

宮女掩涕隨黃門　侍妾含悲辭主人

太監謂秦氏曰皇上命復見楊書生之詩故小宦

亦命未收矣秦氏泣謂曰薄命之人死期已迫旣和其詩題於其扇自犯必死之罪皇上若見之則必不免誅戮之禍與其伏法而死寧自決而爲快矣方將以此殘命付於三尺之巾而身死後掩土一事專恃於太監太監哀之憐之收瘞殘骸毋令爲烏鳶之食幸甚幸甚太監曰女中無何爲出此言耶聖上仁慈寬厚迥出百王萃者倘不加罪設有震疊之威我當出力救之中無隨我而來秦氏且哭且行隨太監而去太監使秦氏立於家門之外入以諸詩進於上上留眼披閱至秦女之扇所題之詩又有和詩上詳之問於太監太監告曰

秦氏謂丞公不以皇命有寵收之命惧以悲惋
莫之語續題於其下此死罪也不覺而仍自死
丞開詩而見頌辛而寒矣上又詠其詩〻〻曰
紈扇團如秋月團　初知咫尺不相識
憶曾樓上對羞顔　却悔教君仔細看
上見畢曰秦氏必有私情而不知於何處與何人
相見而其詩意如此耶猶其才名足可嘉使太監
召之秦氏伏於階下叩頭請死上以義問直告不隱
赦死罪汝與何人而私情乎秦氏叩頭曰臣妾何
敢隱諱於聖上之下妾家敗亡之前楊尙書赴擧
之路適過於妾家樓前妾偶與相見和其楊柳詞

送人通意與結婚媾也何矣頃因蒙達尊慈引咎
之日素拡辭舊而以楊尚書獨不去故留以兵
事推卻自悼保證胡亂之說終至於上累聖
鑒臣竊思之既以當死捏擇上然而其意乃曰以六
楊柳詞結婚之約以能記得否秦氏即儀寫
以上之曰以死難垂以付寸情且請妹意以殊甚
故朕特用寬典赦以重罪以其肆以暴國恩强留
以諫以事御妹宜矣而以其能前秦氏拜受惶
恐拆附而退是日上詣太后而告越王自楊尚書家
回來入朝以尚書勞已納聘之意奏之太后不悅
曰楊少游尋與尚書宜知朝廷事体何其固滯公

是耶上曰少游雖已納聘與未親有異朕面諭
則似不可不從也翌日命召禮部尚書楊少游
少游承命入朝上曰朕有一妹資質超常非卿
莫可為配者朕使越王以朕意諭之矣卿乃托以
納幣云云此不思也甚矣前代帝王遴擇駙馬
或出其正妻故公王獻之終身恨之惟宋弘不受
命朕意與古先王不同既為天下萬姓之父母豈
可以非禮之事加於人哉今卿雖罷鄭氏之婚鄭家
自當有歸處卿無糟糠下堂之嫌豈可有害於
倫紀乎范守尚書頓首奏曰聖上不惟不罪又從而
諄諄面命於家人父子之親至感祝天恩之於交

乞可安者矣然此之情勢与他人絶異亦以忘
方其生入京之日不處而托厚李鄭家皆遇之
恩遇以舍之禮以待之非但儼然之禮即以夫人
門之日已与司徒定翁婿之分有翁婿之情且
男女既已相見恰有夫婦之恩而未行親迎之
禮者皇上以國家多事不遑婚娶而今者藩鎮
率平定而已行其方欲請急歸而遇敏乎母
下月而成禮矣意於皇命及於其狀小生之之驚
惶寒懼不知所以自處而其以於歲思卑順
望命於鄭女以一死自守必不適他人其女之失
所王政之有歟守出口乎之情理然何自處以大

苟言之則鄭女本是夫婦也苟鄭女當一而不
入於他人之門乎今朕也欲與之結者不獨朕
柱石侍之於太后亦之感實深親侍主張耳
朕之亦得自由矣尚書於此固讓上曰婚姻大
禮也不可以一言定朕姑與之署若以俟長日矣
命小黃門金而君也於家賭勝日晝乃罷鄉司
徒見楊尚書也未感悽也色溢於滿面拭淚而言
曰今日皇太后以詔賜婚楊郎也禮祿故之夫已
出付於老處至於花園而死矣女兒也則無言之
夫妻心事尚作何如狀耶吾不忍能擇支而之
妻除遂成疾方皆懇不省人事矣尚也失色

不宜過念頃乃告曰此事不可但已小姐自上表
力爭朝廷之上亦豈無公論乎司徒止之曰楊
郎之違拒上命已過再矣今公上疏豈無批絀
之慎哉必有重譴不如順受之且有一事楊
郎之仍處花園不安於事體者倉卒相離
甚缺然移家然後方合事宜矣當出不得已從及
花園春雲嗚嗚咽咽淚痕汎瀾乃奉納幣物
曰賤妾以小姐之命來侍相公已有年矣偏荷寵
眷恒切慚愧神娼鬼情事乃大誤小姐特享
色誤候也賤妾亦當永訣相公敢侍小姐天乎地
乎鬼乎人乎何飲泣聲如斷矣嘗出曰吾方答上

請力辭望上座我回聽說未能得睹女子許身
人不從夫禮也春娘夫豈皆我之人哉春娘曰賤
妾雖不明嘗聞古人緒論矣豈不知女子三從之
義春雲有異於人妾身自吹葱之日與小姐遊
戲及至毀齒之年與小姐居處尊賤之分亦佳
死生之間吉凶榮辱不可異同春雲之從小姐
如影之隨形身固既去以影豈獨留守當也回春
娘爲主之誅不謂至矣但春娘之身與小姐異小
姐東西南北惟意擇從春娘從小姐事他人仍是
有賴於女子之道乎春雲曰相公之爲此不可謂知
吾小姐也小姐已有定味長在吾中從郎及夫人陳

下侍邊而後潔身斷髮去托空門將終身
併若無之生之夢不若如實之身青雲踐跡將以
斯而已矣相公如當復見春娘相公之禮禍復合於
小姐旁中能復當復深之下不能得今日即生離
死別之日也妾任相公使之者專矣豈相公恩愛
者久矣報效之道惟在於拂枕席奉巾櫛而事
之以遊於長城[illegible]云所後相公大寫以效報主之忱
矣惟相公保偏之之向俯歸眺者半日乃勸身以
階再拜而入曾見五情懷亂當當膝掩仰之屋
去呼抱[illegible]柳歸而已[illegible]乃止詩云甚微切其詩
曰

禮部尚書臣楊少游頓首百拜上言于皇
帝陛下伏以倫紀者王政之本也婚姻者人倫之
始也一失其本則風化大壞而其國也亂不得其始
則家道不成而其家也亡有關於家國之興喪
者不其較著乎是以聖王哲辟未嘗不留意於
是故治其國必以植人紀爲重齊其家必以
正婚姻爲先者何莫非端本出治之道豈不惟明
微之意也臣既已納幣於鄭女已托跡於鄭家則
臣固有妻也臣固有室也不意今者御妹之事
禮遽及於無似之賤臣臣始疑終惑寔賤悚惕
實不合聖上之擧措朝家之家令果能求

其被而得其當於讀今臣未嘗儒士之都不作悅
倦之客挨賤而拋浙才謗而學黃則定不合於
禁不齋之始簡而況與鄭女已有沉儒之爭與娼妓
已定第繆之今不可謂六禮之未備而皇天以貴
介之為以嫁於匹夫之職而不可禮之一而否不全事之
聲金冒荀且之樣而不能禮之禮守臣於密內者
使之辱已不之被保臣已寺之都市龍沐臣彼伸於臣
正陛下未能效究武侍案孔之寵於賊臣危悲也
悅已閨聖明之軸鄭女家屬之情倒私家之事
臣不敢更圖於往牒之以為臣之所正者王政由
臣而亂人倫因臣而辱以臣於上累聖治下壞家法

一終不求亂亡之禍如伏乞陛下垂神俯從之正風化
也始照收詔令以安賤人不脩士學也
上覽其辭轉奏于太后太后大怒以楊小將下獄朝
廷大臣一時交諫上曰朕亦容其冒罰也太后不太
后怒怒方虐如朕之不敢救矣太后以困小將不
下公事者至數日鄭司徒亦惶上杜門謝客此時
吐蕃將國犯中國起十萬大兵來陷邊郡
先鋒至渭橋京師震上召會群臣議之皆曰京
城之卒不滿數萬兵方援兵勢不可及暫幸
京城出避關東召諸將兵馬以圖恢復之如何上猶
豫未決曰諸臣中楊小將善謀能對朕甚恨之

告曰三鎮之叛皆小將之功尚罷朝入告太后
使之者持節以救小將召見曰此小將奏曰京城宗
廟所在宮闕所寄今安棄之乎天下人心從何以
搖且為強賊所據則亦未可奪將曰恢復矣代宗
朝吐蕃回紇合力驅百萬兵來犯京師其時王師
之單弱甚於此時汾陽王郭子儀以匹馬卻之臣
之才略比子儀萬之不如及取得數千軍揭蕩此賊
以報再生之恩上亦宿小將有將帥之才即拜為
大將使發京營軍三萬討之小將拜辭而出招
拜三軍陣於渭橋討賊先鋒擒三賢王賊勢
大挫餘黨散逃去小將止勿追擊三戰三捷斬首級三

嘗獲戰馬八千匹以捷書報之天子大悅卽班師
論諸將之功以此賞賚小將在軍中上疏其疏曰
臣聞王者之兵貴於萬全而必失機會則功不
可舉又聞常勝之家難與慮敵而不示飢
弱則賊不可破也今賊之兵力不可謂不強覺機
不可謂不利而彼則以客而犯主我則以飽而待
飢此正所以得尺寸之功而賊所以勞日蹙而兵日
弱矣兵法云勞勞而不勝者不免以糧餽之不
及也地利之不便也今賊營院據蹈稱而壹賊之
窮蹙極矣雄野大姊皆時剪糧則我可半赫
也甚乎屋廣野最得所便可彼可設伏之處

然畜銳養鋒追躡其後席卷收全功今
乃狃一時之小捷棄萬全之策輕罷王師
不竟天討者臣未知其何時而伏願陛下博採
廟謀廓揮乾斷許令臣驅率遺旅直搗巢
穴臣雖不能燒龍城之積勒燕然之石務使
隻輪不返一騎不歸以除我西土西顧之憂矣
疏奏上壯其志嘉其忠即進秩拜御史大夫兼兵
部尚書征西大元帥賜尚方斬馬劍彤弓赤矢
通天御帶白旄黃鉞詔發朔方河東隴西諸
道兵馬以助其軍勢楊少游拜詔向闕拜謝擇
吉日祭旗纛仍發行之其兵法本六韜之神謀也

語其陣勢乃八卦之奇變而軍容井井孫吳不及
因連領之勢成破竹之功數月之間陷城五十
餘城驅六軍至積雪山之一陣回風起於馬前有
鳴鵲橫穿陣中而去當其於馬上之得一卦曰賊
至必殺吾陣而後有害也留陣山底鋪鹿角蒺
藜於四面整齊三軍設備而待當其坐帳中燒
椽燭閱古兵書之軍已報三更矣空寒隱藏
冷氣襲人一女子自空中立於帳前手把尺七
劍色如霜雪矢當其前其刺客而神色不變感
稜益冽徐而曰女子何人夜入軍中有甚意也
女子曰奉承吐蕃國贊普之命欲取當其首

徐而待矣尚書笑曰大丈夫何畏死乎便速進來
女子擲劍而前叩頭而謝曰貴人今寧妾何敢
驚犯貴人乎尚書執而扶起曰君既挾劍刃入軍
營反不害我何也女子曰妾之本末雖容自陳也
就立談之頃而盡也尚書賜坐而問曰娘子深險冒
危來見小將也爲好意而將何以殺也女子曰妾
雖有刺客名實無刺客之心妾之心肝當吐露
於貴人矣仍起燃燭當前而坐其女子捲結雲鬟
高插金簪身著挾袖戰袍而袍上畫石竹花足
著鳳尾靴腰懸龍泉劍天然絶色如一枝
海棠非從軍之木蘭必偸盒之紅線也從而言曰

家本揚州人也七歲爲大唐之民幼失父母從一也
子爲元本子其女子爲術神妙教本子三人即參
海月金彩虹況是烟之即本也學術三年
拔傳授他之術宗法風云之飛電瞬息之頃千里
往里年三人爲術別寬高下爲馬或等秋仙奮毅
惡人不必迷彩虹海月爲獨不使家之曰吾三人於
事馬父曰受明教爲學子不獨不秋師傅之恩
敢聞其寸拙不足任馬傳使之手師曰爾如我汝
也他日得之老修有年能介於此爲人殺害人
命不愛不有損於此之以半生以不迷也本文勾曰
善然不本學得爲術將何用乎馬曰此之於世之

緣在於大唐國而其人大貴人亦必在於國通近乎
使吾何以教此鄉曲者乎使此國此小技得逢貴人
人必術日當入百萬軍中得此好緣於馬上矣
矣今春師又謂妾曰大唐天子使大將軍征伐吐
蕃贊普將令刺客較長短之術以救唐將之禍
一以借安身之緣妾承師命之蕃國値摘城門而
掛之榜贊普召妾而入使與先至衆刺客較才妾
所附於劍十餘人接髮贊普大喜選妾而言曰待
此斬唐將之首當以汝爲貴妃今逢尚書師傳之
言驗矣願得此亦本役某某奉侍左右相公其軍
肯論乎尚書大喜曰娘子既救僕絕之命且何以

引而事之此恩何如要秋白首偕亨兄季吉
於仍與同寢以橫劍之色代華燭之光以刁斗之聲
替琴瑟之聲伏彼營中月影正照玉門關於此
光已過矣命此一將豪家興來之不忘於罪惟新
殊之中矣吾後當與晨昏沉溺不見將士至三
日之久矣鼻咽曰軍中亂將無可施之處吾年且少
楊矣仍答曰將當去曰仙娘非是紅將從而可
翁於寸耕通安樂篆遊還好林教我四破城兵娘何
奔將軍鼻咽曰以相公之神武前殊歸之巢窟
在呢手百年何足煩相公之盛功哉此之朝廷國
師命來及亦辭矣俯見紅娘如山中徐待相公

也回軍當悔拜於京城矣尚書曰然娘子去後
讚普更遣他刺客將何以待之裊烟對曰皆非裊
烟之敵手妾去當親做此於相公所以人安爾耳乎探懷
中出一顆珠曰此珠名妙兒玩即讚普推髻上所繫
者也相公命使者送此珠使讚普知妾而復返也
意也尚書又曰此去更無可敵者乎裊烟曰前路
必過於盤蛇谷而此無可飲之水相公須慎之鑿井
水飲三軍可將矣尚書又多曰訖裊烟一躍騰空
不復可見矣尚書回諸將士語裊烟之事皆曰元
帥洪福如天神鬼輔助有神人來助矣

白龍潭楊郎破陰兵 洞庭湖龍君宴嬌客

尚書即所使遣好兒玩於此遂入至大山之穴
峽路甚窄一馬攀躋緣僅負貴而進至數百
里始得稍廣之處設寨立營歇馬休軍士
卒勞渴甚青水不得見山下有大澤爭飲其水飲
者遍身皆青語言不通戰掉氣奄奄猶安出
也親自往見其水色沉碧深不可測矣寒氣凜冽
似挾秋霜始悟乃必是烟所謂瘴惋谷也皆往
軍掘井衆軍鑿數百餘井深可千丈而無一滴水
之處當此大以爲忌方欲撤營移陣於他處矣錚鈸
之聲忽自山谷後而來雷聲震地巖谷皆應賊兵
據其險阻以絶歸路發軍進退俱不得飢渴且甚

尚書方在營中思退敵之計而終夜將策閱燭之
久神氣頗困倚卓而少眠忽有異香遍滿帳中如
意兩人進立於尚書之前容狀亦異非仙即鬼告
於尚書曰吾娘娘欲告一言貴人願貴人暫借一枉於
隨從之處尚書問曰娘子是何人在於何處答曰
吾娘子即洞庭龍君小女也近日避難宮中來寓
此城矣尚書曰龍神所處即水府也家是人之今將
以何術致我乎如意曰神馬已繫於門外貴人騎
之不自當至矣水府不遠何難之有尚書隨去
女出轅門從者數十人衣服殊製傺邪而帶扶尚
書上馬〻行而如流而去塵不起矣俾小失頃而到

水中宮闕宏麗如王者也守門之卒魚頭鰕鬚矣
女童數人自內開門而出尚書升堂上殿中有玉交
椅南向而設侍女請尚書坐於上鋪錦繡帳於
階砌之下而入於內殿未幾侍女十餘人引一個女子
從左邊月廊抵殿前姿態之美服飾之華不
可形言侍女一人至前請曰洞庭龍王之女請謁於楊元
帥矣尚書驚訝避之兩侍女挾持使不得下床龍女
向尚書四拜琳琅展響蘭香馥射人尚書請上殿龍女
辭遜不敢設小席而坐尚書曰楊小游塵土賤品
娘子水府靈神禮貌何太恭耶氏小游下來寧也龍
女答曰妾乃洞庭龍王之末女也而名凌波也妾之初

生也父王朝於上界逢張眞人下來也命張眞人
揲蓍曰此娘子前身乃仙女因罪而謫爲王之女而
畢竟復得人形爲人中貴人也雖安享富貴榮
華也樂塞乎目心志也將終歸佛家永爲大禪
矣吾龍神爲水族之宗而以幻人之形爲大榮焉仙
佛尤所歎也妻之伯兄爲涇水龍君之婿夫妻
反目而家失和再適於柳眞君九族爲之一家羞之
而妾所將得正果一身榮貴必在伯兄也豈父王自
仰眞人之言愛妾之情一倍隆篤宮中大小侍妾
欺至上眞仙及稍長南海龍王之子敎矣仰妾聘有
姿色求婚於父王吾門庭爲南海龍王所窘故父

王不敢峻斥親往南海諭以張眞人之言強拒不
從了南海之王爲其驕悍之子反以父王爲求於誑
說我唱責我將益丑自今以去父母勝以辱
必及身走於父母抽身逃匹披荊棘闢窟處自
竄胡於苟逃來月而南海之兵益甚矣父母但
曰女子不敢飢身走逃他處不辭而之於柴性使
枉意欺妾孤獨自來軍營逼賤妾之至寃
苦節舉擾已於潴澤之水居狀變化冷如寒冰
昏如地獄他國之兵亦不能輕入悖妾賴此全保
危命矣今日之事逢貴人臨此陋地不惶含訴衷
情日後王駕暴露既久水路莫通井家亦出掘

玄鑿地名云勞心性通一山而穿萬丈水名之曰淵云
功不可支矣此水亦從清水潭水性甚美自古來
居其味甚惡飲之者生病何以謂曰白龍潭水今
貴人來此賤女得以何策以守銀瓶之上井陰水之生
妻守女既托命於貴人許身於貴人之後
既妾而受如是不欲致恩寵而助軍功乎自此水味
之甘如雪是日士卒皆生飲罔寒矣竊水之弊
無病自瘳矣當此日今仰賴娘子之力而為兩人之緣矣
已定矣神名謂之月老之伯斯而下矣娘子之意云
如家君雖如此妾之陋質雖已許從侍郎君之而
者三一則不告於父母而從人私奔不可也二則妾幼

形容顦顇而後方可以侍夫人也今不可以鎧甲之醒
琴瑟亂之隨以累貴人也深慮也三則南海龍子
若還還率於此地暗暗須撥不可徵其怒而抵之
禍以起一場風波也夫人須早敗陣中整軍纖燒
門遂大勳策亂世亦以安寧家業深深從容
人於甲第之中也當世曰狼子之言善矣然我思之
狼之來此雖爲守志亦父母命使爲侍小將之本而
況況之也今日相會豈非父王之命乎狼子神明之後
靈異之性也出入於人神之間而生而不可豈以鎧
髮鬖而獨守小將雖不守其名乎之命業百業之
雄者免虎而之尊先南海小爲之家後視南海小

況如懺懆深若不得畢安寢和遍了不邑悵然
實爲今夜明月清風亦助豪家情良辰
豈可虛度佳節何且虛負遂携龍女穩度一
宵交會之歡非夢而真日未明一聲霹靂
轟轟震動水晶宮家龍女驚覺而起宮女奔
報曰大禍出矣南海太子驅無數軍兵已陣於山
下欲與楊元帥決雌雄云矣龍女喚相公而言曰
妾之初勸相公之歸蓋爲此也大怒曰狂童
何敢若是怫然拂袂而起跳出水邊南海軍兵
已圍白龍潭矣當出黃鉞麾旄與南海太子
對陣喊聲大震陣雲四起太子披掛上馬躍出

大叱曰楊小將何狀物也乃敢戕人之婚擒人之妻
吾誓不共立於天地間者也立馬大笑曰洞庭
龍王與楊小將有三生宿緣即天宮之所傳真人
也所以家不過順天命也違天者殆也如爾么麼鯫生
何足禮節乎也太子大怒命令萬水族捕之書
鯉提鯖鼈参軍鼓氣賈勇騰躍而色出也
一麾而斬之舉白玉鞭一揮之百萬爲卒盡送也但
見瀾蹴太子陣中不移時敗鱗殘甲已滿於地矣太
子身被數箭不能變化終爲唐軍所獲者也擒
金牧軍縛太子還營門卒報曰白龍潭娘子親詣
軍前犒勞元帥仍而大犒士卒矣者也大悅使

人迺入龍女集賀宴也全勝以一手石作一嶺所生
大饗三軍士卒鼓腹而歡醉之而舞蹈歡也今
百倍矣楊元帥與龍女同坐緋袍南海太子前太
子後肯屬尾不敢仰視楊元帥厲聲大叱曰我本
以天討征伐四方百鬼與神莫不從令汝小兒不今
天命敢抗大軍是自促蘇戮也誅而戮有一口實
觸即吉貌徵逐相對經河龍王也和解而判
汝所以壯軍師汝父鎮定南海博施而澤當回陷
於崇我以氏殺汝也非貸汝也絶汝自今勉自激挍
永悛屢惡千萬得罪於孫子於國也金殿宗傳
殿處而已也太子屏息戢身舉牽而匝坐有祥

光珠氣自東南而至紫霧盖擁排雲以滿空
捧節鉞自太空繽紛而下紫衣使者趨而進曰
洞庭龍王令楊元帥破南海太子救公主之厄
今解圍於壁門之外而時業有守不敢擅離故方
設大宴於凝碧殿專邀相元帥顧元帥暫以屈
大王亦令小臣陪送公主同歸矣楊尚書曰敵軍雖退
壁壘尚存且洞庭在萬里之外陛遠之客日月不
爲將者也人何以去也使者曰臣與一車駕以從
半日內當去來矣

元帥偸閑叩禪扉　公主微服訪閨秀

楊尚書與龍女坐車罡風吹輪轉上層空來去

公已絳毯及於非地備載風裕而但見白雲如蓋一字
度此界而已御御從水至于洞庭龍王出迎也禮
賓主之禮展翁婿之情揖上層階設宴饗之
執盃而謝曰寡人德薄而勢孤不能使一女安其所
矣今元帥奮神武而擒驕童意愛厚恩而救小女
命秋之德天高地厚矣尚書曰莫非大王威靈所及
何附之有至酒闌龍王命奏樂樂律洋洋皆
條暢而與俗樂異矣壯士千人列立於殿左右手執
劍戟揮擊大鼓而進美女六佾着芙蓉之衣振
明月之珮翩拂翻袖雙雙對舞其壯觀也尚書曰
問龍王曰此舞未知何曲也龍王答曰水府舊無此

曲宴人皆如嫁爲使何至太子也處曰柳生傳書
今其還牧羊也吾所寄人於錦塘君與涇河王大
戰大破其軍宰如子而來宮中也人爲作氏辭
曰錦塘破陣樂事稱其主行宮樂有時發也於
宮中也宴矣今元帥破賊海太后使家父女於宮
與錦塘古事頗相似也故改其名曰元帥破陣樂也
皆也又問曰柳先生今何在耶未必於見耶王曰柳
郞今爲瀛州仙官方在職所何可來也復數也
皆也告辭曰軍門多事不可久留乃之從中和
使娘子可失後期也龍女曰皆如約矣出送於家門
也於有山突兀秀出五峰高入於雲煙皆也須有

遊覽之興問於龍王曰此山何名小將爲遍天下而
未見此山及華山也龍王曰元帥未知此山之名乎
卽南岳衡山奇且異也尙書曰何以得今日又登此
山乎龍王曰日勢猶未晩矣雖暫玩而歸亦未暮
矣尙書卽上車已在衡山之下矣携竹杖訪名區
經一丘而度一壑山益高境益絶景物森羅
不暇應接所謂千巖競秀萬壑爭流者眞善
形容也尙書拄笻騁矚遠思自集乃歎曰積苦
兵革凝精勞神此身塵緣何太重也安得功成
身退超然作物外之人哉俄聞石磬之聲出於林
端尙書曰蘭若不遠矣乃陟絶巘上高頂有一寺

豪閑迷寥遶法侶齊集已僧誦呪蒲團方誦
經談法眉長而綠骨清而秀如知年紀之高
而見元帥率衆僧下堂迎之曰山野有門戶
賤不知大元帥之來未能遠候於山門請相公恕
之今番元帥非來此日所須上殿禮佛而去元帥
即詣佛殿焚香展拜方下殿忽跌足而驚覺身在
營中倚卓而睡東方微明矣元帥異之問於諸
將曰公等亦有夢乎衆皆曰小將亦皆夢陪元帥與
神兵鬼卒大戰而破之擒其大將而歸此實擒胡
之吉兆也元帥備說夢中之事與諸將步見白龍
潭碑銷鋪於河血染川矣元帥將百騎小先營

因飲病卒即快痊矣驅衆軍及戰于臨水快明
歡聲動天地賊將亡大懼舍寨撤而降矣尚書
出軍之後捷書相續上大喜之一日朝太后稱楊
小將之功曰楊少將郭汾陽後一人待其罷朝即
招送相以卿不告之意而但御妹婚事尚未完定
從前回心從命乃大善而又呈執以功甚不可矣
其志不可奪矣寧置之危竄鄉得罪亦可爲太
后曰我仰卿家如是誅罰矣且與小將爲己相見小
將寧肯棄之吾意則宗小將在于之時以詔于鄭家
使與他人結婚則小將之望絶矣君命又何以不從耶
上又不仰答默然而出時蘭陽公主在太后之側乃

告於太后曰俄者娘娘之教大違於事體鄭女之
婚與不婚自在其家之事豈朝廷所可指揮者乎
太后曰此汝之重事國之大禮本係與汝於洛爾
當也楊小游風采文學非獨卓出於朋儕之列
而以洞簫一曲已卜秦樓之緣決不可棄楊家之
聘代人矣小游本與鄭家情分不淺此亦不可背
矣且事極其難處小游違罪也後先問汝之
將禮使小游容發女鄭女爲妾則小游可以辭也
第來宮女呪之意以定趨超矣公主署曰小女一生
不識妬忌爲甚事於鄭女何可忌也但楊尚書
初既約聘後乃爲妾非禮也鄭司徒累代宰

相國朝大族以其女子爲人雅正而不亦寬乎此亦不
可也太后曰然則於意以何以處之乎公主曰國法
諸侯三夫人也楊尚書成功還國則大可爲王不然
失侯聘兩夫人實不僭也當此之時亦許娶鄭女不
何如太后曰吾以不可人家女子勢均體敵則可而女
夫人國舅而帝女況先帝之愛女今上之寵妹則
國重矣位之尊矣豈可與閭閻小女子齊肩而事
人乎公主曰小女亦知身地之尊重矣古之聖帝
明王有尊賢敬士忘身愛德以萬乘而友匹夫者
小女聞鄭氏女子容貌節行雖古烈女不及也誠如
吾言與彼並肩亦小女之幸也非小女之辱也但待仰

易裝處慕鄭府小女名因緣親見鄭女其容
兒才德果出於小女之右小女願侍巾櫛以為
而見不如所聞則爲鄭女爲媒推恨之意太后嘉納
曰妳才色亦女子常情吾女所愛之人也未嘗已嘗
教見之面如渴求欲得其母者皇后亦悅之以教吾
名一見鄭女明日當召於鄭家矣公主曰雖有娘娘之
之命鄭女必稱疾不來於宰相家女則不可責
陛下付於道觀尼院預令鄭女焚香之日則一者
運著亦不難矣太后令之召使小黃門司於各
處寺觀正都院尼姑曰鄭司徒宅本以佛事吾
常而其小姐完不往來於寺觀三日前小姐侍婢楊

者也小室賈春雲亦小姐之命以臂釧之文納於
佛前而太后親覽門責去此文後命於太后娘娘贊
小寶門還來以此奏達其所祝太后曰爲如是乎
又鄭女之賢難矣豈公主曰覽其文曰

侍兒鄭氏瓊貝謹使婢子春雲敬沐叩首敬告
于諸佛及菩薩座下弟子瓊貝宿業甚重宿
障未除生爲女子之身且無兄弟之樂頃領聘於
楊家將爲終身於楊門矣楊郎被揀於禁臠
君命至嚴弟子已與楊家絕矣是恨也之人事
自相乖違萬命之人更無所望而身雖未許心既
有屬所以今二三年俺非爲之所歸忠於此家依

存亡情待懐以送來安之日月矣因此命終之
際臨年乃一身之清閑故乃依虔誠於佛前以告
於子之心事伏願念佛經之靈燭祈懇之懷疵益
此之念使於子之父母享遐筭壽與天齊令於子
身免疾病災殃以采衣係弄雀之歡兮父母身後
投做沙門剃髮緇服戒行宗心誦經潔躬禮佛
以報諸佛之厚恩矣侍婢賈春雲奉手讀貝文
有因果名雖奴主實同朋友常以主人之命為楊
家之妾矣今與以遂佳緣矣保永辭楊家復做
主人死生苦樂期不異同伏乞諸佛俯憐吾兩人
之心事世世生生得免爲女子之身偕蒼生之孔邑

得後世之福祿使之延生於善地長享逍遙快
之樂云云
公主見筆條然曰因一人之婚事誤爲如此則甚正
有大害於陰隲矣太后稱之默然於此時鄭小姐侍其
父母晚家悠然無一毫嫌恨之色而崔夫人每見
小姐輒有鬱悒之氣然後付小姐以綵羅雜技強爲
撫遣之地而潛消暗削日漸憔悴將來病苦皆亡
疾小姐亦念其母亦擔其意以強抑之不能自安於人
不能容矣小姐念慰母親之心使婢僕求技樂之
人玩好之物門門奉進以悅其耳目矣一日如意一人
耳賣繡簇二軸其畫不可見之一乃花卉孔雀一則

竹林鶴鵠手品絶妙工如七襄春雲戲親寫眞人
以其簇子進於夫人及小姐曰小姐每讚春雲之刺
繡矣試觀此簇子手品何如耶不出於仙女機上必出
於鬼神手中矣小姐轉看於夫人座前戲謂曰今
之必是此巧而深妙筆彩非塵物也怪者何人寫此
手也春雲曰其出處於意如答曰此繡乃吾家小姐自
爲者也小姐方在家中忽有閑處不揮金鄰錢家
而言索之矣春雲曰以小姐謹家狼好且因何事
猶留客中卽答曰小姐李通判妹氏與通判陪大夫
人往浙東任所而小姐獨不隨將寓於同嘗張別駕
宅近處達得借寓於此緣遊者臨朌店附三根

家以待衛東來馬光來矣春雲以其言入告小姐以釵
釧首飾示物傳其價而買之高掛中堂者日竟玩
嗟羨不已此後女童因出入於鄭府與府中婢僕於
多矣鄭小姐謂春雲曰李家女子手才如此必非常
人也吾欲使侍婢隨往女童處見李小姐容顏矣仍
令伶俐一婢子閣家寮捷本宅內於李小姐曰吾鄭府
婢子僕隨今而送之婢子還告小姐曰李小姐艷麗
娉婷與吾小姐二而一者矣春雲不信曰以女偏係之
見也不李小姐決非鈍也賢而吾何爲過實之言
也此世界上謂有如吾家小姐者吾實難之婢子曰實
孺人疑吾言乎更遣他人而見之則可知吾言之不

妾所與春雲又私從一人矣 遂曰仙都〻〻此小姐乃玉京
仙娥 昨日之言果信矣 賈孺人又以吾言爲可疑 此
後一番親見如我春雲 曰吾後之言皆信矣 何必更爲
問也 母與大笑而罷 過數日 繡服店謝三娘來見許
入謁於夫人曰 近者李通判宅娘子 債居小人之家
其娘子有貌有才 實天下之絶 初欲竊仰小姐芳名
無由一見 請教而不敢者 以小人獲私於夫人 使之
仰稟矣 夫人招小姐 以此意言之 小姐曰 小女之身與
他人自異 不能舉面而見人 而但聞李小姐
爲人一如其稱 徧係之好 小女之心 一欲瞻望矣 謝三娘
喜而歸 翌日 李小姐從其婢子 先通鄭門之上曰

晩後李小姐乘素帷小轎携率女婢數人至鄭府鄭小姐迎見於寢房賓主分東西而坐織女若月宮之客上元與瑤池之宴矣光彩射滿室照耀彼此皆大驚鄭小姐曰頃侍婢輩仰至花臨之地而命婚之人齊聲曰今日見之神尚此聚矣今姐姐畫所學臨院集且後亦附之識何可以言哉李小姐答曰小妹偶隨之人而聚觀早背慈母備手生長不學之中年之服之古而安常自歎恨以男子跡遍四海交結良朋有切磋之益有規警之道而女子惟家內婢僕之外可以接之人能言何處質將於何人乎自恨爲閨閫中悶女子矣萃仰姐姐

以班昭之文章與孟光之德則不出於中門之
外已徹於九重安以貴自忌從世俗之陋習於梅箋
從之光輝矣今蒙姐姐不棄足僕小妹之色於矣
鄭小姐曰姐姐之所教之言可小妹方寸可志而當積於
於閨中之身蹤跡寫得耳目多蔽塞不分便安
之小巫山之雲志氣之隘見識之偏固共宜如何是
悟也此崑崙山之玉埋光而恥衒也悴之珠藏韜
自稱針句如小妹者自視缺然何所當寒暑時但
茶果極討閑談李小姐曰似聞府中有賈傳人者
可得見乎鄭小姐曰深亦從一翁於姐姐矣招春雲來
謁李小姐起身而迎之春雲熟視曰吾以爲人之言奈

行矣已死生寄小姐又出李小姐不自足爲羨並未稱之
妾爲出於李小姐之自度曰能仰望其也名矣其人
道之名於楊尙書之眷愛不亦宜乎而與秦中書許
聘若陟岵雖見秦氏而豈不效尹夫人之泣乎奴主兩人
有如此之色有如此之才楊尙書豈肯而捨乎李小
姐與吾吐心瀝肝款曲之情與鄭小姐一如李小姐告
辭曰日已三竿矣不得極陳情懷之而小妹宮舍
只隔一路而你果更逢以請緣哉矣鄭小姐曰猥蒙
榮臨何處更做小妹而逢你家盛而小妹家貧矣
亦乎人不能出戶庭一家之物惟姐姐之寬之所以愛其
情兩人修容惟晴於雨之鄭小姐詞來便曰實爲盼

埋於獄中光射斗牛老蚌雖潛於海底而寶珠
樓臺李小姐同在一城而吾輩尚未有所識之者
乎少游曰賤妾之所第有一子可擬楊尚書者矣
乃華州秦御史女子見面於樓上得詩於店中與
結秦晉之約而因秦家遭禍終致乖張矣何稱
秦也絶世之色輒慨然歎而妾亦見其楊柳詞矣
詠才女也此女子乃落之姓名係多小姐行年若日之
緣李小姐同秦氏之美貌亦因緣路傍之似如此女子於
途而彼遭家禍沒入宮掖何能得至於此乎今見夫人
稱李小姐不容紅夫人曰吾亦當一請而見之矣數日
後使侍婢請小姐一枉李小姐即欣承命又至鄭府夫

人出還於堂中李小姐以字侄也初見於夫人夫人大愛
敎撫曰頃日小姐爲訪小娘過靈庵谷見言周哉
附為其時適有薛夢來據菁僞態氣之今李小
姐伏以窃曰小姐景慕姐姐如花仙雖其賤奔矣當
姐一逞小妹以兄事之從侍之今夫人特以顏色以字侄
也列高之小侄於此實不當所據願也窃恐小侄承從
為出舍於門下子夫人如事慈母矣夫人稱不所者再
三矣鄭小姐與李小姐侍坐夫人至半日仍請李小
姐歸其寢房與出照鼎而坐暢叙懷抱情眠眠
如卿等已合矣情已悉矣評論文章講論始終
覺日影已在腦西矣

兩美人攜手同車 長信宮七步成詩

李小姐去後夫人謂小姐及春雲曰鄭崔兩門宗族甚多家至百千人矣吾自少時見美色多矣皆不及李小姐者也吾意與女兒相上下矣兩美相從結爲兄弟好承矣小姐以春雲所傳秦女事告曰春雲從不能無物而小女所見與春雲異李小姐姿色出於等儕之外然其之談至與閨閤士夫家女子絶異秦氏雖有才華何所比也吾以小女所料名之蘭陽公主貌如之心才如之恐或與李小姐爭齊與蘭陽不遠也夫人曰公主之尊未見來之其盛度而雖居高位而得其名安知其必與李小姐相符乎小姐曰李小姐雖然實異可觀者後日

當日春雲陞為之矣明日鄭小姐與春雲方議定事
李小姐好事鄭府傳語曰吾小姐適自浙東將歸
之時將以明日發行故今日當為府中告辭於夫人及
小姐矣小姐方掃軒而待之小頃李小姐至入見夫人
及鄭小姐鄭小姐為小姐別之意〻雖繾綣依〻如仁之欲愛者
荷子之恩多人也李小姐起而再拜而告曰小姪別
母離兄已周一稔懷之如矣不可復留而但以夫人之恩
德姐〻之情一心如結依〻難後焉矣小姪猶有一言
欲告姐〻而恐姐〻不許先告於夫人矣仍趦趄不
言夫人曰娘子之所欲請者何事李小姐曰小姪為先
親方繡南海大士佛像才已訖工而家兄方在任

所小姐身乞如何當來武文人之資將使前工將應
若可倩小紅傳姐之數句詩微月箏而彈惆悵廣
卷歸有將且至襄憾不敢不奉不得已移紅去
邀小姐乞得華箋一以完小如落款之者一以呈李
務猜若之情而來客姐之之意不敢直倩以移懸罟
讀於夫人矣夫人所小姐同與張於恩款之衆乖不佳
暮而所念此狼子所請善也落先之詩況狼子偏全
雖此密箇一囊世道似或難乎小姐初不似焉持鄉
以至勸於內悟因李小姐以免也忙出雪不可以退矣
吾家此樣之生捺于路不亦好乎乃告于夫人同李
小姐所謂客僕亦聞之乎以實難奉欺而李親之

誅人皆有之小姐之言何如不得字但吾待日皆可矣
矣李小姐大喜起謝曰吾聽墨以桃筆似難小姐
吾以有煩於色路爲擾小妹所求之繡雖甚樸陋
安爲人以負也吾家門京而去京夕而還何如耶
鄭小姐答曰姐姐之言教甚合矣李小姐辭於夫人還
與春娘握手而別與鄭小姐同乘一轎鄭府侍婢數
人隨小姐之後矣鄭小姐尋見李小姐寢室而於針物
不甚多而品皆精妙而筵饌飮食雖甚簡略而不俗
味鄭小姐舉眼見之皆不類於李小姐亦不出文之
之而日見壁上之幕矣鄭小姐回曰觀音畫像奉置
於何處耶小妹亞答禮拜矣李小姐曰當可使姐之字

玩笑語罷來馬之聲喧聒於門外旗幟之光掩映
於巷上鄭家侍婢顛惶入告曰一陣軍馬簇圍此家
娘子娘子何以爲之鄭小姐已知機自若而問曰李小姐
曰姐姐安以小妹爲別人蘭陽公主兩和即小妹賤號也
名邀致姐姐乃太后娘娘之命以鄭小姐迎席畧曰
閭巷賤微末女雖曾識品字大人骨格與常人
自殊而貴主降臨寅子舍茅屋失於兩院失禮疏
之禮又爲逃慢之罪伏乞貴主生死之公主未及答
侍女告曰自三家豈王尚宮薛尚宮和尚宮問安於
貴主矣公主謂鄭小姐曰姐姐少留於此乃出坐於堂
上三人以次而入禮謁畢伏奏曰玉主之離大內已累日

矣太后娘娘且拉向切莫舉公爺爺太后娘娘使婢子來

曰假且今日玉主遠宮之行也車馬儀仗已待於外

終而皇上命趙太監護行矣王尚宮又告曰太后娘娘

娘有詔曰玉主必與鄭娘子同輦而來矣公主當之

人於內入謂鄭小姐曰多少說話當從容穩展而太

后娘娘欲見姐姐之方臨軒而待之姐姐亦用常服與小

妹同入趁今日朝見鄭小姐答不免害曰妾已嘗玉主

之眷妾而閭家女兒未嘗見禮於至尊惟恐被見

之有愆以是懼惱矣公主曰太后娘娘之欲見娘子之

以何羨於小妹之愛姐姐之守姐姐之多欲也鄭小姐曰性

寒主生門素當循家以民之言於世俗語後而逢

矣公主曰太后娘娘已有詔命使小娘與小姐同車而
歸意極矣懇懇小姐之亡貴懷也小姐曰賤妾無由也
微也何敢与公主同辇乎公主曰呂尚渭水漁翁
文王同車侯嬴夷門監者信陵執轡昔之賢者
何心拘卑賤乎侯伯寒門大臣女子何嫌乎与小妹同
車執謙何若是乎遂携手登辇小姐使侍婢一
人告於夫人一人隨入宮中公主与鄭小姐同入
東華門歷重重之門至拱門於公主與鄭小姐同下
謂王尚宮曰尚宮陪鄭小姐少待於此王尚宮曰以
太后娘娘之命已設鄭小姐宿次矣公主喜而留之
入謁於太后原來太后初非本意將以之於鄭氏矣

主以微服寓於鄭家近處賣一幅之繡佳鄭氏之
多心既親識情亦綢繆且與楊尚書之後不曾婚娶
於是相許約爲姊妹將欲共一室而事一人敢以書
告諫於太后以回其意太后亦令大悟許以公主同
鄭氏爲兩夫人於小游而言親見其容貌使公主設
計而卒來矣鄭小姐小慧於暮亦矣此如兩人自納
啟寧衣函而出傳太后之命曰鄭小姐以大臣之女度
宰於之鄭而擇著家子之婦不可以私娶朝於我也
將賜一品命婦章服故妾來詔而尋旨小姐焉
之鄭氏再拜曰臣妾以家子之身何敢具命婦之
服冠乎且妾既受楊家聘纔亦著之於父母之於

也太后雖之所棄民之父母請以見父母之顏入朝奉雖
雖也宮女入告太后大驚之卽引見鄭氏德容如命
家左右皆驚惶侍兒嘖舌曰吾以爲棄士婿艷性吾
覺主留之豈料復有鄭小姐乎小姐亦年少美人引之
上殿太后賜座出教曰頃者因女兒婚事誤收楊家
禮幣此所以違國法也吾於初也亦害人綱罪而女兒
諫奏曰使人奪新而皆無得私王者所以正人倫之
道也且欲與番家議此事小姐亦自帝而請快
況女兒急已將終楊小姐避而使之復送禮幣以當
為一体夫人此恩皆古之所今之難者亦見後亦見也
將等使爾喜之矣鄭氏起拜曰聖恩隆重寔出望

於此臣妾粉靡所能上執也但臣妾是人臣之女非
所自當之則其列而宜乎位乎臣妾後命從命父
母以施普事也不幸語也太后曰爾欲遜避於家
鄭門累世侯伯司徒先朝舊臣聞家永終本來自
別人臣之家不必贅壻所小姐累日臣子之所愛也
命如萬物之自隨其時墜而為終妾降而為婢僕
不亦過悖乎命為楊小游之何妾於以年必不從也生
妾本早見於父母之恩於楊臣妾然權在於歸誅
然從以年維生而已太后徐曰權爾孝親之從家
身之色一乃謂臣矣而何乃使一物不得其所乎況帝
萬義俱全一死雖然楊小游豈肯甘心於棄以字

且如児与楊小游以則第之一曲驗百年之窟係天
之所定人不可之廢楊小游以一代豪傑兼才學冠
爲公主擇人何不可之有宮人來奏兩女子与蘭陽
也兄十餘而兵予其會蘭陽予言如兄已如矣予
欲以此召見宮女之事宮此位號一不可以素予
此之情也二不可以奉蘭陽親此之意也三不便此与
蘭陽同歸於楊小游不乞許多雜役之事也此皇命
不知如小姐猶前日而我又乞於此而未安且換福
而死矣惟望即收奉命以安世未安太后帝乃与帝於
謂即勸定矣此言堅推也此公主出見鄭小姐公主
其亭奴侍鈌係与鄭小姐写吻太后以笑曰如以可

鄭女願爲兄弟矣今爲眞兄弟可謂難兄難弟矣
以至更無憾乎仍以取鄭氏爲養女之意訴之公
主大喜起謝曰娘娘處分今當矣回笑小女得遂寤
寐之願此意快示何可遲延太后待鄭小姐尤款
與論古今文章太后曰吾聞蘭陽亦以有詠絮
之才矣宮中無事春日多閒可借一吟以助予歡
古人有七步成章者汝能效之否小姐對曰既命
矣敢區揣以博一笑乎太后擇宮女中捷步者立
於殿前當出題而試之公主笑曰不可使鄭氏獨
賦小女亦欲與鄭氏共試其才矣太后尤喜曰女兒
之意亦好矣但必得清新之題然後詩思自出矣

方將擇古詩矣時當暮春庭落花芭正繁亦梧桐於
忽有喜鵲來鳴枝上太后指彩鵲而言曰予方
定汝等之婚彼鵲報喜於枝頭此吉兆也以落花
芭上叫喜鵲爲題各賦七言絶句一首以試才
必插入定婚之意使宮女各捧文房四友兩人耗
筆宮女已稍稍而立我未及成詩眺視兩人揮筆
而舉紙稍緩矣兩人筆勢風飛雨驟一時寫進
宮女才展五寫矣太后先見鄭小姐所作其詩曰

紫禁春光醉碧桃
何來好鳥語咬咬
樓頭御妓傳新曲
南國穠華與鵲巢

次見公主所作其詩曰

春深宮掖百花繁
靈鵲飛來報喜言
銀漢作橋須努力
一時齊渡兩天孫

太后咏歎曰吾之兩女即女中之青蓮學士也若達可取女進士當今壯元稱之矣以爲詩送祝於公主及小姐爲人各自欽服公主告於太后曰小女能深半篇其說乎孰不能思之詩名類欽殊而老所聞气而也宮女皆在左右矣見太后及爲人俱有欣悅之聲筆墨曰將子本自少粗學文字而已性質鈍不能解詩中之命意伏乞姐姐以爲詩之立解釋義以將子木名與今日之示矣太后微笑即托爲說書之意也尚窒木亦

太后皆呼崇華

楊少游夢遊上界　賈春雲巧傳玉語

此時天子進案於太后太后使蘭陽與鄭氏迎于
椒室迎帝帝謂曰予爲蘭陽婚事使收鄭家之
聘幣終有傷於風化與鄭氏並爲夫人以鄭家必
不然何矣使鄭女爲長女以下進於賀矣今則
予已見鄭女鄭女之姿且才足與蘭陽爲兄弟也以
此予旣以鄭氏爲養女欲令同歸於楊少游此乎果
如何也上大悅賀曰此盛德乎也可謂與天地同大
矣自古陛仁厚德未有及於娘娘者也太后召詔
鄭氏進謁於帝帝命之上參告於太后向以鄭氏也

子已爲御妹尚書乎奴何爲太后曰以詔命未下問
詩章奴矣上謂女中書曰取寶鳳牋任緣低一
軸而來奉彩鳳箋而進上舉筆欲書稟于太后
鄭氏既爲公主則國姓矣太后曰吾亦有此意而但聞
鄭司徒夫妻年老無息只有一女予不忍老則使
姓之人何不本姓以曲軫之意也上以御筆大書曰李太
后而名以賞女鄭氏爲英陽公主諸兩宮之寶以
賜鄭氏使宮女擎公主冠服着鄭氏〻〻以象服謝恩
上使與蘭陽公主定其座次鄭氏於公主長一歲而不
敢坐于上太后曰英陽今即我女也兄在上弟在下
禮也兄弟之間何可飾讓小姐稽顙曰今日座次即

娘娘則何為不讓於其妃乎蘭陽曰去秋時趙衰
之妻即晉文公之女而讓位於叔隗以正室但々小
妹之兄也又何疑乎鄭氏讓之頗久太后以年齒定之
此後宮中皆以英陽公主呼之太后以為人之詩示之
於上々亦稱賞曰兩詩皆妙而英陽之詩引周詩
之意歸美於后妃大得体也太后曰常言々於上又
曰娘々愛英陽如此實國朝所未有也而亦有仰請
者矣乃以案中出前後手數卷曰彼之情勢殊甚
是恨其父雖以罪死其祖先皆本亞子紀曲遂之情
以為御妹陪嫁之媵娘々倘肯頷之太后顧謂公主
曰秦氏曾以此事言於小女矣小女與秦氏情今況切

不答而辭讓惟願教小女名字以矣太后召秦
彩鳳以教曰女兒與汝有宿生而隨之宜故特使汝
與楊尚書偕終汝之志願幸矣此後須更竭誠
悃以報公主之恩感泣優渥謝之以矣附恩後太后
又以教曰兩女婚中予完快定而忽有喜鵲來報
吉兆予已令兩女作喜鵲詩矣汝亦得依例之作
可當以其夢如汝於此一首詩于秦氏承命即製
呈其詩曰

喜鵲査査繞紫宮　安巢不待南飛去
鳳仙花上起春風　三五星稀正在東

唐人以飛花為鳳仙語

太后與帝同看嘉曰雖詠雪之蔡女體子以矣

詩中亦引周詩稱守嬌妾之令此所以究愛於蘭
陽用喜鵲詩詩料本來亦多且小妹兩人旣已先
作後來者更難爲工而曹孟德所謂繞枝三
匝無枝可棲者本非吉語化用甚難而此詩能
雜引曹孟德杜子美及周詩以句合成一句而天成
渾然不見斧鑿之痕三家文字皆妥爲秦氏今
日事而唯倚者此詩古今無矣太后古今女子中能
詩者班婕妤卓文君蔡文姬謝道韞甚悉
蘭四五人而已今才女三人同坐一席可謂盛矣蘭
陽曰英陽姐姐之詩好賈春雲詩才亦七步矣時日將暮
矣上歸寢家兩公主亦退同宿於一房翌曉雞初鳴

鄭氏入朝於太后曰 陽曰小女入宮之時父母必竊悵矣
今日欲歸見父母以娛〻恩澤小女榮寵誇詡於門
闌家族伏願娛〻許之太后曰女兒何可輕離大内乎
與司徒夫人亦有所議事矣即傳教於鄭府使崔
夫人入朝鄭司徒夫妻因小姐使婢子密通於宮
初猶憾意曰你矣無亦說多怪入內太后引接曰
予寧奪令愛不但容兒甘見並與為蘭陽婚事矣
一接半家心甚愛矣遂為養女之於蘭陽意者家
人家生之女子今無徒也於夫人家矣英陽院為公主
亦當加之以國姓而予乃以夫人之子不改其姓惟夫人
領家之情崔夫人受恩感激叩頭曰臣妾晩得一女

愛如寶玉及其將事一諾永都罷絶世身縱骨
但碎性骸速化不見天可惜之死矣豈至於蓬
蓽之中而更當貴以免賤息何與擬人於禁中
使被虜去之恩竟至此業於朽木水於涸鮒非有
竭髓殫力以效報答之悃而臣妾之夫年寧探深
心長髮短既不能盡去殘事以貢懶勞臣妾名
彫附癃匪與罷為陷名宋由是遂宮嬪自取掠
庭洒掃之役丘山之恩將何以仰報乎惟有今日
感淚河傾面溜盈乃起而附伏而泣濺袖已就鏡
矣太后為之嗟嘆又曰英陽已為吾女夫人更不
可繫去矣從此絶望可也崔夫人俯伏奏曰臣妾

何所乖悖於家中乎但母女不得團聚稱誦妃
之德音也久矣太后笑曰不識乎爾之前也崔夫人
勿憂也成婚之後了蘭陽亦托於夫人矣夫人視蘭
陽亦如寡人之愛英陽也仍以蘭陽公主與夫人爲兒
夫人重謝前日褻慢之罪太后曰聞夫人左右有
才女賈春雲可得見乎夫人即招春雲入謁於殿
太后曰美人也使進之前曰聞蘭陽之言以爲夢
江淹之緣可托爲寡人吃乎春雲即叩首曰此妾
何所唐突於天邸之前乎所詩多聞題矣太后
命賜三人喜鵲詩曰以扶爲如此語乎春雲承筆
硯一揮而進其詩曰

報喜微誠祗自知　秦樓春色花千樹
虞廷幸遂鳳凰儀　三繞寧無借一枝

太后覽之轉示兩公主曰雖知秦女有才而豈料其高品之至於斯也蘭陽曰此詩以鵲自比以鳳凰比姐〻得體矣以句疑小妹不許而寧借一枝之請而集古人之詩採古人之意鎔成一篇更好之精真善窮孤而來矣古語云飛鳥依人〻自憐之此女之謂也仍與春雲退去與秦氏接顏色至曰此女中也乃華陰秦家女子與西娘同住之人也春雲曰此乃作楊柳詞之秦娘子乎秦氏翻問曰娘子因何人而知楊柳詞乎春娘曰楊尚

也妾且娘子親誦此詩妾藏於心矣秦氏感悅曰
楊尚書不忘妾矣杏娘曰娘子何為此言耶尚書
以楊柳詞答之於月見之乎涕沛詠之以贊歎娘
子獨不知尚書之情何歟秦氏曰尚書猶有眷情乎
妾雖未見尚書而尚苑右宮招矣仍言其扇詩首末妾
娘曰妾身上紋劍持殊皆去日何得爲安人無年執曰
鄭司徒夫人將還憫矣兩公主復入從容太后請曰
夫人曰楊少游未嘗面憫矣第日禮部自當改
入於夫人之門而後安院返之都頗深爲管况英
陽公主與女婚禮等無則於一日夫人許否崔
氏伏地曰正妾何敢自專唯娘娘之命矣太后笑曰楊

當世英雄三抗頭命等名當一瞬之矣談日過
之友告待當世來時之鄭小姐因病不幸奄見當
也許中有日與鄭女相見合巹之日然見當世於拜
崔否也崔氏承命而歸小姐也遂出家門之外召出
神密授膳了當世之許出雨日春蓋仙爲鬼妖當
也多矣過再盃三不名太難辛小姐日吾家也太后
有詔也出雨合唉而去此時楊小游以白龍潭水飲
將士之氣百倍皆欲一戰當世指揮鳴鼓一鼓直進
贊普方與裊烟而泣之際唐兵已過盤蛇於
大懼方謀諸臣是爲降吐蕃諸將生傳贊普以降唐
營而降楊元帥使整軍容入其都嚴禁侵掠

於安百姓北崑崙山銘大唐威德遂振旅奏凱
將向京師至秦州正仲秋也山川蕭瑟色物搖
落寒蛩戚戚歸雁叫哀令人有羈旅之感矣
元帥夜入客館悵抱甚惡遙夜漫漫不能成寐以
只自起回一客案於三閱書秋卷中得發於詠
仰而扶護疾恙可托何人定省晨昏之節何時
唱錫之志膝展於今日別乖之情不及於親聞子
戰爭炎人亡府家比良人所以返憂於之不得者志
行高且尊者也況數千壽言內事乎主鄉家親
永鄭保全何所謂不如意者十居八九者也今我復
拓千里之地平百萬衆之賊乎功名不小矣天子必

用書達之典以邸駐獻之家矣素分曙天成歸
陳之洙蹊許鄭家之婚將舉乃先命之望矣令
及於此心乎必魔乃張枕而睡一夢蘧蘧之覺上宅
門大寶宅開丹路煌之玉刻雷霖光影路之
侍女兩人來謂尚書曰鄭小姐奉請尚書矣尚書
從侍女而入廣庭弘敞仙花爛漫仙女三人并肩
於白玉樓上之衣飾如后妃而雅度閑美清雨醉冰
微瑕之如琢玉明珠條畧而多映於方偎曲欄
手弄瓊花見尚書起離座而迎入席而坐
上席仙女先問曰尚書別後無恙否尚書定睛
詳見則是昔日論曲之鄭小姐也驚悅傍徨欲語

來語仙女曰今日之宴已與人間未逝乃上緬懷晴景
如隔前塵君子雖見妾之父母雖外妾之青耗
無仍指住傍兩仙女曰此乃織女仙君彼乃戴香
玉女與君子有前生之緣郎君子可念妾身與
此人先結好緣此妾名有所托矣當也既見仙女
唯未席者向目睹悵而不能記憶矣少焉鼓角
齊鳴惆悵忽散乃一夢也仍想夢中說話皆非
吉徵乃指抱自歎曰鄭娘子必死矣不死則我夢
何其不吉耶又自解曰有其里者有夢其里以知之
抑而尋此夢手桂憶月之蘆杜錄尋之妖來必
非月下必指而双為未合非原露逢埔乃所謂天者

不可必也所謂理者不可諶也厥爲吉事者哉
楚之謂乎久之安軍至京師天子親臨渭橋以迎
元帥楊元帥着鳳翅紫金盔穿黃金鎖子
甲乘千里大宛馬以御賜白旄黃鉞龍鳳旗幟
擁於前後拔若列官鐵騎營於櫻井着在陣
於西域三十六邑君長各執珍寶之物隨其後
軍威之盛自古所無觀光之人彌亘百里是日也
安城中巷空人矣元帥下馬叩頭拜謁上親扶之
勞慰其遠役之勞獎其大功以遂取以詔封達
依郭汾陽故事別立第宅以侈寵典尚書露疏
力辭不受命上重違其意只以恩爲以楊小

陞為大丞相封魏國公食邑三千戶賞賜寵金
一萬斤白金十萬斤彩錦十萬匹駿馬一千匹丞
相辭讓不可勝記相丞相隱法猶入閣秘密之
恩上乃命設太平宴以示永遇之恩詔畫丞相
貌於麒麟閣丞相自閣出年鄭司徒家門族皆喜
於於第過相丞相丞相夫人欽羨丞相知鄭司徒及夫人
乎無鄭十三舊妹父妹母則杜撰保身世妹
氏素戚衰侍過節敬善撫以筆力比於榮放啟
來於宮過於於第理丞相向小書問入內省女丞相擇
仲是說如狂如癡不於家過問過公須乃問旧岳丈世
何人之書邪鄭十三舊妹父本守書各只與一妹為天邊

乞兮竟至於到莽 懷猶悵羞有極言也於今見
情勿出惡懺之語也於只爲大懺云耳今乎伶俟
已匯錄於寵矣鄭生至止曰也於婚媾之約歸國於
金石私門不出大事已誤理也於思惟爲假勉自
挑造也於附而拔後爲鄭生入謁於司徒夫婦惟執
契爲已不及小姐之失贖也於曰小婿幸於國家之
錦囊裸受書達帶懷方寄納於陳愚以回乞
碗仍朱曉昔之約矣於露先歸書色正附書
仍宅存漫之牢守司徒曰整彊皆命余亦有救
天實爲之云之何益今日即一家慶事也日不必
爲惡林之言也鄭十三穀目也於 此乎云穀陽

若因在塵遊，偶於階上，逢於兄□，如見小姐左右
無緣得復又值秋夜，上雲霄而至之日，老爺
之命今日之爺，無侍之日乎？伏望憐之，以收復隨
侍於雲山之爲狼子乎？以己仙都時謫降，故道之
日謂賤妾曰：汝但絶楊尚書而復從於吾矣。今年
已棄塵界，汝亦更從於楊尚書，終其左右。楊尚
書早晚至，做必念妾而備□，汝以事之。傳之言
家兄遂尚書和聽令，陳得之人，而況有於日
隨秉之悔，尚書與里之道，復無限辭和，今念慢
天命而循私情，已不敗業，負於己之人而不慎於
且乎醉將水於墳當，哭於靈幄了是待然

矣日之如此家豈不悖哉於戲天乎且曰皇上必終尙
也主之意復請公主之婚則仲公主關雎之寒將合
為夫婦之配匹必須受君命于陽春房是我之
理也春娘仲言益惶然曰小姐豈違命於此吾何
以抑此死乎況小姐臨發號令忽小憐春娘此家於十
死而報小姐之恩於誅難矣何說其魏夢小姐之
事春雲墮淚曰小姐安在於玉皇香案矣
丞相子於茅屋後豈不念此而乎情勿追哀
以備冊籠然於又曰此於小姐又有何言乎春雲曰
雖可卿之不能以春雲之口傳述矣春娘曰彼之陰
深此言孟陳春雲曰小姐又謂曰春與春娘以一身

也當世若不忌吾視此娘如冬扇倏然見棄不
家郎入門如親愛當世之恩也至於太甚同家何
是賢妻娘所說小姐有付托之命我郎以儀如
妾寵此爲妻妾終不負此娘也且視以回

九雲夢卷之三

合巹席蘭英相諱名 獻壽筵鴻月雙擅場

明日天子召見楊少游以敎曰頃者爲御妹婚事太后於少游嚴急朕心不平矣今御卿如已施于御妹婚事惟待可否而並且父矣可雖且會鄭家施者已矣何苦少年學上乃大夫人不甘毛之從不之女但由況且大丞相官府而親不可守矣魏國公家廟亞對不可闕矣朕已作丞相府及已主家以絶朱陳之日御妹之婚令名不可不從矣丞相即可宗曰亞安後排逢之亂實含鈇鉞之亂而亞敎蒋之主音未偈亞謀感類不容施何容曰以回不抗詩敎實爲

不拘於人倫之不獲已而今亦卿也已臣秀吉誰所
有絕島守但門左守漱等出陳卫不在於關白
也爲位也上大悅即以語於欽天監使擇吉日於是
以秋九月望日吳之三捕爲干日矣上又以發於
巡於同於日不婚事往於西直間於不言於日矣
朕有御妹爲人皆賢淑非凡骨也雖多受寵如御
妹者何處得來乎以其朕等以老后之語意
兩妹以嫁於日矣巡於鱼往其卿於數之婚大
於以伏地深同西自被撫恨之背紀逝了路從老
地來得且身之不第於段裂之懼今陛下寫使
爲亡主此事一人之身此自有人國家以來不來

仰也更何所示同手上曰予之意果是蕭國取第
一契鏡不足銘其功也英才士不足償其勞也此
朕所以爲妹子之且御妹兩人友愛之情皆出於
天性定不於偎唯不於結姻豈其非不於此
太后猶々之迎之予不可疑且宮人秦氏本士族
也有姿色能文章御妹視如手足終以朕以容
以爲媵於出嫁之日向先使予等之矣丞相又起附
門鄭小姐爲公主在宮中日月多矣年中太后以爲
孝至誠與蘭陽及秦氏情若同筆家家深爲太
后益愛之將移院退悅家告於太后日句初與
蘭陽定次之日冒探出處處陽僭被爲一國殺

似於於狼之骨恒之思故忽勉從之而九乎本
心也今楊家蘭陽國殺第一位乃氏文爲心
也隆理狼之及原上策乎情孔正乎位次使私
令薛安家從於參蘭陽自狙之從性才學皆
小女之事也狙之陸在鄭門小女尚如趙宮之謀
位兔爲兄弟之後置有爲子之今手小女陸爲第
二夫人自不失寧女之答嵩而奉居上元之位乃
狼之罪者狙之之意果安在哉狙之必行謀哉
小女乃小女不敢爲楊家婦也太后曰於上之意曰
御妹之謀出於中思來作今帝王家豈至
有氏子也郡狼之哀乎從從本乎義意也太后

曰寡人出乃以教以英陽公主封魏國公左夫人以
蘭陽公主爲右夫人以秦氏本大夫之女者爲孺人自
古公主婚禮皆於闕門之外官府矣今日太后於
令日禮於大內至吉日丞相以儀從至第與兩公主成
禮畢孺人之等亦以禮見之儀不須爲也禮畢入座秦孺人
亦以禮納拜於丞相仍侍公主丞相賜之坐三位上仙
齊會一席光輝奪雲彩照於門丞相雖辟難徹九
眼超忽若魂則在於黑甜鄉中也是夜與英陽公主并
枕第三日往秦孺人之房孺人仍視丞相執信付悲
淚丞相驚問曰今日可笑不可而爲泣不可孺人之後
抑首退坐秦氏答曰丞相不記小妾而今丞相必已

惡要以丞相小頃月姊執桃至手而謂曰君乃我美卿
秦娘子乎新鳳答語轉咽聲不出口丞相曰吾
以娘子已作泉下之人矣果在宮中也華卿而失娘家
係禍予紅至亡到置答隨伯客店逃亂之後輒
嘗一日不忘吾娘子而為所完其矣今日
之得遂雁約實是吾靈之不負吾望娘心之所致
矣即付橐裏出錄秦氏之詞秦氏亦探懷中出
呈丞相之詩為人楊柳詞依俙丞相和之日也無乾
新箋握腕帶心豈秦氏曰丞相惟答以楊柳詞為
妾信雁日之約不知因紈扇詩而得半今日之緣也
遂開小匣出畫扇示丞相何須陳辭事曰此皆

太后娘々崇寵帝々公主娘々洪恩兼治也丞安
曰是何迎於蕭田山盡同乎庭今庭人來云娘子
後入於掖庭來之爲婢者盡是宮女不欲過禍子
末容乎的執更無一子望衆得已然婚於你家而安
爲弟山謂小之可則如失侶之雁心同中釣之魚
皇恩所及強與金合第前不安之心者庭中初約
星以小星於得而後使娘子歷於任戀將何言奉
紀曰妾之身薦妾名自知故昔從乳母寄家庭也
郎君來已納幣來已要寵作妾依自取也小室矣
今居宮之地位榮也寧也妾爲悉恨之心以
天必厭之其夜雀懷彩情比前爲實尤親密矣

因日出而与蘭陽公主會英陽公主房中閑談
蓋英陽依聲招侍女請秦氏出相作之聲音
亦心自樂懇懇之意魚工而矣曾入鄭府寓小
姐得遇作之評曲之聲音此究竟尤慢矣此日作
英陽之琴聲如自鄭小姐口中出也既作之琴聲又見之
而不琴聲者鄭小姐也見之鄭小姐也坐而膳招曰哉
上果為鄭兆於親戚而強而類者也吾伯鄭氏
之將也意於同生而同死矣今家已信抗儷之宗而
鄭氏孤魂托於何處耶我於意猶既未一醉而之壞
又孤一哭而之殘吾負鄭狂降為矣存而中者但
將而於難復後儀之筆旨 鄭氏以水鏡之以星不容之

惶抱罪事而乃整襟而問曰新郎之扇畫紀之意
畫扇如何也乎君命如臣之事又令和公怪錯出
惻惻不樂說而不敢也而附問小生以事尚不詳而要
主矣小將竟陛鄭家見之如何矣今公主有難色
主爲姓於美而禍詐頗類將來矣盍起入內奏公
出使侍女請之侍女亦不出蘭陽問姐姐太后娘娘言
聽畢而性稟頗驕傲不如意之孫契而公主姐姐
而鄭女姐姐以此爲責要之以而出而即使婢人附耳
曰小將隨後因辭無所答矣而出來了小將當如
晉文公請自因矣秦氏少而出之而隨之言也而
問曰當主有何說耶嘗秦氏曰當主與學士有後語

頭邑中賤妾不預序矣既而曰此去邑中之々言乎
婦人之德也須但從之恭氏曰莫論公々互有教曰妾雖
通房呂太后猶々之寵也鄭氏雖妾不過爲閭閻
家賤微之子禮曰武后馬氏乃苟之教也教君父之所
宗也君父之馬尚氏教之況君父所嬌以之守而公安
而君父爲寵朝達也則固不可以妾比之而鄭女況
且鄭女曾不耻媒僞於至色與相公接之語論琴
曲乃不可謂持身以禮也至降而容矣但傍指乎
之發作則致玉鬱之疾病從至矣於書齋之
不可謂多福之人也是命家甚矣而公何竟比余
而至乎芳色之秋胡以黃金戲採桑之女也妾

即赴水而死妾何可以蓋頭更事相公乎不然
落在門人之妻而且相公託其頭而於已死之後不
不聲音於久離之餘此必拋棄於卓氏之堂依香
於賈氏之室矣不門之污甚於秋胡妻雖不能效
人之投水自此拋棄不出閨門之外終老而死矣蘭陽
性質柔順不與我同懷恐於己與蘭陽俱老於
大與於心曰已以妾言以爲各而情好如英陽者乎
果得爲駙馬之苦而謂蘭陽公主曰我與鄭女而逐
自有曲折矣今英陽公主反僭行加之於我不可換爲
但辱及於已骨之人今可新而蘭陽曰妾當入而開
姑姐之即回身而入至日暮亦不肯出來燈燭已

張於房闥矣蘭陽使侍婢傳語曰妾述說百端
姐姐終不回心妾當初與姐姐信約生死不與離
苦樂必與同以矣言告之於天地神祇姐姐之安終乃
於深窓以七女之終年於保窓姐姐之安不出相公以安
之不迄於國公理於公於附人之房程度今夜必於
與妃脫擇腹堅固不世信而忽惟於屏之甚乎附斜
侍寢床直視秦氏〻〻即秉燭登坐於帰寢
房燒於香於金爐展錦衾於象床謂坐於曰
妾雖不敏嘗仰君子之風矣禮云妻御不敢當夕
今兩公主姐〻皆入內承妾何敢僭相公而往此夜
乎惟相公安寢妾當退去矣即擁衾去也

而以換韉為苦雖不得已而夜景色慘冷淡矣
遂使帳幄反側不安自語曰此輩信忽快活
乎丈夫我豈肯哀乞於彼乎我當以鄭家是圖
但於與鄭十三大醉於酒樓夜下與出娼家燭飲
何無一日不閑也一事不快矣今為三日駙馬已定
然於人乎心甚煩勞手折紗幅向影來月色沉
遂乃徒獨而出也登庭散步望遠處望美人公主寢宮
俯聽玲瓏銀釘燭明中相暗語曰有已深矣窓
人何至今不寐乎美人曰如我入也處家於民者等已歸
於是寢房守止出語音音以樂聲輕步潛進因於
則為公主談笑之聲佳情之韻所出於於其暗處

機陳而竅之則慕也性而公主以常嘆一也好害
悔而視江呼自足也好轉身拒燭正是覓其處也
之年其處無欲光於公主大禮入來宏年已畢日
而莊周撼跳不見也其故也其不得其來矣也於狙
許曰暮雲何以於此則必公主無見而降其中卷然
無故而設馬而亦同既無賭物殊覺其味也与其
狙爭賭矣暮雲曰其雲本無也不勝其一笑以肉
亦幸矣猕人也在其主之側視彩錦如塵纖以絲
蓋為藜藿然使暮狙以何物為賭乎新鳳曰吾
不勝則吾一身所佩之香佩首之飾悉其狙所私
而與之狙又不勝悉我所儲之言也令事於狙

乃問于賈春雲曰所作詩者何事所學仙者何
語彩鳳曰我頃作兩位賞主私語此娘子爲仙爲
鬼以歎其於言而家未得其詳娘子貫則以此事裕
爲古談而說與我也春雲握而向英陽公主而言
曰小姐小姐平日言春雲可謂至矣何以如此可笑
之說乎陳於公主乎稱人亦既作之窓中有耳耳
人孰不知之春雲自此以來何面目立乎彩鳳曰
此娘子吾公主何以爲春娘之小姐乎英陽公主曰
吾大母於夫人魏國公之夫人舉其孫之壽位已高望
不復爲春娘之小姐乎春雲曰平生之口一朝難
發爭花鬪草究如昨日公主大人今何以何故娘

語而笑蘭陽公主笑問於英陽曰書中語首尾
小妹亦未及作之也相公果見於書中姓字英陽
曰吾公之被欺於書姓多矣不若鄭之娛姻宜生辛
但知見其恨悵之狀矣恩頃太甚不可惡鬼古人
謂好色之人色中餓鬼者果非誣也鬼之條者宜
可鬼之可惡者一座皆大笑遂於方與英陽曰公主
之為鄭小姐者如是迷於之人徒相欺係也心直急
開門突入而擁之曰彼旣瞞我我亦瞞彼矣乃諮
隔於秦氏之房披衾稱病矣天明秦氏出來問
於侍女曰丞相已起否侍女答曰未也秦氏久立
於帳外聞丞相咽乎候其遲而丞相不起問其呻

吟之聲秦氏進曰丞相不安席乎丞相直
睜目直視有若不見人者佯作譫語秦氏問
曰丞相何爲此譫語也丞相恍惚錯莫者久之曰
曰汝誰也秦氏曰吾公主宮中女子也秦彩
丞相曰秦彩人誰耶秦氏不答以手指丞相之額
曰所鄭娘娘已知而已有不平之心假寐於一邊之
下於何處也而公主曰家與鄭氏遠在而語於房中
家之筆若安得見手秦氏更問其詳丞相不
答翻身轉向秦氏仍使侍女告於蘭曰丞相
有疾甚臨診視矣莫問曰昨日飲何之人今在於
手不過所使吾輩也所既已而秦氏作入告曰丞

而神等恍惚見人不覺怪問情意甚抑吐雅言
癸曰一昨上見太后陛下之如何居仲之君公主
責之曰汝學之時延而名已過矣而仲尼哉
要不可出見其何事也〻〻〻急出可哉〻努安
更悅呂太后陛下嗔其業果妙其而陀之吳陽子陽
已與蘭陽謀之而竊何留置上先使蘭陽受
秦氏入見之而見英陽來握雙手擡頭而瞻視
哉不而識其妃作候下之聲曰貴命為甚矣然
與英陽曰而讀英陽何陛下不許多英陽曰而公
不亦而何為因亦為孰者也言乎之而曰老夜
仙夢亂夢下卿如今年當而誤曰而公何負於耶

何異蚯蚓黃口笑真珠一斛與季受而吞之此實出
堂也閑目下鄭女歷家之門開簾下鄭女立家
之前此鄭女愁容之下作而尋我之情殆非我
何故生事鄭在胸刻骨矣然兒笑問者豈以此
也下未已又作侍困轉於之所四面向歷又皆
相視之說笑問兒此舉也不得不動而受盒大
起出堂前英問曰空前之似出前夜投我狙之不
可號矣何言亞前篇時英問且任且狀趑趄不
入笑問搔首曰入空前釋作謙語曰下我向鄭
作之說此笑問曰嗟嘆曰前公笑問狙之其矣耳
目為兒之空前作學時撫掌笑曰女起出時容

氏親自扶起坐於席上坐於向西公主而言曰小
將備家具糧米與兩公主使取方物同宮而居
穴矣有頃捨家而去其如不得久留無奈何曰
吾公識理之人也何為厚待之言也鄭氏復有孫
竟得脫九重旋還萬神復來安於入年坐於日
鄭氏尚在吾傍何以曰不可入今無恆同言人見
不過中幾新而有來楊孫者至坐於〻孫名以
幾而為恨也坐於不得但換首而已矣何足云
孫幾轉身不能證讀乃筆時曰坐相與之語鄭
氏而密窺見生鄭氏於公前欲見之言於即鄭氏復
見也坐於佯為不聞曰言何言也鄭因從與有

一女而死已久矣死鄭氏既在於吾心則是不死
鄭氏之於吾盖乃生鄭氏乎不死而生而生而死人
之常也一人之身忽謂之死忽謂之生而死者為
真鄭氏乎生者為真鄭氏乎生固喜也死而哀
也死爲真則生而疑也惑主之者不能也莫蘭因
曰吾太信報之以鄭氏爲骨肉者爲英陽公主
與吾女得事於公英陽姐之親自論琴之鄭
小姐也不於姐之與鄭氏定寵襲爽也建於不
笑湘作伸仙之聲盡日郎着化筝而言曰
家在鄭家之間鄭小姐好字書要使後來我
矣今有一言容易成雲亦何在乎吾所見

也乎萬福曰春雲爲福莫福狙之入恐屬乎
春雲名爲丞相之妹來候於左右矣卽入
謁曰丞相公貴體少康乎丞相曰春雲獨留從
者出爲公主與從人退立於樓次丞相而起
梳洗整衣冠使春雲請三人春雲含笑
而出謂兩公主從人曰公已起之矣四人同入
丞相戴華陽冠著容錦袍執白玉如意
倚案床而坐氣像如春風之浩蕩精神如秋
水之澄澈不似病起之人鄭夫人方悟見欺
微笑低頭更不問安蘭陽問曰相公之寧
今不何如丞相正色曰小僕見近來風俗甚怪

將如作鬼欲隨家夫小將職在大丞之列妾乘
欺臣之本而未得其道宣旁年矣昔我今逢
不足以賤公主寶如棄隨及秦氏惟惟笑而不
荊曰鄭夫人曰吾事如亦來而合於公如何聽我
仰蒙於太后娘娘之恩於心不勝感乃附笑曰吾當
夫人足下後生之於運矣今日家庭夢中而豈不
於夢耶 鄭氏曰此莫非太后娘娘之子視之仁皇
上陛下莫育之恩蘭陽公主之德懽鏤骨銘
心而已豈以喻所可容附哉何倘公主出力圖
天之恩報德讓位之說理於附於公主曰公主笑
德實管策所未歎者小將實于 鄭報之何望期

豈加於奴之誅不穀鍾鼓之樂公主私附曰此
皆姐姐之微誠係柔然感回天心妾何以報時太后
召宮人曰丞相之病將瘳人與宮女曰入告丞相托病
之由太后大笑曰我固已知之矣乃召見丞相為
公主尚在座矣太后曰丞相與既死之鄭女便已作
之佳緣不可無一言賀也丞相俯伏謝曰聖恩如
造化至大王陛磨頂放踵服露所報之
萬一矣太后曰吾直戲耳望曰是也丞相笑不
齊小女可比何以教之引也丞相即既補命是日
上受群臣賀於正殿群臣奏曰近者景星
出甘露降黃河淸年豐穀三鎭節度使以

而召吐蕃獷胡革心而降此臣總何能哉上謂
諸僚曰而学士也也又奏曰丞相楊小游近作
翰林樓上嬌客吹玉簫而調鳳凰久不以爲恭
樓玉堂公務殊爲疎闊矣上大笑曰太后娘娘連
日引見此小游所以不敢出而朕必責而誘使之然
哉矣因曰楊丞相於我君當理國政遂上疏請暇
於母而未承許詞
丞相魏國公駙馬都尉臣楊小游頓首頓首百
拜上言于皇帝陛下伏以臣早孤偏侍老
母生事不過數頃學業以求一經而養母
左堂菽水不繼竊冀升斗之祿以備甘旨之供

不揣才分猥充鄉貢方西遊踵々擔赴舉者
母聽之而還問門戶殘矣家業敗矣當權々
吾十口之命皆付於汝之一身汝其力學決科
以顯父母是吾望也而祿仕太早亦躁競之
則身取敗者驕則貫宗之患也汝其勉之哉
我受母訓銘在心肝而繼以幼少之年幸得
功名之急立成數年名位俱赫金馬玉堂
雜兼揆而西院胄擇夢麻紫誥必須金章
而西又奉印東倫南討強儻屈膝受命而
征回首來朝西本向西一世生也豈望至能立
一策功一評而致此都莫非皇帝深恩及諸將

致力而陛下乃反與之俯察儀以愛壽其心之妮
惶惶感有不敢論而老母所聞漾競之刺頁
家之事不出閨之矢至於禁密妙宮大亂閣卷
賤臣所欲問於之淫命動擧深恩蒙加臣延延
不得胃後之非望不足以辱國而處當之守時
呼天母之所於臣者初不過守寸廩而已臣
之所望於國者本不於於一官而已今臣居於於
之位擢之侯之冠秦之王宰不皇將母臣
偏處丹蔡之寵而臣母不受接芽茵臣所享
方丈之食而臣母不厭糟糠而安飲食母
子絶處念以痼嘆處外而以念貝賤侍母人倫

府矣子賊隨除矣況臣母年此已高夜夜沉
篤不得子如可以扶護者惟山川遼闊行使阻
絕消息不於以得其面不待陟屺望雲而肝
腸已寸斷矣得矣今乎國家多事官府為閑
伏乞陛下諒臣危迫之情察臣終身之願於
許殺目之物使之殘肯苟養將歿之母以
歷歌詠兩陛下之美前賊之罪效反哺之誠乃
臣懷歸禮豫矣之忠于桃体以之恩矣伏
乞陛下矜憫焉
上覽之嘆曰孝哉楊小將如此賜黃金一千斤綵
段八百匹使歸養其母且令禮部擇過遣於入

闕祗留拜領於太后之之賜賚金帛信箋於
皇上恩典矣且與爲公主及秦賈爲雅於於
月爲之律臨月兩妓因許尹老通已來終於
容貌美好於笑謂兩妓曰吾之此身乃於月和至
命也爲妓何以當之偶月曰大好於歡國之難爲
者射之月深山窮谷亦皆奉避深林安禾發
邀於山林寂寞之地望見耳目寧况許君之命
教侍安禾亞於於之之來何敢不奉順於
公主使爲此女安禾當有某且先拜今於公位並
榮而名並著妾禾之榮亦極不可爲卽於之於
司公主當於君來於兩位公主撫容女安禾若之於

曰兩公主一分乃西天子御妹一分乃鄭司徒女子也
后取鄭氏爲婿女而卽桂之所薦也鄭氏與桂娘
既有汲引之恩且與公主俱有及人之仁容物之
德量況爲娘之福乎隨月於長白賀之而與爲人
度夜月爲復以初公才六年之後雖私意遠及之
來觀撫大王而之軒車歸歡國公之命優重也
以駙馬都尉之家當四季宮所來觀者何如耶
入福於母夫人柳氏秋之年而扶之背回與真喜
況相小將所言不拈行而當背誦六甲時甚之也
時望於有今日榮華也者極爲懷亦矣此於握之
各年功之後收恐安室卜葬如之類未定告之佯

柳夫人曰此父親若以此爲大丞相者惜不令此受
親見之也有祝髮立墓以哭婦金家兩大
夫人設大宴獻壽請宗族故舊鄉里遊飲十
日隨大夫人啓程諸路方伯列邑守宰輻輳
護行光彩輝映於一方矣過洛陽令付來即招
蟾月鴻妓輩報曰兩娘子同向京師已有日矣
丞相於顧以象遂爲悵缺至皇城奉大夫人於丞相
府中新闢西附爲宅引見將校賞金銀綵緞十車
以爲大夫人壽請同郡公侯之於後三日大酺以
壽之丞相扶者曰陪大夫人移入於御史新第園
林池沼臺樹宮室下皇居一等鄭夫人第同至

日和娟之禮參附人賓儐人各備禮謁見節物
之來禮見之茶呈令大夫人數和章限年效心也
也於是承妻親之命以恩賜之物又設大宴三日
為完婚梨園之樂稱御廚之饌賓客俱醉而退
矣也於具和如與為云生高聲玉盈以次發書
柳夫人甚樂享安樂三年間人人告曰門有為子
何名於大夫及也於庭矣也於曰必鴻月為之也
以此之告於太夫人即招入為妓即訂相謁於階於
衆賓皆曰洛陽桂蟾月河北狄驚鴻擅名久矣
果絶艷也民相於國尽済何於發也也於第為妓
各呈手藝鴻月一時並起舞珠履於綺筵拂

霧綃之輕袂飄若楊花之影新翻寫舞霓裳羽衣
之曲落花飛絮撩亂於畫風更新花色而賦
於綺帷簾宮再生於尉宮中金谷綠珠都
左於觀公卷上柳夫人爲之云以錦纏頭賞賜
爲人泰淑人爲恍月牽於識者信逢於情一延一
者鄭夫人手把一盃笑勸桂娘以卿舊年之恩柳
夫人偶遂而自以筆怪附於恍惚月之愚家況妹
守不可謂不皆東坡也趣而目小學今日之示皆隸
師之德也況姐秋既入京郡小學陛徹以教國家東
請矣爲色人於後不清無叙請如別云杜鍊師入蜀三
年尚未歸矣柳夫人甚恨

樂遊原會獵鬪春色　油壁車招搖占風光
倘月入楊府之後所相侍人日益多矣各定其
居處正堂曰慶福堂也大夫人居之慶福之前
曰燕喜堂左夫人英陽公主處之慶福之西曰
鳳簫宮右夫人蘭陽公主處之燕喜堂西凝
香閣清和樓在其處之附之設宴於此是其太
史堂禮賢堂在於接賓客論公事之處也鳳簫
宮以南迎春院乃淑人秦彩鳳之宮也燕喜以東
有堂迎春閣乃孺人賈春雲之室也清和樓西
皆有小樓綠窗朱欄蔽虧掩映周回作門閣
以接於清和樓凝香閣東曰賞花樓西曰望月

樓桂蟾月狄驚鴻各占一樓宮中樂妓八百人
皆天下有色有才者也分作東西部左部四百人
蟾月主之右部四百人驚鴻掌之教以歌舞課以
管絃每月會淸和樓上較兩部之才藝而陪大
夫人率兩公主親自等第以賞勝負賞罰兩
部教坊勝者以三盃酒賞之以插彩花一枝以
爲光榮負者以一盃冷水罰之以墨筆畫一點於
額上以愧之以此衆妓之才日漸精熟魏府越宮
女樂爲天下最雖梨園弟子猶不及於兩部矣
一日兩公主與諸娘子侍大夫人而坐丞相持一書出
自外軒而入授蘭陽公主曰此乃越王之書也公主

唐君其書曰

書曰 請和好而鈞體莫補頃者國家多事
必和好昭示遐荒上不見疑馬之人是所以所以
令復 從舟之戰遂令敷彝之地便以遣營之
將去安定安說社宗爲緊義益事陛下有
所術者殊兒老生之等從也今我皇上承陛
延於傳四海宗謚百姓安于陝開元天寶間
示予即今日至篋況有色未善更氣高和茅
安撫柳枝使人心驕萬美暑倚心儘在此時矣
我自延於念於承上來視若被示鋪張昇平
其事延於寧有意於民以絢日和勑使宗

人隨塵章甚
公主見其謂丞相曰吾公寄越王之意乎丞相曰
乃何謀之不過爭賞花柳々畢竟也此固遊閑公子
風流事也公主曰吾公從來君子也此是何好者惟免
愛風流乎王宮中絕色佳人不一二而近日取乃沈雅
即武昌名妓玉燕也越宮美人得見玉燕魍福
似有嬋娟自處之勢乎方見獨步於一代
而越王必仰吾宮中多美人常致三惺在棠之而
教也丞而笑曰家果已見矣公主先發越王之志矣
鄭夫人曰此雖一時遊戲之事不必見屈於人也目偕
月爲謂之曰軍事雖貴之實兵用之在一刻奇乎

勝負者在於兩我師掌握中矣此輩須努力
各蟾月等曰賤妾正不一兩敵矣越宮風流播
於一國武昌玉燕名於九州越已破之見有如此之
風流又有如此之美色此天下之强敵也妾如未論
師少卒紀律不明旗鼓不整且來則多鋒便
出倒戈之心也妾未之見笑不足閔念而足且路等
於是帳中也迣於曰我與蟾娘初見之於陜因蟾娘
稱有三絶色玉燕名登其中矣必此人也能青樓
絶色只爲三人今家已得伏龍鳳雛何畏項
羽之一范增乎仙之曰越王雖豪而中多疑我猶一
玉燕也蟾月射子挑戰中將至胆弓臓至類者

豈非八公山草木也有意思乎何所自哉驚娘曰第於鴻娘賤妾本末脆弱仰此亦須覺訴惟自隋亞於心一無也於鴻懷猶子此果莫說話耶吾為人撓月於關東七十餘州擅名之妝樂豈不能之唱無之歟愛色不見此膝不爲屈也何可遽讓手玉燕耶若有傾國傾城之[illegible]老丈人為雲為雨之巫山神女也豈有一介自斂之心有所可彼至燕何足懼哉蟾月曰鴻娘子所云何至其家耶吾輩爲在關東所奈者天下之宇方伯之家小小豪士俠客之至未通須敵個豈宜也今王孫公子若大官貴介王孫亦非目甚

言評論客峻所謂觀察山而後使彼者也丘垤く
附諸陳之個里人於昭孔耶〡此以孫吳而為敵與
賁育而鬪力於當時猶子所抗也況孟嘗邱帷幄
中張子房也莊陵勝於字里之於何可輕之今鴻
猪饒為趙括之穴讀兵書也敗也何告於起於曰
鴻猪有自多之心立而請曰鴻猪之短處鴻猪之
初從於已也鑑錄盡王宰里馬自稱何比少年歟
於已於那鄧邑上使鴻猪當有將指嫋娜之態
兮於已里以男子當之手且欲思於於已之日京在
之欲佛要之身此所謂因人成事者也今寡賤女
為此語大之說不名可笑乎鴻猪笑曰任乎人心く

不可限也賤女來從而去也稱譽妾身如月娥
姮娥今日容之而不直一錢者此不過逃而待女也
過而小姐故小姐念索而公之冠為此狐惡之
言也小姐及諸姐子皆大以笑鄭夫人向小姐之
纖弱而不足也自是逃而一雙眸子不離清明之段
也諸姐名價不必以此而低而於小姐之言益笑
確許女子以男奴欺今者必年將女之容女態也男
子以女粧瞞人者必變丈夫之氣骨也皆固是不足
豪而遷至詐也逐而大以笑向夫人此言益異奇也
夫人一雙星眸亦不清明能亦要曲不能亦男子
此言耳而已目也之察較豈一了罔可謂全人乎夫人

雅謔此月之勝者只有凌烟閣畫像者皆稱
天所稱之壯節風之極矣一座又大笑悵月曰
有與勁敵署陣筆一回往為戲談不一而專於吾為
人質猾人名曰陸如何越王訖於人陪人何攙之有
拳氏曰桂秋為狼藉於入於也生士掩中尚欽一寸之
力矣歌舞之揭安用妄哉此所謂騷帝人之戰
也桂狼必不能禁功也春雲曰春雲雅筆歌舞
之才於妄一月賠笑於人不過為妄之篤宜
不當歌光於筆会哉妄為隨去了人也揚以笑曰
役乃大丞有貌國公之妾也卻夫人及公主之膝也
然不此賠笑於於己也豈反於為擒於春雲決

不可陪矣公主曰置以春娘之言爲於公被笑於人
亦家名國史而有百家手春雲曰寧鋪傳錄之
羽陵方宴襄白雲之帳帝人皆曰楊丞相於冤春
賈孺人來矣辭之有接武爭先作欲及天緣家
蹤跡乃蓬萊臥宿而我了人必大爲笑此必爲楊丞
於前於孩子之病而此我然笑於爲乞手免於我
家之至生來於兄田不採之物兄也必恒逢而筆不
至矣此我稱受於娘娘乎公主曰甚矣春娘之論也
春娘者以人而爲鬼矣今又欲以無子而爲乞
隨春娘出去是非也乃日於此而我公主些以
何日可罰乎此之日與以別家舍笑修月大爲曰

而部教坊樂未必全勢已盡矣至於東何哉即呂
所妓而言則固日於今與越王約會柔道原上而
部諸妓須多技柔兒各飾新妝同鏡陪於公
日矣八百妓為一時作之皆理容畫眉桃兒習柔
為則日昨矣習鹽曉已則迎於早起着戎裝佛孫
矣京雲色手里業以馬路捧出三千人排鐵
南幄月霜傳雕金鐵玉緞花裁業文宰
部妓結束隨則并京吾營之馬踏金獸蹄
銀鐵積擁珊瑚之報輕攬瑛珠之書隨迎
而之後八百紅粉雪騎驄驄環排傳月左右
而去中路城至々呼客為柔足與迎而之行至

駑矣越王問丞相曰并鑣而行越王問丞相曰
丞相所騎之馬何國之種耶丞相曰此出於大宛國也
大王之馬名似宛種也越王笑曰此馬之名千里
浮雲驄去年秋陪天子獵於上林園中天廐
萬匹之馬皆追風逐電而無追及於此馬者也
張駙馬之桃花驄李將軍之鳥騅可皆稱龍
種而比此馬皆如駑駘而丞相曰去年討蕃國時
深險之水山路截辟人不能著足而此馬如踏
平地未嘗一蹶小游之成功皆此馬之力杜子
美所謂與人一心成大功者也小游班師之後
爵品驟崇職務又閑穩乘平轎緩行恒

其人與馬俱會於殿矣請與大王拜顙一躍
馬也快當待雇爲之緩留城王大喜曰之豈
也遂令付於侍者使留家豢之如樂歸待
於爾次正從群顙樂來馬矣高適有大鹿爲樣
軍將還擇爲越王之前王使馬家壯士附之於
令家矣前吟皆不於中王大怒驟馬而出以一
矣射其左翼馬隨之衆軍皆呼萬歲而播
之曰大王神手乎異哉詞王也王曰小技何足稱乎
哉當兒與而射法今之誰能之東龍天豬一隻
高適有雲中天来請軍皆曰此等日飛鵬射宜用
陽宋青也與而笑曰此易效爾即抽金鈴箭

於麾下躬自仰射中之將左目遂於是於陣之
大說曰此地於將士今之營由此而爲人遂揮劍
一喝而馬齊出星陳雷遂神鬼閃辟
之軍已深大睡之際而卒矣而人按劍而看
覽山川領略全景何論射佳爲木叠石之心侍
者兆追及以蒼鹿白猪擧之而進之爲人亦臣
拔草而坐拔佩刀割肉煮而互飯復不足
遙見紅龍而於天騎而來一隊從人隨其後並至
自林中而出也一人跪而告曰而表宣醞矣之
於與越王性休於帝中而左將酒酉御賜而
書見陳以勒而人何振說一封而人盟水洗

伏析又以大獵郊原爲題云使巡哨筆矣兩人
劃号四韻各賦四韻一首付之更門爲筆運之如說
曰

晨驅壯士出郊垌
劍若秋蓮矢若星
且令玉醞爭含感
醉撥金刀自割腥

帳裏羣鵰天下白
馬前殲滅海東青
何憶去年西塞外
大荒風雪獵王庭

越王詩曰

蹀躞兒龍閃電色
卸鞍鳴金立平坡
殺氣能教豪興介

流星勢疾殲奚麑
明月刀開落白鵰
安陽神射君休說

聖恩留第醉顏酡　爭似今朝得雋多

翌日拜辭而歸於是爲家宴家以次列坐庭

人金錢飣餖生香駱駝之峰猩猩之唇出於盤

釜臺擷荔枝永嘉黃柑溢於玉盤王母瑤池

之宴人無見者漢武柏梁之宴專已言矣不必

張擬而比之人間之珍品異菓蔑可加於此者如桑

數千三百四國羅綺絲竹綷繚佩如雷一束纖

腰爭妍媚楊柳之枝百隊嬌容奪烟花之色

豪絲哀竹沸如江之水洞簫響雲傳南之山底

半越王謂丞相曰小生愚蒙丞相奪寄而遇之娛

謀之以自效猶乃手小女敬人賜丞相一觴請自為

於於東歌東舞我爲於是於如何是於射曰小
游何所與大王寵姬於宮中要侍姻婭之誼
所當借娥之叶矣小游少安數人各有爲歡
慕之爲事亦小游名行雖年使與大王作兄弟多
發其技以賭勝負王曰是於此越之好矣於是悵
月驚鴻及越宮四美人承命而色即取再拜於帷
前越是於芳者寧王高一女人名曰芙蓉太白
懇於寧王邸中聲華不得見也西矣今小游
能見四仙也則何得此太白十倍矣彼四女人姓名
云何四美人起而寫曰妾等本爲金陵杜雲仙陳
留小蔡兒武昌萬玉燕書安胡英之所是於謂

越王曰小將嘗以布衣遊於京師竊聞玉燕狄子之聲名如雷之人今見之而實過其名矣越王亦問驚鴻月為人姓名乃曰此兩人天下之人所共推者而今者皆會於於公之閨中可謂得其美矣未審也於何此兩人於何時而至於此曰桂氏小將赴舉之日過洛陽從自途之狄氏曾入於燕王之宮小將奉使燕國而狄也抽身隨來追及於洛陽之日矣越王拍掌大笑曰狄娘子之俠氣可稱紅拂客然而若比於狄娘子隱於公之日相公賊是歸林且處玉節不猶驚遇之際人皆易見桂娘子苦向其於公之困窮能知今日之富貴可謂識宰

相於座俟者也尤名士也而未嘗並於何以得還
於客路宇並於笑曰小將追念乎時之事律之
唱與之士客傳一騷一章間關亭路驚飢火而過邑
飲於庭之間課月過乎得播上言過見後隔寸子
數寸人張臥乎於樓上飲恨賦詩小將以嬰衣破
忡詠乎座上悵月在乎中矣雖諸生傑肆
未嘗如小將之疲嬰矣而辭其方儀不容懇恨
拾綴叢萃之語輯集一部不記乎終立何如句
於何如爲悵恨者也乎終於衆篇之中歌而詠
之善座中初見於約曰諸人所作於入悵恨歌
者不曾讀乎悵恨於乎人故不解乎小將於會此

名儒也越王大笑曰丞相爲兩場壯元吾以爲兩妙
可快樂之事無平之快意也而壯元止也乎諸女妓
兩乃仰手丞相曰辭中第者之何能記乎
王謂蟾月曰丞相既已忘之娘當記誦王蟾月
曰賤妾安肯秘記之未寫以奉筆寫呈乎以歌曲
奏之乎王尤喜曰然無妨蟾子之玉聲尤快矣
蟾月起於公邊便之極聲歌而奏之滿座皆爲
之變容王大加稱歎曰丞相之詩才蟾娘之絶色
清歌是爲三絶也第三詩所謂花枝羞殺玉人粧
未吐纖歌口已香能道出蟾娘眞使吾自退縮
此乃詩之妙句絲毫抽黃媲白者安所窺其藩

箭手遂得領金鍾以賞聰明隨月爲人與諸客四夷人莫敵處之神射者皆是真天生敵手小年每善弓從玉蓋來與隨月爲名之後三人能不及於玉蓋名不甚遠矣玉蝦自玉壺已與辭世出迎與諸客於忠孝於帳前見武士射弓刺者突以壯王曰最先指射之甚可觀故吾客中精能弓馬者數十人矣乃於前中最人之必弓自比方來者亦令調習使之射雖不遂已以助一場歡緣如何乃於大壺令揀能習弓矢者數十人與諸客善射者賭勝齋告曰最能不習操孫之慣見他人之射令日視習使之矣乃於大壺

之日歸後於佛前焚香禮佛乃為立謂諸夫人
曰雖不能半取諸娘子自慢也乃忽上於驢而記
宴於帳前一青衣雖自草間騰上翁修下持鐵
脚杖乃修弦又色秉羽修長於馬前延於拍手
聲喧大嘯翁修持長逐而入於帳下稽首跪
席諸夫皆稱賀曰吾輩處做十年工夫矣此時
所獲鈿玉出蓬山續為家附於所獲雖鬼亦多
矣各就於庭前還於與越王未嘗不用多少吾言
更來吧次得俸衣樂畢使吾六人各奏清信洗
絡更斟矣悦月內急曰吾為人生不謀於越忠矣
人彼乃四人吾言一震發孤掌甚無情都不托其狠

之來矣歎辭雖欲書振之不古文艷色多從
墨不能壁傳雲仙筆亭方咄咄嗟賞矣血膊
勝不爲多人自聖於驅壁半轉而於後卷芳中
之上積之芬金遂矣係爲情門之於守門者問曰自
擲突忽出乎字間影影忽無手而來者曰來上爲振
乃相延於小庭高有壇樓詞未從來矣年叢告
於延於於曰吾必在雲參觀完今未矣而色何乎
太爺所以名入爲之者揖珠箱自半中而出在於
者從袁烟在後者宛然夢中所見則庭前懸之
爲人作生延於庭之所所以謂延於於趙子之
日此趙子昂之所以筆而謂之爲人從筆延於

歸座使與隨月同坐而謂王曰彼為人証彼而拜
時何日也近緣多事未及率來也卯小游為大王
曰余欲求觀者舊為至矣王更見為人之奇為隨月
雁行而儀則之態超神之筆似加一節矣王大
異之揖而問之名皆類如灰色矣王問曰為誰何姓
名也何地人也一人曰小妾褭烟姓沈氏西涼州人也
一人又對曰小妾凌波姓白氏曾居瀟湘之間不幸
世亂避地西京遇今隨楊丞相而來矣王曰為誰
子也何地人也張弼髮絃爲褭烟對曰小妾賤也
也來臺仰絃竹之教乎將何技以娛大王乎但以
時曾學劍舞為戲乃軍中之戲耳非貴人

陋而見於王大娘謂劍者曰玄宗召公孫大娘舞
舞名者也亡矣後此曲遂絶不傳者幾家安味
杜子美詩爲恨不及一快歎如此娘子孰爲劍舞
快美甚焉乃與劍者各執雙劍而倚室爲象烟搖
袖翔帶舞一空於金臺之上倏閃揮霍倏橫
折於紅粧白刃炫幻一色若三月晩子飛落於桃
花叢上條焉舞袖轉色爲鋒忽然雷電之
色血滴帳中象烟一身不復見焉唯有一道青
虹橫亘天纏颯颯寒颷自東於樓頭之下庭
中皆骨冷髮竦矣象烟終於天際寂然
謝李越王乃飛舞擲劍再拜而退越王久

乃完神謂鸞姻曰其人爲誰何能如此神妙之
境答曰自古仙人多能於術將何不至人乎察
姻曰風俗好似吾堯作戲故音律之事能戲學
習室有仙人之業未子王曰奚遠宅中自擇也
多人中便捷多能者留將子爲好教授之旁
聚姻於爲宮命王又曰於陵陽將子於何
才子陵陽對曰棄家居左湖江之上湖水郎望
美陌述之處也有時子處爲夜靜月明風清必
寶琵琶之聲常在於雲霄之下故能安自然時
致之聲音自發自來而已而不合於世人之
耳也王曰能因古人詩句論女之能彈琵琶而

來作之曲以傳於後人今頗爲家於傳得之曲調
愀然樂何足論乎遂復自袖中出三十五絃
輒發一然聲清切水流三峽雁飛者之西征
忽悽然六後色千林自新秋聲年下霧枝上
謝榮作之花隨趙之大異也因吾不作入宮曲律於
回乎指造化之樞指西人宮之人不何於使聽者
之所爲枝使數葉之葉自寒乎似人之心學
此曲乎復以意會傳古之精粗而已有何神
妙也尚言不可學乎王孫告於王曰意者不才以
平日所習之示淺笑自達也矣斜抱而參差
於席前以鐵笛拂絃於掌二十五絃迭發

揚之於淸高秀雅之態也至於及倚月西人
丞相誦之越王甚悅
駙馬罰飲金巵酒　聖主恩借翠微宮
笑曰樂遊原上宴姻使兩人來助歡王及丞
相與罷宴而醉日為夕矣乃罷宴兩家各以金
銀綵段纏頭之資量珠以斗堆錦如阜与
宴罷齊越王與丞相乘月色而歸才入府門
鍾鼓響震兩家如樂爭先歸路如小香
等排街塞路隨珠去入府歸懷悵之聲
即於樓上中華長安士女觀者如堵百年
老翁云遠後言曰驚未總時見玄宗皇

審半義淸定死節條如此不無之安苑之日 役之
太平京條而此時爲公主與察氏更如陵大夫人
正侍座於之旁矣座於上坐引洪氏姻白後役
後於夫人及爲公主旧座於其言曰叔爲福子息郛
之恩幸半救手足振出之 而始看其以來乃於見
爲根寔爲根之來何在後而姻役冤爲何意其志
吉以勝之人而苦家座於一座之恩爲惶之爲覺主
夫人不須一席之概來爾乃隨於門外矣須入京師
以外於衍路可皆移爲夫人前欄雕擇木之陰化
被隷賊恩寧上之云何方今月僭逢謁之際
這後座於新擇之時即條生春然遇樓前山海大如

而出矣也公主笑謂丞相曰今日宴中花正尚書
公必自說風流諸氏皆是尚書之所也尚書亦以手
丞相大笑曰俗云客人喜作誇言之不妄所傳也
人物爲宴中大異公主無風情此語諫之云公
主乃答爲何耶一座諸妃大以笑秦貴爲狼子曰
尚書月曰今日宴席勝負如何尚書狼然曰悅
狼笑妾大言妄以一言使越宮美人等諸篇
敗因以行稱入仁果掉三寸之舌說利害之機關公
瑤色皆章草等推比梅嗎息乃不敢吐氣降原入
楚宮從中五人皆孫之也俟使楊重尚書孔郡大臣
者我色先生一人之向手之意志文故言名大之言必

其賢也同於悵猿而一女寄妻之之私妄也悵猿
曰修猿弓馬之才不如偶不好而用之於風流
律不能哉稚宜乎矣在中戰悔不安於此一箭
之所一矢即趨走奔弊何以知我而猿子乎仙覓
仙才何足爲修猿之所守矣乃一文之向修猿從
也古秋之時賈大夫見甚醜陋天下所共嗤也取妻
三年不言未笑一以笑賈大夫與妻出如皐射
獲一雉其妻始笑言 修猿之射雉哉與賈大夫
曰乎修以賈大夫之醜貌相因弓馬之才賭
乃其妻之一笑不使弓才有色而且於射雉不能
呈不使人者乎悵月笑曰修猿之自誇無性之

無甚此乎丞相冠帶之色已騰乎以而丞相笑曰
豪國事惱恨之多才而不容乎前復求而今投
無書枯之癖也惱月日益如閑時或學雅史而定
曰能之覽乎丞相入翁相上太后召見丞相及越王
問公主已入宮在座矣太后謂越王曰吾見昨日與
丞相以書卷相踐騰賢人越王奏曰駙馬宜補
非人所爲但丞相如此之福在如各爲福乎娘娘
以此問相丞相々々賓曰越王謂不勝相至者正如
李白見崔顥詩焉等之筆也相公之爲補不
爲補丞相公主不能自知尉相公主太后欣笑欣
蜀公主々々寡夫婦一月莫厚若果不匹曰丈

夫有補於世者名曰補也丈夫之補於世者名之補
也越而非未小也名曰未富之越王曰妹氏之言是
好我聊將之言也自古駙馬未有如此者之技
爲者誰由於紀綱之不振也莫非之小勝者
有司曰輕朝廷蔑國法之罪太后大笑曰駙馬之請
乃我兒名爲學以法紀之不足爲之身及其罪之意
不識故不得不從王法曰循私情越王笑曰駙馬
此非罪不可輕赦請推問而御前親手處決
有家之事也太后大笑使越王代答曰目 請其小
勝者曰目曰
自古爲駙馬者不能高雅者我見之

不足也我衣食之不贍而豈區區以敎男女也爲國
休也況蘭英留公主以位予乃寡人之女也以行
予有妊娠之德也顧予楊少游不思家之意語懷
狂簡之心極心於將婚之寵游意於侍婢之
叢襟孤負宦官於仍得解氏於東萼衣於
而聯穿垂趙之色乎飲鄭都之旌擇懷於
壹樹情闊於宮園留公主堅以擇木之德不
生嫉惡之心在小游家本之意安敢乃肯乎驕
佚自悠之恨不已不憲乎恒直招以後家令
巫於乃之家伏於免罪待恐越王出之桐於高聲
讀罷自巫於旋從而納於乎從霜句

小西相小將得以家為破之患者懸諸三台
之策張以葉已極矣為秉塞關之隘者尋
要之和以承乙足矣言意心者存亡家業不除
過聰教亨拔之示聯眾歌之如此毫無小西桂
於陽光陰於生之間不自拾饒之失為西瀉
伏見國家今甲為辭為者設有猝也安婚要
若所仍自方令擇之危小西雖有行中侍女
做人參氏皇上所令于上其名往來揭行之列小女
賈氏黃在鄉家邑圖時使令於家者也小女
桂氏秋氏沈氏白氏求來及釋福時所下來
東命於國時所從為皆在婚禮以前至於送

當於許中善陳公主之命也我小也何敢仍
推諸如許以國制論之至請匹夫可矣之我
而敎至此惶恐遲晩
太后覽畢大笑曰爲當非可不害爲丈夫
度家事之如意之道好不宜聞哉於可望推孝之
此豈復容易駙馬許中不過雖也小附從
議於公主在乎自家之意寧易第於之不可其文
以此推之也其於署意乃即既奏曰妾我學施
可信爲得古可我者有優用同諸之敎且帶付
皇上降從南歟三錢而手此篤乎同名不輕矣
伏承施之以同賤我太后只笑曰相郎其社稷

以西所承望以爲婿待之何命權留上承越
王又奏曰小將陳功大勝難加死國法之當不容令
釋且聞陳前太后笑曰諺云當為驚奇
小且越王曰鄭公陳與相如錄甚名之重也
聞小且自捧杯窮一斗金屈危陷陷陳云授
之趣於陳厄險處達飲累斗乃即不辭手
乃即取奏曰辛生以且省識而迷於聽要小
將以爲辛而於家中被爲女之行為天王家之
婿諫難無且大辭請退去何會起之執顏
外於廂上太后大笑天家宮為技而不象門之
於謂曰公主曰楊郎必為陳個國有不手之

等此時即隱去歸而爲安之身進茶之餘
之圖而已公主笑曰然矣小此時爲人歸而進茶
之人不堪不足矣太后曰然則此女子必不可
廢也而已公主之處處而隱避而爲之大夫人張
燭於上前待避而見避而文辭而曰寧曰然
宮醒之處不覺一驚矣今何適歸處避而以
拜辭眼睨視大夫人久而驚曰公主足跡之所許訴於
太后勅來小女子之罪小女子爲隱而不以實以告好
善爲辭說以悟情懷脫捕之必能加罪於小女子抵
於太后以妾從罰之小女子等隱異我宇安集
此然補之含憾於未子之見彼必欲復之於此爲名

夢龍精氣雅姿之容角乃生媚態之心與天
足接語言必當困家中來日作孽之心不可
情矣伏望母親以一碗湯夢龍爲小兒寬懷柳
夫人大笑曰夢龍之病未必合同且不能飲一
酌之後暢然飮使春香湯以茶代酒一口中垂於小兒
然後以酒湯之柳夫人笑曰吾主寡不飲湯酒不
辭寡之以然不能無使酒以爲湯不豆於夢龍云
色桃觸然飮亞和血然生旗然箏等不豆爲毫
之夢龍亟接於床上亞於以招儒蓋座綠疲
頭而塵之乃砂糖汁也亞於曰太后焰之寡以砂
糖水湯中入於母親命曰以砂糖水湯與夢龍云

小子所飲者酒也蘭陽安乃獨飲砂糖水乎
招侍女曰持酒樽而來倒酌一盃而進之公主亦
乃已知飲之於又告於夫人曰勸太后而罰主者
醉蘭陽鄭氏各自起孫拘在太后座前見咒
子受困曰蘭陽笑之甚也不可得矣敢毋
敢又罰鄭氏夫人大笑又以罰不足恨於鄭氏之辭
唯而飲夫人曰太后娘娘罰小將困小將難矣而
今主母為人皆飲罰酒難矣未安乃罷升手起
者曰越王子房之言善為妃色為修月烟波
四人以小擊衆以弱敵強一戰樓盡先奏捷也
致令拔己怳惑何使小子受罰此四人之罰也柳

夫人曰勝戰者亦有罰乎鴻也言之一笑即
招四人各罰一盃四人飲畢鴻月兩人跪奏
於鄭夫人曰太后娘娘之罰既而賞嘉雖妾之多
私爲承遜承之勝也彼姻彼爲人當來者既而
機席爲與妾同飲罰仍不免寵手在手賞贖
人者樹而既而如彼之久罷恩而既而如是之
者爲只以不集而妾承之笑獨免此罰以情特
樊抑矣柳夫人曰此畢之言是也以一大盃罰
春雲者春娘合笑而言飲此酒諸人皆飲罰盃應
中頗覺行恬莫得至被困於酒不堪其苦
爲指秦淑人諱嘆塵隔不言不笑而而曰來

氏獨踞窓笑辭家之類狂召之曰不罰何以
一盃而待之秦氏含笑而飲之柳夫人回顧公主
曰公主竟不飲酒之後之事如何蔡曰臣疑此
若矣柳夫人使秦氏持觴窺窓仍使去侍
酌酒而來捉盃而言曰吾之爲將也中之罪也
吾安能捍耶矣小將聽令使狂爲令公之不容
大后猿之家仰之所必過矣老身不能哉
該笑公主安人來者身不之而罰吾以氏爲肯
罰矣者飲之理而惶恐跪告曰母親因笑公狂
悖否氏自罰之哉笑公之罪豈可當而亦請使
爲僞酌酒一椀而進之春雲跪曰小將不從母

氣之發令未免貽憂於母親徑欲寫照矣奈
腹大辭不能定唯有向漁翁問以垂楊之大
丈人使其康拔而陛之其雲日賤妾不所陪陛
笑桂娘子秋娘子娥小娘子為寵矣阿嬌
月雨娘使之拔去惱月日素娘子曰吾一云
而亦去妾尤有嬌氣矯餘以矣而起於其地
於而去諸人可散也於以烟波為人性邑山水
邑園中為一家蒼沿清於江湖酒中為新間
名快情懷使清渡石之地之南有佛山其峰
斷魚重壓綫鐵老松陰密之微竹亂深中為
一童名曰冰雪軒使爲烟居之諸夫人及

猴子遊苞園之時不爲人爲山中主人笑諸夫
人說家謂凌波曰猴子神通變化如何一說
年凌波答曰此賤妾家耳之事宗已地之達
借造化之方也脫於身幻變人形而脫鎖身
堆積如山崔度爲餘一凌里方爲聚可以翱
翔乎諸夫人曰程園於忽息衣烟時時舞爲
出大夫人及延於爲公主之前以一時之戲爲不
肯掀舞日出時轉倩爲休以運延於爲穀錢錢
錢元和常時而不見於此後爲夫人公猴子於
得之樂如魚川流爲雲飛於隱於依如蒙如
據延於恩情徘徊拘一此雖詩人亦恐能段一

家之和自善可知人在南岳时无所不切
此一日蘭陽公主謂諸人曰古之人姊妹諸人嫁於
一國之內有爲人妻者爲人妾者今
二妻六妾義逾骨肉情同姊妹其中或有
從外國而來者豈非天乎而身姓之不
同位次之不齊不足拘也當結爲兄弟以姊
妹稱之可也以此達之於六娘子六娘子皆辭焉
而鶯月尤落落不應鄭夫人曰劉關張三人君
臣也猶不廢兄弟之義吾與春雲本閨中管
鮑之交也爲兄弟於何不可之有佛之妻
本家之女嬪子絶無貴賤寧得同爲大

弟子終得上宗之正果一衲初繳賤何關於章
竟之半錢手寫公主遂與六娘子詣寢中所
藏觀音畫像之前焚香虔拜作誓文曰
告之于文曰
維年月日弟子瓊貝鄭氏簫和李氏彩
鳳秦氏春雲賈氏蟾月桂氏驚鴻狄氏裊
烟沈氏凌波白氏沐浴齋戒拜告于南海大
師之前世之人或以四海之人爲兄弟者
以其氣味之合也或有以天倫爲路人何則
以其情志之乖也弟子八人本始雖各生於南
北散處於東西而及其同事一人同居一室

筆於金石篆於字也比之於物一樹之花爲風所
所攘者落於茵席者飄於閭閻者墮於偏上者
飛於山中者隱僻於道於仕朝於言乃未了
日一根也種之日根也枝葉之兆心之物之根也
日開於枝之孫也日歸於天人之所日受者之一
筆之下筆之散與豈不日敝於一處乎吉今遠
閒之生涯一河四海廣大之區日一家氏寅莫生
之前勝人生之生意之以爲無八分日何日盟信
爲兄爲一妻一家一生一死必然乎之於隱之不於巫
也六人中爲之於異心皆失之者必也必極之神
必其之伏望大聖降神託生以福於我使之

年之後同歸於極樂世界乎哉
此後六娘子陞自守名分不敢以兄弟稱
而兩夫人以妹子呼之恩意益密矣八人皆各有
子女兩人及春雲裊煙蟾月驚鴻生男子彩
鳳凌波皆生女子而未嘗見產育之慘也
與凡人殊也時天下昇平民安物阜廊廟之上
無一事可紀述者丞於出不陪天子遊獵於
上苑入則與兩夫人讌樂於北堂優遊歌舞細絃
仰笙信之際逍遙嘯詠之韶絃管即春秋之代
謝丞於路沙燈而桃句像者已累十年享榮
鐘之補恵三牲之奉恭極否色天意之恆與

李而熊年八甲之常山柳夫人以天年終壽
九十餘而終哀毀踰禮守喪性至孝毀宜之
喪中使問訊節哀以王后禮葬之卿司諡
夫妻各得上壽而終而無悼亡之情不亦柳
夫人生而無男二女皆有父母標致玉樹芝蘭登
躍於門闌第一子名夫之卿夫人出也為吏部尚
書第二子名次之狀元出也為京兆尹第三子
名舜之賈氏出也為御史中丞第四子名秀之
華陽出也為禮部侍郎第五子名孫之桂氏
出也為翰林學士第六子名致之沈氏出也年十
五英才絕倫智謀如神上大重之名金吾之

上將軍將京營軍十萬衛宮禁長女名傳丹
秦氏出也爲越王子琅琊王妃次女名永樂白氏
出也爲皇太子後宮楊丞相以一介
書生遇知己之主値有爲之時武定禍亂文
致太平功名富貴與郭汾陽齊汾陽六十方
爲上將少游二十出爲大將入爲丞相久居鼎位
協贊國政忽於仍陶二十四考上得君心下叶
人望享富貴享豫大之榮盛業高絶古代
自古以來所未有也丞相自以盛滿一而大名難居
上疏乞退其疏曰
丞相魏國公駙馬都尉臣楊少游頓首頓首

百姓亡之于皇帝陛下之恩寵伏以人臣之為地
之榮者不過曰將相也曰公侯也發亦將相公侯
不其難歟為父母之為子而祝者不過曰功名也
曰富貴也身致功名富貴則不難得矣然則
將相公侯之榮功名富貴之來罔非人心之所
願奈時俗之所爭趨者守人所日難而不容移
集之於家所共爭而來免滅親之禍氏慶家
所以使窮途之者也田竇所以世傾覆之變也於
於公侯功可榮而配如不足乞骸之榮於功名
富貴難可守而配如全身保家之守哉亞才孫
能為之驕所以信不誠其美為久佔雲孫

已極於人生榮名及於父母臣之犯原名不所於
一於氏人望以思而豈況稍以踈略膝往林
拔擢過蒙於華要恩賚生於極於以蔡莧之
腸肚而飫粱肉膏之味以蓮葉之跡跡而家心
小之園上以貽罷歸之厚以以乘賤臣之今生望
所得於於倉息乎早含飲跡過榮杜門窮
恩以僭越濫冒之罪自附於己於神明而罪
恩隆重未報涓埃之報且臣筋力尚强犯策
之分於臣不得不沸恩踪居遲回不去撕致一
今秋卿之諫而頓退守臣國以事得生矣强
過來學而秊此修書渺惘莫已信而盡其先

寔形如枯木不枯而自枯心似眢井不渴而自
涸雖欲竭效犬馬之力小報丘山之恩更望
由是今天下賴陛下神聖而四方寧安兵革
不用器械又安稼穡不驚天休滋至年穀
熟於所哉殆三代大同興隆之化矣雖今至
久留禁轂之下冒居庠序之上不過書耶
請以貴學業述於康衢擊壤之歌而已
尚何有經理藏為之事乎愚見至於父母也
父母之心雖不肖不才之子在於膝下而責之也於
門於下里之巷伏願陛下必以臣為聾瞽廢疾之物
任情棄也不忍至一朝退去乃鳴呼人子之至足

毋何異於父母之望乎子而臣爲陛下嘗注之
寵旣無無休陛下生殺之權名隆矣一毫一毛
莫非造化陶鑄之功而臣名望孝爵天從
退伏丘壑優游堯舜之世歌帝已盈之榮
不可使陛下已施之舊不可收拾伏乞陛下諒
臣不堪絕中察臣不敢辭之苦特許辭官歸松楸
以保殘齡得免亢龍之悔臣得自致咏聖德感
激洪私以爲結草之報矣
上覽其疏乃以手書賜批曰
卿處草澤於承籍名深被於生靈學術足以
贊化才略足以鎭國卿乃國家之柱石廊

所以朕眩而昔者召公處百藥當輔周
室能致邑理今之元老袓經何謂投仕之年
以之壯紀附事經過朕不可謂矣況張辟彊
本有仙骨李鄴侯亦有不見松柏傲霜雪
者猶勤蒲柳經秋風而先零彼之性質之上
脆不因而已自有松柏之操何憂蒲柳之衰
守朕欽之風氣精(?)不滅於玉堂翠(?)侶之日
精力當既不謹於胃橋討賊之時之郡精(?)朕
固予經須回質而之言哲一心贊唐虞之治
舍朕之望也
惡知以於是佛門為事且處甘豐田山為人秘侯

多有修鍊之功相書秋毫家影不負何人
皆以仙人稱也只以詔書中及之此後返於又上詳
術返其愚豈引見因之舟一至於此朕望不勝勉
勳以崇之立徒高節守但之不能福壽之國我徒
國家大事只可與於議者況今皇太后觀敬
上賓者林也望朕何忍與莫伺及慕伺於能
也禁南四十里有離宮辛洲宮也昔玄宗
避暑之處也此宅寬而深涼而曠可宜
幸住述相將賜之使之居處矣乃以詔加書述
於親國之身又加廣書正子居其收述於印
綬

楊丞相登高望遠 眞上人返本還元
丞相尤感而異卽以所附來家卽移接於翠
微宮此宮在終南山中樓臺之壯麗景致
亦甚奇絶卽蓬萊仙境王維學士詩曰仙居
未必勝此何事吹笛向碧空以此一句可見
其絶勝矣丞相置其正寢安詔及御
製詩文于綵樓閣臺樹而公主諸娘子分
居丞相日與二夫人分據臨水美月亭
書樓邑雲翠等處詩而寫之哉松信了橫
梁而歸之晩年清閑之補令人起羨丞
相聘閑附客名已罷年年仲秋誕辰丞相

睥日也諸子也後家私書函十餘日擊羲年
會也女之也家居諸子也各歸之家係百
菊秋佳節已過無只葉卷繞茅菜史丞相
寬正身配高之時也和家俳宮也西畔有高臺也
臨八百里秦川一如掌握見而望於危之
臺乃日與二夫人六娘子登之上頭插一枝菊
以賞秋景乃作琉璃酒屏觴錯使春雲擧
果榼使秋月携玉壺傍勸菊葉與壽妻以
次暢飲已而夕照傍附於昆明雲影低垂於
廣野秋色繁縟如展畫圖丞相手托玉簫
自吹數三聲其聲嗚嗚咽咽如怨如慕如泣如訴

若爾可渡易水與高漸離擊筑而和聲之
在帳中時虞美人唱歌恐爲諸美人和里
爲楚僚從不果而夫人曰丞而早定功名
久享富貴一生何羨於官何事當徒佳辰
風乘正氣菊英作翁主人陶應是名人生
示峰高當發聲甚哀使人悲怫今日亦吹笛
非芳日也吹笛也然而乃授玉笛與八人詩佳
而探千峯手指明月而言曰此空不足鄉四
膝顏岸擢立久世殊新明斷而北荒草蕭蕭下
者爲秦始皇阿房宮也西至咸陽楷林暮
雲昌雍山者漢武帝茂陵也東至粉墻條

繞於青山朱甍隱映於翠岫只有明月自來自去玉欄干外更無人倚者玄宗皇帝與太眞日遊之華清宮此三君皆千古英雄以四海爲家億兆爲臣妾雄豪之氣軒輕宇宙意欲挽三光而閱千歲矣而今安在哉小游以河南一布士恩承聖主位致將相且與諸娘子相逢深情篤老益密非前生未了之緣也及於今而男女以緣會合緣盡則歸乃天理之常吾輩一去之後高臺自頹曲池且湮今日歌殿舞樹便成衰草寒烟必有樵兒牧豎悲歌嘯嘆

從來爲而謂曰此乃楊雄而爲諸猿子所述之
家文字而圖書風陳諸猿子出家者態之
癡愚無人性爲此不當不如一睡之頃耳已亡
有三教曰儒道曰仙教曰佛教三教之中惟佛
最爲儒者金明倫紀要事業爲名於身後爲
了仙教之誕自出於術之者甚多爲後來能爾
之崇皇漢武及玄宗皇帝之可鑒也吾因
技住此之後無有異胜不爲夢中必永禪
於蒲團之上此必爲佛家有緣也家數彈子
爲從赤松子弃家求者超南海君觀音上
我臺禮文殊得不生不滅之道爲超塵者之

苦海但與君輩半生於從子未嘗不作意於
故悲憐之心必自將於萬種之中而請娘子於
身皆南岳仙女且塵緣將盡於此時而及仰於
公之言自置塵緣之心有言曰於已繫箕帚之中
乃有定心望矣之而啓于娘子姊妹八人皆於此處
僧園翁冬我佛以待於此之道可今日必往同
師而還也友得仰大道矣伏望得免之後必先
教娘子於文喜曰吾乃人之心見於今矣當何乎
之重手衆皆以同口作曰矣諸娘子曰娘子當何
生一盞以錢酒於矣方命取帶洗盡更為拔節
之龍府與出於欄於各還諸人皆曰何人敢來於是

客罷已而有一衲僧至前龐眉又長碧眼沙顔
形模擧措甚異徐上高臺與丞相寒暄曰山
野之人謁於大丞相矣丞相已知非俗僧忙起答
禮曰師傅從何處來胡僧笑曰丞相不能
生乎故人乎嘗聞貴人善忘果是矣丞相熟
視之似有識面而終不可記矣忽大悟顧諸夫
人乃言曰小游曾伐吐蕃時夢參於洞庭龍
宴之宴歸路暫上於南岳見老和尚跏趺於法
座與諸弟子講佛經矣師傅豈乃夢中所見之
和尚乎胡僧拍掌大笑曰是矣〻〻然只記夢
中之一見而不記十年之同處誰謂楊丞相聰明乎

丞相問於曰小游十六年以前不離父母膝下十六
歲策於第建有職名不出京城常使叢鎮西蕃
吐蕃也是路而何及家何時與師傅十年相從
乎胡僧笑曰丞相猶未醒春夢矣小游曰師傅
何能使小游大覺乎胡僧曰此不難矣乃舉手中
錫杖大叩欄干忽而霧遮有白雲亂起於四面山
谷之百陣々忽其隔掩臺上昏々暗々咫尺不下
丞相尚在春夢中矣良久乃大聲疾呼曰
師傅不以正道指教小游乃以幻術於我耶言
未畢雲氣盡捲胡僧及兩夫人六娘子無跡
然矣大驚大哭定睛詳見則僧入室禮樓蹤

簷密節宿者乃一夢也覺而自顧其身乃獨坐小庵中
蒲團上火消香炉月在西峰自摸其頭頂所覺
新剃短松髮〻一百八顆念珠已垂項前眞
是小和尙形貌殊非大丞相之威儀神精恍〻魚
膈悟〻無其久而覺其身乃蓮花道場性眞
小和尙也回念初被師傅譴責隨力士向陰曹
者幻生人世爲楊家之子早捷壯元爲翰林說
出官出將三軍入總百揆上疏乞退附事就閑
與兩公主六娘子宴歌舞琵琴瑟不過極國宗
是皆則不過一場春夢〻中事而此必師傅知
吾一念之差使著人間之夢要令性眞覺寤

蓮華男女情慾皆幻也言急向石泉淨洗其人
而善衲迺弃付話方丈衆闍梨已旁忘矣大
師高聲問曰性真人間滋味果何如也性真叩
頭流涕曰性真已大覺矣弟子無狀操心不正自作
之孽誰怨誰咎宜處鉄圍之世界永受輪迴
之咎殊不師傅喚起一夜之夢能悟性真之
心師傅大恩雖閱千萬塵不可報也大師曰
汝乘興而來興盡而去我有何干與之事乎汝
又曰弟子之夢人世輪迴之事比汝以夢與人世分
爲二也汝夢猶未盡覺也莊周夢爲蝴蝶蝶
又爲莊周莊周之夢爲蝴蝶耶蝴蝶之

夢爲莊周耶 終不辨其孰爲何事之如夢
何乎也爲眞乎今汝以性眞爲汝身以夢爲汝
我之夢乎汝以老自夢謂我一物乎性眞少游
孰是夢也性眞曰弟子懵昧不能卞夢與眞也
眞夢夢眞也望師傅說法使弟子覺之大師曰
當說金剛經大法以悟汝心而當有新來弟子
汝姑待之性眞未已守門道人入告曰昨日所來衛
夫人左右仙女八人又到請謁於大師矣大師命
召之八仙女詣大師之前合掌叩頭曰弟子等雖
侍衛夫人左右而實不學未出妄念情慾作
春光更 遽隱至塵土一夢于人緣殘蒙師傅

慈悲親朝擊其而作法來夫人雲中擇於古
曰此兄指弟夫人亦歸佛門伏乞師傅快赦産
懲昏明哉大師曰女仙之意雖發佛法深遠
不之的拜學於大論學大發願不於塵實女仙
自覺而發此八仙女即退脩面之所粉脫
通身之綺縠衣金翦刀自剃綠雲之髮復
入堂曰弟子等宗既已復剃髮不爲慢師傅之教
訓矣大師曰善哉善哉汝等八人爲此誠如此宗不
其事曰遂引上法座講說經文白毫光射世界
天花亂如落雨說法將畢乃誦四句出揭性真
及八尼於皆都悟本性寂滅之道大師見性真

師乃從容乃會大衆而言曰吾本爲傳道遠入
中國今既得傳法之人我則去矣以袈裟及一鉢淨
瓶錫杖金剛經一卷傳性眞遂向西天而去
此後性眞率蓮花道場大衆大宣敎化仙女
龍神人與鬼物尊奉性眞如六觀大師八尼姑
皆師事性眞深得菩薩大道三十境皆歸
於極樂世界偕往焉云

九雲夢終

노존본 한문 필사본

상·하

【해제】

노존본 한문 필사본 상·하

한문 노존본은 <구운몽>의 이본군에 있어서 원전 계열에 해당한다고 추정되어온 가장 중요한 이본 중의 하나이다. 현재 전하는 한문 노존본으로 가장 중요한 것으로 하버드대본·羅孫本·藏庵本 및 鄙藏本 등 네 종류가 있는데, 여기에 수록된 필자 소장의 노존본도 필자가 일찍이 <구운몽>의 원전을 재구하는 데 사용한 중요 문헌의 하나이다.

비장본의 서지적 사항은 이 책은 상·하 2권 2책으로 되어 있고, 상권은 35장·하권은 47장 모두 82장이며, 매장 13행, 매행 30자 내외로 되어 있고 각 권의 縱이 35㎝, 橫이 30㎝로 되어 있다. 필사 연도는 하권 말미에 "癸亥流月小念 新陵高樓以遺潦熱范蕓謄畢"로 되어 있는 것으로 보아, 癸亥流月小念으로 따지면, 이르게는 1743년(영조19년) 및 1803년(순조3년)으로 잡을 수 있고, 늦게는 1863년(철종14년) 및 1923년 등으로 잡을 수 있으나, 이 책의 紙質로 보아서 1863년으로 추정된다. 필치는 비교적 정확한 편이며 오자가 있을 경우, 이의 수정을 가한 것으로 보면, 비교적 정확을 기한 흔적을 엿볼 수 있다.

노존본A 계열에 속하는 이본들 대부분이 분량상 적게는 작품의 3분의 1, 많게는 절반까지 을사본과 궤를 같이 하고 있어 순 노존본에 속하는 이본은 없다고 해도 과언이 아니다. 이 이본의 경우, 하권의 14, 15, 16회 등

3회분 정도는 을사본과 궤를 같이하는 모습을 보인다.

이 필사본은 『고전소설 제1집 구운몽』(고려서림, 1986)에 영인된 바 있다.

老尊師南岳講妙法
華陰縣閨女通信
楊千里酒樓擢桂
倩女冠鄭府遇知音
詠花鞋透露懷春心
賈春雲為仙為鬼
金鑾直學士吹玉笛
宮女掩淚隨黃門
白龍潭楊郎破陰兵

小沙彌石橋逢仙女
藍田山道人傳琴
桂蟾月鴦被薦賢
老司徒金榜得快婿
幻仙庄成就小星緣
狄驚鴻乍險乍雨
蓬萊殿宮娥乞佳句
侍妾含悲辭主人
洞庭湖龍君宴嬌客

老尊師南岳講妙法 小沙彌石橋逢仙女

天下名山曰有五焉東曰東岳卽泰山西曰西岳卽華山南曰南岳卽衡山北曰北岳卽恒山中央之山曰中岳卽嵩山此所謂五岳也五岳之中惟衡山距中土最遠九疑山在其南洞庭之湖經其北三江之水環其三面若祖宗儼然中處而子孫羅立拱揖爲七十二峯或騰踔而眞天嶄嶭而截雲如奇標俊彩之美丈夫七竅百骸皆秀麗清爽無非元氣之所鍾也其中最高之峯曰祝融曰紫蓋曰石廩曰天柱曰蓮花五峯也其形濯竦其勢陟高雲霧翳掩其眞面霞氣藏其半腹非天氣廓掃日色清朗則人不能得其彷彿爲昔大禹氏治洪水登其山立石記功德大書雲篆歷千萬古而尚存秦時仙女衛夫人修鍊得道受上帝職率仙女玉童來鎭此山卽所謂南岳衛夫人蓋自古以來靈異之跡瑰奇之事不可盡記唐時有高僧自西域入中國愛衡山秀色就蓮花峯上結草爲菴以居講大乘之法以敎衆生以制鬼神於是西敎大行人皆驚信以爲生佛復生於世富人薦其財貧人出其力鑿疊嶂架絶壑鳩材僝工大闢法宇繼復寥闊勝槩千萬杜工部詩所謂寺門高開洞庭野[illegible]殿插入赤沙湖五月寒風冷佛骨六時仙樂朝香炉四句已盡之矣山勢之傑道場之雄

可知為南方之最其和尚手持金剛經一卷或稱六如和尚或謂六観大師弟子六百人中
修戒行得神通者三十餘人有小闍梨名性真者貌瑩氷雪神凝秋水年纔二十三歲經文無不
通解聰明智慧卓出諸髡大師極加愛重將欲以衣鉢傳之大師每与衆弟子講論大法洞
庭竜王化為白衣老人来參法筵聴玄談一日大師謂衆弟子曰吾老且病不出山門十餘年
今不可輕動矣汝輩衆人中誰能為我入水府拜竜王替行回謝之礼乎性真請行大師喜而送
之性真著七斤之袈裟曳六環之神筇飄然向洞庭而去俄而守門道人告於大師曰南岳
衛夫人送八箇仙女已到門矣大師命召之八仙女次第而入周行大師之前至三回回乃已以仙
花散地說曉傳夫人之言曰上人處山之西我則在山之東起居相近飲食相接而賤事多
事使我躬尚未得一造法筵穩聴玄談處仁之智蔑矣交隣之道闕矣茲遣洒掃之婢
修起居之礼兼以天仙花果七宝紋錦以表區區之誠遂各以所欲果花宝貝敬進於大師大師
親受之以贈侍者供養於佛前斂身而礼叉手而謝曰老僧有何功德荷此上仙之盛饋仍設
齋以待八仙女於其敀也致敬謝之礼而送之八仙女同出山門携手而行相語曰此南岳天山一丘
一水無非我家境界而自和尚開道場後便作鴻溝之分蓮花勝景在於咫尺而不得談討矣

今番吾儕以娘娘之命幸到此地且春色正新山日未合趁此良辰陟彼崔嵬振衣於蓮花之峰濯
纓於瀑布之川賦詩而吟乘興而歌誇張於宮中諸娥亦不快乎皆曰諾遂相與緩步而上俯
見瀑布之源緣崖而行導水而下少憩於石橋之上此時正當春三月也林花齊綻紫霞葱籠望
之如展錦繡之色谷鳥爭鳴嬌音宛轉聞之如奏管絃之音春氣使人駘蕩物色挽人流
連八仙女油然而感怡然而樂踞坐橋上俯瞰溪流百道流泉滙爲澄潭清冽瀅澈如掛
廣陵新磨之鏡翠黛紅粧照耀於水底依俙然一幅美人畫新出於龍眠手下也自愛
其影不忍即起殊不覺夕照倒嶺暝靄生林也是日性眞至洞庭劈琉璃之波入水晶之
宮龍王大悅出迎宮門之外延入殿上分席而坐性眞俯伏奏大師遂謝之言龍王茶已醲
之遂命設大宴而接之珍果仙菜豐潔可口龍王親自執酌以勸性眞性眞固讓曰酒爲伐性
之狂藥卽佛家大戒賤僧不敢飮也龍王曰釋氏五戒中禁酒予豈不知寡人之酒與人
間狂藥大異只能和人之氣未嘗蕩人之心上人猶不念寡人慇懃之意耶性眞感其厚眷不
敢強拒乃連倒三巵拜辭龍王出水府御冷風向蓮花峰而來至山底頓覺酒暈上面
昏花纈眼自語曰師父若見滿頰紅潮則豈不驚恠而切責乎旣臨溪而脫其衣裳

攝衣於磧沙之上手掬清波洗其醉面忽有異香擁鼻而過既非蘭麝之香亦非花卉之馥而情神自然震爽鄙吝慾亦消爍悠揚荏弱不可形喻乃自語曰此溪上有何樣奇花郁烈之氣逆水而來耶吾當往而尋之更整衣服從而尋之緣崖而上時八仙女尚在石橋之上正與性真相遇性真捨其錫杖上手而禮曰僉女菩薩僉聽貧僧之言貧僧即蓮花道場六觀大師弟子也奉師傅之命下山而去方還故寺中矣石橋甚狹菩薩齊坐男女恐不可分路惟願僉菩薩暫移蓮特借敀路八仙女答拜曰妾等即衛夫人娘娘之侍女也承命於夫人問候於大師敀路適小留於此矣妾等聞之禮云於行路男子由左而行女子由右而行此橋本來狹窄妾等且已先坐今道人從橋而去於禮不可請別尋他路而行性真曰溪水既深且無他路欲使貧僧從何處而行乎仙女等曰昔達摩尊者乘芦葉涉大海今和尚若學於六觀大師則必有神通之術涉此小川何難之有而乃與兒女子爭道乎性真笑而答曰試觀諸娘子之意必欲索行人買路之錢也然貧寒之僧本無金錢適有明珠請奉獻於諸娘子以買一線之路說罷手持桃花一枝以擲於仙女之前四朶鮮葩即化為明珠祥光滿地瑞彩沸天若出於海蚌之胎八仙各拾取一箇顧向性真紫然一笑竦身乘風騰

空而去性真佇立橋頭擡首遠望良久雲影殆滅香風盡散悄然如失怊悵而歸以竜王之
言復於大師大師詰其晚歸對曰竜王待之甚款挽之甚懇情禮所在不敢拂衣而即出矣
大師不答使之退休性真來到禪房日已曛黑矣自見八仙女之後軟語嬌声尚留於耳
邊艶態姸姿猶在眼前欲忘而難忘不思而自思神魂恍惚蕩蕩兀然端坐默默
念於心曰男兒在世幼而讀孔孟之書壯而逢堯舜之君出則作三軍之帥入則作百揆之
長着錦袍於身結紫綬於腰揖讓人主澤利百姓目見嬌態之色耳聽幼妙之音榮耀
極於當代功名垂於後世此固大丈夫之事噫我佛家之道不過一盂飯一瓶之水數三卷經
文百八顆之念珠而已其德雖高其道雖玄寂寞太甚枯淡而止矣假令悟上乘之法傳
祖師之統在坐於蓮花臺上三魂九魄一散於烟焰之中則夫孰知一箇性真生於此天地間乎思
之如此念之役欲眠不眠夜已深矣霎然合眼八仙羅列於前矣驚悟開睫已不可見矣遂大
悔曰釋敎工夫正其心志斯爲上行矣我出家十年曾無半點苟且之心矣邪心忽發今乃如
此豈不有妨於我之前程乎遂自爇栴檀趺坐蒲團振厲精神輪盡項珠方靜念千佛
矣忽聞童子立窓外呼之曰師兄着寢否師父命召之矣性真大愕曰深夜促召必有故

也仍與童子倶詣方丈大師集衆子弟儼然正坐威儀肅肅燭影煌煌乃厲聲責之曰性
眞汝知汝罪乎性眞顚倒下階跪而對曰弟子服事師父十閱春秋而曾未有毫髮不
順不恭之事誠愚且昏冥不知自作之罪矣大師曰修行之工其目有三曰身也曰意也曰言
也汝往龍宮飮酒而醉歸到石橋邂逅女子以言語酬酢折贈花枝与之私戱及其還來
尚且繾綣初既盡心於美色旋且留意於富貴慕世俗之繁華厭佛家之寂滅此三行
工夫一時壞了其罪固大不可仍留於此地也性眞叩頭泣曰師乎師乎性眞誠有罪矣然自
破酒戒因主人之強勸而不獲已也與仙女酬酢言語只爲借路本非有意有何不正之事
乎及歸禪房雖萌惡念一刹那間自覺其非惕狂心之走作謁萬善之自發咋指退
悔方寸復正此儒家所謂不遠而復者也苟使弟子有罪則師父撻楚儆戒以教誨之
一道何必迫而黜之俾絕自新之路乎性眞十二歲棄父母離親戚依歸師父即剃頭髮言
其義則無異生我育我語其情則所謂無子有子父子之恩深矣師弟之分重矣
蓮花道場則性眞之家捨此何之大師曰汝自欲去吾令去之汝苟欲留誰使汝去乎
且汝自謂曰吾何去乎汝所往之處即汝所歸之所也仍復大聲曰黃巾力士安在忽有

神將自空中而下俯伏聽令分付曰汝領此罪人往豊都交付於閻王而回性真聞之
肝膽墜落涕淚迸出無數叩頭曰師父聽此性真之言昔阿蘭尊者入於娼女之家與同寢
席失其操守而釋迦大佛不以為罪但設法而教之弟子雖有不謹之罪比之阿蘭猶且輕
矣何必欲送於豊都乎大師曰阿蘭尊者隶制妖述雖與娼女親近其心則未嘗变矣今汝
則一見妖色全失素心嬰情晃彼流遊富貴其視於阿蘭何如也汝罪如此一番輪回之
苦惡得免乎性真唯涕泣而已頓無行意大師復慰之曰心苟不潔雖處山中道不可成矣
不忘其根本雖落十丈狂塵之間畢竟自有税駕之處汝必欲復故於此則吾當躬自率
來汝其勿疑而行矣性真知不可奈何拜辭於佛像及師父與師兄弟相別隨力士而歸
入陰魂之関過望鄕之坮至豊都城外守門鬼卒問其所從來力士曰承六觀大師法旨
領罪人而來矣鬼卒開城門而納之力士直抵森羅殿以押來性真之意告之閻王使之
召入指性真而言曰上人之身雖在南岳蓮花峰之中上人之名已載於地藏王香案之上
矣寡人以為比上人得成大道一陞蓮座則天下衆生必將普被陰德矣今因何事辱
至於此乎性真大慚良久乃告曰性真無狀曾遇南岳仙女於橋上不能制一時之心

故仍以得罪於大師父待命於大王矣閻王使左右上言於地藏王曰南岳六觀大師使
黃巾力士押送其弟子性真要令冥司論罪而此與他罪人自別敢此仰稟矣菩薩
答曰修行之人一往一來當依其所願何必更問閻王方欲按決兩鬼卒又告曰黃巾力
士以六觀大師法命領八罪人來到於門外矣性真聞此言大驚矣閻王召其罪人南
岳八仙女匍匐而入跪於庭下閻王問曰南岳女仙聽我言也仙家自有無窮之勝槩自
有不盡之快樂諸仙女何爲而到此地耶八女含羞而對曰妾等奉衛夫人娘娘之命修
起居於六觀大師路逢性真小和尚有問答之語矣大師以妾等爲玷汚叢林之靜界
移牒於衛娘府中拉送妾等於大王妾等之升沉苦樂皆懸於大王之手伏乞大王大
慈大悲使之再生於樂地閻王定使者九人招之前密密分付曰率此九人速往人間言訖大
風倏起於殿前吹上九人於空中散之四面八方性真隨使者爲風力所驅飄飄揉揉無
所終撲至于一處風声始息兩足已在地上矣性真收拾驚魂擧目而見之則蒼山鬱
鬱而四圍清溪曲曲而分流竹籬茅屋隱映草間者才十餘家矣隣人相對而立
私相語曰楊處士夫人五十後始有胎候誠人世間稀罕之事矣臨産已久尚無兒声

可怪可慮性眞默想曰今者我當輪生於人世而顧此形身只箇精神而已骨肉空在
蓮花峰上已火燒矣我以年少之故未畜弟子不知更有何人收我舍利思量反覆心
切悽愴俄而使者出揮手招之言曰此地即大唐國淮南道秀州縣也此家即楊處士家也處士
乃汝父親柳氏乃汝慈母也汝以前生之恩縁爲此家之子汝須速入毋失吉時性眞即入
見則處士戴葛巾穿野服對爐煎茶香臭藹藹然聽人言房內隱隱有婦人呻吟之聲
矣使者促性眞入於房中性眞疑慮逡巡使者自後推擠性眞蹶然仆地神昏氣窒若在
天地翻覆之中者然性眞大呼曰救我救我而聲在喉間不能成語只作小兒啼哭之聲侍婢走
告於處士曰夫人誕生小郎君矣處士奉茶椀而入夫妻相對滿面懽喜性眞飢則飮乳飽
則止哭當其時也始心頭尚記蓮花道場及其漸長知父母之恩情然後前生之事已茫
然不能知矣處士見其兒子骨格清秀撫頂而言曰此兒必天人謫降也名之曰少遊字
之曰千里流光水駛犀角日長於焉之間已至十歲容如溫玉眼若晨星氣質擢秀智
慮深遠魁然若大人君子矣處士謂柳氏曰我本非世俗之人而以與君有下界因緣故
久留於煙火之中蓬萊仙侶寄書招邀者已久而念君孤子未能決去今皇天默佑英

子斯得聰達超倫穎睿拔萃眞吾家千里駒者也君旣得依身之處晩必將
躋英華而享富貴矣此身去留須不介意也一日衆道人來集於堂上與處
士或騎白鹿或驂青鶴向深山而去此後唯往往自空中寄書札而已蹤跡未嘗
到家矣

華陰縣閨女通信　　藍田山道人傳琴

自楊處士昇仙之後母子相依經過日月少游才過數年才名藹蔚本郡
太守以神童薦於朝而少游以親老爲辭不肯就之年至十四五秀美之容似
潘岳發越之氣似青蓮文章燕許也詩才鮑謝也筆法僕命鍾王智
略帝畜孫吳諸子百家九流三教天文地理六韜三略舞槍之法用劍之
術神授鬼教無不精通蓋以前世修行之人心竇洞徹胷海恢廓觸處
融解如竹迎刃非凡流俗子之比也一日告於母親曰父親升天之日以門戶之責付之於小
子而今家計貧窶老母勤苦兒子若甘爲守家之狗曳尾之龜而不求世上之功
名則家聲無以繼矣母心無以慰矣甚非父親期待之意也聞國家方設科抄

遍天下群才兒子欲暫離母親膝下討鹿鳴而西遊柳氏見其志氣本不碌碌少年
行役不能無慮遠路離別亦且關心而已知其沛然之氣不可以沮乃黽勉而許之
盡賣釵釧備給盤纏少游拜辭母親以三尺書童一匹蹇驢取道而行視千里如咫
尺行累日至華州華陰縣長安已不遠矣山川風物一倍明麗以科期之尚遠日行
數十里或訪名山或尋古跡客路殊不寂寞矣忽見一區幽庄近屬芳林嫩柳交
影綠烟如織中有小樓丹碧照耀蕭洒遼夐出致可想遂垂鞭徐行迫而視之則
長條細枝拂地嫋娜若美女新沐綠髮臨風自梳可愛亦可賞也少游手攀柳
絲躑躅不能去歎賞曰吾鄉楚中雖多珍樹曾未見裊裊千枝毿毿萬縷若此
柳者也乃作楊柳詞其詩曰

楊柳青如織長条拂畫樓願君勤種植此樹最風流

楊柳何青青長条拂綺楹願君莫攀折此樹最多情

詩成吟詠一遍其声清亮豪爽宛若扣金而擊石一陣春風吹其餘音飄散於
樓上其中適有玉人午睡方濃忽然驚覺推枕起坐拓開繡戶徙倚雕欄流眄凝

睇眄、四顧、尋声怨与楊生、兩眸相値、鬖髿雲鬟、乱垂雙髻、玉釵欹斜、眼波朦朧、芳魂若
痴、弱質無力、眊痕猶在於眉端、軟紅半消於臉上、天然之色、嫣然之態、不可以言語形容、
丹青描畫也、兩人脉々相對、未措一辞、楊生先送書童村前客店、使備夕炊、至是還報曰、夕
飯已具矣、美人凝情熟視、閑々以入、惟有陣々暗香、従風而来而已、楊生雖大恨、書一垂珠箔、
如隔弱水、遂与書童回来、一歩一顧、紗窓已緊閉而不開矣、来坐店舎、悵然銷魂、原来此女子、姓
秦氏、名彩鳳、即秦御史女子也、早喪慈母、且無兄弟、年才及笄、未適於人、時御史上京師、小姐独在
於家、夢寐之外、忽逢楊生、見其貌而悦其風彩、聞其詩而慕其才華、乃思惟曰、女子従人、終身大
事、一生栄辱、百年苦楽、皆係於丈夫、故卓文君以寡婦而従相如、今我即処子之身也、雖有自媒
之嫌、臣亦択君、古不云乎、今若不問其姓名、不知其居住、他日雖稟告於父親而欲媒妁東西南
北、可尋於是、展一幅之牋、写数句之詩、封授於乳媼曰、持此封書、往彼客店、尋得俄者乘騎
小駅到此楼下、咏楊柳詞之相公、而傳之、俾知我欲結芳縁、永托一身之意也、此吾莫重之事、
愼勿虚徐、此相公、其容顔如玉、眉宇如畫、雖在衆人之中、昂々如鳳凰之出鷄群、媼必親
見、傳此情書、乳媼曰、謹當如教、而異時老爺若有聞、則将何以対之耶、小姐曰、此則我

自當之後勿慮焉乳媼出門去旋又還曰相公或已娶室或既定婚則何以爲之耶小姐
移時沈吟良久曰不幸已娶則我固不憚爲副而我觀此人年甚青陽未及有室家矣
乳媼往于客店訪問吟詠楊柳詞之客此時楊生出立於店門之外見老婆來訪怡迎而
問曰賦楊柳詞者即小生也老娘之問有何意耶乳媼見楊生之美不復致疑但云此非
討話之地也楊生引乳媼坐於客榻問其來尋之意乳媼問曰郎君楊柳詞咏於何
處乎答曰小生以遠方之人初入帝圻愛其佳麗歷覽遊勝今日之午適過一處即大路
之北小樓之下綠楊成林春色可玩感興之餘賦得一詩而詠之矣老娘何以問之乳媼曰
郎君與何人相面耶楊生曰幸值天仙降臨樓上之時艷色尚在於眼裏香猶栖於
衣矣乳媼曰老身當以實告之其家蓋吾主人秦御史宅也其女子即吾家小姐
也小姐自幼時心明性慧大有知人之鑑一見相公便欲付身而御史方在京輦往復
稟定之間相公並轉向他處大海浮萍秋風落葉將何以訪其蹤跡乎綠蘿居
切願托之心如金石有自耀之恥而三生之緣重一時之嫌小也是以舍經從權包著
肩巾使老妾問郎君姓氏及鄉貫仍擇吉娶與否矣楊生聞之喜色溢面而曰小

生姓名楊少遊家本在楚年幼未娶有老母在堂華燭之礼當告於兩家父母而後
行之結親之約今以一言定之矣華山長青渭水不絶乳媼亦大喜自袖中出一封書以
贈楊生 楊生拆見 即楊柳詞一首也其詩曰

樓頭種楊柳擬繫郎馬駐如何折作鞭催向章臺路

楊生艶其清新亟加歎服稱之曰雖古之王右丞李學士蔑以加矣遂披彩牋寫
一首詩以授乳媼 其詩曰

楊柳千萬絲 絲絲心曲贈 作月下繩 好結春消息

乳媼受置於懷中出店門而去楊生呼而語之曰小姐秦之人小生楚之人一散之
後萬里相阻山川悠邈消息難通況今日此事既無良媒小生之心無可憑信処
也會來今夜之月色望見小姐之容光未知老娘以爲何如小姐詩中亦有此意
望老娘更稟于小姐 乳媼去即還來曰小姐奉覽郎君和詩十分感激且備傳
郎君之意則小姐曰男女未及行礼私与相見極知其非礼然方欲托身於其人而
何可有違於其言乎且中夜相見人言可畏異日父親若知之則必有辱責欲待

明日會於中堂相与定約云矣楊生嗟嘆曰小姐明敏之見已大意非小生所及也對亂
痕再三勤囑毋令失期亂愠亦唯唯而去是夜楊生留宿於店中展轉不寐坐待晨
鷄苦恨春宵之長也俄而斗杓初轉村鷄催鳴方欲呼童而秣驢矣忽聞千萬人
喧閙之声潮湧湯湯沸沸楊生大驚攝衣而出立街而見之則執兵之亂卒避亂之衆人
籠山絡野紛遝雜還軍声边地哭泣音干霄問之於人則神策將軍仇思良自稱
皇帝起兵而反天子出巡楊州関中大乱賊兵四散刼掠人家且傳言閉函谷関
不通往來之人毋論良賤皆作軍丁矣楊生慌忙驚懼遂率書童鞭驢促行望藍
田山而去欲竄伏深谷間矣仰見絶頂之上有數間草屋雲影掩翳鶴声清爽楊
生知有人家從岩間石逕而上有道人凭几而卧見楊生起坐而問曰君是避亂之人
必淮南楊処士令郎也楊趨進再拜含淚而對曰小生果是楊処士子也自別嚴君只依
慈母家貧甚魯才學俱蔑忘出徼倖之計冒充覲国之賓行到華陰卒值変
乱不多今日獲拜大人此必上帝俯鑒微誠故令叨陪大仙之几杖得聞嚴父之消
息伏乞仙君毋惜一言以慰人子之至情家嚴今在何処山而體履亦如何道人笑

曰尊君与我着碁於紫閣峰上別去屬耳未知去向何處而童顔不改綠鬢長春惟君毋用傷悵楊生泣訴曰武因先生可得一拜於家叩乎道人又咲曰父子之情雖深仙凡之分迥殊雖欲爲君盡之末由也已況三山杳邈十洲空濶尊公去就何以得知君既到此姑此留宿徐待道路之通歸去以未晩也楊雖聞公親安寧之報道人語無顧念之意會合之望已絶矣心緒悽愴流淚被面道人慰之曰合而離離而合理之常也何爲無益之悲耶楊生收淚而謝當隅而坐道人指壁上玄琴而問曰君能解此乎対曰雖有素癖而未遇玄師不得其妙處矣道人使童子授琴於生使彈之生遂置之膝上奏風入松曲道人咲曰用手法活動可教也乃自移其琴以千古不傳之四曲次第而教之清而幽雅而亮寔人間之所未聞者生本來精通音律且多神悟一學能傳盡其妙道人大喜又出白玉洞簫自吹一曲以教生仍謂之曰知音相遇昔人所難今以此一琴一簫贈君日後必有用處君其志之生受而拜辭曰小生之得拜先生必是家親之指導先生即家親故人小生之敬事先生何異於家親乎願侍先生杖屨以備弟子之列道人咲曰人間富貴自來逼君君將不可免也何能從遊老夫栖在岩穴乎況君畢

竟所飮之處与我各異非我之徒也但不忍負慇勤之意贈此彭祖方書一卷老夫之情此所領
也習此則雖不能延年久視亦足以銷病却老也生復起拜而受之仍問曰先生以小子期之以人
間富貴敢問前程之事矣小子於華陽縣与秦家女子方議婚為亂兵所逐奔竄至
此未知此婚可得成乎道人大咲曰婚因之路昏黑似夜天機何可漏泄乎然君之佳緣
在於累處秦女不必偏自繾綣也生跪而受命陪道人同宿於客堂天未明道人喚覺
楊生而謂之曰道路既通科期退行於明春想大夫人方切倚庐之望須早啟故鄉毋貽
北堂之憂仍許給路費生百拜床下稱謝厚眷收拾琴簫行出洞門不勝依黯矯首
四顧茅茨及道人已無去處惟曙色蒼茫彩霞蒼籠而已生入山之初楊花未落一夜之
間菊花滿叢生大以為怪問之於人已秋八月矣來訪舊日客店新經兵火村落蕭條与
向來經過之時大異矣赴舉之士紛紛下來生問都下消息則答曰國家召諸道兵馬過五
箇月始削平僭亂大駕還都科舉且以明春退定矣楊生往訪秦御史家則繞溪衰
柳寒落於風霜之後殊非舊日景色朱樓粉墻已成灰燼陳煤破瓦堆積遺墟而已四
隣荒涼亦不聞雞犬之聲生愴人事之易變悵佳期之已睽攀撲柳枝佇立斜陽徒吟秦小

姐楊柳詞一字一淚衣裾盡濕欲問往事不見人跡乃茫然而斂問於店主曰彼秦御史家
屬今往何處耶店主嗟惋曰相公不聞耶前者秦御史仕宦在京惟小姐率婢僕守家矣
官軍恢復京師之後朝廷以秦御史爲受逆賊僞爵以極刑斬之小姐押去京師而其後或
言終不免慘禍或云没入於掖庭矣今朝官人押領罪人等數多家屬過此店之前問之則
曰此屬皆没入於掖庭矣嶽南縣収押者也或者秦小姐亦入於其中矣楊生聽之淚汪然自下
藍田山道人云秦氏昔事皆黑如夜秦小姐必已死矣更無詰問之処乃治行具下去秀州
此时柳氏聞禍乱之報恐兒子死於兵火日夜呼天哉不得自保及見楊生相持痛哭若遇泉
下之人矣未幾旧歲已盡新春已届生又將作赴試之行柳氏謂生曰去年汝往皇城幾陷危境
至今思惟凜凜可怕汝年尚穉功名不急然吾所以不挽汝行者吾亦有主意故也頃此秀州既
狹且僻門戶寸白宗無堪爲汝配者而汝已十六歲矣今若不定哉何其不失乎京師紫清觀
杜鍊師即吾表兄出家雖久計其年歲則尚或生存此兄氣宇不凡智計有裕名門貴族無
不出入寄我情書則必視如汝子而出力周旋爲求賢匹汝須留意於此仍作書而付之生受命將
以華陰縣秦氏事告之言畢輒有悽感之色柳氏嗟咄曰秦氏雖美既無天緣禍家餘生必

難全生設令不死逢着亦難汝須令斷浮念更求他姻以慰老母仝望之懷也生拜敬登程及到洛陽恰値驟雨避入於南門外酒店主人曰相公欲飲酒乎生曰取美酒而來主人携一大樽而至連倒七八觥謂主人曰此酒雖美亦非上品也主人曰小店之酒無勝於此者相公若求上品之酒天津橋頭酒樓所賣之酒名曰洛陽春一斗之酒千錢其価味雖好而価則高矣生靜思曰洛陽自古帝王之都繁華壯麗甲於天下我去年取他路而行未見其勝槩今行當不落寞矣

楊千里酒樓擢桂 桂蟾月鴦被薦賢

生乃使書童笑給酒価仍驅驢向天津而注及抵城中山水之勝人物之盛果協所聞矣洛水橫穿都城如鋪白練天津橋迴跨澄波直通大路隱隱如彩虹之飲水蜿蜿若蒼龍之展腰朱甍凌空碧尾耀日色映清漪影抱香街可謂第一名區也生知其為店主所謂酒樓乃催行過樓前金鞍駿馬塡塞通衢僕夫林立讙声雷聒仰視樓上則絲竹轟鳴声在半空羅綺繽紛香聞十里生以為河南府尹讌客於此使書童問之爭言城裡少年諸公子聚集一時名妓設宴玩景生聞之已覓醉興翩翩豪氣騰騰於是當樓下驢直入樓中年少書生十餘人与美女數十雜坐錦筵之上騁高談浮大白衣冠鮮明意氣軒輕見楊生容顏

秀美符彩洒落齊起迎揖分席列坐各通其姓名後上座有盧生者先問曰吾見楊生行色所謂槐花黃舉子忙者也生曰誠如兄言矣又有楊生者曰楊兄尚是赴舉之役則毋云不速之賓參於今日之會亦不妨也生以兩兄之言觀之則今日之會非但以酒盃留連而已必詩社而較文章也若小弟者以楚之陋寒賤之人年齒既少見識甚狹雖以薄劣獲充鄉貢參與諸公盛會之末不亦僭乎諸人見楊生語遜而年幼頗輕易之答曰吾輩之會非為結詩社也而楊兄所謂較文章蓋彷彿矣然兄是後來之客雖作詩可也不作亦可也與吾輩飲酒恰好矣仍促巡傳盃使滿座諸妓迭奏衆樂楊生以醉眸擺視諸娼二十餘人各執其藝而唯一人超然端坐不奏樂不接語淑美之容冶艷之態真國色也望之如南海觀音娉婷猗立於繪素之中矣生神魂搖亂自忘盃巡其美人亦頻顧楊生暗以秋波送情生又瞬視則累幅詩箋堆積於美人之前遂向諸生而言曰彼詩箋必諸兄佳製可得一賞否諸未及對美人輒起身摠其華箋呈之於楊生座前生一一披閱則大都十餘張詩而其中雖不無優劣生熟蓋平平無警語佳句也生心語曰我曾聞洛陽才子美以此見之則虛言也乃還其詩箋於美人對諸生拱手而言曰下土賤生未嘗見上國文章矣今者幸玩諸兄珠玉快樂之心不可勝喻此時諸生已皆大醉矣恰恰咲曰楊兄但知詩句之妙而已不知其間

有尤妙之事也。生曰小弟蒙諸兄眷愛，盃酒之間已作忘形之友，所謂妙事何惜向小弟說來耶
有王生者大笑曰說道於兄何害之有。吾洛陽素稱人才府庫，是以近年科甲洛陽之人不爲壯元則
必爲榜眼探花。吾輩諸人皆得文字上虛名，而未能自定其高下優劣矣。彼娘子姓桂名蟾月，非但
姿色歌舞獨步於天下，古今詩文無所不通，且其詩眼尤妙，炅如鬼神。洛陽諸伎纖卷而來，則
一閱其文，輒其立落，而言如合符，未曾一失，其神鑑如此也。以是吾輩各以所製之文送於桂娘，經其
品題，取其入眼者，載之歌曲，被之管絃，以之而定其高下長其聲價，如旗亭故事。況桂娘姓名蓋應月
中之桂，新榜魁元之吉兆寔在此矣。楊兄試聞，此非妙事乎。有杜生者又曰，此外別有妙而又妙者，
諸詩之中，桂卿擢其首而歌之，則作其詩者，今夜當與桂卿好結芳緣，而吾輩皆作賀客而已
斯豈非妙而又妙乎。楊兄亦男子也，苟有一段豪興，以賦一詩，與吾輩爭衡，似好也。生曰諸兄
之詩成之已久，未知桂卿已歌何人之詩乎。王生桂卿尚靳一闋清音，櫻唇久鎖，玉齒不纔啓，陽
春縱調猶不入於吾儕之耳。桂卿若不故作嬌態，則必有羞澁之心而然也。生曰小弟曾在楚中，
雖或依樣畫葫蘆，作兩首詩，而即局外之人也，與諸兄較藝，恐未安也。王生大言曰楊兄容貌美如
女子矣，又何無丈夫之意耶。聖人有言曰當仁不讓於師，又曰其爭也君子。小弟恐無作詩之才

也尙有才也豈可徒執撝謔予楊生雖處簾外謙一見桂娘豪不可制矣見諸座傍尙有空箋生抽其一幅縱橫走筆題三章詩比如風檣之走海渴馬之奔川諸生見其詩思敏捷筆勢之飛迅莫不驚訝失色楊生擲筆於席上謂諸生曰宜先請敎於諸兄而今日座中桂娘即考官也納卷已時刻不及也即送其詩箋於蟾月其詩曰

楚客西遊路入秦酒樓來醉洛陽春月中丹桂誰先折今代文章自有人
天津橋上柳花飛珠箔重重映夕暉要聽仙娥歌一曲錦筵休復舞羅衣
花枝羞殺玉人粧未吐纖歌口已香待得樑塵飛盡後洞房華燭賀新郎

蟾月乍轉星眸宴然首過檀板一聲清歌自發嫋嫋如縷咽咽如訴駕唳青田鳳鳴丹丘秦箏脫其声趙瑟失其曲滿座皆洒然易容初諸人傲視楊生許令作詩矣及其三詩皆入於蟾月之歌唯憮然敗興相顧無言欲讓蟾月於楊生則近於無膽欲背座中之初約則難於失信面面互視嘿嘿癡坐楊生知其氣色倐然告辭曰小弟偶蒙諸兄款接叨參盛宴既醉且飽誠切感幸前路尙遠行色甚忙未得終日吐話它日曲江之會當罄此餘情矣乃從容下去諸人亦不肎挽止矣生出至樓前方欲跨驢蟾月忙步而來謂生曰此路南畔有粉墻墻之外有

樓櫻桃盛開此是妾家相公須先往訪得此家待妾還歸妾亦從此往矣生點頭而諾向南而去
蟾月上樓謂諸生曰諸相公不以妾爲陋以殺闋之歌卜今夜之緣將何以處之乎諸人猶不舍愛
慕之情答曰楊哥客也非吾輩中人也何可以此爲拘乎互相和應終無定論蟾月以冷淡應之曰
人而無信妾不知其可也座中娼樂非不足也諸相公盍其不盡之興妾適有病未能侍座終宴矣
乃緩步而出諸人初既有約且見冷淡之色不敢出一言矣此時楊生往酒店搬移行李趁黃
昏往尋蟾月已還家掃中堂燃華燭悄然而待之楊生繫驢於櫻桃樹下往扣重門蟾月
剝啄之声倒屣出迎曰下樓之時郎先而妾後矣今妾已先到而郎何後來耶楊生曰以主人而
待客可乎以客而待主人可乎真所謂非敢後也馬不前也遂相与扶携而入兩人相對其喜可
知蟾月滿酌玉盃以金縷衣一曲侑之芳姿嫩声能割人之腸而迷人之魂生不能抑相携就寢
雖巫山之夢洛浦之遇未足以喻其樂矣至夜半蟾月於枕上謂生曰妾之一身自今日已托於郎君矣
妾請略暴情事惟郎君俯察而矜閔焉妾本韶州人也父曾爲此州驛丞矣不幸病死於他
鄉家事剝落故山迢遞力單勢蹙無路返葬繼母賣妾娼家受百金而去妾忍辱含痛
屈身事人只祈天感垂憐幸遇君子復見日月之明而妾家樓前即長安道也車馬之声

昼夜不絶来人過客孰不落鞭於妾之門前乎從来四五年間眼閲千萬人矣尚未見近似
於郎君者今外何幸遇我郎君至願已畢郎君若不以妾鄙夷之則妾願爲灑汲之婢敢問
郎之意如何生乃款答曰我之心情豈与桂娘小間乎第我本貧秀才也且堂有老親与桂娘偕
老恐不緊於老親之意若具妻妾則亦恐桂娘之不樂也桂卿雖以爲嫌天下必無可爲桂女君
之淑女是可慮也蟾月曰郎君此何言也當今天下之才無出於郎君右者新榜壯元固不足論也
丞相印綬大將軍節鉞匪久當歸於郎君手中天下美女孰不願從於郎君乎將見紅拂隨李
靖之匹馬綠珠步石崇之香塵蟾月何人敢有一毫專寵之心惟願郎君娶賢婦於高門以奉大夫
人後亦勿棄賤妾妾請自今以後潔身以待命矣生曰去年我曾過華州偶見秦家女
子其容皃才華足与桂郎可較伯仲而不幸今也則無桂卿欲使我更求淑女於何處耶蟾
月曰郎君所言者必是秦衙史女彩鳳也衙史昔者爲吏於此府秦娘子与賤妾情誼
頗周密矣其娘子有卓文君之才皃郎君既無司馬之情今雖思之亦無益矣請郎君求
於他門楊生曰自古絶色本不世出今秦女桂卿兩人生幷一世吾恐天地精明之氣殆已
盡矣蟾月大笑曰郎君之言誠如井底蛙矣妾姑以吾娼妓中公論告於郎君矣天下

有靑樓三絶色之語江南萬玉燕河北狄驚鴻洛陽桂蟾月々々即妾也妾則猶得虛
名玉燕驚鴻其當代絶艶豈可曰天下更無絶色乎生曰吾意則彼兩人猥与桂卿齊名
矣蟾月曰玉燕以地之遠故雖未得見南來之人無不稱贊可知其决非虛名驚鴻与妾情
若兄弟驚鴻一生本末請略陳之驚鴻即播州良家女也早失怙恃依其姑母自十歲美艶
之色名於河北近地之人欲以千金買以爲妾媒婆塡門閙如羣蜂而驚鴻言於姑母皆斥
遣衆媒婆問於姑娘曰姑娘東推西却不肎許人必何許佳郎可合於意乎欲以爲大宰相之
寵妾乎欲以爲節度使之副室乎欲許於名士乎欲送於秀才乎驚鴻答曰若如晋時
東山携妓之謝安名則可以爲大宰相之妾矣若如三国时使人誤曲之周公瑾則可以爲節度
使之妾矣有若玄宗朝獻清平詞之翰林學士則名士可随矣有若武帝时奏鳳皇曲司馬
長卿則秀才可從矣惟意是適何可逆料乎衆媒婆大咲而散驚鴻私以爲窮鄉女子
耳目不廣將何以揀天下之奇才擇閨中之賢匹乎惟娼女則英雄豪傑無不接席而酬酢
公子王孫亦皆開門逢迎賢愚易卞優劣可分比之則求竹於楚岸採玉於藍田奇才美品
何患不得遂頓自賣於娼家必欲托身於奇男未及數年声名大噪去年秋山東河北十

二州文人才士會於鄭都設宴以娛驚鴻以一曲霓裳舞於席上嗣如驚鴻舞如翔鳳百様
羅綺盡失顔色其才其貌於此可見矣宴罷攜上於銅雀坮帶月徘徊感古悲傷咏斷腸之遺
句弔兮香之往迹仍窈窕咲曹孟德不能藏二喬於樓中見之者無不嘗其才奇其志顧今閨閤
之中豈稱無其人乎驚鴻与妾同遊於上国寺与之論懷驚鴻謂妾曰尔我兩人苟得意中之君子
互相薦引同事一人則庶不誤百年之身矣妾亦諾之矣妾逮遇郎君輒思驚鴻而驚鴻方
入於山東諸侯宮中此所謂好事多魔者耶侯王姬妾富貴雖極此非驚鴻之願也仍噓唏曰
惜乎安得一見驚鴻說此情也楊生青樓中雖有許多才女安知士夫家閨秀不讓娼樓頭地
乎蟾月曰以妾目見無如秦娘子苟下秦娘子一等妾不敢膺之於郎君矣然妾飽聞長
安之人爭相稱道曰鄭司徒女子窈窕之色幽闲之德爲當今女子中第一妾雖未親見大
名之下奈無虛士郎君若到京師留意訪问是所望也问荅之间紗窓已微明矣兩人同起
梳洗畢蟾月曰是处非郎君久留之地也況昨日諸公子想不無怏怏之心恐不利於相公須趂
早登程前頭叨侍之日尚多何必爲兒女子屑屑之悲乎生謝曰娘言誠如金石銘鏤於心肝
矣遂相对揮淚分手而去

倩女冠鄭府遇知音　老司徒金榜得快婿

楊生自洛陽抵長安定旅舍頓其行装而科日尚遠矣招店人問紫清觀遠近
云在春明門外矣即備礼段往尋杜鍊師、、年可六十餘歲戒行甚高爲觀中女
觀之首矣生進以礼謁傳其母親書簡鍊師問其安否垂涕而言曰我与令堂姐、
相別已二十餘矣後生之人軒昂若此人世流光信如白駒之忙也吾老矣厭處於京
師煩嚣之中方欲遠向崆峒山中尋仙訪道鍊師守直棲心於物外矣姐、書中有所
托之言吾當不得已爲君少遲留矣楊郎風彩明秀如仙當世閨艶之恐難得相
敵之良配也然從頒商量如有閑日更須一來矣楊生曰小姪親老家貧年近二十而身
處僻鄉未能擇配方當愼之日反始衣食之憂誠孝莫展恒愧深切今拜叔母眷目念
至斯感荷良深矣即拜辭而退時斜日將迫而自聞指婚之諾稍弛求名之心數日
後復觀中鍊師迎笑曰一處有處女言其才与貌則眞楊郎之配而但其家門楣太高六代
公侯三代相國楊郎若今爲榜魁元則此婚事庶可望矣其前發口無益也楊不必勤訪老身
勉修科業姻於大捷可也楊生第誰家也鍊師曰春明門外鄭司徒家也朱門臨道

门上設祭戰者即女家也司徒有一女而女處子仙女也非人也生忽思蟾月之潛念曰此女子果如
何也而大得声誉於兩京之間乎問於鍊師曰鄭氏女子師傅曾見之乎鍊師曰我豈(不得)子鄭小姐
即天人不可以口舌形其美也生曰小怪非敢為誇大之言也今春科第當如囊中物也此則
固不足掛念而平生有癡敳之願不見處子則不欲求婚須師傅特出慈悲之心使小子一
見顏色如何鍊師大笑曰宰相女子豈有得見之路乎楊生或慮老身之言有未可信者乎
生曰小子何敢有疑於尊言乎第人之所見各自不同安知女師傅之眼必如小子之目乎鍊
師曰萬無此理也鳳皇拱撲歸孺皆自称祥瑞青天白日奴隷亦知清明苟非無目之人豈不
知子都之美乎楊生猶不快而散矣必欲受諾於鍊師翌日清晨生又往道觀鍊師笑謂曰
楊郎早來必有事也生曰小子不見鄭小姐則終不能無疑心更乞師傅念母親付托之意
察小子委曲之情密運沖襟別出妙計使小子一遭望見則當結草而益報矣鍊師掉頭曰
未易哉沉思半餉乃謂曰吾見楊郎聰睿明透學問之暇或知音律乎生曰小子曾遇異
人傳得妙曲六律五音頗皆精通矣鍊師曰宰相之家甲第巍峩中門五重花園深邃繞垣
數丈自小身具羽翼不可越也且鄭小姐讀詩學禮律身有範一動一靜合度合儀既不焚

香於道觀又不齋於尼院正月上元不觀市灯之戲三月三日不作曲江之游外人何從而
窺見乎只有一事或冀萬幸而恐楊郎不肯從也生曰鄭小姐如可得見雖令升天
入地握火蹈水何敢不從乎鍊師鄭司徒近因老病不樂仕宦惟寄興於園林鍾鼓
夫人崔氏性好音樂而小姐聰睿穎悟天壤間千萬百事無不明知至於音律淸濁
鄧奏繁促一聞輒辨毫分縷析雖妙如師襄神如子期未必過此而蔡文姬之能知斷
絃蓋餘事耳崔夫人聞有新翻之曲則必招致女人使奏於座前令小姐論其高下
評其工拙隱几而聽之以此爲暮境之樂吾意楊郎苟解彈琴預習一曲而待耳二月
晦日乃靈符道君誕日鄭府每年必送解事婢子賫来香燭於觀楊郎當以此時
搜着女服手弄三尺綠綺使彼聞之則彼必啟告於夫人夫人聽之則必請去矣入鄭
府之後得見小姐與否皆係於天緣非老身所知而此外無他計矣況君白如美人
且不生髭鬚出家之人或有不裹髮不掩耳者變服亦不難矣楊生喜而謝曰謹奉尊
敎矣退故旅次屈指待日矣元來鄭司徒無他子女唯有小姐一女而已崔夫人解娩
之日於昏困中見之則有仙女把一顆明珠入於房櫳俄而小姐生名之曰瓊貝及長嬌

姿雅儀奇才徽範蓋古一人也以此其父母鍾愛甚篤欲得佳郎而無可意者年
至二八尚未笄矣一日崔夫人召小姐乳母錢嫗謂之今日即道君誕日汝持香燭往紫清
觀傳与杜鍊師賜以衣段茶果致吾戀々不忘之意錢嫗領命乗小轎至道觀鍊師
受其香燭供享於三清殿且受三種盛饌百拜而謝錢嫗而送之此時楊生已
來到別堂方橫琴奏曲矣錢嫗留別鍊師正欲上轎忽聽琴韻出於三清殿逈西
小廊之上其声甚妙宛轉清新如在雲霄之外矣錢嫗停轎而立側聽頗久顧問於
鍊師曰我在夫人左右多聽名琴而此琴之声果聞也未知何人所彈也鍊師答曰日昨年
少女冠自楚地而來欲壯觀皇都姑此淹留而時々弄琴其声可愛貧道聾於音者
不知其工否知其拙今嫗々有此嘉奬必善手也錢嫗曰吾夫人若聞之則必有召命鍊師
須挽留此人勿令之他鍊師曰當如教矣送錢嫗出洞門後以此言傳於楊生々大
悅苦待夫人之召矣錢嫗歸以告於夫人夫人曰紫清觀有何許女冠能奏奇絕之音誠異
事矣夫人曰吾亦欲一聽矣明日送小轎一乗侍婢一人觀中傳語於鍊師曰小女冠雖
不欲辱臨道人須為劝送鍊師对其侍婢謂楊生曰尊人有命君須勉往生曰避方

賤蹤雖不合進謁於尊前而大師之教何敢有違於是俱女道士之巾服抱琴而出隱然有魏仙君之道骨飄然有謝自然之仙風矣鄭府了鬟欽歎不已楊生乘轎至鄭府侍女引入於內庭夫人坐於中堂威儀端嚴楊生叩頭再拜於堂下夫人命賜坐謂之謂之曰昨日婢子往道觀幸聽仙樂而來老人方願一見得接道人清儀頓覺俗慮之自銷楊生避席而對曰貧道本是楚中孤賤之人也浪蹟如雲朝暮東西茲因賤技獲近於夫人座下是豈始望之所及哉夫人命侍婢取楊生袖中之琴置膝摩挲乃稱賞曰真箇妙材也楊生答曰此龍門山上百年自枯之桐木性已盡於霹靂堅強不下於金石雖千金賭之不可易也酬答之頃砌陰已移而漠然無小姐之形影矣楊生心甚着急疑訝自起告於夫人曰貧道雖傳得古調而今人不彈者多貧道亦不能自知其声之非今而古也頃聞紫清觀衆女冠聞之則小姐之知音即今世之師曠頗效賤藝以聽小姐之下教也夫人使侍兒招小姐俄而繡幕乍捲薌澤微生小姐來坐於夫人之座側楊生起拜畢縱目而望之太陽初湧於彤霞芳蓮正映於綠水神搖目(眸)眩不能正視楊生嫌其座席稍遠眼力有碍乃告曰貧道欲受小姐之明教而華堂廣闊声韻散泄恐或不時於細聽

也夫人謂侍兒曰女冠之座可移於前也侍婢移席請坐雖已逼側於夫人之座而適當小
姐坐席之隅反不如直對相望之時也生大以爲恨而不敢再請侍女設香案於前開金爐爇
名香生乃改坐援琴先奏霓裳羽衣之曲小姐曰美哉此曲宛然天寶太平之氣像也此曲
人皆知之而曲盡其妙未有如道人之手段者也此非所謂漁陽鼙鼓動地來驚罷霓裳羽衣曲
者乎階亂之淫樂不足聽也願聞他曲楊生更奏一曲小姐曰此曲樂而淫哀而促即陳後主玉樹
後庭花也此非所謂地下若逢陳後主豈宜重問後庭花者耶亡國之繁音不足尚也更奏
他曲楊生又奏一闋小姐曰此曲如悲如喜如感激者然如思念者然昔蔡文姬遭亂被拘
生二子於胡中矣及曹操贖還文姬將歸古國留別兩兒作胡笳十八拍以寓悲怜之意所謂
胡人落淚沾過草漢使斷腸對歸客者也其聲雖可聽也失節之人何足稱哉請新其曲楊
生又奏一腔小姐曰王昭君出塞曲也昭君眷係舊君瞻望故鄉悲身世之失所怨畫師之
不公以無限不平之心付於一曲之中所謂誰憐一曲傳樂府能使千秋傷綺羅者也然胡姬之
曲邊塞之聲本非正音也抑有他曲乎楊生又奏一轉小姐改容而言曰吾不聞此聲久矣道人
眞非凡人也此即英雄不遇之時宅心於塵世之外而忠義之氣一菀於放蕩之中得非嵇叔夜

廣陵散乎及其被戮於東市也顧日影彈一曲怨哉人有欲學廣陵散者吾惜之而不傳矣
嗟呼廣陵散從此絶矣所謂猗島下東南廣陵何処在者也後人無傳之者道人必遇嵇
康之精靈而奏此曲也生膝席曰小姐之英慧出人上萬萬也貧道嘗聞之於師其言亦與小姐
一也又奏一翻小姐曰優優哉渢渢哉青山峩峩綠水洋洋神仙之蹤超蛻塵埃之中此非伯牙水仙操
乎所謂鍾期既遇奏流水而何憾者也道人乃千百世後知音者也伯牙之靈如有所知必不恨
鍾子期之死也楊生又彈一調小姐輒整襟危坐曰至矣盡矣聖人遭亂世遑遑四海有拯濟萬
姓之意非孔宣父誰能作此曲乎必猗蘭操也所謂逍遙九州無定處者非其意乎楊生跪
坐添香復彈一聲小姐曰高哉美哉猗猗蘭之操雖出於聖人憂時救民之心而猶有不遇時之
歎也此曲與天地萬物熙熙同春蕩蕩無得也必是大舜南薰曲也所謂南風之薰兮可
以解吾民之慍者非其詩乎盡善盡美無過於此者雖有他曲不願聞也楊生起而對曰貧道
聞樂律九変天神下降貧道所奏者只八曲也尚有一曲請玉振之矣拂柱調絃閃手而彈其
聲悠揚閒悦能使人魂佚而心蕩庭前百花一時斉綻乳燕雙飛流鸎互歌小姐蛾眉暫
低眼波不收泯默而坐至鳳兮鳳兮皈故鄉遨遊四海求其皇之句乃開眸再望綺視其帶紅

暈轉上於双頰黃色忽收於八字已若被惱於春酒者也即雍容起立轉身入內生愕然無
語推琴而起惟瞪視小姐之背魂飛神亂立如泥塑夫人命坐之問曰師傅俄者所彈者
何曲也生詐對曰貧道雖傳得於師而不知其曲名故已待小姐之命矣小姐久而不出夫人使侍婢問
其故侍婢還報曰小姐半日觸風氣候欠安未能出來矣楊生大疑於小姐之覺悟盤盤不安不
敢久留起辭於夫人曰伏聞小姐玉體不平貧道實切憂慮矣伏想夫人必欲親自診視貧
道請退去矣夫人出金帛而賞之生辭而不受曰出家之人雖粗解聲律不過自適而已豈
受伶人之纏頭乎仍頓首而辭下階而去夫人憂小姐之疾即召問之已快愈矣小姐還于
寢室問於侍女曰春娘之病今日何如侍女曰今日則已差聞小姐聽琴新起梳洗矣原來
春娘姓賈氏其父西蜀人也上京爲丞相府胥吏多有功勞於鄭司徒家未久病死時春
娘年才十歲矣司徒夫妻憐其無依收置府中使與小姐同遊其齒於小姐較一月矣容合
貌粹麗百態俱備端莊尊貴之氣像雖不及於小姐而亦絶代佳人也才下詩上之奇筆
法之妙女紅之工足與小姐相上下小姐視如同氣不忍暫離雖有妾主之分實同朋友之誼
本名即楚雲而小姐以其態度之可愛採韓吏部多能態度春空雲之句改其名曰春雲

家內之人皆以春娘呼之春雲來見小姐而問曰朝者諸侍女皆言中堂彈琴之女冠容如天仙手彈希音小姐大加稱賞小婢忘却在病方欲玩賞矣其女冠何其速去耶小姐發紅於面徐言曰吾愛身如白玉持心如盤石足蹟不出於重门言語不交於親戚乃春娘之所知也一朝爲人所詐忽受難洗之羞辱自此何忍舉面对人乎春娘驚曰怪哉此何言也小姐曰俄來女冠果然其容色秀矣琴曲妙矣即唄嚅不畢其說春雲曰其人第如何耶小姐曰其女冠始奏霓裳羽衣次奏諸曲其終也奏帝舜南薰曲我一一評論尊季札之言仍請止之女冠言又有一曲矣更奏新声乃司馬相如挑卓文君之鳳求皇也我始有意而見之其容貌舉止与女子大異是必詭僞之人欲賞春色變服而來矣所恨者春娘若不病一見必下其詐也我以閨中處女之身与素不知男子半日对坐露面接語天下寧有是事耶雖母女之間我不忍以此言告之矣非春娘誰与說此懷也春娘笑曰相如鳳求皇曲處子獨不可聞耶小姐必見盃中之弓影也小姐曰不然此人奏曲皆有次第若無心求皇之曲何必奏之於諸曲之末乎況女子之中容貌或有清弱者矣或有壯大者矣氣象之豪爽未見如此人者也余意則吐試已迫四方儒生皆集於京師其中誤聞我名者妄生探芳之計春雲曰其女冠果是男子則其容顏秀美如此其氣象豪

矣如此其精通音律又如此可知才禀之高矣安知非真相如乎小姐曰彼雖相如我則決不作卓文君也春雲曰小姐毋爲可笑之說文君寡婦也小姐處女也文君有意而從之小姐無心而聽之小姐何以自比於文君乎兩人戲談笑終日自樂一日小姐侍夫人而坐司徒自外而入持新出科榜以授夫人曰女兒婚事至今未定故欲擇佳郎於新榜之中矣聞壯元楊少游淮南之人也時年十六且其科製之文人皆稱贊此必一代才子且聞其儀風俊秀標致高爽將成大器而未得娶妻若得此人爲東床之客則於我心足矣夫人曰耳聞不如目見人雖過稱我何盡信必也親見而後方可定矣司徒曰是亦不難

詠花鞋透露懷春心　幻仙庄成就小星緣

小姐聞其父親之言還入燕寢謂春雲曰向日彈琴女冠自稱楚人年可十六七矣淮南即楚地且其年紀相近吾心实不能無疑也此人若其女冠則必來謁於父親矣汝須待其來到留意而見之春雲曰其人妾曾未之見雖與相對何以知之春雲之意則不如小姐從青鎖之內親自窺見矣兩人相視而笑

此時楊少游連魁於會試及殿試即被揀於翰苑聲名噪一時矣公侯貴戚有女子者皆爭送媒婆而生盡卻之往見禮部權侍郎以求婚於鄭家之意縷縷告之仍要紹介侍郎裁一札而付之生袖往鄭司徒家通其姓名司徒知楊壯元之至謂夫人曰新榜壯元來矣即迎見於外軒楊壯元戴桂花擁

仙樂進拜於司徒風彩之美禮貌之恭已令司徒口呿而藍露矣一府之人惟小姐一人之外莫不奔走聳覩
為春雲問於夫人侍婢曰吾聞老爺與夫人唱酬之言前日彈琴道人即楊壯元表妹未知其容貌果與
其表妹有彷彿乎爭言曰果是矣觀其容貌些少無參差中表兄弟何其酷相似耶春雲即
入謂小姐曰小姐明鑑果不差矣小姐曰汝須更往聞其為何語而來春雲即出去久而還曰吾老爺
為小姐求婚於楊壯元壯元拜而對曰晚生自入京師聞令小姐窈窕幽閑妄出非分之望矣今朝往詣於
座師栁侍郎則侍郎許以一書通於大人而顧念門戶之不敵如青雲濁水之相懸人品之不同如鳳皇
烏雀之各異侍郎之書方在晚生袖中而慚愧趦趄不敢進矣仍擎而獻之老爺見而大悅方促
進酒饌矣小姐驚曰婚因大事不可草率而父親何如是輕諾耶語未了侍婢以夫人命招之小姐
承命而進夫人曰楊壯元一榜所推萬人所稱汝之父親既已許婚吾老夫妻已得托身之人矣更
無可慮者矣小姐曰小女聞侍婢之言楊壯元容儀一如前日彈琴之女冠果其然乎夫人曰婢輩之
言是矣我愛其女冠仙風道骨拔出於世久猶不忘方欲更邀而家間多事計莫之遂矣今見楊壯
元宛如女冠相對以此足知楊壯元之美矣小姐曰楊壯元雖美小女與彼有嫌與之結親恐不可也
夫人曰是甚怪事吾女兒處於深閨楊壯元處於淮南本無干涉之事有何嫌疑之端乎小姐曰小

女之事、言之可慚故尚未得告知於母親矣前日女冠即今日之楊壯元也変服弾琴欲知小女姸媸也小女陷於女冠之詐終日打話豈可曰無嫌乎夫人驚懼無言司徒送壯元忙入内寢喜色已洋洋矣謂小姐曰吾女瓊貝汝今日有乘竜之慶甚是快活事也夫人曰女兒之意与吾夫妻大異仍以小姐之言傳之司徒更問於小姐知楊生弾求皇之曲於顛末大笑曰楊壯元真風流才子也昔王維爲學士著樂工衣服弾琵琶於太平公主第仍占壯元至今爲流傳之美談楊郎爲求淑女換着女服寔多才之人一時遊戲事何擅之有況女兒只見女道而已不見楊壯元也楊壯元之換女道士於汝何関也与卓文君之隔簾窺見不可同日道也有何自慊之心乎小姐曰小女之心寔無所愧見欺於人一至於此以是憤恚欲死尓司徒又笑曰此則非老父所知也他日汝可問之於楊生也夫人問於司徒曰楊郎欲行礼於何間乎司徒曰納幣之礼從俗而行之親迎則稍待秋間陪来大夫人後方定日矣夫人曰礼則然矣遲速何論遂擇吉日捧楊翰林之幣仍請翰林処於花院別堂翰林以子婿之禮敬事司徒夫妻夫妻愛翰林如親子焉一日鄭小姐偶過春雲寢房春雲方刺繡於彩鞋爲春陽所惱倚枕繡機而眠小姐仍入房中細見繡線嘆其才品之妙矣機下有小紙寫數行書展見則即咏鞋之詩也其詩曰

憐渠宗淨玉人親步〻相隨不暫捨烯滅羅帷解帶時使角抛却象床下
小姐見罷自語曰雲娘詩才尤長進矣以繡鞋比之身於玉人擬之於吾言常時与我不曾相
離彼將從人必与我相疎也春娘誠愛我也又微吟而咲曰春娘欲上於吾所寢象床之上欲与
我同事一人也此兒之心已动矣恐驚春娘留身潛出轉入內堂見於夫人〻方率侍婢備楊翰林
夕饌小姐自楊翰林來住吾家母親以其衣服飮食為憂指揮婢僕損傷精神小女當自任其
苦而非但於人事有慊於禮法亦無所據春娘年旣長成能當百事小女之意送春雲於花
園俾奉楊翰林內事則老親之憂可除其一分矣夫人曰春雲妙材奇質何事不可當乎但春
雲之父曾已有功於吾家且其人物出於等夷相公每欲為春雲而求良匹終事女兒恐非春
雲之願也小姐曰小女覌春雲之意不欲与小女分離矣夫人曰從嫁婢妾於古亦有此春雲之
才貌非等閑侍兒之比与汝同故宗非遠念小姐曰楊翰林以遠地十六歩生媒三人參謁戲穿
相家深閨処子其氣象豈肯守一女子而終老乎他日撥丞相之府享萬鍾之祿則堂中將
有幾春雲乎適司徒入內夫人以小姐之言〻於司徒曰女兒欲使春雲陪侍楊郎而吾意則
不然一行禮之前先送媵妾決知其不可也司徒曰春雲与女兒才相似而貌相若也情愛之篤亦

相同也可使相從不可使相離也畢竟同歸先送何妨少年男子雖無風情亦不可獨守孤房
與一柄殘燭爲伴況楊翰林乎急送春娘以慰其岑寂之懷恐無不可而但不備禮則太草草
欲俱禮則亦有所不便者何以則可以得中耶小姐曰小女有一計欲借春雲之身以雪小女之恥司
徒曰汝有何計試言之小姐曰使十三兄如此如此則小女見凌之恥可以除矣司徒大笑曰此計甚妙矣
蓋司徒諸侄子中有十三郎者賢而機警志氣豪蕩平生喜作詼諧之事且與楊翰林氣味
相合其莫逆交也小姐歸其寢所請春雲曰春娘吾與汝頭髮覆額心肝已通共爭花枝終
日嬉戲今我已受人聘禮可知春娘之年亦不稚矣百年身事汝必自量未知欲托於何樣人耶
春娘對曰賤妾偏荷娘子撫愛之恩涓埃之報未由自效惟願長奉巾匜於娘子以終吾身也小
姐曰我元來素知春娘之情與我同也我與春娘欲議一事楊郎以梧桐一聲弄此閨裡之處女始
辱深矣受侮多矣非吾春娘何能爲我而雪恥乎吾家山莊卽終南山最僻處也距京城僅牛鳴
地而景槩瀟洒非人境也賃此別區設春娘之花燭且見鄭兄導楊郎之迷心行如此如此之計則
橫秦之詐謀彼不得更售矣醜曲之深羞我可以快爽矣惟望春娘無憚一時之勞春雲曰小姐
之命賤妾何敢違乎但異日何以舉面於楊翰林之前乎小姐曰欺人之羞不愈猶於見欺者之羞

乎春雲微、而笑曰兄且不避當惟命焉、翰院職事縶直之外無奔忙之苦矣、楊翰林待彼之餘、閑
日尚多、或尋朋友、或醉酒樓、有時跨驢出郊、訪柳尋花、一日、鄭十三謂翰林曰城南不遠之地有一靜界山
川絶勝吾欲與兄一遊、蕩此幽情、翰林曰吾意也、遂挈壺榼、屏騶隷、行十餘里、芳草被堤、青林繞
溪、剩有山樊之興、翰林與鄭生臨水而坐、把酒而飲、此時即春夏之交也、百卉猶存、萬樹相映、忽有落
英泛溪而來、翰林咏春來遍是桃花水之句曰此間必有武陵桃源也、鄭生曰此水自紫閣峯數源而來、
曾聞花開月明之時則往往有仙樂之聲出於雲烟縹緲之間而人或有聞之者、第則仙分甚淺尚未
得入其洞天今日當與賢兄躡靈境尋仙蹤、拍紅崖之肩窺玉女之窓矣、楊翰林性本好奇聞之欣喜曰
天下無神仙則已若有之則只在此山之中矣、方振衣欲賞忽見鄭生之家僮流汗而來喘促而言曰娘子
患候、猝經走請郎君矣、鄭生忙起曰本欲與兄壯遊於神仙洞府矣、家有憂其迫、仙賞已違向
所謂仙分甚淺者尤可驗矣、促鞭而歸、翰林雖甚無聊而賞興猶不盡矣、步隨流水轉入洞口幽
澗冷冷、群峯直立、無一點塵埃、胸襟自覺蕭爽矣、獨立溪上徘徊咏吟、丹桂一葉漂水而來、葉
上有數行書、使書僮拾取而見之、有一句詩曰仙尨吠雲外知是楊郎來、翰林心切怪之曰此山之中豈
有人居乎、此詩亦豈非人所作乎、攀蘿緣壁、忙步連進、書僮曰日暮路險進無所托請老爺還

皈城裡翰林不聽又行七八里東嶺初月已在山腰矣逝影步光穿林撤澗惟聞鷲禽啼而悲猿嘯
星搖峯頂霧鎖松梢可知夜將深矣四無人家無處投宿欲覓禪庵佛寺而亦不可得方蒼黃之際
十餘步青衣女僮浣衣於溪過忽而驚起且去且呼曰娘子娘子郎君至矣生聞之尤以爲怪又進數十步
山回路轉有小亭翼然臨溪窈而深幽而閴其仙居也一女子披霞光帶月影亍然倚立於碧桃花下
向翰林施禮曰楊郎來晚耶翰林驚見其女子身着紅錦之袍頭插翡翠之簪腰橫白玉之佩手把鳳扇之下
嬋姸清高認非此世界人也乃荒忙答禮曰季生乃塵間俗子本無月下之姻而有此晩來之敎何耶女子請
往亭上共做穩話引入亭中分賓主而坐招女僮曰郎君深夜遠來應有飢色略以薄饌進之女僮受
命而退少焉排瑤床設琦饌擎碧玉之鍾進紫霞之酒味洌香濃一酌便醺翰林曰此山雖僻亦在天
之下也仙娘何以厭瑤池之樂謝玉京之侶而寄居於此乎美人長吁短嘆曰欲說旧事徒增悲懷妾是王母之
侍女郎卽紫府之仙吏玉帝賜宴於王母衆仙皆會郎君見小妾擲仙果而戲之郎卽誤被重譴幻生
於人世妾則幸受薄罰謫在於此而郎君爲膏火所蔽不能記前身之事也妾之謫限已滿將向
瑤池而必欲一見郎君而展旧情慇囑仙官退却一日之期已知郎君將到此而方今待矣郎今幸辱臨當
緣可續時桂影將斜銀河已傾矣翰林携入美人同寢若劉阮入天台山与仙女結緣似夢而非夢似真

而非眞矣繼盃繾綣之情山鳥已啅於花梢而窓紗微白矣美人先起謂翰林曰今日即妾上天之期也仙
官奉帝勅備幢節來迎小妾之時若知郎君在此則彼此將俱被譴罰郎君促行矣郎君若不忘
旧情必有重逢之日矣遂題別詩於羅衫以給翰林其詩曰

相逢花滿天相別花在地春色如夢中弱水杳千里

楊宗覽之離懷尋起不勝悽黯自裂汗衫和題一首詩贈之

天風吹玉佩白雲何離披巫山他夜雨願湿襄王衣

美人奉覽曰瓊樹月隱桂殿霜飛從九萬里外面目者惟此一詩而已遂藏於香奩仍再三催
促曰時已至矣郎可行矣翰林摻手拭淚各稱重而別纔出林外回瞻亭榭碧樹重重瑞霧靄靄如覺
瑤台一夢及歸家精奕焱飛忽忽不樂獨坐而思之曰其仙女雖自云已蒙天赦歸期在即安知其行必在於今
日乎暫留山中藏身密處自見群仙以幡幢來迎之後下來亦未晚也我何思之不審行之太躁耶悔心憧憧
達宵不寐惟以手書空作咄咄字而已翌曉早起率書僮復詣昨日留宿之處則桃花帶笑流水如咽
虛亭獨留香塵已閴矣翰林悄凭虛檻悵望青霄指彩雲而嘆曰想仙娘已乘彼雲而朝上帝矣
仙影已斷何嗟及矣乃下亭倚桃而洒涕曰此花應知崔顥城南之恨矣至夕乃憮然而回至翌日鄭生來

謂翰林曰頃日因家人有疾不得與兄同遊尚有遺恨矣即今桃花雖盡謝而城外長郊柳陰正好與兄當偷得半日之閑更辦一場遊玩蝶舞而鶯啼鳥歌矣翰林曰綠陰芳草亦勝花時矣兩人并轡同行偕出城門涉遠野擇茂林藉草而坐对酌數等傍有一杯荒墳寄在於斷崖之上而蓬蒿四沒莎草盡剝惟有雜卉成叢綠影相交數点幽花隱灼於荒阡亂樹之間也翰林因醉與指點而歎曰賢愚貴賤百年之後盡歸於一丘土此盃嘗君所以下淚於雍門琴者也吾何以不醉於生前乎鄭生曰兄必不知彼墓也此則張女娘之墳也女娘以美色鳴一世人以張麗華稱之二十而夭瘞於此後人哀之以花柳雜植於墓前以誌其处矣吾輩以一盃酒澆其墳以慰芳娘芳魂如何翰林自是多情之人也乃曰兄言可也遂與鄭生至其墳前取酒澆之各製表四韻一首以吊孤魂翰林詩

美色曾傾國　芳魂已上天
管絃山鳥學　羅綺野花傳
古墓空春草　虛樓自暮烟
秦川舊声價　今日屬誰过

鄭生有詩曰

問昔繁華地　誰家窈窕娘
荒凉蘇小宅　寂寞薛濤粧
草帶羅裙色　花留寶靨香
芳魂招不得　惟有合鴉翔

兩人傳看復詠更澆一盃鄭生繞墓徊徨至崩頹之处得白羅所書絕句一首而詠之曰何处多事之人作此詩納於女娘之塋乎翰林索見之則即自家裂衣衫製表詩以贈仙娘者也乃大驚於心曰向日所逢美人果是張女娘之靈也驚汗自出頭髮上竦心不能自定而已自解曰女色之美如此其情之厚如此仙亦天緣也鬼亦宿緣也鬼

与仙不幸下之矣乘鄭生起旋之時更酌一盃灑澆於墳上默禱曰幽明殊不上雖情義惟不隔祈芳魂降鑑此至誠更
盞今夜重續舊緣禱畢与鄭生還歸是夜掃在花園倚枕歌坐怨女美人思忍渴涸燭不成時月光
窺簾樹影滿窓暑掌邊已息人語忽聞而似有登音自暗中而至翰林開之視之則乃紫閣峯仙姬也
翰林滿心驚喜跳出〻限携乃來玉手欲入房中美人謝曰妾之根本郎君已知之矣得無嫌猜之心乎
妾之初遇郎君非不欲直吐而恐或驚動假托神仙叨侍一夜之寢席榮已極矣情已密矣靡
幾斷魂再續朽骨更肉而今日郎君又訪賤妾之幽宅澆之以酒弔之以詩慰此無主之孤魂妾於此不
勝感激依恩戀纏欲面躬謝厚眷而布微悃而來豈欲以幽陰之質復近君子之身乎翰林更
挽其袖而言曰世之恶鬼神者愚迷㥘懦之人也人死而為鬼鬼幻而為人以人而畏鬼人之騃者以鬼而避人
鬼之癡者其本則一也其理則同也何人鬼之下而幽明之分乎我見若斯我情若斯娘何以背我乎美人
曰妾何敢背郎君之恩而忽郎君之情也不過詐謀巧飾欲与生人相接也郎君欲知妾真面目則白
骨殘屍綠苔相縈而已何可以如此之陋質欲近於貴體乎翰林曰佛語云人之身體以水漚風花假
成者也孰知其真也孰知其假也携抱入寢穩度其夜情之綢密一倍於前矣翰林謂美人曰自今夜之
相會毋或自沮美人曰惟人与鬼其道雖異至誠所格自相感應郎君眷妾誠出於至情則妾之欲托

即君矣宜浅〻哉俄闻晨鐘之声起向百花深处而去翰林悵櫳送之以夜為期美人不答倏然而逝矣

賈春雲為仙為鬼　狄驚鴻乍陰乍陽

翰林自遇神女以来不尋朋友不接賓客静处花园专心一慮日出则待夜〻至则待来惟望使彼感格而美人不肯撥来翰林望轉篤而念益切矣久之有人自花园挟门而来在前者即郑十三在後者生面也郑生引在後者見於翰林曰此师乃大极宫杜真人相法卜術与袁天綱李淳風相頡頏也欲相楊兄而邀来矣翰林向杜真人而揖曰慕仰尊名宿矣尚未承顔一奉亦有数也先生必審見郑兄之相以為何如耶郑生先荅曰此先生相小弟而称曰三年之内必得高第将為八州刺史於小弟足矣此先生言必有中兄試问之翰林曰君子不问福只问灾殃惟先生直言可也真人孰視而言曰楊先生两眉皆秀鳳眼向鬢位可踏於三台耳根白如抹粉圓如垂珠名必闻於天下權骨滿面必手執兵權威振四海封侯於萬里之外可谓百無一欠而但即今有目前之横厄若不遇我殆哉〻翰林曰人之吉凶禍福無不自己求之而惟疾病之来人所難免無乃有重病之兆耶真人曰此非尋常之灾殃也青色貫於天庭邪氣侵於明堂相公家内或有来歷不分明之奴婢乎翰林於心已知張女娘之為祟而蔽於恩情略不驚恐答曰無是事也真人曰然则或過古塚感应於心中或与鬼

神相接於夢裡乎翰林曰亦無是事也鄭生曰杜先生曾無言之善楊兄更加商念翰林不答真人曰生人以陽明保其身鬼神以幽陰成其氣若晝夜相反水火之不容今見女鬼邪穢之氣已罩於相公之身故日之後必入骨髓相公之命恐不可久矣此時毋曰貧道不曾說來也翰林念之曰真人之言雖有所據女娘與我永好之盟固矣相愛之情至矣豈有害吾之理乎楚襄遇仙女而同席柳春畜鬼妻而生子從古亦然我獨何慮乃謂真人曰人之死生壽夭皆定於有生之初我茍有將相富貴之相鬼神其於我何真人曰夭亦相公也壽亦相也無與於我矣乃拂袖而去翰林亦不强留爲鄭生慰之曰楊兄自是吉人神明必有所助何鬼之可慮乎此流注注以誕不近人可惡也乃進酒終夕大醉而散是日翰林至夜乃醒焚香靜坐苦待女娘之來已至深更杳無形跡翰林拍案曰天欲曙矣娘不來矣欲滅燭而寢矣窓外忽有且啼且語之聲細聽則乃女娘也曰郎君以妖道士之符藏於頭上妾不敢近前妾雖知非郎君之意是亦吾緣盡而魔妖戲也惟望郎君保重妾從此永訣翰林大驚而起拓拓而視之已無人形而且有一封書在於階上乃折見之即女娘所題也

昔訪佳期蹑彩雲更將清酌酹荒墳深誠未効恩先絶不怨郎君怨鄭君

翰林一吟一啼五內焦燥且恨且怯手撫頭上有一物在於総髮之底出而披見乃逐鬼符也大怒

吡曰妖人誤我事也遂裂破其符痛恚益切更把女娘之詩微吟一度大悟曰女娘之怨鄭生亦
深矣此乃鄭十三之事也雖非惡意沮敗好事非道士之妖也乃鄭生也吾必辱之遂次女娘之韻作
一詩藏於帯中而歎曰詩雖成矣誰可贈乎其詩曰
冷然風街上神雲莫道芳魂寄故墳園裡百花〻底月古人何處不思君
達明往鄭十三家鄭君已出去矣三日往尋終未一遇女娘形音益杳邈矣欲訪於紫閣之亭則
精灵已散欲尋於南郊之笙則音容難接無处可問無計可施抑塞紆軫寢食頓忘矣一日
鄭司徒夫婦置酒饌邀翰林穩討而飛觴司徒曰楊郎神觀近何憔悴耶翰林曰与十三兄連
日過飲恐因此而然矣鄭生忽来到翰林以怒目睨視不与語鄭生先問曰兄近来戰事倥偬耶
心緒不佳耶陟岵之情苦耶濫酒之疾作耶兒何悴也神何索也翰林微答曰旅遊之人安得不然司
徒曰家中婢僕傳言楊郎与一美姝共話於花園此言信耶翰林答曰花園僻矣人誰往来必傳之者
妄也鄭生曰以楊兄豁達之量爲兒女羞愧之態耶兄雖以大言斥杜真人觀兄氣色不可掩也弟恐兄迷
而不悟禍將不測以杜真人逐鬼之符置於兄束髮之間而兄醉倒不省矣其夜潛身於園林蒙密之
中竊見之則有鬼女哭辭於兄寢室窓外即踰墻而去此真人之言驗矣小弟之誠至矣兄不我謝而

乃反齎怒何也翰林知不可牢諱向司徒而告曰小婿之事頗涉恠駭當備告岳丈矣其事首尾悉陳無餘仍曰小婿固知十三兄之愛我而女娘虽曰鬼神莊而不誕正而不邪決不貽禍於人小婿無罷勞亦大丈夫也不必為鬼物所迷而鄭兄乃以不經之符斷其自來之路寔不能無介於中也司徒擊掌大笑曰楊郎文彩風流与宋玉同必已住神女賦也老夫非為戲言於楊郎也少時偶異人業符少翁致鬼之術矣今當為賢婿致張女娘之神以謝姪兒之罪以慰賢婿之心未知如何翰林曰與岳丈弄小婿也少翁雖能致李夫人之魂而此術之不傳久矣小婿於岳丈之言不敢信也鄭生曰張女娘之魂楊兄則不費一言而致之小弟則能以一符而逐之鬼中之可使者也兄何疑乎司徒乃以麈尾打風屏曰張女娘安在一女子忽自屏後而出含笑含嬌立於夫人之後翰林一舉目已知其張女娘也恍惚莫知端倪立視司徒及鄭生曰是人耶鬼耶鬼何以能出於白晝耶司徒及夫人啓齒而笑鄭生捧腹大笑與仆不能起左右侍婢等已折腰矣司徒曰老夫方為賢婿而出其寔矣此兒非仙非鬼即吾家所育賈氏女子其名春雲近因楊郎塊处花園寂寞苦況老夫送此美女以侍賢郎欲以慰客中之無聊蓋出於吾老夫妻好意而年少輩居間用計戲謔太過使楊郎之心無端苦惱不亦可笑乎鄭生方止笑而言曰前後再度之逢皆我所媒而不感媒妁之恩反以仇讐視之楊兄可謂負功忘德者也翰林亦大笑曰岳丈既以此女送於小婿鄭兄從中操弄而已何功之可賞鄭生曰操弄之責弟寔甘心而發蹤指示

自有其人此豈獨爲弟之罪也翰林向司徒而笑曰尚有是也或者爲岳丈爲小婿作遊戲事也司徒曰否〻老夫
之談已黃矣豈可任兒戲於楊郎誤恩也翰林謂鄭生曰非兄所爲誰復爲此戲乎鄭生曰聖人有言曰出乎爾者反
乎爾楊兄更思之曾以何計欺何許人乎男子尚化爲女子以俗人而爲仙以仙子代爲鬼何足怪哉翰林笑告司徒曰是
哉〻〻小婿曾有得罪於小姐之事矣小姐必不忘睚眦之怨也司徒與夫人笑而不答翰林顧謂春雲曰春娘〻〻
汝固慧黠矣欲事其人而先欺之其於女子之道何如也春娘跪告曰賤妾但聞將軍令不聞天子詔也翰林嗟
嘆曰昔女神朝爲雲暮爲雨今春娘朝爲仙暮爲鬼雲與雨雖異一神女也仙與鬼雖變一春娘也襄王惟知
一神女而已何與於雲雨之造化今我亦知一春娘而已何論其仙鬼之互變乎然襄王見雲則不曰雲而曰神女見
雨則不曰雨而曰神女今我遇仙則不曰春娘而曰仙遇鬼則不曰春娘而曰鬼是我不及襄王遠矣春娘之變化
非神女之所及也吾聞強將無弱卒其裨將若此其大將不待親見而可知也一座又大笑更進酒肴終夕
大醉春雲亦以新人與於末席至夜春雲執燭陪翰林至花園翰林醉甚把春雲之手而戲之曰汝眞仙
乎汝眞鬼乎乃就視之非仙也非鬼也乃人也吾於仙亦愛之鬼亦愛之況人乎又曰仙亦非汝也鬼亦非汝也或使汝而爲
仙或使汝爲鬼者亦眞有爲仙爲鬼之術而以楊翰林爲俗客而不欲相從耶以花園爲陽界而不欲相訪耶
人能使汝爲仙爲鬼而我獨使汝不能變化乎使汝而欲爲仙也其將爲月中之恒娥乎使汝而欲爲鬼也

抑將爲南岳之兵、于春雲對曰賤妾僭越寔多欺罔之罪惟相公寬假之翰林曰當汝之變化爲鬼亦不以爲忌到今豈有追咎之忌于春雲起拜而辭之楊翰林得第之後即入翰院身縻職事尚未歸覲方欲請暇故鄉省拜母親仍陪來京第即過婚禮而時國家多事吐蕃數侵掠邊境河北三節度使或自稱燕王或自稱趙王或自稱魏王連結強隣稱兵反旺天子憂之博謀於羣臣廣詢於廟堂將欲出師致討大小臣僚言議矛楯皆恨姑息苟且意翰林學士楊少游出班奏曰宜如漢武帝詔諭南越故事亟下詔書誥以禍福終不改命用武取勝爲萬全策也上從之使楊少游草詔於上前少游俯伏受命走筆製進上大悅曰此文典重而絶恩威并施大得誥諭之体狂寇必自戢矣即下於三鎭趙魏兩旺即去王號服朝命上表請罪遣使進貢馬一萬匹緞一千疋惟燕王地遠兵強不肯斂上以兩鎭之服皆少游之功降旨褒賞曰河北三鎭專據一隅倔強造亂者殆百年矣德宗皇帝起十萬衆命將征伐終未能挫其強而服其心矣今楊少游以盈尺之書服兩鎭之賊不勞一師不戮一人而皇威遠暢於萬里之外朕寔嘉之賜以緞三千疋馬五十匹表予優奬之意仍欲進秩少游進前辭謝曰代草王言即臣職分兩鎭歸化莫非天威臣以何功叨此重賞況一鎭猶梗聖化敢肆跳梁臣恨不能提兵執殳以雪國家之恥陞擢之命何安於心人臣願忠願無間於戰階之崇卑兵家勝負不專在於士卒之多少臣願得一枝之兵倚仗大朝之威進與燕寇決死力戰以報聖恩之萬一上壯其意問於大臣皆曰三鎭皆爲唇齒之形而兩鎭既已屈服小燕狂賊特是魚穴蚁也以兵臨之則必若拉枯

朽而王者之兵先謀後戰請遣少游諭以利害不服則加兵可也上然之使楊少游持節往諭翰林奉詔旨受鈇鉞將
發行拜辭於鄭司徒司徒曰邊鎮驚逆不用朝命非一日也楊生以一介書生入不測之危地如有不虞之変發於無備
之処豈但為老夫之不幸乎吾老且病雖不与朝庭末議欲上一疏而争之翰林止之曰岳丈無庸過慮藩鎮不過乗
朝庭之不靖唯誤於一時也今天子神武朝政清明趙魏兩國且已束手單弱之小鎮褊小之燕何能為哉司
徒曰王命既下君意已定老夫更無他言惟願加飡而已夫人垂涕而別曰自得賢郎頗慰老懷即今遠
我懷如何王程有限只祝敀来疾也翰林退至花園治行即發春雲執衣而泣曰相公之就直於玉堂也妾
必早起整抱寢具奉着朝袍相公流眄顧妾常有眷眷不忍之意今當萬里之別何無一言相贈翰林大
笑曰大丈夫當國事受重任死生且不可顧區區私情何足論乎春娘無浪悲以傷花色謹奉小姐穏度
時日待吾竣事成功腰懸如斗大金印得意敀来也即出門乗車而行行至洛陽旧日経過之処尚不改矣
當時以十六歲藐然一書生着布衣跨蹇驢揹揹栖栖行色間関不啻如蘇秦十上叅之勞矣才過數年伏
節驅駟馬洛陽縣令奔走除道河南府尹匍匐導行光彩照耀於一路先声振慑於諸州閭里聳觀行路咨
嗟豈不誠偉哉翰林先使書僮往探桂蟾月消息書僮往蟾月之家重門深鎖画樓不開惟有櫻花爛開於
墻外問之訪於隣人則曰蟾娘去年春与遠方相公結一夜之縁其後称有疾病謝絶游客公府設宴托故不

進矣未幾佯狂盡去珠翠之飾改着道士服遍遊山水尚未還歸故不知其方在何山矣書童以此報翰林歡意遂
沮若墜深坑過門墻撫跡潜辛夜入客館不能交睫府尹進娼女十餘人而娛之皆一時名艶也明粧麗服三面
圍坐前者天津樓上諸妓亦在其中矣争拼誇艶欲睹一盼而翰林自無佳緖不近一人翌曉臨行遂題一詩壁上其詩曰

　雨過天津柳色新風光宛似去年春可憐玉節歸來地不見當壚勸酒人

寫訖投筆乘軺取前路而去諸妓立望行塵只切慚赧而已争謄其詩納於府尹〻〻責衆妓曰汝輩若得楊
翰林一顧則可增三倍之賞而一隊新粧皆不入於翰林之眼洛陽自此無顔色矣問於衆妓知翰林屬意之人揭
榜於門訪蟾月去處以待翰林復歸之日矣翰林至燕國絶徼之人未曾睹皇華威儀見翰林如地上祥麟雲間瑞
鳳到底擁車塞路無不以一睹爲快而翰林威如疾雷恩洽時雨邊民亦皆欣〻鼓舞嘖〻相稱曰聖天子將活我矣

　翰林與燕王相見翰林盛稱天子威德朝廷處分以向背之勢逆順之機縱橫開闔言皆有理滔〻如海波之瀉
凜〻如霜飈之烈燕王瞿然而驚惕然悟乃以膝蔽地而謝曰敝藩僻陋自外聖化故狃常迷不知逆此承明敎
大覺前非自此當永戢狂心謹修臣職惟皇使歸奏朝廷使小邦因危獲安轉秋爲福則是小鎭之幸也仍
設宴於歷鏤宮以錢翰林將行以黃金千斤名馬十疋贐之翰林却不受離燕土而西歸行數十日至邯鄲地有
美少年乘匹馬在前路矣因前導辟易下立於路傍翰林望見曰彼書生所騎者必駿馬也漸近則其

少年美如衛玠嬌似潘岳翰林曰吾嘗周行於兩京之間男女之美者未見如彼少年者也女貌如此其才可知謂
從者曰汝請彼少年隨後而來翰林午憩驛舘少年亦至矣翰林使人邀之少年入謁翰林愛而謂曰吾生於路上
偶見潘衛之風彩使生愛慕之心乃敢使人奉邀而惟恐不我顧矣今蒙不遺幸叨合席此所謂傾蓋若
舊者也願聞賢姓名答曰小生北方之人也姓狄名伯鸞生長窮鄉未遇碩師良友學述粗淺書釼無成尚
有一見之心欲爲知己者死今相公使過河北威德并行雷厲風飛陸慴水慄人慕榮名其有既小生不揆
卑拙欲托門下一效鷄鳴狗盜之賤技矣相公俯察微衷有此辱蒙迎豈爲書生之榮寔有光於大人
先生屈身待士之盛德也翰林尤喜曰語云同聲相應同氣相求兩情相投甚是快事此後與狄生并鑣
而行對床而食過勝地則共談山水佳良宵則同賞風月不知鞍馬之勞行役之苦矣還至洛陽過天津
橋乃有感舊之意曰桂娘之自稱女冠浮遊山間者想欲守初盟以待吾行而吾已仗節發來桂
娘猶不在爲人事乖張佳姻晼晩烏得無悄愴之心乎桂娘若知吾須日之處過則必來待於此而想其
蹤跡不在於道觀則必在尼院道路消息何以得聞噫今行又不得相見則未知費了幾許日月而有團
會之期乎忽送遐矚則一佳人倚立樓上高捲緗簾斜倚彩欄注目於車塵馬跡之間即桂蟾月也翰
林思想之餘忽見回面欣喜之色可掬矣隼輿如風瞥過樓前兩人相見凝情而已俄過客舘蟾月先

從捷徑已來候於館中矣見翰林下車進拜於前陪入幃幄接話而坐悲喜交切淚下言前乃偃身而賀
曰駈馳原隰貴体萬福足慰戀慕之懷妾驚也乃歷陳別後事曰自別相公之後公子王孫之會太守縣令
之宴左右招邀東西侵逼遭逆境者非一二而自剪頭髮稱有惡疾僅免迫脅之辱盡謝盛粧幻着山衣
避城中之喧嚚寄棲谷裡之靜室每逢遊山之客訪道之人或自城府而至或從京師而來者輒問相公消息矣
今年孟春忽聞相公以含天倫路經此地而車徒行已遠矣遂望斷雲惟洒血淚縣令相公爲至道觀以相
公館壁所題一首詩示賤妾曰向者楊翰林之奉命過此金橋端車而以不見蟾郎爲恨終日看花不折一枝
惟題此詩而故娘何歸栖山林不念故人使我接待之禮太埋沒乎仍過致敬禮自謝前日之事且請還故居
以待相公之回賤妾始知女子之身以尊重也當賤妾佇立於天津橋上望相公之行也滿城羣妝擲街行人孰不羨小
妾之貴命欽小妾之光榮也哉相公之已占壯元方爲翰林之報妾已聞之矣第未知已得主饋之夫人乎翰林答曰
已定婚於鄭司徒女子單婚之禮雖未及行之賢淑之行已聞之久矣桂娘之言少無經違良媒享恩恭山亦輕矣
更展舊情未忍即離仍留一兩日而以桂娘在寢久不訪狄生矣書童忽來密告曰小僕見狄生秀才非善人也與
蟾娘子相戲於衆稠中蟾娘子既從相公則與前日大異矣何敢若是無禮乎翰林曰狄生必無是事蟾娘尤
無可疑汝必誤見也書僮怏怏而退俄而復進曰相公以少僕爲誑妄矣兩人方相與懽戲相公若親之則可知少

僕之處宗矣翰林乍出西廊而望見則兩人隔小墻而立或笑或語携手而戲欲聽其密語稍稍近往秋生聞曳履声驚而去蟾月顧見翰林頗有羞澁之態翰林曰桂郎曾与秋生相親乎蟾月曰妾与秋生雖無宿昔雅雪其姊子有舊誼故問其安否矣妾本娼樓賤女自然濡染於耳目不知遠嫌於男女執手娛戲附耳密語以貽相公之疑賤妾之罪宗合萬殞翰林曰吾無疑汝之心汝須無介於中也仍商量曰秋生少年也必以見我為嫌我當召而慰之使書僮召之已去矣翰林大悔曰昔楚莊王絶纓以安其羣臣矣我則欲察暗昧之事仍失才美之士今雖自責何可及也即使從者遍訪於城之內外是夜与蟾月話舊論心对酒取樂至夜半滅燭而寢矣至微明始覺則蟾月方对粧鏡調鉛紅矣凝情流目心忽驚悟更見之則翠眉明眸雲鬟花臉細腰之依俙雪膚之皎潔皆蟾月而細審之則非也翰林驚愕疑惑而亦不敢即詰焉

金鑾直學士吹玉笛　蓬萊殿宮娥乞佳句

翰林細繹深推知非蟾月而後乃問曰美人何如人也对曰妾播州人姓名狄驚鴻也自幼時与蟾娘結為兄弟昨夜蟾娘謂妾曰吾適有病不得侍相公汝須續代我之身俾免相公之責以此妾敢替桂娘猥陪相公矣言畢蟾月開戶而入曰相公又得新人妾敢獻賀矣賤妾曽以河北狄驚鴻薦相公賤妾之言今果何如翰林曰見面大勝於聞名矣更察驚鴻儀容則与狄生無毫髮異矣乃言曰原来狄生是驚鴻之同氣也男女雖異容貌即同狄娘

爲狄生之妹乎狄生爲狄娘之兄乎我昨日得罪狄兄矣狄兄今何在乎驚鴻對曰賤妾本無兄弟矣翰林又細見大悟笑曰邯鄲道上從我而來者本鴻娘也昨日牆隅與桂卿語者亦鴻娘也未知鴻娘以男服瞞我何也驚鴻對曰賤妾何敢欺罔相公乎賤妾雖自不逾人才不如人平生願從君子人矣燕王過聞妾名賂之以明珠一斛貯之宮中雖口飫珍味身厭錦繡非妾之願也苑苑如鸚鵡深鎖於雕籠心欲奮飛而恨不能得也頃日燕王邀相公開大宴也妾穴紗窓而見之則宜賤妾所願從者也然宮門九重何以能越長程萬里何以自致百爾思度僅得一計而相公離燕之日妾若抽身而從之則燕王必使人追躡故待相公啓程後十日偷騎燕王千里馬第二日追及邯鄲及拜相公宜告實狀恐煩耳目不敢開口欺隱之責實難逃也前日之着男子巾服欲避追者之物色昨夜之效唐惟故事者蓋循桂娘之情懇也前後之事雖有可恕而惶恐之心久益切矣相公若不錄其過不嫌其陋而假喬木之陰借一枝之巢則妾當與蟾娘同其去就待相公有室之後與蟾娘進賀於門下矣翰林曰鴻娘高義雖楊家執拂之妓不敢跂也我愧無李靖將相之才而已欲相好矣豈有量哉鴻娘亦謝之蟾月曰鴻娘既代妾身以侍相公妾亦當代鴻娘而謝於相公矣仍起拜僕僕是日翰林與兩人經夜明朝將行謂兩人曰道路多煩不得同車將待立家即相迎矣至京師復命於闕下時燕藩表文及貢獻金銀綵緞亦適至矣上大悅慰其勤勞褒其功勳將議封侯以答其功回翰林力辭寵複其叙擢拜禮部尚書兼帶翰林學士賞賚便蕃寵遇隆至人皆榮之翰林還家司徒夫婦迎於中堂

賀其成功於危地嘉其超秩於卿月懽声边一家矣尚書故花園与春娘説雅依結新懽鄭重之情可想矣上
重楊少遊文学頻召便殿討論経史翰林直宿家頻一日罷夜対故直房宮漏盡滴禁苑月上翰林不堪豪興
獨上高樓凭欄而坐対月吟詩忽因風便而聞之則洞簫一曲自霄雲籠葱之間微微而來地密声遠雖不能
下其調以音而蓋俗耳所不聞者矣招院吏而問曰此声出於宮墻之外耶或宮中之人有能吹此曲者乎院吏告
不知也仍命進酒連飲数觥仍出所蔵玉簫自吹数曲其声直上紫霄彩雲四起聴之有若鸞鳳之和鳴也青
鶴一双忽自禁中飛来随其節奏翩翩自舞院中諸吏大奇之以為王子晋在吾翰林中矣時皇太后有二
男一女皇上及越王蘭陽公主也蘭陽之誕生也太后夢見神女奉明珠置懐中矣公主既長蘭姿蕙質閨範
壼則超出於銀黄玉葉之中一動一静一語一默皆有法度頓無俗態文章女工亦皆過人矣太后以此鍾
愛甚篤則天時西域大宛國進白玉洞簫其制度極妙而使工人吹之声不出矣公主一夜夢遇仙女敎以
一曲公主盡得其玅乃覺試吹之與玉簫声韻甚清律呂自叶太后及皇上皆異之而外人莫之知矣公主每
吹一声群鶴自集於殿前蹁躚対舞太后謂皇上曰昔秦穆公女弄玉善吹玉簫今蘭陽妙曲不下於弄玉必
有簫史者然後方使蘭陽下嫁矣以此蘭陽已長成而尚未許聘矣是夜蘭陽適吹簫月下以調鶴舞
曲罷青鶴飛向玉堂而去舞於翰院是後宮人盛傳楊尚書吹玉簫舞仙鶴其言流入於宮中天子

閑而奇之以為公主之緣必屬於少游入朝於太后以此告之曰楊少游年歲與御妹相當其標致才分於群臣
中無二焉求之天下不可得也太后大喜曰簫和婚事已無定處我心常自結結矣今聞是語楊少游即蘭陽
天定之配也但吾欲見其為人而定之矣上曰此不難矣後日當召見楊少游於別殿講論文章娘娘從簾
内一窺則可知矣太后益喜與皇上定計蘭陽公主名簫和其玉簫刻簫和二字故以此名之一日天子燕坐於
蓬萊殿使小黃門召楊少游黃門往翰林院則翰林才已出去矣往問於鄭司徒家則翰林未還矣黃門奔
馳遑忙莫知去向此時楊尚書與鄭十三大醉於長安酒樓使名娼朱娘玉露唱歌軒軒笑傲意氣自若黃門飛鞚來
命牌召之鄭十三大驚跳出翰林醉目朦朧鬢髮蓬鬆不知黃門之已在樓上矣黃門並促之翰林使二娼扶而起着
朝服隨中使入朝天子賜坐仍論歷代帝王治亂興亡尚書出入古今敷奏明愷天顏動色又組繪詩句曰非帝王
之要務惟我祖宗亦嘗留意於此詩文或傳播於天下至今稱頌卿試為我論聖帝明王之文章評文人墨客之詩
篇勿憚忌諱定其優劣上而帝王之作誰為雄也下而臣僚之詩誰為最也尚書伏而對曰君臣唱和自大堯帝舜而
始不可尚已無容議為漢高祖大風之歌魏太祖月明星稀之句為帝王詩詞之宗西京之李陵鄴都之子建南朝
之陶淵明謝靈運二人最其表著者也自古文章之盛無如國朝者唯朝人才之蔚興無過於開元天寶之間帝王
之文章玄宗皇帝為千古之首詩人之才李太白無敵於天下矣上曰卿言寔合於朕意也朕每見李太白清平詞

行樂詞則恨不與同時也朕今得卿何羨乎太白耶朕遵國制使宮女十餘人掌翰墨所謂女中書也頗有雕象之才能模月露之形於中亦有可觀者矣卿效李白倚醉題詩之舊事試揮彩毫一吐珠玉無負宮娥景仰之誠朕亦欲觀卿倚馬之作吐鳳之才即使宮女以御前琉璃硯匣白玉筆床蟾蜍硯滴移置於尙書席前諸宮人已承乞詩之命各以華牋羅巾紈扇擎進於尙書尙書醉興方高詩思自湧遂拈彤管次第揮灑風雲倏起雲烟爭織作絶句或製四韻或一首而止或兩首而罷日影未移牋幅已盈宮女以次跪進於上上一一鑑別箇箇稱揚謂宮娥等曰學士亦旣勞矣特宣御醞諸宮女或擎黃金盞或把琉璃鍾或執鸚鵡盃或擎白玉觴滿酌淸醑備列佳肴而跪而立更進迭勸翰林左授右接隨献輒倒至十餘觥韶顔已酡玉山欲頹上命止之又下敎曰學士一句可直千金眞所謂無價寶也詩曰投之木瓜報以瓊琚亦筭以何物爲潤筆之資乎宮娥或抽金釵或解玉佩或卸指環或脫金釧爭投亂擲頃刻成堆上曰小黃門曰收取學士所用筆硯滴及宮女潤筆之物隨尙書而去傳給於其家尙書叩頭謝恩欲起還仆上命黃門扶掖而出至宮門騶從扶擁上馬歸到花園春雲扶上高軒解其朝服而問曰相公過醉誰家酒乎翰林醉莫能答已而蒼頭奉賞賜筆硯及釵釧首飾等物積置於軒上尙書戲謂春娘曰此物皆天子賞賜春娘者也我之所得與東方朔誰優春雲更欲問之翰林已昏倒鼻息如雷翌日高舂尙書始起盥洗閽者走告曰越王殿下來矣尙書驚曰越王之來必有以也顚沛出迎王上坐施

禮年可二十餘歲眉宇炯然眞天人也尚書旣問曰大王枉屈於陋地抑有何教耶王曰寡人竊慕盛德雅矣出入
異路尚稽承穩亦奉上命來宣聖旨矣蘭陽公主已當芳年朝家方揀駙馬皇上愛尚書才德已定釐
降之議先使寡人諭之詔命將繼下矣尚書大驚曰皇恩至此惶悚無地過卜之秋有不可論而臣與鄭司徒
女子約婚納聘已經歲矣伏望大王以此意奏達於皇上王曰吾當歸奏於天陛而惜乎皇上愛才之意已歸
虛矣尚書曰此關係人倫之大事不可忽也臣當請罪於闕下矣王卽辭歸尚書入見司徒以越王之言告春
春已去告於內閣矣擧家遑遑莫知所爲司徒慘沮不能一言尚書曰岳丈勿慮天子聖明守法度重禮
義必不壞了臣子之倫紀小子雖不肖誓不作宋弘之罪人也時太后出臨蓬萊殿窺見楊少游心甚喜悅謂皇
上曰此蘭陽之匹也吾旣親見更何議乎卽使越王先諭於少游天子方欲命召而面諭矣上在別殿忽思日少
游詩才筆法俱極精妙更欲親覽使太監盡收女中書等所受詩箋諸宮皆深藏於篋笥而一宮持題
詩畫扇歸寢所置之懷中終夕悲啼忘寢廢食此宮女非他人也姓秦名彩鳳華州秦御史女子御史死於
非命沒入宮掖宮人皆稱秦女之美上召見之欲封婕妤時皇后有寵慊秦女之太美白於上曰秦家女可合昵侍
至尊而陛下殺其父近其女恐非古先哲王立刑遠色之道也上從之問於秦氏曰汝知文字乎秦氏曰僅下魚魯
矣上命爲女中書使掌宮中文書仍令進往皇太后宮中陪蘭陽公主讀書習字公主大愛秦女妙色奇才視

如宗戚跬步相随不忍一刻今雖是日秦氏侍太后往蓬萊殿承上命与女中書等乞詩於楊尚書、、七竅百
骸曾已銘鏤於秦女之心肝矣豈有不知之理乎秦女生存尚書既不能知之況天威咫尺亦不敢牟自秦女一見尚
書心如火熾藏悲匿哀恐被人知痛情義之不通悲旧缘之難續手把團扇口詠清詩一展一吟不忍暫釋其詩曰

紈扇團、似明月佳人玉手爭皎潔五絃琴裡薰風多出入懷袖無時歇

紈扇團、月一團佳人玉手正相随無勞遮却如花面春色人间摠不知

秦氏詠前一首而歎曰楊郎不知我心矣我雖在宮中豈有承恩之念哉又詠後一首而歎曰我之容顔他人雖不
得見之楊郎必不忘於心而詩意若斯咫尺之間如千里矣仍憶在家之時与楊郎唱和楊柳詞之事悲不自勝情不
自抑和濡淚筆續題一首於扇頭方吟咲矣忽聞太監以上命来索畫扇秦氏骨驚膽落肌肉自顫呼苦
之声自出於口曰我其死矣　宮女掩涕随黃门　侍妾含悲辭主人
太監謂秦氏曰皇上欲復見楊尚書之詩故小宦承命来收矣秦氏泣謂曰薄命之人死期已迫偶和女詩
題於扇尾自犯必死之罪皇上若見之則必不免誅戮之禍与其伏法而死寧自決之為快也方欲以此殘命付於三
尺之下而身死後掩土一事専恃太監伏乞太監哀怜之収瘞殘骸毋令為烏鳶之幸甚、太監曰女中書何為
此言耶聖上仁慈寬厚迥出百王或者終不加罪設有震疊之威我當力救之中書随我而来秦氏且哭且

行隨太監而去太監使秦女立於殿門之外入以謠詩進於上上留眼披閱至秦氏之扇尚書所題之下又有他詩上訝之問於太監太監告曰秦氏謂臣云不知皇爺有褒扱之命猥以荒蕪之語續題於其下此死罪也不貸也仍欲自死臣聞諭而止願平而來矣上又詠其詩曰

紈扇團如秋月團憶曾樓上對羞顏初知咫尺不相識悔未教君仔細看

上覽畢曰秦氏必有私情也不知於何處與何人相見而其詩意如此耶然其才亦足可奬也使太監召之秦氏伏於階下叩頭請死上下教曰直告則當赦死罪也與何人有私情乎秦氏又叩頭曰臣妾何敢抵諱於問之下乎妾家敗亡之前楊尚書赴舉之路適過於妾家樓前臣妾偶與相見和其楊柳詞送人通意與結婚媾之約矣頃當蓬萊殿引見之日妾能辨舊面而楊尚書稀不知故妾念舊與感撫躬自悼偶題胡亂之說終至於上累聖鑑臣妾之罪萬死猶輕上悲憐其意乃曰汝云以楊柳詞結婚媾之約汝能記得否秦氏即繕寫以上上曰汝罪雖重汝才可惜且御妹愛之殊甚故朕特用寬恕赦汝重罪汝其感旺恩殫竭心誠以事御妹宜矣即下其紈扇秦氏拜受惶恐頓謝而退是日陪太后而坐越王自楊尚書家回來入朝以楊尚書曾以納聘之意奏之皇太后不悅曰楊少游而至尚書宜知朝廷事體而何其固滯若是耶上曰少游雖已納聘與成親有異朕面諭則似不可不從也翌日命召禮部尚書楊少游少游承命入朝

上曰朕有一妹資質超常非卿無可與爲配者朕使越王以朕意諭之矣聞卿托以納幣云此卿之不思也甚
矣前代帝王選擇附馬也或出己妻故若王獻之終身悔之惟宋弘不受君命朕意則與古先帝王不同旣爲
天下萬民之父母則豈可以非禮之事加於人哉今卿雖斥鄭家之婚鄭女自當有所處卿無糟糠下堂之嫌豈
可有害於倫紀乎尚書頓首奏曰聖上不惟不罪又從以獎之而命若家人父子之親感祝天恩之外更無可奏
者矣然臣之情勢與他人絕異臣以遠方書生入京之日無處可托亭蒙鄭家眷遇之恩延以舍之禮以待之非但
儷皮之禮卽行於入門之日已與司徒定翁婿之分有翁婿之情且男女旣已相見恰有夫婦之恩義而未行親
迎之禮者蓋以國家多事不遑將母也今幸藩鎭平平天憂已紓臣方欲請暇還鄉迎致老母卜日而成禮
矣意外皇命及於無狀小臣驚惶震惧不知所以自處也臣若怵威畏罪將順皇命則鄭女自守必不他適
此豈非匹婦之失所王政之有歉乎上曰卿之情義雖曰悶迫若以大義言之則卿與鄭女本無夫婦之義鄭
女豈可不入於他人之門乎今朕之欲與卿結婚者不揣朕以枉石待卿也以手足視卿也太后慕卿威容德器
親自主張恐朕亦不得自由矣尚書猶執固讓上曰婚姻大禮也不可以一言定朕將與卿着棋以消長日矣命
小黃門進局君臣相待賭勝日昏乃罷鄭司徒見楊尚書之來悲慘之色溢於滿面拭淚而言曰今日皇
太后下詔使還楊郞之禮幣故老夫已出付於春雲置於花園而顧念小女之身世吾老夫妻心事當作何

如此也吾則豈能撐支而老妻沉癟咸疾方昏瞀不省人矣尚書失色無言過食頃乃告曰是事不可但已以將當上表力爭朝廷之上豈無公論乎司徒止之曰楊郎之違拒上命已至再矣今若上疏則豈無批鱗之懼哉必有重譴不如佯從而已且有一事楊郎之仍處花園大有不安於事体者倉卒相離殊甚缺然移寓他所實合事宜矣尚書傳及花院春雲嗚嗚咽淚痕沈瀾乃奉納弊物曰小妾以小姐之命來侍相公已有年矣偏荷盛眷恒切感愧神怡鬼猜事乃大謬小姐婚事無復餘望賤妾亦當永訣相公敢侍小姐天乎地乎鬼乎人乎仍飲淚聲和樓矣尚書曰我方欲上疏力辭皇上庶或回聽設未能得醜女子許身於人則從夫禮也春娘夫豈背我之人哉春娘曰春娘雖不明亦嘗聞古人緒論矣豈不知女子三從之義春雲情事有異於人妾曾自吹葱之日與小姐遊戲及至斲齒之歲與小姐居處妾貴賤之分結死生之盟吉凶榮辱不可異同春雲之從小姐如影之隨形身固既去則影豈獨留乎尚書曰春娘爲主之誠可謂至矣但春娘之身與小姐異小姐東西南北惟意擇路春娘從小姐使他人得無有妨於女子之行乎春雲曰相公之言至此不可謂知吾小姐也小姐已有定計長在吾老爺及夫人膝下侍過百年而後潔身斷髮去托空門歸依於佛前世世生生誓言不爲女子之身春雲蹤跡將亦如斯而已相公如欲復見春雲相公禮幣復入於小姐房中然後當復議之矣不然則今日即生離死訣之日也妾任相公使令者專矣荷相公恩愛者久矣報效之道惟在拂枕席奉巾櫛而事與心違

到此地頭只願後世爲相公犬馬以效報主之忱矣惟相公保攝攝向隅號跳者半日乃翻身下階再拜而入尚書五情
憒乱萬處膠擾仰屋長吁撫掌頻咻而已翌日乃上一疏言甚激切疏曰
禮部尚書臣楊少游謹頓首百拜上言于皇帝陛下伏以倫紀者王政也婚姻者人倫之始也一失其本則風化大壞
而其理乱不謹其始則家道不成而其家已有關於家國之興亡者不其較著者乎是以聖王哲辟未嘗不留意於
是欲治其理必以植倫紀爲重欲齊其家必以正婚姻爲先者何莫非端本出治之道別嫌明微之意也臣既納
幣於鄭女身以託跡於鄭家則臣固有妻也臣固有室也不意今者歸妹之賦禮必及於無似之賤臣始疑終惑
衷誠悚惕寔不知聖上之舉措朝家之處分果能無其礼而得其當乎設令臣未行儀奠之幣不作甥館之客
族賤地微才識而參蔑則寔不合於錦繡之列而況與鄭女已有伉儷之義与婦翁已定舅甥之分不可謂
六礼之未行也豈可以貴介之尊下嫁於匹夫之微而不問礼之可否不分事之輕重冒昌尚耳之譏而行非礼之礼乎
至於密下內旨使之廢已行之礼收退已捧之聘幣尤非臣攸聞也臣恐陛下未能效光武待宋弘之寬也賤臣
危迫之悃已關於聖明之聽鄭女窮蹙之情亦係私家之事臣固不敢更恩於絰纊之下而臣之所恐者
王政由是而乱人倫由臣而廢以至於上累聖治下壞家道終不救乱亡之秋也伏乞陛下秉禮之本正風
化之始亟收詔命以安賤分不勝幸甚

上覽其疏轉奏於太后々大怒下楊少遊於獄朝廷大臣一時爭諫上曰朕亦知其罪罰之太過而太后娘々方震
怒朕亦不敢救矣太后欲囚少遊不下出事而至數月鄭司徒亦惶恐杜门謝客此时吐蕃強盛輕易中国
起十萬大兵連陷边郡先鋒至渭橋京师震驚上會群臣議之皆曰京城之卒不满数萬外方援兵勢不可
及暫棄京城出巡关東召諸道兵馬以図恢復可也上猶預未决曰諸臣惟楊少遊善謀能断朕甚悦之
前日三鎮之降皆少遊之功也罷朝入告於太后使々者持節赦少遊召見問計少遊奏曰京城宗廟所在宮
闕所寄今若棄之則天下人心必從而搖且為強賊所據則亦不可指日恢拓矣代宗朝吐蕃与回紇合力驅
百萬兵來犯京师其时王师单弱其於此时汾陽王臣郭子仪以匹馬却之臣之才略比子仪雖萬々不相及願
得數千軍掃蕩此賊以報再生之恩上素知少遊有將帥才即拜為大將使發京營軍三萬討之尚
書拜辭而出指揮三軍陣於渭橋討賊先鋒擒左賢王賊勢大挫潛师遁去尚書追撃三戰三捷
斬首級三萬獲戰馬三千匹以捷書報之天子大悦使即班师論諸將之功以次賞賚少遊在軍中上疏
其疏曰臣聞王者之兵貴於萬全坐失機會則功不可成也又聞尚勝之家雖与慮敵而不乘飢弱則賊不
可破也今賊之兵力不可謂不強兇機不可謂不利而彼則以客而犯主我則以逸而待飢此臣所以得樹尺
寸之功而賊所以勢日縮而兵日弱矣兵法乘々劳而不勝者不過以粮餉之不及也地利之不便也今賊氣々

既挫蹈藉而走賊之勞弊極矣雄州大城皆恃蜀粮則我無半收之患平原廣野最得形便則彼設
伏之處必當銳勇進退踴其後則厥義坐收全功今乃捐一時之少捷棄萬全之良策徑罷王師不竟天討
者臣未知其得計也伏願陛下博採廟議廓揮乾斷許令臣馳兵遠襲直擣巢穴臣雖不武燒龍
城之積勒燕然之石誓使隻輪不返一箭不發以除我聖上西顧之憂矣
疏奏上壯其志嘉其忠即進秩拜御史大夫兼兵府尚書征西大元帥賜尚方斬馬釼彤弓赤箭通天御帶白旄
黃鉞詔發朔方河東隴西諸道兵馬以助其軍勢楊少游奉詔向闕拜辭擇吉日束旗纛仍發行言其
兵法則六韜之神謀也語其陣勢則八卦之奇變也軍容井井號令肅肅因建瓴之勢成破竹之功數月之間復萃
失五十餘城驅大軍至積石雪山下一陣田風忽起於馬前有鳥鵲橫穿陣中去尚書於馬上卜之得一卦曰
賊兵必襲吾陣而終有吉也尚陣山底鋪鹿角蒺藜於四面整齊三軍設備而待尚書坐帳中燒椽燭閱
看兵書巡軍已報三更矣忽然寒颷滅燭冷氣襲人一女子自空中下立於帳裡手把八匕首色如霜雪
矣尚書知其刺客而神色不変威義益厲徐問曰女子何人夜入軍中有甚意也女子答曰妾承吐蕃贊
普命欲取尚書之首級而來矣尚書笑曰大丈夫何畏死乎須速下手女子擲釼而前叩頭而對曰貴人勿慮
妾何驚边貴人乎尚書扶起曰君既挾利刃入軍營反不害我何也女子曰妾之本末雖欲陳恐非立談

之問所能無也尚書竭坐而問曰娘子之涉險冒危來見少游必有好意也將何以教之女子曰妾雖有刺客之
名宗無刺客之心肝當吐露於貴人矣自起燃燭當前而坐其女子椎結雲髮高挿金簪身着挾袖戰袍而
袍上盡石竹花足着鳳尾鞾腰懸龍泉釼天然絶色若浥露之海棠花非從軍之木蘭必倫盒之紅線
継而言曰妾本楊州人也世爲大唐之民幼失父母從一女子爲其弟子其女子釼術神妙教弟子三人即秦海
月金彩虹沈裊烟、即妾也學釼術三年能傳變化之術乘長風逐飛電瞬息之頃行千餘里矣三人釼術
別無高下而師或欲報仇或欲教悪人則必遣彩虹海月而猶不使之妾、曰吾三人共事師傅同[illegible]受明教而
弟子則猶不報師傅之恩敢問妾才拙不足任師傅使令乎師曰汝非我流也他日當得正道終有成就今若同
此兩人殺害人命則豈不有損於汝之心行乎是以不遣也妾又問曰若然則妾今得釼術將何用乎師曰汝之
前世之緣在於大唐國其人大貴也汝在外國難逢無便吾所以釼術爲名欲使汝因此小技得逢貴人也汝他日當入
百萬軍中當成好緣於戎馬間矣今春師又謂妾曰大唐天子使大將軍征伐吐蕃贊普榜求刺客欲害唐
將汝須越此下山往于蕃國與諸釼客較長短之術一以救唐將之秋一以結前身之緣妾奉師命之蕃國自橋城
門所掛之榜贊普召妾而入使與先到刺客較才妾即時能劃十餘人椎髻贊普大喜遣妾而言曰待汝斬唐將
之首封汝爲貴妃今逢尚書師傅之驗矣願自此永奉履箕帚侍左右相公女果肯諾乎尚書大喜曰娘子既救濱死

日投以身而事之此恩何以盡報白首偕老是我志也仍与同寢以槍劍之色代翠幃之光以刁斗之響替琴瑟之聲伏
於營中月影已流玉門關外春色已回我幕中一尼豪矣未必不愈於羅帷彩屏中之美是故尚書晨昏沉溺不見將
士至三日之久裊烟曰軍中非婦女可居之處兵氣恐不揚矣因欲辭故尚書曰仙娘非世上紅粉兒所可比也方冀盡奇
計運妙策教我而破賊矣娘何棄我耶裊烟曰以相公之神武蕩殘賊巢穴在嚬手間耳何足以煩相公之慮哉妾之
此來雖曰師命未及永辭矣欲見師傅姑居山中徐待相公回車當欲拜於京城矣尚書然之娘子去後贊普更
遣他刺客將何以備之裊烟曰刺客雖多皆非裊烟之敵手若知妾欲傾於相公則他人安敢來乎手探腰間
出一顆珠曰此珠名妙兒玩即贊普椎髻上所繫者相公命使者送此珠使贊普知復欲之意也尚書又曰此
外更無可教者乎裊烟曰前路必過於盤蛇谷而此谷無可飲之水相公須慎之鑿井水飲三軍則好
矣尚書又欲問計裊烟一躍騰空不可復見矣尚書會諸將士語裊烟之事皆曰元帥洪福如
天神威懾敵想必有神人來助矣

一生榮貴富饒其一也若楊生者幻身三世縷
貴極隆可謂今古無已以宜矣

白龍潭楊郎破陰兵 洞庭湖龍君宴嬌客
楊元帥偷閑叩禪扉 公主微服訪閨秀
兩美人携手同車 長信宮七步成詩
楊少游夢遊上界 賈春雲巧傳玉語
合巹席蘭英相諱名 獻壽宴鴻月雙擅塲
樂遊原會獵鬪色 油壁車招搖占風光
駙馬罰飲金屈巵 聖主恩借翠微宮
楊丞相登高望遠 真上人返真還元

白龍潭楊郎破陰兵　洞庭湖龍君宴嬌客

尚書旣發使遣還刺客於吐蕃遂行到大山之下狹路甚窄纔容一馬攀壁緣磴魚貫而進過數百里始得稍廣之處設寨立營飲馬休軍軍士勞頓渴甚尋水不得見山下有大澤爭飲其水飲畢遍身皆青語言不通戰悼欲死奄奄尚書親自往見其水色沉碧深不可測寒氣凜凜慄似挾秋霜是悟曰是必裊烟所謂盤蛇谷也督餘軍掘井衆軍鑿數百餘井深可十丈而無一湧水之处尚書大以爲悶方欲撤營移陣於他处矣錚鼓之声自山前後而來雷声震地岩谷皆應賊兵據其險阻以絶歸路官軍進退不得飢渴且甚尚書方在營中女童兩人進立於尚書之前思退敵之計而終無善策悶悩之久神氣頗困倚卓少眠忽有異香遍滿營中女童兩人進立於尚書之前容狀奇異非仙則鬼告於尚書曰吾娘子欲告一言於貴人願貴人毋惜一往於陋穢之处尚書問曰娘子是何人在何处答曰吾娘子即洞庭龍君小女也近日暫移宮中來寓於此地矣尚書曰龍神所处即水府也哉則人世人也將以何術致身乎女童曰神馬已繫於門外貴人騎之則頃當至矣水府不遠何難之有乎尚書隨女童出轅門從者數十人衣服殊制儀形不常扶尚書上馬行如流飛塵不起於蹄下矣俄頃到水府宮闕宏麗似王者之居守門之卒皆魚頭鰕鬚矣女童數人自內開門出導尚書升堂上殿殿中有白玉交椅南向而設侍女請尚書坐其上鋪錦褥步障於階砌之下即入於內殿未幾侍女十餘人引一箇女子從左邊月廊抵殿前姿麗之媚服飾之華鎮

本形言侍女一人至前曰洞庭龍王之女請謁於楊元帥矣尚書驚欲避之而侍女挾持使不得下床龍女向前
以拜琳琅瓔響芬馥射人尚書請上殿龍女辭避不敢設小床而坐尚書曰楊少游塵世賤品娘子水府靈神禮
貌何太恭也此少游所未知也竜女答曰妾即洞庭王末女凌波也妾之始生也父王朝於上界逢張眞人卜妾之命張
眞人推卷曰此娘子前身即仙女也因罪而謫爲王之女而畢竟復得人形爲人間貴人之姬妾享富貴榮華之樂
悉耳目心志之娛終皈佛家永爲大禪矣吾竜神爲水族之宗而以幻人之形爲大榮至於仙佛尤所敬戴也妾之伯兄初
爲涇水竜君之婦夫妻反目而家失和再適於柳眞君九族尊之一家敬之而妾則當得正道一身榮貴必在伯兄之上
也自聞眞人之言愛妾之情一倍隆篤宮中大小侍女如天上眞仙及稍長南海竜王之子五矣聞妾略有姿色求
婚於父王吾洞庭爲南海竜王管下故父王不敢峻斥親往南海諭以張眞人之言強拒不從則南海之王爲其嬌悍
之子反以父王爲惑於誕說肆然喝責求婚益急妾自知若在父母膝下則辱必及身遠離父母抽身逃避披荊棘
闢窟宅自蟄坳地苟送歲月則南海之逼益甚矣父母但曰女子不願斂身遠走終欲不從問之於渠惟彼狂童
欺妾孤弱自率軍兵欲逼賤妾妾之至冤苦節感格天地潴澤之水居然變化冷如寒氷昏如地獄他國之兵不
能輕入故賴此全完尚保危命矣今日之奉邀貴人臨此陋地不惟欲訴衷情且今王師暴露既久水路莫通井
泉不出掘土鑿地亦云勞止竟遍一山穿萬丈水不可得而力不可支矣此水本名清水潭水性甚美自妾來居其味

苦惡欲之者生疾故改稱曰白龍潭也今貴人來此賤妾得所何羨乎銀瓶之上井幽谷之生春乎妾旣托命於貴人許身於貴人則貴人之憂則妾之憂也豈敢不效愚智而助軍功乎自此水味之甘當如舊日士卒皆自飮無害矣病水之卒亦當自瘳矣尚書曰今聞娘子之言吾兩人之緣天已定矣神亦知之月老之約肆可卜矣娘子之意亦如我否龍女曰妾之陋質旣已許之經侍郞君不可者三一則不告於父母女子從人非禮不可二則妾幻形變質而後方可以侍貴人也不可以鱗甲之腥鬐鬣之陋以陋貴人之床席也三則南海龍子每送邏卒於此地暗暗偵探不可激其怒而挑其秋以起一場風波也貴人須早旋陣中整軍殲賊得遂大勳奏凱還京則妾當褰裳涉溱從貴人於甲第之中也尚書曰娘子之言雖美我思之娘子來此雖爲守志亦父王欲使留待少將之來而卽從之也今日相會豈非父王之命乎娘子乃神明之後靈異之性出入於人神之間無所往而不可豈以鱗鬣爲慊乎少將雖不才奉天子之明命掌百萬之雄兵飛廉爲之導先海若爲之殿後視南海小兒如螻蟻若不自量妄欲相逼則不可汚我寶劍而已今夜明月淸風亦助我豪情良辰豈可虛度佳辰豈可(何忍)虛負遂携龍女穩度一宵交會之懽非常且久天未明一聲疾雷訇訇隱隱簸却水晶宮殿龍女忽驚覺而起宮女急報曰大禍出矣南海太子驅無數軍兵已陣於山下欲與楊元帥決雌雄云矣龍女哭尚書而言曰妾之初効相公之政盡慮此也尚書大怒曰狂童何敢無忌憚耶拂袂而起跳出水邊南海軍兵已圍白龍潭矣尚書發號麾兵

与南海太子対陣。南海陣中。喊声大震。陣雲四起。太子披掛上馬。躍出大叱曰。楊少游何状物也。乃敢戯人之妻。掠
人之妻乎。誓不共立於天地間也。尚書立馬大笑曰。洞庭竜女与楊少游有三生宿縁。即天宮之所傳。真人之所知。我不
過順天命也。奉天教也。如尔么麽鱗虫。何無礼若是乎。太子大怒。命千萬種水族。捕尚書。鯉提督。鼈参軍。鼓気
賈勇。騰躍而至。尚書一麾而斬之。挙白玉鞭一揮之。百萬勇卒。迭出俱発。躪蹴。太子陣中。不移時。敗鱗残
甲。已満地矣。太子身被数箭。不能変化。終為唐軍所獲。尚書撃金収軍。執太子還営。門卒報曰。白竜娘子
親詣軍前。欲賀於元帥。仍以大犒軍卒矣。尚書大悦。使人邀入。竜女進賀尚書全勝。以千石酒。萬頭牛。犬饗三軍
士卒。鼓腹而歌。翹足而舞。勇鋭気。百倍矣。楊元帥与竜女同坐。捽致南海太子於前。太子俛首戢尾。不敢
仰視。楊元帥厲声大叱曰。我奉行天討。征伐四夷。百鬼千神。莫不従命。汝小児不知天命。敢抗大軍。是自促鯨
鯢之誅也。我有一介宝劒。即魏徴丞相斬涇河竜王之利兕也。當斬汝頭。以壮軍威。但汝父。鎮南海。博施
雨澤。有功於萬民。以此赦汝之罪。貸汝之死。汝自今勉自懲損。永悛旧悪。幸勿得罪於娘子也。因出金瘡薬。付
瘡処而送之。太子屏息戢身。鼠竄而逃。忽有祥光瑞気。自東南而至。紫霞蓊鬱。彤雲明滅。旌旗。節鉞。自
太空。繽紛而下。紫衣使者。趨而進曰。洞庭竜王。知楊元帥破南海太子。救貴主之急。極欲躬賀於壁門之外。而
職掌。有守。不敢擅移。故方設大宴於凝碧殿。奉邀楊元帥。願元帥暫行臨。太王亦令小臣陪貴主同故

矣尚書曰敵軍已退壁壘尚存且洞庭在萬里之外往返之間日月必多將兵之人何可遠出使者曰已具千車駕以八龍半日之內當去来矣

楊元帥偷閑叩禪扉　蘭公主微服訪閨秀

楊尚書與龍女登車疾風吹輪轉上層空未知去天幾尺也距地屬幾里也但見白雲如蓋平覆世界而已漸漸低下至于洞庭龍王遠出迎之執賓主之禮展翁婿之情揖上層殿設宴饗之執酌而謝曰寡人德薄而勢孤不能使一女安其所矣今元帥奮神威而擒驕童垂厚誼而救小女欲報之德天高地厚尚書曰莫非大王威令所及何謝之過至酒闌龍王命奏衆樂樂律融融自有條節而與俗樂異矣壯士千人列立殿左右手執劍戟揮擊大鼓而進美女六佾著芙蓉之衣振明月之佩亂拂藕衫雙雙對舞其壯觀也尚書問於龍王曰此舞未知何曲也龍王答曰水府旧無此曲寡人長女嫁爲涇河王太子之妻因柳生傳書知其遭牧羊之困寡人弟錢塘君與涇河王大戰大破其軍率女子而来宮中之人爲作舞號曰錢塘破陣樂或稱貴主還宮樂有時奏之於宮中之宴矣今元帥破南海太子使我父女相會與錢塘故事頗相似故改其名曰元師破陣乐也尚書又問曰柳先生今何在耶未可相見耶王曰柳郎今爲瀛洲仙官方在職所何可来耶酒過九巡尚書告辭曰軍中多事不可久留是可恨也惟願使娘子毋失後期也龍王曰當如約矣

出送於殿門之外有山突兀秀出五峯高入於雲烟尚書便有遊覧之興問於竜王曰此山何山少游歷遍天下
而惟見此山及華山也竜王曰元帥未聞此山之名乎即南岳衡山奇且異也尚書曰何以則今日可登此山乎竜王
曰日勢猶未晩矣雖暫玩而歸亦未暮矣尚書即上車已在衡山之下矣携竹杖訪名逕經一丘而度一壑山益
高境轉幽景物森羅不暇應接所謂千岩競秀萬壑争流者真善形容也尚書駐節騁矚幽思自集乃
歎息曰積苦兵間弊精勞神此身塵縁何太重耶安得功成退身超然作物外之人也俄聞石磬之声出於
林端尚書曰蘭若不遠矣乃陟絶巘上高頂有一寺殿閣幽邃法侶坌集老僧趺坐蒲團方誦經設法眉
長而緑骨清而癯可知年紀之高也見尚書至率闍梨下庭迎之曰山野之人有同聾聵不知大元帥之來未
迎候於山門請相公恕之今番非元帥永來之日須上殿礼佛而去尚書即詣佛殿焚香展拜方下殿忽跌
足而驚身在營中倚卓而坐東方微明矣尚書異之問於諸将曰公等亦有夢乎齊答曰小的等皆夢陪元
帥与神兵鬼卒大戰而破之擒其大将而歸此實擒胡之吉兆也尚書備説夢中之事与諸将士往見白竜潭碎鱗
鋪地流血成川矣尚書持盃酌水先嘗困飲病卒即皆快瘥驅象軍及戰馬臨水快吸懽辺天地賊聞之大
懼欲攀櫬而降矣尚書出師之後捷書相續上大嘉之一日朝太后稱楊少游之功曰楊少游郭汾陽後一人
待其還朝即拜丞相以酬不世之勳而但御妹昏事尚未牢定彼若回心從命則大善若又堅執則功臣不

可罪矣其志不可奪矣處置之道寔難得當是可問也太后曰我聞鄭家女子誠矣且與少游曾已相見少
游豈肯棄之吾意則乘少游出外之時下詔於鄭家使與他人結婚則少游之望絶矣君命何可不從乎上
久不仰荅默然而出時蘭陽公主在太后之側乃告於太后曰娘娘之教大違於事體鄭女之婚與不婚自
是其家之事豈朝廷所可指揮乎太后曰此即汝之重事國之大礼也欲與汝相議爾尚書楊少游風采文章非
特卓出於朝紳之列曾以洞簫一曲卜汝秦樓之緣決不可棄楊家而求他人矣少游亦與鄭家情分不泛彼
此亦不可背矣是事極其難處少游還軍之後先行汝之昏礼使少游必娶鄭女爲妾則少游可無辭矣第未
知女兒之意以是趑趄矣公主對曰少女一生不識妬忌爲甚事也鄭女何可忌也但楊尚書初既納幣後爲妾非
礼也鄭司徒累代宰相國朝大族以其女子爲人姬妾不亦寃乎此亦不可也太后曰然則汝意欲何以處之乎
公主曰國法諸侯三夫人也楊尚書成功還國則大可爲王小不失侯聘兩夫人寔非僭也當此之時亦許
娶鄭女何如太后曰是則不可女子勢均体敵則同爲夫人固無所妨女兒先帝之愛女今上之寵妹身
固重矣位亦尊矣豈可與閭閻小女子爭肩而事人乎公主曰小女亦知身地之尊重矣古之聖帝明王有尊賢
敬士之女身愛德以万乘而友匹夫者小女聞鄭氏女子容色節行雖古烈女不及也誠如是言與彼并
肩亦小女之幸也非小女之辱也但傳聞易爽虛寔難副小女亦因某條親見鄭女其容色才德出果於

小女之右則小女屈身仰事若所見不如所聞則爲妾爲僕惟娘娘意太后嗟歎曰始才忌色女子常情吾女見愛人之才若己之有敬人之德如渴求飮爲其母者豈無嘉悅之心哉吾欲一見鄭女明日當下詔於鄭家矣公主曰雖有娘娘之命鄭女必稱病不來然則宰相家女兒不可脅致若分付於道觀尼院預知鄭女焚香之日則一者逢着恐不難矣太后是之卽使小黃門問於近處寺觀正潔院尼姑曰鄭司徒家亦行佛事於吾寺而其小姐亦不往來於寺觀三日前小姐侍婢楊尚書小室賈春雲奉小姐之命以發願之文納於佛前而去願黃門賫去此文復命於太后娘娘如何小黃門還來以此奉達進其小祝太后曰當如是則見鄭女之面難矣與公主同覽其文曰

弟子鄭氏瓊貝謹使婢子春雲齋沐頓首敬告于諸佛及菩薩座下弟子瓊貝罪惡甚重業障未除生爲女子之身且無兄弟之樂頃旣受聘於楊家將欲終身於楊門矣楊郎被揀於錦鑾君命至此弟子與楊家絶矣只恨天意人事自相乖違薄命之人更無所望而身雖未許心旣有屬則至今三其德非義之所敢出也將欲依存於怙恃膝下以送未盡之日月矣因此命途之崎嶇幸得一身之清閑故乃敢薦誠於佛前以告弟子之心事伏願僉佛聖之靈俯祈懇之忱垂矜悲之念使弟子老父老母俱享遐筭壽與天齊令弟子身無疾病灾殃以盡衣綵弄雀之懽則父母身後誓欲空門斷俗緣服戒行齋心須經潔躬禮佛以報諸佛之厚恩

曰矣侍妾賈春雲与瓊貝矣有因果名雖奴主寔則朋友皆以主人之命爲楊家之妾矣事与心違佳緣莫保永辭
楊家後故主人死生皆樂抵言不異同伏乞諸佛俯怜吾兩人之心事世世生生俾免爲女子之身消前生之罪過贈
後世之补祿使之還生於善地長享逍遙快活之樂
公主見畢憮然曰因一人之婚事誤兩女之身世恐有大害於陰德矣太后聽之默然此时鄭小姐侍其父
母悅容愉色無一毫慨恨之色而崔夫人每見小姐輒有悲傷之念春雲侍小姐以翰墨雜技強爲排遣之
地而潛消暗鑠日漸憔悴將成膏肓之疾小姐上念老母下怜春雲心緒搖搖不能自安而人不能知矣小
姐欲慰母親之意使婢僕等求技樂之人玩好之物时时奉進以娛其耳目矣一日女童一人來賣繡簇二軸春
雲取而見之一則花間孔雀一則竹林鷓鴣手品絶妙工如七襄春雲驚歎留其人以其簇子進於夫人及
小姐曰小姐每賞春雲之刺繡矣試觀此簇其才品何如耶不出於仙娥手上必成於鬼神手中矣小姐展看於
夫人座前驚謂曰今之人必無此巧而染線尚新非旧物也怪哉何人有此才也使春雲问其出處於女童女童
答曰此繡即吾家小姐所自爲也小姐方在寓中急有用處不擇金銀錢錦欵而欲捧之矣春雲问曰汝小姐誰
家娘子耶且因何事獨留客中耶答曰小姐李通判宅妹氏也通判陪大夫人往浙東任所而小姐病不從留
於内舅張別駕宅矣別駕宅中近有些故借寓於此路边左臙脂店謝三家以待浙東車馬之來矣春

雲以其言入告小姐以釧釵首飾等物優其價而買之高掛中堂盡日愛玩嗟羨不止此後女童因緣出
入於鄭府與府中婢僕相交矣鄭小姐謂春雲曰李家女子手才如此必非常之人也吾會使侍婢隨往女童
來見李小姐容貌矣仍送伶俐一婢子間家狹窄亦無內外李小姐聞知鄭府婢子齎酒食而送之婢子
還告小姐曰李小姐艷麗娉婷與我小姐二而一者矣春雲不信曰以其手線見之則李小姐必非魯鈍之質
而汝何為過寔之言也此世界上謂有如我小姐者吾寔疑之婢子曰賈孺人疑吾言乎更遣他人而見之則
可知吾言之不妄也春雲又私送一人矣還曰怪哉怪哉此小姐即為玉京仙娥昨日之言果寔矣賈孺人又以
吾言為可疑此後一番親見如何春雲曰前後之言皆誕矣何無兩目耶相與大笑而罷過數日臙脂店
謝三娘來鄭府入謁於夫人曰近者李通判宅娘子賃居小人之家其娘子有貌有才寔充樞初見竊仰小
姐芳名每欲一見請教而有不敢者以小人獲私於夫人使之仰稟矣夫人招小姐以此意言之小姐曰小女之
身與他人自異不欲舉此面目與人相對但聞李小姐為人一如其繡線之妙小女亦欲一洗昏眵矣謝三娘喜
而啟翌日李小姐送其婢子先通踵門之意日晚李小姐乘垂帳小玉轎率丫鬟妝人至鄭府鄭小姐邀見
寢房賓主分東西而坐織女為月宮之賓上元與瑤池之會美光彩相射滿堂照耀彼此皆大驚鄭小
姐曰頃緣婢輩聞玉趾臨於近地而崎嶇之人廢絕人事問候之禮尚此闕如矣今姐姐惠然辱臨既感且愧

敢謝㒸誠何可以口舌盡也李小姐答曰小妹僻陋之人也叩親早背慈母偏愛平生無所學之事無可取之才也妾
常自歎悅曰男子跡遍四海交結良朋有切磋之益有規警之道而女子惟家內婢僕之外無可相接之人
求見於何処質疑於何人乎自恨為閨闈中見女子矣恭聞姐姐以班昭之文章兼孟光之德行身不出於
中門而名已徹於九重以是自忘資品之陋劣願接盛德之光輝矣今蒙姐姐不棄足償小妹之至願矣鄭
小姐曰姐姐所教之言即小妹方寸間素所積者也閨中之身蹤跡有碍耳目多蔽本不知滄海之水巫山之雲志
氣之隘見識之偏固其宜也何足恠也此盖荊山之玉埋光而恥衒老蚌之珠藴采而自珍然如小妹者自視欿
然何敢當盛獎也因進茶果穩吐閑談李小姐曰似聞府中有賈孺人者可得見乎鄭小姐曰渠亦欲一拜於
姐姐矣招春雲來謁李小姐起身而迎之春雲驚歎曰前日兩人之言信果矣天既生我小姐又出李小姐不自
意飛燕玉環並世而出也李小姐亦自度曰飽聞賈女之名矣其人過其名也楊尚書之眷愛不亦宜乎當与
秦中書並驅若使春娘見秦氏則豈不効尹夫人之泣乎奴主兩人有如此之色有如此之才楊尚書豈肯相捨
乎李小姐与春雲吐心瀉肝款曲之情与鄭小姐一也李小姐告辭曰日已三竿矣不得穩陪清談可恨小妹寓舍属
一路但偷閑更進以請餘教矣鄭小姐曰猥荷榮臨仍受盛誨小妹當進謝於堂下而小妹処身異於平人不
敢出之庭一步之地惟姐姐寬其罪而恕其情兩人臨別惟黯然而已鄭小姐謂春雲曰寶釼雖埋於獄中

而光射斗牛老蜃雖潛於海底而氣成樓始李小姐同在一城而吾輩尚未有聞誠可怪也春雲曰賤妾弟有一事可疑楊尚書每言與華州秦御史女子見面於樓上得詩於店中與結秦晉之約而因秦家遭亂終致乖張矣仍稱秦女絶世之色輒愀然發歎而妾亦見其楊柳詞則誠才女也此女子無乃莊其姓名締交小姐欲成前日之緣乎小姐曰秦氏之義吾亦因他路聞之似與此女子相近而彼遭家禍沒入宮禁何能得至於此乎入見夫人稱李小姐不容口夫人曰吾亦欲一請而見之矣數日後使侍婢請小姐一枉李小姐欣然承命又至鄭府夫人出迎於堂中李小姐以子姪禮見於夫人夫人大愛歎接曰頃日小姐爲訪小女過弊亭眷老身良用感謝而其時適有病憂未接芳儀慚歎至今李小姐伏而對曰小姪欽慕姐姐如天仙惟恐賤棄矣尊姐一逢小姪便以兄弟之誼待之而夫人特賜顏色以子姪之列畜之小姪於此宗不知措躬之處也小姪欲終身出入於門下事夫人如事慈母矣夫人稱不敢當至再三矣鄭小姐與李小姐侍坐夫人至半日仍請李小姐於其寢房與春娘鼎足坐嬌聲嫩語呢呢相酬氣已合矣情已密矣評隲文章講論婦德不覺日影已在窓西矣

兩美攜手同車　長信宮七步成詩

李小姐去後夫人謂小姐及春雲曰鄭崔兩門宗族甚多幾至千百人吾自少時見美色多

矣皆曰不及李小姐遠矣誠與妾兒相上下矣兩美相從結爲兄弟則好矣小姐以春雲所傳秦女
事皆曰春雲終不能無疑而小女所見與春雲異李小姐姿色之外氣象之凜逸威儀之端重
與閭閻來家女子絶異秦氏雖有才色何敢比之於此乎以小女所聞言之蘭陽公主兒如其心
才如其德或恐李小姐色像與蘭陽不遠夫人公主吾亦不見未可懸度而雖居尊位得盛名安知
其必與李小姐相符乎小姐曰李小姐蹤跡寔有可疑者後日當使春雲往審之矣明日鄭小姐與春雲
方議是事李小姐婢子到鄭府傳語曰吾小姐適得浙東快般之舡將以明日發行故今日當到
府中告別於夫人及小姐矣小姐方掃軒而待之少頃李小姐至入見夫人及鄭小姐兩小姐別意忽忽難
緖依依如仁兄之別愛弟蕩子之送美人也李小姐起而再拜乃敬告曰小姪別母離兄已周一朞故意如
失不可復沮而但以夫人之恩德小姐之情分心如係牽欲解復結矣小妹茲有一言欲懇於姐姐而恐姐姐不
許先告於夫人矣仍趑趄不發夫人曰娘子所欲請者何事李小姐曰小姪爲先親方備南海大師畵像
已訖功而家兄方在任所小姪身是女子尚未得託文人之贊將使前功殆廢其可惜也欲得姐姐數句語
數行筆而備幅幀廣捲舒有妨且恐褻慢不敢取來不得已暫邀小姐乞得筆製表一以完小女爲親之
孝一以慰遠路相別之情而未知姐姐之意不敢直請敢以私懇冒瀆於夫人矣夫人顧娘子曰汝雖於至親之家

一不往来而顧念此娘子所請盖出於爲親之至誠況娘子僑居距此不遠一要往来似非難事小姐初則似
有持難之色翻然內悟曰李小姐行色甚忙春雲不可以送矣吾兼此機會往探其迹則不亦妙乎乃告於夫
人曰李小姐所請若係等閑之事則雖奉副而孝親之誠人所皆有之小姐之言何可不從乎但欲帶日昏而
去矣李小姐大喜起謝曰若曛黑則執筆似難姐々若以有煩於道路爲慮小娣所乘之轎甚迮薄陋足
容兩人之身也与我同乘而去乘夕還歸何如也鄭小姐答曰姐々之意甚合矣李小姐拜辭於夫人退与春娘執手
而別与鄭小姐同乘一轎鄭府侍婢數人從小姐之後矣鄭小姐来見李小姐寢室所排什物不甚繁多而品皆精
妙所進飲食亦甚簡略而無非珍味鄭小姐留眼見之此皆可疑也李小姐更不出乞文之言而日色猶暮矣鄭
小姐問曰觀音畫像奉置於何處耶小娣亟欲禮拜矣李小姐曰當即使姐々奉玩矣語罷車馬之聲喧
聒於門前旗幟之色掩映於道上鄭家侍婢驚惶入告曰一陣軍馬急圍此家娘子々何以爲之鄭小姐既已
知幾自若而坐李小姐曰姐々安心小娣非別人也蘭陽公主蕭和即小娣職号身名邀致姐々乃太后娘々之
命也鄭小姐避席対曰閭閻微末小女雖無知識亦知天人骨格与常人自殊而与貴主降臨宲千萬夢寐
外事也既失謁躬之禮又多逋慢之罪伏願貴主生死之公主未及対侍女告曰自三妃遣王尚宮薛尚宮問
安於貴主矣公主謂鄭小姐曰姐々少留於此乃出坐於堂上三人以次而入禮謁畢伏奏曰王主雖大內已累日

矣娘々思想政切萬歲爺々皇后娘々使婢子等問候且今日卽玉主還宮之期也車馬伇從已盡來待矣而
皇上命趙太監護行矣三尚宮又告曰太后娘々有詔曰玉主今日必與鄭娘子同輦而來矣公主留三人於外
入謂鄭小姐曰多小說話當從容穩展而太后娘々欲見姐々方臨軒而待之姐々毋庸苦辭與小妹同入趂今
日朝見鄭小姐知不可免對妾已知玉主之眷妾而閭家女兒未嘗覲謁於至尊惟恐禮貌之有違以是
惶懼矣公主曰太后娘々欲見娘子之心何異於小妹之愛姐々乎姐々勿疑也鄭小姐曰惟貴主先行妾當歸家
以此意言於老母驟後而進矣公主曰太后娘々已有詔命使小妹與姐々同車而辭意極其勤懇姐々勿苦
讓也小姐曰賤妾臣也微也何敢與貴主同輦乎公主曰呂尚渭水漁翁文王同車侯嬴夷門監者信陵
君執轡為敬尊賢何可挾貴姐々侯伯盛門大臣女子何嫌乎與小妹同乘而執謙太過耶遂携手同輦
小姐使侍婢一人歸告於夫人一人隨入於宮中公主與鄭小姐同行入東華門歷重々九門至挾門外公主與鄭
氏同下謂王尚宮曰尚宮陪鄭小姐少待於此王尚宮因以太后娘々之命已設鄭小姐幕次矣公主喜而留之
入謁於太后原來太后初則本無将意於鄭氏矣公主以微服寓於鄭家近處棋一幅之繡結鄭氏之交心既敬服
情亦綢繆耳知楊尚書之終不可疎棄相愛相許約為娣妹將欲共一室而事一人數以書苦諫於太后以回其
意太后於是大悟許以公主及鄭氏為兩夫人於少游而必欲親見其貌容使公主設計而率來矣鄭小姐少

憇於幕中矣宮中兩人自內殿奉衣函而出傳太后之命曰鄭小姐以大臣之女受宰相之聘而猶着處子之服
不可以平服朝於我也特賜一品命婦章服故妾等奉詔而來惟小姐着之鄭氏再拜曰臣妾以處子之身何敢具命
婦服色乎臣妾所着色簡製朴嘗着於父母之前者也太后娘娘即萬民之父母請以見父母之衣服入朝於娘娘
也宮女入告於太后太后大嘉之即引見鄭氏隨宮女入前處左右宮娥遞見嘖舌曰吾以為萬古嬌色惟吾貴
主而已豈料復有鄭小姐乎小姐禮畢宮人引之上殿太后賜座下教曰頃為因女兒婚事詔收楊家禮幣此所以尊
國法別公私也非寡人初聞而女兒諫予曰使人為新婚而背舊約非王者所以正人倫之道也且願與爾並体共
事少游予已與帝相議快定女兒之義意將待楊少游還朝使之復送禮幣以爾為一体夫人此恩眷古
亦無今亦無前不見後不見特欲使爾知之矣鄭氏起答曰聖恩隆重寔出望外非臣妾粉糜所能上
報也但臣妾是人臣之女詎敢與貴主同其列而並其位乎臣妾設欲從命父母以死固爭必不奉詔也
太后曰爾之辭避亦可嘉鄭門累世侯伯司徒先祖先臣朝家禮待本來自別人臣分義不必膠守也
小姐對曰臣子之順受君命如萬物之自隨其時陞而為侍妾降而為婢僕不敢違忤天命而楊少游
亦何安於心乎必不從也臣妾本無兄弟父母亦以衰謝臣妾至願惟在竭誠供養以畢餘生而已太后
徐曰惟爾孝親之誠處身之道可謂至矣而何可使一物不得其所乎況爾百美俱全一疵難求楊少游

豈肯甘心於棄汝乎且女兒與楊少游以洞簫一曲驗百年之宿緣天之所定也不可廢楊少游以一代豪傑
萬古才子娶兩箇美人便不可之有寡人本有兩女子而蘭陽之兄十歲而夭予每念蘭陽之孤子矣
予今見汝其貌其才不讓蘭陽予亦如見亡女矣予欲以汝爲養女言之於帝定汝位號一則所以表
予愛汝之情也二則所以成蘭陽親汝之情志也三則使汝與蘭陽同歸於楊少游則無許多難便之事也
汝意今則何如小姐稽首曰聖教又至於此臣妾恐損補而死矣惟望即收成命以安臣妾太后曰予
與帝相議即甚定矣汝無至執也召公主出見鄭小姐公主俱章服備威儀與鄭小姐對坐太后笑曰
女兒與鄭小姐願爲兄弟矣今爲其兄弟可謂難兄難弟矣汝意更無憾乎仍以取鄭氏爲養女之意
諭之公主大喜起謝曰娘娘處分盡矣明矣小女得成寤寐之願此心快樂何可盡達太后待鄭女尤款與
論古之文章太后曰曾因蘭陽聞汝有詠絮之才矣宮中無事春日多閑毋惜一吟以助汝歡古人有七步
成章者汝可能乎小姐對曰既聞命矣敢不盡鴉以博一笑乎太后擇宮女中捷步者立於殿前欲出題而試
之公主奏曰不可鄭氏獨試小女亦欲與鄭氏共試其才矣太后尤喜曰女兒之意亦妙矣但必得清新之題然後
詩思自出矣方涉獵古詩矣時當暮春碧桃花盛開於欄外忽有喜鵲來鳴枝上太后指彩鵲而
言曰予方定汝輩之婚而彼鵲報喜於枝頭此吉兆也以碧桃花上聞喜鵲爲題各賦七言絕句一首而詩

中揮入室婚之意使宮女各排文房四友兩人執筆宮女已移步而意恐或未及成詩睨視兩人揮筆而筆跡稍緩矣兩人筆勢風霽雨聚一時寫進宮女才轉五步矣太后先見鄭小姐所作其詩曰

紫禁春光醉碧桃何來好鳥語咬咬樓頭御妓傳新曲南國夭華與鵲巢

次見公主所作其詩曰

春深宮掖百花繁靈鵲飛來報喜言銀漢作橋須努力一時齊渡兩天孫

太后吟嘆曰予之兩女兒即女中之青蓮子是也朝廷若取女進士當分占壯元探花矣以兩詩迭示於公主及小姐兩人皆驚服矣公主告於太后曰小女僅奉成篇其詩意孰不能思之姐姐之詩曲盡精妙非小女所及也太后曰然女兒之詩亦頗銳殊可愛也時先朝老宮人皆在左右矣見太后愛兩人俱有喜悅之顏進奏曰婢子自少粗知文字而天性質鈍不能解詩中之含意伏乞娘娘以兩詩之意解釋下教則婢子等亦有今日之樂矣太后微笑把兩詩說盡其意老尚宮等亦大喜皆呼萬歲

楊少游愛遊上界　賈春雲巧傳玉語

此時天子進候於太后使蘭陽與鄭氏避于狹室迎帝謂曰予為蘭陽婚事使收鄭家之幣而終有傷於風化與鄭氏并為夫人則鄭家必不敢當矣使鄭女為妾則亦近於強脅矣今日予召見

鄭女〻〻之義且不足与蘭陽爲兄弟也以此予既以鄭女爲養女同處於楊家此事果如何也上大悅賀
曰此盛德事也可謂与天地同大矣自古深恩厚德未有不及娘〻者也太后即召鄭氏進謁於帝〻命之上殿
告於太后曰鄭氏女子已爲御妹尚着平服何也太后曰以詔命未下固辭章服矣上命女中書曰取鸞
鳳紋紅錦紙一軸而來秦氏承鳳箋而進上拳筆欲書矣稟於太后曰鄭氏既封公主當賜國姓矣太后
曰吾亦有此意而但聞鄭司徒夫妻年既衰老無他子女予不忍老臣無得姓之人仍其本姓以曲軫之
意也上以御筆大書曰奉太后聖旨以養女鄭女封爲英陽公主踏兩宮之寶以賜鄭女使宮女攀公主冠服着
鄭氏〻〻下殿謝恩上使与蘭陽公主定其座次鄭生於公主長一月而不敢坐其上太后曰英陽今則即我女子兄
在上弟在下禮也兄弟之間何可飾讓小姐稽顙曰今日坐次即他日行列何可不謹於其始乎蘭陽春秋時趙
衰之妻即晉文公之女也讓位於先娶之正室姐〻小妹之見也又何疑乎鄭氏讓之頗久太后命以年歲定座此後
宮中皆以英陽公主呼之太后以兩人之詩示之於上〻〻以嗟賞曰兩詩皆妙而英陽之詩引周詩之意歸德於
后妃大得體也太后曰帝言是也上又曰娘〻愛英陽至此實國家所未有也臣亦有仰請者矣乃以秦中
書前後事數奏曰彼之情勢殊甚悲惻其父雖以罪死其祖先皆本朝臣子欲曲遂其情以爲御妹
從嫁之媵娘〻幸矜而頷之太后顧兩公主曰秦氏曾以此事言於小女矣小女与秦女情分既切不欲

相雖微聖教小女亦有是心矣太后召秦鳳彩下教曰女兒與汝有死生相隨之義故特使汝爲楊尚書媵侍汝之志願畢矣此後須更竭誠悃以報公主之恩秦氏感泣淚下謝恩後太后下教曰兩女婚事乎既決定而忽有喜鵲來報吉兆予已令兩女作喜鵲詩矣汝亦得依倣之所可與同其慶也汝能作一首詩乎秦氏承命即製表進其詩曰

喜鵲查查繞紫宮鳳仙花上起春風安巢不待南飛去三五星稀正在東

太后與帝同看喜曰詠雪之蔡女瞠乎下矣詩中亦引周詩能守嬪妾之分此所以尤美也蘭陽曰喜鵲詩料本來不多耳小女兩人已既先作後來無可下手處矣曹孟德所謂繞樹三匝無枝可依爲本非吉語取用甚難矣此詩能雜引曹孟德杜子美及周詩之句合成一句而天然渾然不見斧鑿之痕三家文字有若爲秦氏今日事作也此詩古亦無矣太后曰古來女子中能詩者惟班婕妤卓文君蔡文姬謝道蘊三四人而已今才女三人同會一席可謂盛矣蘭陽曰英陽姐姐侍婢賈春雲亦奇矣時日將暮矣上啟寢殿兩公主亦退同宿於一房翌曉鷄初鳴鄭氏入朝於太后請啟小女入宮之時父母並驚懼矣今日欲啟見父母以報恩澤小女榮寵誇詡於門闌家族伏願娘娘許之太后曰女兒何可輕離大內乎與司徒夫人亦有相議事矣即傳教於鄭府使崔夫人入朝鄭司徒夫妻因

小姐使婢子密通驚慮初弛感意方深矣忽承詔旨忙入內殿太后引接曰予竟來今愛不但覺
其兒蓋爲蘭陽婚事矣一接半容心乎愛矣遂爲養女兒於蘭陽意者寡人前生之女子今世誕生
於夫人家矣英陽既爲公主則當加之以國姓而予念夫人無子不改其姓惟夫人領我至情崔夫人受恩感
激叩頭曰臣妾晩得一女愛之如玉及其婚事一誤禮幣還送老身魂骨俱碎惟願速死不見其
可憐之形矣貴主累枉於蓬蓽之中屈其貴尊下交賤息仍與携入禁中使被曠世之恩章此葉
於枯木水於涸魚惟當竭髓殫力以効報答之悃而臣妾之夫年老病深心長髮短既不能奔走
職事以責微勞臣妾亦以彫謝癃疲與鬼爲隣崇由追逐宮娥自服掖庭洒掃之役丘山之恩
將何以仰報乎惟有千行感淚河傾而瀉而已乃起而拜伏而泣双袖已龍鍾矣太后爲之嗟歎又
曰英陽已爲吾女夫人更不挈去矣從此絶望可也崔氏俯伏奏曰臣妾何敢率皈家中乎但母女不得
團會祈誦如天之德是可冤也太后笑曰不越乎行禮之前也惟夫人勿憂也成婚之後蘭陽亦托於夫
人矣襯蘭陽亦如寡人之愛英陽仍召蘭陽公主與夫人相見夫人重謝前日之褻慢太后曰聞夫人家
有才女賈春雲可得見乎夫人即召春雲入謁於殿下太后曰美人也更進之前曰聞蘭陽之言汝曾
盜學江淹之筆可能爲寡人賦乎春雲叩頭奏曰臣妾何敢唐突於天威之前乎然試欲聞題

矣。太后。命示三人喜鵲詩曰。汝能爲如此語乎。春雲。求筆硯。一揮而進。其詩曰

報喜微誠只自知 吳庭奉迎鳳凰儀 秦樓春色花千樹 三繞寧無借一枝

太后。覽之。轉視兩公主曰。吾聞賈女有才。而豈料其高品之至斯也。蘭陽曰。此詩以鵲。自比其身。以鳳凰比姐姐。得体矣。下句疑小女不許相容。欲借一枝之栖。而集古人之詩。採詩人意。鎔成一絶。思妙意精。古者善竊掠白裘手也。古語云。飛鳥依人。人自憐之。賈女之謂也。仍與春雲。退去。與秦氏接顔。公主曰。此女中書。即華陰縣秦家女子。與春娘同居。皆見之人也。春雲。答曰。此無乃作楊柳詞之秦娘子乎。秦氏。驚問曰。娘子因何而聞楊柳詞乎。春娘曰。楊尚書。每思娘子。輒誦此詩。妾以獲聞之矣。秦氏感愴曰。楊尚書。不忘妾矣乎。春娘曰。娘子何爲此言乎。尚書以楊柳詞。藏之於身。見之則流淚。咏之則發嘆。娘子獨不知尚書之情歟。秦氏曰。尚書若有舊情。則妾雖未見尚書。死亦無恨矣。仍言執扇詩首末。春娘曰。妾身上釵釧指環。皆其日所得也。宮人忽來報曰。鄭司徒夫人將還。第矣。兩公主復入侍坐。太后謂崔夫人曰。楊少游未幾當還矣。前日禮幣。自當復入於夫人之門。而復受既退之幣。頗涉苟簡。況英陽是予女子。兩女婚禮。欲並行於一日。夫人許否。崔氏伏地曰。臣妾何敢自專。惟娘娘之命矣。太后笑曰。楊尚書爲英陽。三抗朝命。予欲一瞞之矣。諺曰。凶言反吉。待尚書來。瞞言鄭小姐因病不幸。曾見尚書疏中有曰。與鄭女相見。合卺之

日欲見尚書能辨舊面否也崔氏承命辭敀小姐拜送于門之外自春雲密撥瞞了尚書之謀春雲曰
妾爲仙爲鬼欺尚書多矣至一再至三不亦大褻乎小姐曰非我也太后有詔也春雲笑而去此時楊尚
書以白龍潭水飲將士々々氣無前銳皆願一戰尚書指授方略一鼓直進贊普才受烏衣烟所送之
珠知唐兵已過盤蛇谷大懼方議詣壘而降吐蕃諸將生縛贊普至唐營而降楊元帥更
整軍容入其都城禁止侵掠撫按百姓登崑崙山銘大唐威德遂振旅奏凱將向京師至眞
州正仲秋也山川蕭瑟天地搖落寒花釀感斷蛩流哀令人有羈旅之悲矣元帥夜入客館懷抱
甚惡遙夜漫々不能假寐自想曰一別桑榆三閱春秋堂中鶴髮想非舊日列鼎之養不及於親
闈子職虧矣人道廢矣此古人所以悲風樹之不停望太行而興感者也況數年奔走內事無主鄭家親
禮難保無他所謂不如意者十常八九者此也今我復萬里之地平白象之域其功亦不可少矣天子必
用封建之典以酬驅馳之勞我若還其職號陳其誠懇請許鄭家之昏則或有允俞之望矣念
及於此心事小寬乃就寢而睡一夢遙々飛上天門七寶宮闕丹碧煌々五采雲霞光影蹈々侍女
兩人來謂尚書曰鄭小姐奉請尚書矣尚書從侍女而入廣庭弘敞仙花爛熳仙女三人并坐於白玉樓
上其服色如后妃而姿秀青兩眸流彩望之如碧玉明珠依疊而交映也方倚曲欄手弄瑤琴見

尚書至雅座而迎分席而坐上席仙女先問曰尚書別後無恙否尚書詳見認是昔日論曲
之鄭小姐也驚愕欣倒欲語未語仙女曰今則我已別人間來遊天上徊悵疇昔曩如隔兩塵君子每
見妾之父母雖聞妾之音耗矣仍指在傍兩仙女曰此即織女仙君彼乃戴香玉女与君子有前世
之緣願君子毋念妾身与此兩人先結好約則妾亦有所托矣尚書望見兩仙女坐末席者面目多
慣而不能記得矣少焉鼓角齊鳴蝴蝶忽散乃一夢也仍想夢中說話皆非吉徵乃撫枕自歎
曰鄭娘子必死矣不然也我夢何其不吉耶又自解曰有思者有夢或以思想之切而有此夢耶桂蟾
月之鸞杜鍊師之媒未必非月老之指而奴釼未合九原遽隔則所謂天者不可必也所謂理者不
可諶也反以爲吉或者我夢之謂乎久之前軍至京師天子親臨渭橋以迎元帥着鳳翎紫金盔
穿黃金鎖子甲乘千里大宛馬以御賜白旄黃鉞龍鳳旗幟擁前衛後排左列右鎖賁普於檻
車着在陣前西域三十六道君長各執琛書貢之物隨其後軍威之盛近古所無觀光之人殆亘百里
是日長安城中虛無人矣元帥下馬叩頭拜謁上扶而起慰忠此遠行之勞獎其大功之遂即下詔於朝
廷依郭汾陽故事列衣土封王以侈賞典尚書露誠力辭終不受命上重違其息更下息旨而
以楊少游爲大丞相封魏國公食邑三千戶賞賜黃金一万金白金十万斤蜀錦十万疋駿馬一千匹其餘

珍寶不可勝記楊丞相隨法駕入闕祇肅天恩上即命設平宮宴以示禮遇之恩詔畫其像見於麒麟
閣丞相自闕下來鄭司徒家鄭家門族皆會於外堂迎拜丞相各自獻賀丞相先問司徒及夫人安否鄭
十三答曰叔父叔母身雖撑保而自遭小姐之喪慽哀傷過節疾病頻作氣力比前歲頓減未能出
迎於外堂望丞相與小弟同入內堂如何丞相猝聞是說如痴如狂不能遽問過食頃乃問曰岳丈
遭何人之喪耶十三曰叔父本無男子只有一女而天道無知竟至於斯莫暮境傷懷庸有極乎丞相入
見慎勿出悲慽之語丞相大驚大慽言才入耳流淚已濕錦袍矣鄭生慰之曰丞相合婚之約能同於
金石私門不幸大事已誤望丞相思惟義理勉自排遣丞相謝而拭淚與鄭生入謁於司徒夫婦惟
欣然而已不及小姐之夭慽丞相曰小婿幸賴國家之威靈猥受封建之盛賞方欲納官陳懇以回
天聽得成疇昔之約矣朝露先晞春色已謝烏得無存沒之感乎司徒曰彭殤皆命哀樂有數矣
宗為之言之何益今日即一家慶會之日不必為哀楚之言也鄭十三數目丞相丞相止其言辭故園中春
雲迎謁於階下丞相見春雲如見小姐尤切悲悵餘淚又汪然數行下春雲跪而慰之曰老爺老爺
今日豈老爺悲傷之日乎伏望寬心收淚俯聽此春雲之言吾娘子本以天仙暫時謫降故上天
謂賤妾曰汝自絕楊尚書而還從我矣今我已棄塵累汝其更敢於楊尚書侍其左右楊

尚書早晚還故如念妾而傷悵汝以我意傳之曰吾家即還尚書禮幣則便是行路人也況有
前日聽琴之嫌尚書若思念過度悲哀踰禮則是君命而循私情貽累憾於已亡人可不愼哉
且或酹酒於墳堂或弔哭於靈幄則是待之以無行之女子我豈無憾於地下乎且曰皇上必待尚書
之還故認公主之昏我聞公主淑聰之聖德合於君子之配匹必須順受君命毋陷罪戾是我之望也丞相
相聞益愴然曰小姐遺命雖如此吾何以抑此悲悵耶況小姐臨沒眷念至於此我雖十死
而報小姐之恩德誠難矣仍說客館夢小姐之事春雲墮淚曰小姐必在玉皇香案前矣丞相
千秋万歲後豈無會合之期耶愼勿過哀以傷貴體丞相又曰此外小姐又有何言乎春雲曰雖
有他言不敢以春雲之口仰達矣丞相曰言無淺深汝其悉陳春雲曰小姐又謂曰我与春雲即一身也
尚書若不忘吾視春雲如吾而終始勿棄則我雖入地如親受尚書之恩也丞相尤悲曰我何忍棄
春娘也況小姐有付托之命我雖以織女爲妻宓妃爲妾誓言不負春娘也

合巹席蘭英相諱名　獻壽筵鳴月双擅場

明日天子召見楊丞相下教曰頃者爲御妹昏事太后特下嚴旨朕心亦不平矣今聞鄭女已死而御妹昏
事惟待卿還朝久矣卿雖思念鄭家女死者已矣卿方少年堂上有大夫人則甘毳之供不可自

當況且大丞相官高女君不可無矣魏國公家廟亞獻不可闕矣朕已作丞相府及公主宮以待行
禮之日御妹之昏今亦不可許乎丞相叩頭奏曰臣前後拒逆之罪宜合斧鉞之誅而聖教荐下王
旨春溫臣誠感隕不知死所前日之累抗叩教有所拘於人倫而不獲已也今則鄭女已亡矣臣詎
敢有他意乎但門戶寒微才術空疎恐不合於附馬之尊位也上大悅即下詔於欽天閣使擇吉日
太史以九月望日奏之只隔數十日矣上又下教曰前則昏事在於可否間故不言於卿矣朕有御妹兩
人皆賢淑非凡骨也雖欲更求如卿者何處可得乎以是朕恭承太后之詔欲以兩妹下嫁於卿矣丞
相忽憶眞州客館之夢大異心伏地奏曰臣自被椒掖之簡欲避無路欲走無地未得處身之所
荐切致寇之懼今陛下欲使兩公主共事一人之身此自有人國以來所未聞也臣何敢承當乎上
曰卿之勳業足爲國朝之首彝鍾不足銘其功也茅土不足償其勞也此朕所以兩妹事之且
御妹兩人友愛之性皆出於天立則相隈坐則相依每願至老死不相離此太后眷眷之意也卿
不可辭也且宮人秦氏本士族也有姿色能文章御妹視如手足待以腹心欲以爲媵於下嫁之日
故先使卿知之矣丞相又起辭而已時鄭小姐爲公主在宮中日月多矣事太后以孝以誠與蘭
陽及秦氏情若同氣敬愛深至太后益愛之昏期既迫從容告於太后曰當初與蘭陽定次

之日冒據上座宗涉僭越而一向固辭似違於娘娘眷恤之恩雖勉從之而非其本心也今欲楊家蘭陽若辭第一位則此大不可也惟望娘娘及聖上俯察其情禮已其位次使私分獲安家法不紊蘭陽曰姐姐德性才學此皆小女之師也姐姐雖在鄭門小女當如趙衰之讓位既爲兄弟之後豈有尊卑之分乎小女雖爲第二夫人自不失帝女之尊貴而若忝居上元之位則娘娘養育姐姐之意果安在哉姐姐必欲讓位於小女則小女不願爲楊家婦也太后問於上曰御妹之讓出於中心未聞自古帝王家尊貴主有此事也願娘娘嘉其謙德成其美意也太后曰帝言是也乃下敎以英陽公主封魏國公左夫人以蘭陽公主封右夫人以秦氏本大夫之女封爲淑人自古公主昏禮行闕門之外官府矣是時太后特令行禮於大內至吉日丞相以蟒袍玉帶與兩公主成禮威儀之盛禮皃之偉不須道也禮畢入座秦淑人亦以禮納拜於丞相仍侍公主丞相陽之座三位上仙會一席光搖五綵影眩千門丞相双眸亂纈九魄超忽只疑身在於黑甜鄕也是夜與英陽公主連衾早起同寢於太后太后賜宴帝及皇后亦入侍太后終日盤桓懽是夕又與蘭陽公主并枕同歡第三日往秦淑人之房淑人仰視丞相輒泫然垂淚丞相驚問曰今日笑則可也泣則不可淑人之淚抑有思乎秦氏對曰丞相不記小妾可知丞相之已忘妾也丞相少頃乃悟就

執玉手而謂曰君得非華州秦娘子乎彩鳳欲語轉咽声不出口丞相答以娘子爲已作泉下人矣
果在宮中也華州相失娘家翁稱余欲無言君欲聽自客店遁亂之後何嘗一日不思吾娘子而
只知其死不知其生矣今日得遂旧约寔是吾慮之不及也娘心之所期乎即自弗理宗秦氏之詞秦氏
亦探懷中奉呈丞相之詩而以楊柳詞依俙茗相和之日各把彩箋摧腸叩心而已秦氏曰丞相惟
知以楊柳詞而共結旧日之约不知因紈扇詩而得成今日之缘也遂開小篋出其扇示丞相仍
備陳其事曰此皆太后娘娘萬歲爺爺洪恩盛德也丞相曰其時避兵於藍田山迴问于店人
則店人或云没入於掖庭或云爲婢於远邑或云亦不免凶禍無未知其的実更無可望不得已
求婚於他家而每過華山渭水之间身如失侶之鴈心同中鈎之魚皇恩所及乃與會合夢有不安
於心者以小星相期而終使娘子屈於此位慚愧何言秦氏曰妾之命薄妾亦自知故曾送乳母
於客店也郎君或已納幣或以娶室則妾欲自願爲小室矣今居貴主之副位榮也幸也妾若有
怨恨之心則天必厭之是夜旧誼新情比前兩宵尤親密矣明日丞相與蘭陽公主會英陽公主
房中閑坐傳盃英陽低声招侍女請秦氏丞相聞其声音中心自然懷疑之色忽上於面盖曾
入鄭府對小姐彈琴聞其評曲之声音比容皃又慣矣此日聞英陽之声如自鄭小姐口中出也

旣聞其声又見其面則声鄭小姐也與鄭小姐也丞相暗想曰世上果有非兄弟非親戚而酷相類
者也吾約鄭氏之昏也意欲同生而同死矣今我已結伉儷之樂而鄭氏孤魂托於何处耶我欲遠嬪旣
未一酹於其墳又孤一哭於其殯吾負鄭娘子多矣存於中者自發於外双淚潸潸欲滴鄭氏以水鏡之
心豈不知其恨抱聞事乎乃整衽而問曰妾聞主辱臣死主憂臣辱女子之事君子如臣之事君今
相公臨觴忽惻惻不樂敢問其故丞相謝曰小生心事當不諱於貴主矣少游曾往鄭家見其
女子矣貴主声音容貌恰似鄭家女子故觸目興思悲形於色遂令貴主有疑貴主勿恠也
英陽䩄紅顔頰微赤矣忽起入內殿久不出使侍女請之侍女出闕陽曰姐姐太后娘娘之所寵愛性品頗驕
傲不如妾之柔劣也相公比姐姐於鄭女必有未安之心也丞相即使秦淑人謝罪曰少游因醉妄發貴主
若出來則少游當如晋文公請自囚矣秦氏久而出無所傳之言丞相問曰貴主有何語耶秦氏對曰貴
主怒氣方峻言頗過中賤妾不敢傳矣丞相曰貴主過中之言非淑人之愆也須細傳之秦氏曰英陽公
主有教曰妾雖陋劣即太后娘娘之寵女鄭女雖奇不過為閭閻家賤微女子禮曰式路馬此非馬之敬
也敬君父之所乘也君父之馬尚且敬之況君父所嬌之女子相公若敬君父而尊朝廷也固不可以妾比
之鄭女况且鄭氏曾不顧嫌自矜其色與相公接言語論琴曲則不可謂持身以禮也其濫可知

自傷昏事之差池身致幽菌疾病終至夭折於青春亦不可謂多福之人也其爲最奇矣相公何
曾比余於是乎昔曾之秋胡以黃金戲採桑之女其妻妾即赴水而死妾何可羞顏更對相公乎不
顧爲無行人之妻也且相公記其顏面於已死之後下其聲音於久難之餘此必挑兮於卓女之
堂偷香於賈氏之室其行之汚甚於秋胡妾雖不能效古人投水自此誓言不出國門之外終老
而死蘭陽性質柔軟不與同我惟願相公與蘭陽偕老丞相大怒於心曰天下安有以女子而恃勢
如英陽者乎果知爲附馬之苦也謂蘭陽公主曰我與鄭女相逢自有曲折矣今英陽公主反以淫
行加之於我無損但辱及於既骨之人是可歎也蘭陽曰妾當入而諭姐々矣即回身而入至日暮
亦不肯出來燈燭已張於房還矣蘭陽使侍婢傳語曰妾將說万端姐々終不回心妾當初與姐々
結約死生不相離苦樂必相同以矣言告之於天地神祇姐々若終於深宮則妾亦終老於深宮姐々若
不近於相公則妾亦不近於相公望相公就淑人之房穩度今夜丞相怒膽撑腹呈忍不泄而虛帷
冷屛亦無聊賴依寢床直視秦氏即東燭導丞相就寢房燒竜香於金炉鋪錦衾
於象床謂丞相曰妾雖不敏嘗聞君子之風化云妾御不敢當夕今兩公主恨以皆入內殿妾何敢
陪相公經此夜乎惟相公安寢妾當退去矣即雍容步去丞相以挽執爲苦乘不留止而是

夜景色頗冷淡矣遂垂幌就寢反側不安自語曰此輩結黨挾謀侮矣丈夫我豈肯哀乞於彼哉我昔在鄭家花園晝則與鄭十三大醉於酒樓夜則與春娘對燭飮酒無一日不閑無一事不快矣今爲駙馬已受制於人平心甚煩惱手招紗窓河影流天月色滿庭乃更寢而出巡簷散步遠望英陽公主寢室綪綪玲瓏銀釭煌明丞相暗語曰夜已深矣宮人何至今不寐乎英陽怨我而送我於此或者已敀於寢房乎恐出聲音曳屣輕步潛進窓外則兩公主談笑之響音博陸之聲出於外矣暗從欞間而窺之則秦氏坐兩公主之前與一女子對博局祝紅呼白其女子轉身挑燈已是賈春雲也元來春雲欲觀光於公主大禮入來宮中已累日而莊身掩默不見丞相故丞相不知其來矣丞相驚訝曰春雲何至此耶必公主欲見而呼來也秦氏忽改局設馬而言曰既無賭物殊覺無味當與春娘爭賭矣春雲曰春本貧女也勝則一盃酒肉亦幸矣賤人長在貴主之側視彩錦如塵織以珍羞爲藜藿欲使春雲以何物爲賭乎彩鳳曰吾一不勝則吾一身所佩之香粧首之飾從春娘而與之娘子不勝從我所請之言也是事於娘子固無費也春雲曰所欲請者何事所欲聞者何語彩鳳吾得聞兩位貴主私語春娘子爲仙爲鬼以欺丞相云而我未得其詳娘子負則以此事習爲古談而說與我也春雲乃推局向英陽公

主而言曰小姐、、平日愛春雲可謂至矣何以為此可笑之說悉陳於公主乎淑人亦既聞之宮中有耳之人孰不知之春雲自此以何面目立乎彩鳳曰春娘子吾公主何以為春娘子小姐乎英陽貴主即吾大丞相夫人魏國公女君年齒雖少品位已高豈可復為春娘之小姐乎春雲曰十年之言一朝難变争花闹草究如昨日公主夫人吾不畏也仍琅々而笑蘭陽公主笑問於英陽曰春雲話尾小妹尚未及聞之丞相其果見欺於春雲乎英陽曰相公之被欺於春娘多矣無新之埃烟豈生乎但欲見其恇怯之状矣冥頑太甚不知畏鬼古所謂好色之人色中餓鬼者果非誣也鬼之餓者豈知鬼之可畏乎一座皆大笑丞相方知英陽公主之為鄭小姐也如逢地中之人徒切驚倒之心直欲開之突入而旋止曰彼欲瞞我我瞞彼矣乃潛就秦氏房披衾穩宿矣天明秦氏出来問於侍女曰丞相已起否侍婢答曰未也秦氏久立於帳外朝旭滿窓朝饌將進而丞相不起時有呻吟聲秦氏近問曰丞相有不安節乎丞相忽睜目直視有若不見人者且往々作譫語秦氏曰丞相何為此譫語也丞相荒乱錯寞者久忽問汝誰也秦氏曰相公不知妾乎妾即秦淑人也丞相曰秦淑人誰也秦氏不答以手撫丞相之頂曰頭部頗溫可知相公有不平候矣然一夜之間疾何處也丞相曰我与鄭女達夜相話於夢中我之氣候安得平穩乎秦氏更问其詳丞

相不答翻身轉卧秦氏切問使侍女告於両公主曰丞相有疾速臨診視英陽曰昨日飲酒之人
今尚病乎不過欲使吾輩出頭也而已秦氏忙入告曰丞相神氣悦惚見人不知惟向暗裡頻吐
狂言奏於聖上召太醫治如何太后聞之召公主責之曰汝輩瞞戲丞相已至矣而聞其疾重
不即出見是何事也急出問病勢若重召太醫中術業最妙者而治之英陽不得已
与蘭陽皆丞相寢所留堂上先使蘭陽及秦氏入見丞相見蘭陽或搖双手或瞋両眸初
若不相識者状作喉間之声曰吾命將尽矣要与英陽相訣英陽何往而不來乎蘭陽曰相
公不病而何為同病將死者之言乎丞相曰太公夜非夢似夢間鄭女來我而言曰相公何負
約耶仍盛怒呵責以真珠一掬与我我受而吞之此宗凶徵也閉目則鄭女壓我之身開眸則
鄭女立我之前此鄭女怨我之無信而奪我之脩期也我何能生乎命在晷刻間矣欲見英陽
者蓋以此也言未已又作昏困断尽之形囬面向壁又發胡乱之説蘭陽見此舉止不得不边而憂
慮大起出言於英陽曰丞相之似出於百憂疑非但不可醫矣仍言丞相病状英陽且信且疑踟
躕不入蘭陽推手同入丞相猶作譫語而無非向鄭氏之説也蘭陽高声曰相公相公英陽粗来
矣開目見之丞相乍舉頭頻揮手有欲起之状秦氏就身扶起坐於床上丞相向両公主而

言曰少游偏蒙異數幸與蘭陽公主結親方欲同室而同穴矣有欲拉我而去者將不得
久留矣英陽曰相公識理之人也何為浮誕之言鄭氏設有殘魂餘魄九重深邃百神護衛渠安
能入乎丞相曰鄭女方在吾傍何以曰不敢入乎蘭陽曰古人見盃中弓影而有成疑疾者恐丞
相之病亦似弓而為蛇也丞相不答但搖手而已英陽見其病勢轉劇不敢終諱乃進坐曰丞
相只念死鄭女而不欲見生鄭女乎相公苟欲見之妾即鄭女瓊貝也丞相佯若不信曰是何言
也鄭司徒只有一女而死已久矣死鄭女既在吾之身邊則死鄭女之外豈有生鄭女乎不死則生
不生則死人之常也一人之身或謂之死或謂之生則死者為其鄭女乎生者為其鄭氏乎生固其
也則妾也死固其也生則誕也貴主之言吾未信也蘭陽曰吾太后娘娘以鄭女為養女封為英
陽公主與妾同事相公英陽姐姐即當日聽琴之鄭小姐也不然姐姐何以與鄭女無毫髮之爽也丞相不
答微作呻吟之聲忽昂首作氣而言曰我在鄭家之時鄭小姐婢子春雲使喚於我矣今有
一言欲問於春雲春雲安在乎吾欲見之耳蘭陽曰春雲為謁英陽姐姐入宮屬耳春雲亦
憂丞相之病來候於戶外矣即入謁曰相公貴体少康乎丞相曰春雲猶留餘皆出兩公主
與淑人退立於欄頭丞相即起梳洗整其衣冠使春雲請三人春雲含笑而出謂兩公主及

奏敕人曰相公毀之矣四人同入丞相戴華陽冠着宮錦袍執白玉如意依案席而坐氣像如
春風之浩蕩精神如寒冰之澄澈初不似病起之人鄭夫人方悟見賣微笑低頭更不問相公
之病蘭陽問曰相公之氣今則何如丞相正色曰少游見近來風俗甚怪婦女作黨欺瞞其家
夫少游㦲在大臣之列每求觀正之術而未得其道憂慮成疾昔疾今愈不足以煩公主慮也蘭
陽及秦氏兩人自覺見賣惟微笑而不敢答鄭夫人曰是事非妾等所知相公如欲醫疾仰稟
于太后娘娘丞相心不勝癢癢及發笑曰吾與夫人只卜後生之相逢矣今日我在夢中而不知受
耶鄭女跪奏莫非太后娘娘子視之恩皇上陛下并育之恩蘭陽公主之德也惟鏤骨銘而已豈口吻所
可容謝哉仍細陳顛末丞相謝於公主曰公主盛德宗簡策上所未覩者也少游宗無酬報之
也惟期益加敬服之誠不替鐘鼓之樂也公主稱謝曰此皆姐姐微仗柔德感回天心妾何與哉時
太后招宮問病狀乃知托病之由大笑曰我固疑之矣乃召見丞相而公主亦在坐矣太后問曰聞
丞相與既死之鄭女續已絶之佳緣不可無一言賀也丞相俯伏對曰聖恩與造化同小臣粉身摩頂
放踵瀝膽露肝難報其萬一矣太后曰吾直戲耳豈曰恩也是日上受朝賀於正殿群臣奏
曰近者景星出甘露降黃河清年穀登三鎮節度納地而朝吐蕃強胡革心而降此皆盛

德所致也上謙讓以功於羣臣又奏曰丞相楊少游近在銅龍樓上橋客吹玉簫而請鳳凰
久不下於秦樓玉堂之務殆將闕矣上大笑曰太后娘娘連日引見此少游所以不敢出也朕近當
面諭使之就職矣明日楊丞相就朝堂理國政遂上疏請暇欲將母而來其疏曰
丞相魏國公駙馬都尉臣楊少游頓首百拜上言于皇帝陛下伏以臣即楚地編戶之民也生事不過數頃
學業止於一經而老母在堂菽水不繼欲嘗升斗之祿以備甘毛之供不揣才分猥蒙鄉貢方臣之踶履
赴京老母臨行送之曰門戶殘矣家業弊矣堂構之責十口之命皆付於汝之一身汝其力爭決科以显父母是
吾望也而祿仕太早則躁競之刺與官職太眾則負乘之患生汝其戒之臣敢受母訓銘在心肝而濫以
幼少之年幸值功名之會立朝數年名位俱赫金馬玉堂世稱華貴而臣既冒拔黃麻紫誥必須全
才而臣又添叨奉綸南諭強藩屈膝受命西征凶粤束手臣本白面一書生也是豈臣能立一策效一謀而
致此哉豈非皇威所及諸將效死而陛下乃反將其微勞府衣以重爵臣心之愧懼惶感有不可論而老母所戒躁
競之刺負乘之患不幸當之矣至鄙寡才拙簡也非閭閻賤臣所敢當者而聖命勤摯謬恩荐加臣必遁不
浮月沒承恩豈不足以辱國家而羞當世乎嗚呼老母之所戒於臣者初不過乎寸廩而已臣之所望於國者本不躋
於一官而已今臣居將相之位挾公侯之富奉王事不遑將母臣偃處丹碧之室而臣母則尚掩茅茨臣坐

享方丈之食而臣母則不厭鹿糲居处飲食母子絶異是以富貴处身而以貧賤待母人倫廢矣子職隨忽矣
況臣母年齡已高疾病沉篤無他子女可以扶護者而山川遼濶信使阻絶信息亦不能以時相通不待陟
屺望雲而肝腸已寸斷無餘矣今幸国家無事官府多閑伏乞陛下諒臣危迫之情察臣終養之願特
許數月之暇使之歸省先墓将歸老母母子同居歌詠聖徳得以益灑洩之乐效反哺之誠則臣謹當
殫竭移孝之忠誓報陛下之恩矣伏乞 陛下矜憫焉
上覽之歎曰孝哉楊少游也特賜黄金千斤綵帛八百疋歸爲老母壽且令輦母還返丞相入謝祇
肅拜辭於太后太后賜賚金帛倍蓰於皇上恩典矣退與兩公主及秦賈兩娘相別行到天津鴻月
兩妓因府尹之通已来待於客館丞相笑謂兩妓曰吾之此行乃私行非王命也兩娘何以知之鴻月曰
大丞相魏国公駙馬都尉之行深山窮谷亦皆奔送嘗邊妾等雖蟄於山林寂寞之地豈無耳目乎
況府尹老爺敬待妾等亟於相公相公之来不敢不報昨年相公奉使過此妾等尚有萬丈之光輝今相
公位益崇而名益著矣臣妾之榮亦轉加百層矣聞相公娶兩公主爲女君未知兩位公主能容
妾等否丞相曰兩公主一則乃聖天子御妹一則乃鄭司徒女子太后取鄭氏爲養女而即桂娘所薦也
鄭氏與桂娘有汲引之恩且與公主俱有及人之仁容物之德豈非兩娘之福耶鴻月相顧而賀丞相与

兩人經夜行到故鄉初以十六歲書生離親遠遊及其來覲擁大丞相之軒車韓魏国公之印綬重之
以駙馬之豪貴四年間所成就者何如耶入謁於母夫人柳氏執其手而撫其背曰汝真吾兒楊少游耶
吾不能信也當昔誦六甲賦五言時豈知有今日榮華也喜極而淚下也丞相把立名成功之終始娶
室卜妾之顛末播告無餘柳夫人曰汝父親每以汝為吾門者惜不令汝父親見之也丞相省祖先之
全以賞賜金帛為大夫人設大宴獻壽請宗族故旧隣里讌飲十日陪大夫人登程諸路方伯列邑守
宰輜輧護行光彩輝映於一方矣過洛陽分付本州招鴻月兩妝還報曰兩娘子同向京師已有日矣丞
相頒以文違為悵缺至皇城奉大夫人於丞相府中詣闕肅謝兩宮引見賜賚金銀綵緞十車俾為大夫
人壽請滿朝公卿設三日大餔以娛之丞相擇吉日陪大夫人移入於御賜第園林臺沼亭榭宮宇下皇居
一等矣鄭夫人蘭陽公主行新婦之礼秦淑人賈伎人以備礼謁見幣物之盛礼貌之恭足令大夫人數和
氣而滋單懽心也丞相既承壽親之命以恩賜之物又設大宴三日兩宮賜梨苑之樂移御廚之饌賓傾
朝庭矣丞相具彩服與兩公主高擎玉杯以次獻壽柳夫人甚樂宴未罷閽人入告門外有兩女子納名
於大夫人及丞相座下矣丞相曰必鴻月兩娼也以此意告於大夫人招入兩妓叩頭拜謁階前衆賓皆
曰洛陽桂蟾月河北狄驚鴻擅名久矣果絕艷也非楊相国風流何能致此乎丞相命兩技各奏

其歎云鳴月一時幷起曳珠履登瑣遠拂藕膓之輕衫亂石榴之彩袖對舞霓裳羽衣之曲落花飛絮撩亂於春風雲影雪色明滅於錦帳漢宮飛燕再生於都尉宮中金谷綠珠却立於覩之堂上柳夫人兩公主以錦繡纏帛賞賜兩人秦淑人與蟾月旧相識也話旧論情一喜一悲鄭夫人手把一盃別勸桂娘以酬薦進之恩柳夫人謂丞相曰汝輩進於蟾月而忘我從妹乎不可謂不背本矣丞相小子今日之樂皆錬師之德也况母親既入京師錬師下教固欲奉請矣即送紫清觀諸女冠云杜錬師入蜀三年尚未還柳夫人甚恨々焉

樂遊園會獵鬪春色 油碧車招搖古風光

鳴月入楊府之後丞相侍人日益多矣各定其居处正堂曰慶福堂大夫人居之慶福之前曰燕喜堂左夫人英陽公主處之慶福之西曰鳳簫宮右夫人蘭陽公主处之燕喜之前凝香閣清和楼丞相处之时々設宴於此其前太史堂禮賓堂丞相接客施公事之处也鳳簫宮以南尋真院即淑人秦彩鳳之室也燕喜堂以東迎春閣即孺人賈春雲之房也清和東西皆有小楼綠窓朱欄蔽虧掩映周回作行閣以接於清和樓凝香閣東曰賞花楼西曰望月樓桂狄兩娘各占其一樓宮中樂妓八百人皆天下有色有才者也分作東西部右部四百人桂蟾月主之右部四百人狄驚鴻主之教以歌舞

課以管絃每月會淸和閣較兩部之才丞相陪大夫人率兩公主親自等第以賞罰勝者以三盃酒賞之
頭揷彩花一枝以爲光榮負者以一杯冷水罰之以墨筆畫一點於額以愧其心以此衆妓之才日漸精熟
魏府越宮女樂爲天下最梨苑弟子不及於兩妓矣一日兩公主與諸妓陪大夫人而坐丞相持一封書
自外軒而入授蘭陽公主曰此越王之書也公主展看其書曰
春日晴和丞相鈞体蔓福頃者国家多事公私無暇樂遊原上不見駐馬之人昆明池頭無復泛舟
之戲遂令歌舞之地便作蓬蒿之墟長安父老每說祖宗朝繁華古事往往有流涕者殊非太平之
氣象也今賴皇上盛德丞相偉功四海寧謐百姓安樂復開元天宝間樂事即今日其會也况春
色未暮天氣方和芳花嫩柳能使人心駘蕩美景賞心俱此時矣願与丞相会於樂遊苑上或觀
獵或聽鋪張昇平盛事丞相若有意此即約日相報使寡人隨塵幸甚幸甚
公主見畢謂丞相曰相公知越王之意乎丞相曰有何深意不過欲賞花柳之景也此固公子風流事
也公主曰相公猶未尽知也此兄所好者惟美色風樂其宮中絶色佳人非一二而近聞新得寵姬即武昌名妓
玉燕也越宮美人自見玉燕魂喪魄褫以無鹽嫫母可比其才与貌擅步於一代也越王兄聞吾宮中多
美人欲效王愷石崇之相較也丞相笑曰我果泛見矣公主先獲越王之心也鄭夫人曰此亦一時遊戲

事不必見屈於人也目鳴月而謂之曰軍兵畜養十年用之在一朝茲事勝負都在於兩教師掌握
中矣汝輩須努力焉蟾月對曰賤妾恐不可敵矣越国風樂擅於一国武昌玉燕鳴於九州越王殿
下既有如此之風樂又有如此之美色此天下之強敵也妾等以偏師小卒紀律不明旗鼓不正恐未及
交鋒便生倒戈之心也妾等之見笑不足関念而只恐貽羞於吾府中也丞相曰我与蟾月初遇於洛
陽也蟾娘称有青樓三絶色玉燕亦在其中此人也然青樓絶色只有三人而今我已得伏竜鳳雛
何畏項羽之一范増乎公主曰越王姬妾中美色非独一玉燕也蟾月曰然則越宮中粉其腮而臙其
脥者無非八公山草木也有走而已吾何敢當哉碩娘問策於狄娘妾本来瞻弱聞此言便覚
欲喉自痒恐不能唱一曲也驚鴻愴然曰蟾娘此果真説話耶吾両人横行於関東七十餘州擅名
之妝樂無不聴之鳴世之美色無不見之此膝未曽屈也何可遽讓於玉燕乎世有傾城傾国之漢宮
夫人爲雲雨之夢之神女則或有一毫自歉之心不然彼玉燕何足憚哉蟾月曰鴻娘大言何其太
容易也吾輩曾在関東所参者大則太守方伯之宴小則豪士俠客之会未遇強敵固其宜也
今越王殿下生長於大内萬玉叢中眼目甚高議論太峻所謂観太山而泛滄海者也丘垤之微涓流
之細豈入於眼孔乎此以孫呉而爲敵与賁育而闘力非庸将佼子所抗也況玉燕即帷幄中張子房

也能決勝於千里之外何可輕之今鴻娘淺為趙振之大談吾見其必也仍告丞相曰狄娘有自多之心
妾請言狄娘之短處狄娘之初從相公盜騎燕王千里馬自稱河北少年欺相公於邯鄲道上使鴻娘
苟有嬋娟嫋娜之態則相公豈以男子知之乎耶承恩於相公之日棄夜之昏假妾之身此所謂
因人成事者也今對賤妾有此誇大之言不亦可笑乎驚鴻笑曰信乎人心之不可測也賤妾末從
相公也言之如月殿之姮娥今乃毀之如不直一錢者此不過丞相待妾過於蟾娘故蟾娘欲專相公
之寵有此妬忌之言也蟾娘及諸娘子皆大笑鄭夫人曰狄娘之纖弱非不足也自是丞相一雙眸子
不能清明之致也鴻娘名價不必以此而低也然蟾娘之言蓋是確論女子以男服欺人者必無女
子之姿態也男子以女粧瞞人者必欠丈夫之氣骨也此皆因其不足處而逞其詐也丞相大笑曰夫
人此言蓋弄我也夫人一雙眸子亦不清明能下琴曲而亦不能下男子此有耳而無目也七竅無一則其
可謂全人乎夫人雖譏此身之殘劣見我淩烟閣畫像者皆稱形体之壯威風之猛矣一座大笑
蟾月曰方與勁敵對陣豈可淺為戲談不可全恃吾兩人賈役人亦同往如何越王非外人淑人亦何
嫌之有秦氏曰桂狄兩娘若入於女進士場中當效一寸之力矣歌舞之場安用妾哉此所謂驅
市人而戰也桂娘必不能成功也春雲曰春雲雖無歌之才惟妾一身貽笑於人則不過為妾

身之藩宗欲覩先於盛會哉妾若随去則人必指笑曰彼乃大丞相魏国公之妾也鄭夫人及公主
之媵也然此殆笑於相公也殆爰於而病也春雲決不可往矣公主曰豈以春娘之去而相公被笑於人我
以因君而有爰乎春雲曰平鋪彩錦之步障高褰白雲之帳市人皆曰楊丞相寵妾賈侵人來矣
駢之肩接武爭先從觀及其移步登途乃逢頭垢面也然則人皆大驚大咤以爲楊丞相有鄧都子
之病也此非殆笑於相公乎至於越王殿下平生未嘗見累穢之物見妾必嘔逆而心不平矣此非殆爰於
娘之手公主曰甚矣春娘之譎也春娘昔者以人而爲鬼今欲以西施而爲無塩春娘之言無足可信也乃
問於丞相曰答書以何日爲期乎丞相約以明日会矣鴻月大驚曰兩部教坊猶未令勢已急矣奈何
我即當頭妝而言曰明日丞相与越王約会於樂游原兩部諸妓須持樂器餙彩粧明曉丞相行矣
八百妝女一時聞令皆理容盛眉執器習樂爲明日計矣翌曉天明丞相早起着戎服佩弧矢舞雪
色千里宗山馬界獵士三千人擁向城南蟾月驚鴻彫金鏤玉綴花裁葉各率部妓結束随行並乘
五花之馬蹲金鞍踏銀鐙橫拖珊瑚之鞭輕攬鎖珠之轡眠随丞相之後八百紅粧皆舞駿驄擁鴻月
左右而太公中路逢越王王軍容女樂足与丞相之行并駕矣越王与丞相并鑣而行問於丞相曰丞相所
騎之馬何国之種也丞相曰出於大宛国也大王之馬亦似宛種也越王曰然此馬之名千里浮雲驄去年秋陪天

子獵於上林天廐萬馬皆追風逸足而無匹及於此者即今張駙馬之桃花驄李將軍之烏騅馬皆稱
龍種而比此馬皆駑駘也丞相曰去年討蕃國時深險之水岩嶄絶之壁人不能着足而此馬如踏平地
嘗一蹶少游之成功寔賴此馬之力杜子美所謂與人一心成大功者非耶少游班師之後爵品驟崇職務
亦閑穩寐平轎倦行但途人與馬俱欲生病矣請與大王揮鞭一馳較健馬之快步試舊將之餘勇越王大
喜曰此吾意也遂分付於侍者使兩家賓客及女樂皆待於幕次已欲奉鞭策馬矣適有大鹿爲獵軍所
逐掠過越王之前王使馬前壯士射之弦是衆矢齊發皆不能中王大怒躍馬而出以一矢射其左脅而殪
之衆軍皆呼千歲丞相稱之曰大王神弓無異汝陽王也王曰小技何足稱乎我欲見丞相射法亦可試否
言訖天鵝一隻適自雲間飛來諸軍皆曰此禽最難射也宜用海東青也丞相笑曰汝姑勿放即抽箭
翻矢中鵝左目而墜之馬前越王大賀曰丞相妙手今之養由己也兩人遂揮鞭一放兩馬齊出星流電
邁神行鬼閃瞬息之間已涉大野而登高丘矣按轡并立周覽山川領略風景仍論射法劍術娓娓不止
侍者追及以所獲蒼鹿白鵝盛銀盤而進之兩人下馬按草而坐拔所佩寶刀割肉炙啗以劝深盃遙
見紅袍兩官飛鞚而來一隊從人隨其後蓋自城而出也一人疾走而告曰兩殿宣醞矣越王注候命中兩
大盃酌御賜黃封美酒以劝兩人仍授龍鳳彩箋一封兩人盥手跪伏坼見以大獵郊原爲題而賦

進矣兩人頓首四拜各賦四韻一首付黃門而進之丞相詩曰

晨驅壯士出郊坰釰若秋蓮矢若星帳裡群娥天下白馬前苅翻海東青恩分玉甌

爭含感醉拔金刀自割腥仍憶去年西塞外大荒風雪攪王庭

越王詩曰

蹀躞飛龍閃電過御鞍鳴鼓立平坡流星勢疾殲蒼鹿明月形開落白鵰殺

氣能教豪興發聖恩曾帶醉眼酡汝陽神射君休說爭似今朝得雋多

黃門拜辭而放於是兩家賓客以次列坐庖人進饌釘餖生香酡酪之峰猩猩之唇出於翠釜南越荔支永嘉甘柑相溢於玉盤王母瑤池宴人無見者漢武柏梁之會事已古矣不必強援而比之人間之珍品異羞蔑有加於此者女樂數十三匝四圍羅綺成帷環珮如雷一束纖腰爭妬垂楊之枝百隊嬌容欲奪烟花之色豪絲哀竹沸曲江之水別唱繁音遏終南之山酒半越王謂丞相曰小生過蒙丞相寵眷而區區微誠無以自效携來小妾數人欲睹丞相一歡請召至於前或歌或舞獻壽於丞相如何丞相謝曰少游何敢與大王寵姬相對乎妾侍烟婭之誼敢有僭越之計矣少游侍妾數人亦有為觀盛會而來者少游亦欲呼來使與大王侍妾各奏長技以助餘興王曰丞相之教亦好矣

於是蟾月驚鴻及越宮四美人承命而至叩頭於帳前丞相曰昔者永王寵美人名曰芙蓉太白思
於永王以聞其声不得見其面今少游能見四仙之面所得比太白十倍矣彼四美人姓名云何四人起而
對曰妾等即金陵杜雲仙陳留少蔡兒武昌萬玉燕長安胡英英也丞相謂越王曰少游曾布衣
遊於兩京間聞玉燕娘子之盛名如天上人今見其面實過其名矣越王亦聞知蟾月兩人姓名乃
曰此兩人天下之所共推者而今者皆入於丞相之府可謂得其主矣未知丞相得此兩人於何時乎丞
相對曰桂氏少游赴舉之日適至洛陽渠自從之狄女曾入於燕王之宮少游奉使燕國也狄女抽身
隨我追及於復路之日矣越王撫掌笑曰狄娘子俠氣非楊家紫髯所比也然狄娘子從相公之日相
公職是翰林且受玉節則麟鳳之瑞人皆易見桂娘子昔當丞相之窮困能知今日富貴所
謂識宰相於塵埃者也尤亦奇也未知丞相何以得逢於客路乎丞相笑曰少游追念其時之事誠可
咍也下土窮儒一驢一童間關遠路爲飢火所迫過飲村店之濁醪行過天津橋上適見洛陽才子數
十人大張娼樂樓上飲酒賦詩少游以弊衣破巾諧其座上蟾月亦在其中矣爲諸生奴僕未有如少游
之疲弊者而醉與方濃不知慚愧拾掇荒蕪之詞不知其詩意何如句格何如而桂娘拈出其詩於
衆篇之中歌而詠之蓋座中初約諸人所作若入於桂娘之歌者則當讓与桂娘於其人故不敢

爭將相爭此亦緣也越王大笑曰丞相少而塲壯元吾以爲天地間快樂之事是事之快高出於壯
元上也其詩並妙也可得聞與丞相曰醉中率尒之作何能記乎王謂蟾月曰丞相雖已忘之娘或
記誦否蟾月曰賤妾尚能記之未知以紙筆寫呈乎以歌曲奏之乎王尤喜曰若兼聞娘子之玉聲
尤快矣蟾月就前以遏雲之聲歌以奏之滿座皆爲之動容王大加稱賑曰丞相之詩才蟾月之絶
色清歌足爲三絶也第三詩所謂花枝愁殺玉人粧未吐纖歌口已香者能盡出蟾娘當使
太白退步也近世之錬句飾章抽黃媲白者安敢窺其藩籬乎遂滿酌金鍾以賞蟾月鴻月兩人
與越王宮四美人迭舞交歌獻壽賓主真天生敵手少無參差而况玉燕本與鴻月齊名其餘三
人雖不及於玉燕亦不遠矣王頗自慰喜而已醉甚止巡與賓客出立於帳外見武士奔突之狀吾
美人安騎射亦甚可觀故吾宮中精熟弓馬者有數十人矣丞相美人亦必有自北方來下令調
發使之射雉逐兎以助一塲歡笑如何丞相大喜命揀能爲弓馬者數十人使與越宮娥賭勝驚
鴻起告曰雖不習操弧亦慣見他人之馳射今日欲暫試之矣丞相即解給所佩西弓驚鴻執弓
而立謂諸美人曰雖不能中願諸娘勿笑也乃飛上於駿馬馳突於帳前適有赤雉自草間騰上
驚鴻乍轉細腰執弓鳴弦五色彩羽倏落於馬前丞相越王擊掌大噱驚鴻轉身還馳下

於帳外穩步就座諸美人皆稱賀曰吾輩虛做十年工夫矣此時所獲翎毛土委山積而家財女
郊壇雉兔亦多矣各獻於座前丞相與越王苐等其功各賞百金更成坐次俾停衆樂只使五六
美人各奏清弦洗酌更酙矣蟾月內念曰吾兩人毛不讓於越宮女波波乃四人吾則一雙孤單甚
矣惜哉不並春娘而來也歌舞色非春娘之所長其艷色美談尝不能壓倒雲仙筆子咄咄不
已矣忽騁矚則兩人自野外驅油壁車轉行於綠陰芳草之上稍稍前進矣俄到帳門之外守
門者問曰自越宮來乎從魏府至乎御者曰此車上兩娘即楊丞相小室適有些故初未偕來
矣門卒入告於丞相丞相問是必春雲欲覩光而來行色何其太簡耶即命召入兩娘子捲珠箔
自車中而出在前者沈裊烟在後者宛是夢中所見之洞庭龍女也兩人俱進丞相座下叩頭拜
謁丞相指越王而言曰此越王殿下也汝輩以禮謁之兩人禮畢丞相賜座使與蟾月同坐丞相謂
王曰汝兩人從征西蕃時所得近因多事未及率來必聞少游與大王同樂欲觀盛會而至矣王
更見兩人其色與蟾月鴈行而縹緲之態超越之色似加一節矣王大異之越宮美人皆顏如
灰色矣王問曰兩娘何姓名也何地人耶一人對曰小妾裊烟姓沈氏西涼州人也一人又對曰小妾凌波
姓白氏曾日居瀟湘之間不幸遭變避適西邊今從相公而來耳王曰兩娘子殊非地上人也能解

絃吾鳥衣烟对曰小妾塞外戎女也未嘗聞絲竹之声將以何技以娛大王乎但兒時多事浪学劍
舞而此乃軍中之戲恐貴人所不可見也王大喜謂丞相曰玄宗朝公孫大娘劍舞名於天下其後
此曲遂絶不傳於世我每咏杜子美詩而恨不及一見之也此娘子能鮮劍舞快莫甚焉与丞相各
各鮮贈所佩之劍鳥衣烟捲手鮮帶舞一曲於金壺之上倏閃揮霍縱横頓挫紅粧白刃炫幻一色若
三月飛雪已洒於桃李叢上俄而舞袖轉急劍鋒猶疾霜雪之色忽滿帳中鳥衣烟一身不復見
矣忽有青虹横亘天衢颯颯寒飈自边於樽俎之间座中皆骨冷而髮竦矣鳥衣烟斂尽所学之
恐驚边越王乃罷舞擲劍再拜而退王久乃定神謂鳥衣烟曰古人劍舞何能臻此神妙之境我聞
仙人多能劍術娘子得非其人乎鳥衣烟曰西方風俗好以兵器作戲故妾童稚之年竊学習之有
仙人之奇術乎王曰我還中宮當擇諸姬中便捷者善舞而送之望娘子勿憚教授之勞鳥衣烟
拜而受命王又問於凌波曰娘子有何才乎凌波対曰妾家旧在湘水之上即皇英所遊之处妾自兒
時傚其声音自彈自樂而已而恐不合於貴人之耳也王曰我因人詩句知湘妃之能彈琵琶而未聞
其曲流傳於世人也娘子若能傳得此曲啁啾俗樂何足聆乎凌波自袖中出二十五絃輒彈一曲哀
怨清妙水落三峽鴈号長天四座忽凄然下淚而已千林自振秋声乍边枝上病葉紛紛交墜越

王大異之曰吾不信人間曲律能回天地造化之權娘若人間之人則何能使外三月之春爲秋數榮之
葉自零也俗人亦可學此曲歟凌波曰妾惟傳古曲之糟粕而已有何神妙之術乎奇等乎萬玉燕當
王曰妾雖不才以平日所習之樂請奏白蓮曲矣斜抱秦箏進於席前以纖手拂弦能奏二十五絃之
鮮運指之法清高流邁殊可聽也丞相及鸚月和人極稱之越王甚悅

駙馬罰飲金屈卮　聖主恩借翠微宮

是日樂游原之宴烟波和人後至助歡王及丞相興盡有餘而野日已夕矣乃罷宴和家各以金銀綵
假爲纏頭之資量珠以斗堆金如阜越王與丞相帶月色而歸入城中鍾聲聞矣和家女樂爭途
疾先珮翠如水香氣擁街遺香墮珠盡入於馬蹄悉塵十之聲聞於暗塵之外長安士女聚觀
如堵百歲老翁垂淚而言曰我昔髮未總時見玄宗皇帝幸華清宮其儀威如此不意垂
死之日復見太平景象此時和公主與秦貴和人陪夫人以待丞相之還丞相上堂引沈裊烟白
凌波現於大夫及和公主鄭夫人曰丞相每言得賴和娘子急難之恩幸成數千里拓土之功故
吾每以曾未見爲恨矣和娘之來何太晚耶烟波對曰妾等遠方鄉閭之人也雖蒙丞相一顧
之恩惟恐和夫人不虛一席未敢即踵於門下矣頃京師深閨於行路則皆自稱和公主有関雎

喬未之德化被踈賤恩霈上下云故方欲冒僭進謁之際適値丞相觀獵之時叨叅盛事獲承
下誨妾等之幸也公主笑謂丞相曰今日宮中花色正滿相公必自說風流而此皆吾兄弟之功也
相公知之乎相公大笑曰俗云貴人喜譽言非妄也彼兩人新到宮中大畏公主威風有此諂言公主
乃欲爲功耶一座譁然大笑秦賈兩娘子問於鴻月兩人曰今日宴席勝負如何驚鴻答曰蟾
娘笑妾大言矣妾一言使越宮奪氣諸葛孔明單舸入江東掉三寸之舌說利害之機周公瑾
魯子敬唯口呿喘息不敢吐氣平原君入楚宮從十九人皆碌碌無成使趙重於九鼎大呂者非
毛先生一人之功乎妾志大故言以大之言未必無實也問於蟾娘則可知妾言之非妄也蟾月曰鴻
娘弓馬之才不可謂不妙而用於風流陳則雖或可稱豈於矢石之場則安能馳一步而發一矢乎越
宮奪氣所以眼新到兩娘子仙貌仙才也何足爲鴻娘之功乎我有一言當向鴻娘說也春秋之時
賈大夫貌甚醜陋之天下所共嗤也娶妻三年其妻未曾一笑與妻出郊適射獲一雉其妻始笑之
鴻娘之射雉或與賈大夫同乎驚鴻曰以賈大夫之醜貌能因弓馬之才賭得其妻之笑若使有才有
色而且能射雉則尤豈不使人愛驚乎蟾月笑曰鴻娘之自誇愈往愈甚矣此無非丞相寵愛
之過而驕其心也丞相笑曰我固知蟾娘之多才而不知有經術也今復兼春秋之癖也蟾月曰妾

閑時未涉獵經史而亦曰能之翌日丞相入朝於上太后召見丞相及越王而公主已入宮中在座矣太后謂越王曰吾兒昨日與丞相以春色相較孰勝孰負越王奏曰駙馬完福非人所爭但丞相如此之福在女子亦爲福乎不爲福乎娘娘以此問于丞相丞相奏曰謂不勝於臣者已如李白見崔顥詩而奪其氣也於公主爲福臣非公主不能自知問于公主太后笑顧而公主公主對曰夫婦一身榮辱苦樂不宜異同丈夫有福則女子亦有福也丈夫無福女子亦無福也丞相所樂小女亦同樂而已越王曰妹氏之言雖好非肺腑之言也自古駙馬未有如丞相之放蕩者此由於紀綱之不嚴也願娘娘下少游於有司問輕朝廷蔑國法之罪太后大笑曰駙馬誠有罪矣若欲以法治之則其爲老身及兒女之憂不淺故不得不屈公法而循私情矣越王復奏曰雖然丞相之罪不可輕赦請推問於御前觀其援辭而處之可也太后大笑使越王代草問目有曰

自前古爲駙馬者不敢畜媵者非風流之不足也非衣食之不贍也蓋所以敬君父也尊國体也況蘭英公主以位則寡人之女也以行則姙姒之德也駙馬楊少游不思敬奉之道淫恣狂蕩之志柳心於粉黛之窟游意於綺羅之叢獵取美色甚于飢渴朝求于東暮取于西眼窮燕趙之色耳飫鄭衛之声蟻屯於台上蜂閙於房闥而公主雖以樛木之德不生妬忌之心在少游敬奉之道安敢乃爾驕佚自恣之罪

而可不懲毋隱直招以俟處分
丞相乃下殿伏地免冠待罪越王出立欄外高聲讀問目丞相聽訖納拱其辭曰
小臣楊少游猥蒙兩殿之盛眷驟陟三台之崇班則榮已足矣而以公主秉塞淵之德有琴瑟之和則願已
足矣而童心尚存豪氣不除過耽聲妓之樂略聚歌舞之女此豈非小臣狃於富貴溢於盛滿不知自檢之
失而臣竊伏見國家令甲爲駙馬者後有婢妾若婚娶前所得自分揀之道小臣雖有府中侍妾淑
人秦氏皇上所命宜不在指論之列小妾賈氏臣曾在鄭家花苑時使令於前者也小妾桂狄沈白
四介女妻未及娶時所卜妻奉命外國時所從而皆在婚礼以前至若并畜於府中蓋從公主
之命也非小臣所敢擅者也論以國制斷以王法宜無可論之罪而聖教至此惶恐遅晩
太后覽畢大笑曰多畜姬妾不害爲大夫風度容有可恕而過將杯酌疾病可慮推考可也
越王復奏曰駙馬府中不聚姬妾少游負誘於公主在其自處之道寔有萬萬不可者更以此推問
可也丞相着急乃叩頭謝罪太后又笑曰楊郎真社稷臣也我豈以女婿待之仍命整冠上殿越
王又奏曰少游功大雖難加罪國法亦嚴不可全釋宜用酒罰太后笑而許之宮女擎進白玉小杯
越王曰丞相酒量本來如鯨罪名亦重安用小盃自擇能容一斗金屈巵滿酌清冽酒而授

之丞相酒戶雖寬連飲數斗安得不醉乎乃叩頭奏曰牽牛過眷織女被譴於聘岳少游以
窩妾於家中被岳母之罰爲天王家女婿誠矣雖臣大醉請退去矣仍欲起而仆之太后笑命
宮女扶送於殿門之外謂公主曰丞相爲酒所困氣必不平汝等即隨去公主承命即隨丞相
而太公大夫人張婦堂上方待丞相見丞相大醉問曰昔日雖有宣醞之命不曾一醉矣何今過醉也
丞相以醉眼怒視公主久而答曰公主兄越王訴訐於太后勸成小子之罪小子雖善爲說辭
幸得清脫越王必欲加罪搆於太后罰以毒酒小子若無量幾乎死矣此雖越王含感於樂原之
見屈必欲報復而亦蘭陽猜我娶妾太多乃生妬忌之心與其兄挾謀而必欲困我也平日仁孝
之心不可恃矣伏望母親以一杯酒罰蘭陽爲小子雪忿柳夫人曰蘭陽之罪本不分明且不能飲
一句之酒汝欲使我罰之以茶代酒可也丞相曰小子必欲以酒罰之柳夫人笑曰公主若不飲罰
酒醉容之心必不解矣使侍女送罰杯於蘭陽公主執杯欲飲丞相忽然生疑欲奪其盃而
嘗之蘭陽急投於席上丞相以指濡其盞底餘瀝吸而嘗之乃沙糖汁也丞相曰太后娘娘
若以沙糖水罰小子則母當以沙糖水罰蘭陽而小子所飲者也蘭陽安得獨飲沙糖水乎招
侍女曰持酒樽而來自酌一盃而送之公主不得已令飲丞相又告夫人曰勸太后而罰臣者雖蘭

鄭氏亦與其謀故在太后座前見兒子受困目蘭陽而笑之其心不可測矣願毋親又罰鄭氏
夫人大笑又以罰盃送於鄭氏鄭氏避座而飲丞相曰太后娘娘罰少游因少游娼而今主母和人皆飲
酒罰娼妾等安得晏然乎丞相越王樂原之會蓋為鬪色而鸞月烟波以小擊衆以弱敵強一
戰樹勳先奏捷書致令越王悵感仍使小子受罰此四人可罰也柳夫人曰勝戰亦有罰乎醉
客之言可笑即拈四人各罰一盃四人飲畢鸞月兩人跪奏於柳夫人曰太后娘娘之罰丞相宗
責娼妾女之多非為樂遊原之勝也彼烟波兩人尚未奉丞相席而與妾同飲罰酒不亦寃枉乎
賈孺人奉擲於丞相如彼之久受恩於丞相如彼之專而且不參樂遊原之會獨免此罰下情悒抑
菀矣柳夫人曰汝輩之言是也以一大盃罰春雲春娘含笑而飲此時諸人皆飲罰盃座中頗覺
紛紜蘭陽公主被困於不堪其苦而惟秦淑人端坐座隅不言不笑丞相曰秦氏獨醒竊笑醉
客之顛狂亦不可不罰滿酌盃而傳之秦氏亦笑而飲柳夫人問於公主曰公主素不飲酒酒後
之氣何如答曰頭疼甚苦矣柳夫人使秦氏扶歸寢房仍使春雲酌酒而來把酒而言曰吾之
兩婦女中之聖也吾每恐損福矣少游酗酒使至令公主不寧太后娘娘若聞之則必過慮矣
老身不能教誨兒子有此妄舉老身亦不可謂無罪吾以此盃自罰矣盡飲之丞相惶恐跪

告曰母親兒子狂悖有此自罰之教兒子之罪豈當笞而止哉使驚鴻滿酌一大椀而來
執杯而跪曰小婢不從母親之教今未免貽憂於母親謹飲罰酒矣尽吸大醉不能定坐而
欲向凝香閣以手指之大夫人使春雲扶而往之春雲曰賤妾不敢陪往矣桂娘子狄娘子始少
妾有寵矣仍囑鴻月兩娘使之扶去蟾月曰春娘子見吾言而不去妾尤有嫌矣驚鴻笑
而起扶携丞相而去諸人乃散丞相以烟波兩人性愛山水花園中有一畝方塘清若江湖池中
有彩閣名曰映蛾樓使烟波居之池之南有假山尖峯斷玉重壁積鐵老松陰密瘦竹影踈
中有一亭名曰氷雪軒使裊烟居之諸夫人及衆娘子遊花苑之時則兩人為山中主人矣諸人從容
謂凌波曰娘子神通變化可得一覩乎凌波對曰此賤妾前身之事妾秉天地之運借造化之力盡
脫前身幻受人形所脫鱗甲堆積如山雀變為蛤之後豈有羽翼可以翱翔乎諸夫人曰理固然矣
裊烟雖時時舞釼於大夫人及丞相兩公主之前以供一時之翫而亦不肯頻舞曰當時雖借釼術以逢丞相而
殺伐之戲元非常時所可見也此後兩夫人六娘子相得之樂如魚川泳而鳥雲飛相隨相依如篪如
塤丞相恩情彼此如一此豈諸夫人聖德能致一家之和而蓋當初九人在南岳時其所願如此故也
一日兩公主相議曰古人姊妹諸人皆嫁於一國之內或有為人妻者或有為人妾者而今吾二妻六妾義

兪骨肉情同歸其中未有從外國而來者豈非天之所命乎身姓不同位次之不齊有不足拘也當結爲兄弟以勞
妹稱之可也以此意言於六娘子〻〻〻皆力辭而春雲鴻月尤落〻不應鄭夫人曰劉關張三人君臣也終不廢兄弟
之義我與春娘自是閨中管鮑之交也爲兄爲弟何不可之有世尊之妻妾本是尊卑絶矣貞淫別矣同爲大釋
之弟子終得上乘之工課厥初微賤何關於畢境之成就耶公主遂與六娘子請宮中所藏觀音畫像之前焚
香展拜作誓文而告之其文曰
維年月日弟子鄭氏瓊貝簫和李氏彩鳳秦氏春雲賈氏蟾月桂氏驚鴻狄氏裊烟沈氏凌波白氏越宿
齋沐謹告南海大師前世之人或有以四海之人而爲兄弟者何則以其氣味之合也或有以天倫之親而爲
路人者何則以其情意乖也弟子八人等始雖各生於南北分處於東西而及其同事一人同居一室氣相合也義
相孚也比之於物一枝之花爲風雨所撼或落於宮或飄於閨閤或墜於陌上或飛於山中或隨溪流而達於江
湖然言其本則同一枝也惟其同根也故花本無心之物而其始也同開於枝其終也同散於地人之所同受者一
氣而已則氣之散也豈不同歸於一處乎古今遼闊而生並一時四海廣大而居同一室此實前生之宿緣一生一
死必欲相隨而不相離也八人中苟有懷異心而背矣言者則天必殛之神必忌之伏望大師降福消災以佑妾
等使百年之後同歸於極樂世界千萬幸甚

而夫人以妹呼之 此後以娘子自守分 不敢以兄弟呼之 而恩愛愈密矣 八人皆各有子女 而夫人及春雲蟾
月裊烟鶯鴻皆生男子 彩鳳凌波皆生女子 而未嘗見產育之慘 此亦与凡人殊矣 時天下昇平 民安物阜
廟堂之上無一事可規畫者 丞相出則陪聖天子遊獵於上苑 入則奉大夫人讌樂於北堂 歡歡舞袖 任它
光陰之流邁 嘈嘈急弦 催却春秋之代謝 丞相踐沙堤而執勻衡之勢者 已累十年 享萬鍾之富 盡
三牲之養 誇楽極否至 天道之恒 興盡悲來 人事之常也 柳夫人以天年終 壽九十矣 丞相哀毀逾礼 幾
乎滅性 而致憂之 遣中使勉喩 郞哀王后礼葬之 鄭司徒亦得上壽而終 丞相悲悼之情 不下於鄭
夫人矣 丞相六男二女 皆有父母標致 玉樹芝蘭 并輝於門闌 第一子名大卿 鄭夫人出也 爲吏部尚
書 其次曰次卿 狄氏出也 爲京兆尹 次曰舜卿 賈氏出也 爲御史中丞 次曰季卿 蘭陽公主出也 爲兵部侍
郎 次曰五卿 桂氏出也 爲翰林學士 次曰致卿 沈氏出也 年十五 勇力絶倫 智略如神 上大愛之 爲金吾上將
軍 將京營軍十萬 衛宿宮禁 長女名傳丹 秦氏出也 爲越王子琅瑘王妃 次女名永樂 白氏出也 爲皇
太子妾 後封婕妤 楊丞相以一介書生 遇知己之主 佐有爲之時 武定禍亂 文致太平 功名富貴 与郭汾
陽齊名 而汾陽六十方爲上將 少游二十出爲大將 入爲丞相 久居鼎位 恢贊國政 過於汾陽二十四
考 上得君心 下悅人望 坐享豊厚穰大之樂 誠歷千古 絶百代 而所未聞也 丞相自以盛滿可戒 大

雖屈乃上疏乞退其疏曰
臣某謹頓首百拜上言于皇帝陛下臣竊伏以人臣之落地而願者不過將相也曰公侯也官至將相
公侯則無餘願矣父母之爲子而祝者不過曰功名也曰富貴身致功名富貴則無餘望矣則將相
公侯之樂功名富貴之榮豈非人心之所艶慕時俗之所傾奪者乎人所同惜而不知盛滿之戒時所
共爭而未免鉞領之秋此實受所以次勇退之志也田竇所以遣傾覆之灾也將相公侯雖可榮而
孰如知足乞骸之樂也功名富貴可樂而孰如全身保家之樂哉臣謭才能薄而蹤取高位功淺望
蔑而久屈要路貴已極於人臣樂亦及於父母臣之所不敢萬一於此人豈以是而期臣哉況猥以踪跡
緣結椒掖視遇異於羣臣恩眷安於格外以藜藿之腸肚飫錦窩之味以蓬蒿之踪跡而處沁水
之園上以貽聖主之辱下以市賤臣之禍臣豈敢自安於食息乎早欲斂迹避榮杜門辞恩以償越濫冒
之罪自謝於天地神明而聖恩隆重未效涓埃之報且臣筋力尚堪驅策之勞故臣不得不淟涊蹲屈
遅徊不去擬效一分報酬之誠而即退守丘園以畢餘生矣今殊遇未合而年鬢倏高微悃莫展而遽
髮先衰形如病木不秋而自枯心如眢井不汲而自渴雖欲復効犬馬之力報丘山之德其勢末由矣今天下
賴陛下神聖四夷率服兵革不用萬民又安桴鼓不驚天休滋至年穀累登庶幾致三代大同

熙皞之治矣雖今臣久留輦轂之下冒居廟堂之上不過奉朝請而廩粟坐聽康衢擊壤之歌而已尚何
有經理猷爲之事乎噫君臣猶父子也父母之心雖不肖不才之子在於膝下則喜之出於門外則思之臣
伏想陛下必以臣爲簪履舊物經幄老臣不忍其一朝退去而嗚呼人子豈思父母何異於父母之愛其
子也臣荷陛下眷注之寵旣至矣沐陛下生成之澤亦深矣一毫一毛莫非造化陶鑄之力則臣欲出欲
遠辭天陛退伏丘壑使諛堯舜之聖哉第己盈之器不可使溢已泄之駕不可復乘伏乞陛下諒臣
不堪任事察[illegible]臣頹屋尊特養故松楸以保殘齡俾免亢龍之悔當歌咏聖德感激洪私以圖結
草之報矣
上覽其疏乃以手書賜批曰
卿勳業溢於鐘鼎德澤被於生靈學述足以贊治威望足以鎭國卿即國家之柱石寡躬之
股肱也昔太公呂公望幾一百歲而尚輔周室能致治理今卿旣非禮經所謂致仕之年則卿雖
謝事經退朕不可許矣況張壁彊志有仙骨鄭侯老猶不衰松栢傲霜雪而猶勁蒲柳值
秋風而先零此其性質之堅脆不同也卿自有松栢之操何憂蒲柳之衰朕觀卿神彩猶新不
減於玉堂草詔之日精力尚旺不讓於渭橋討戎之時卿雖稱老朕固不信須同箕山之高節以

貞唐吴之至治是朕之望也
丞相以前世佛门高弟且受藍田山道人秘訣多有修鍊之功故春秋雖高顔色不衰時人
皆以仙人擬之是以詔書中及之此後丞相又上疏求退甚懇上引見曰卿辭至於此朕豈不能勉
副以成卿五湖高節乎但卿若就所封之国非徒国大家事無可与相議者况今皇太后仙馭上賓
長秋已空朕何忍与英陽及蘭陽相離也城南四十里有離宮即翠微宮也昔玄宗避暑之
处也此宮幽而深僻而曠可合暮年優游故特賜卿使之居处矣即下詔加封丞相魏国公太史又賞封五千户姑収丞相印
楊丞相登高望遠　其此人過本還元
丞相不感聖恩叩頭祇謝擧家即移接於翠微宮此宮在終南山中樓臺之壯麗景致之奇絶
即蓬萊仙境也王維學士詩曰仙居未必能勝此何事吹簫向碧空以此一句可占其絶勝矣丞相空其
正房奉安詔旨及御製衣詩文其餘樓閣臺榭和公主諸子分居丞相日与和夫人六娘子臨水弄月入谷尋
梅過雲壁則賦詩而寫之坐松陰則横琴而彈之未年清閑之福令人赴羡丞相就閑謝客亦已累年
矣仲秋既望即丞相晬日諸子女設宴獻壽至十餘日繁華景色不可言也宴罷諸子女各歸其家
俄而菊秋之佳節已迫矣菊花綻萼茱萸垂宗亦當登高之時也翠微宮西畔有高臺登臨則八百

里秦川如掌握見也丞相最愛其臺是日与和夫人六娘子登其上頭插一枝黃菊賞秋景相对暢
飲而已返照倒射於昆明雲影低垂於廣野秋色燦爛如展活畫丞相手把玉簫自吹一曲其
聲鳴鳴咽咽如怨如訴如泣如思若荊卿渡易水与高漸離擊筑相和伯王在帳中与吳美人唱歌悲
別諸美人悲思盈襟慘怛不樂和夫人問曰丞相早成功名久享富貴一世所羡近古所罕當此
佳辰風景已美菊英泛觴玉人滿座是亦人生之樂事而簫声甚哀使人堪潸今日之簫声非
旧日聞何也丞相乃投玉簫遠倚欄頭擧手指明月而言曰北望則平郊四廣頹岸拚立夕
照殘影明滅於荒草之間者即秦始皇阿房宮也西望則悲風悄林合雲冪山者漢
武陵也東望則粉牆繚繞於青山朱甍隱映於碧空且有明月自來自去玉欄干頭更
無依人者即玄宗皇帝与太真同游之華清宮也噫此三君者此白千古英雄以四海為戶
庭以億兆為臣妾雄豪意氣軒豁宇宙古欲挽三光而閱千歲矣而今安在也游以何
東一布衣恩承聖主位陟將相且与諸娘子相遇厚意深情至老益密非前生未了之
緣必不及於是也男女以緣而會緣尽而散乃天理之常也吾輩一散之後高台自頹曲池
自堙今日歌舞之榭便作衰草寒烟必有樵童牧兒悲歌暗嘆往來而相謂曰

楊丞相與諸娘子所游之處大丞相富貴風流諸娘子玉容花態已寂寞人生到此則豈不如一瞬之頃乎天下有三道曰儒道曰仙道曰佛道三道之中惟最高儒道成全明倫紀貴事業留名於身後而已仙道近誕自古求之者多而終無所驗秦皇漢武及玄宗皇帝可鑑也吾自致仕來此每夜着睡則夢中必參禪於蒲團之上必此與佛家有緣也我將効張子房從赤松子棄家求道越南海尋觀音上義堂禮文殊得不生不滅之道欲超脫塵世但與君輩半生相從而未幾將遠別故悲愴之心必自發於簫聲之中也諸娘子前身皆南岳仙女且坐緣將盡於此時也及聞丞相之言自有感動之心齊言曰相公繁華之中乃有是心豈非天之所啓乎妾等姊妹八人當共處深閨朝夕禮佛以待相公之還而相公今行必佐明師而遇良朋得聞大道矣伏望得道之後必先教妾等丞相大喜曰吾九人之中心既相合矣尚何事之可慮乎我當以明日發行矣諸娘子曰妾等當各奉一盃以餞丞相矣方命侍兒洗盞更酌投節之声忽出於欄外石逕諸人皆曰何許人敢來於是乎處而已有一衲胡僧至前尾眉尺長碧眼沒明形貌動靜甚異矣上高臺與丞相對坐曰山野之人謁於大丞相矣丞相已知非俗僧忙起答禮曰師傳來從何處乎胡僧笑曰丞相不識平生故人乎曾聞貴人善忘果是也丞相熟視之似是面

而猶不分明矣忽大悟顧諸人而言曰少游曾伐吐蕃時夢參於洞庭龍王之宴歸路暫上於
南岳見老和尚踞於法座與衆弟子講佛經矣師傅無乃所見之和尚乎胡僧拍掌大笑曰
是矣、、然只記夢中之一見不記十年之同處乎誰謂楊丞相聰明丞相惘然曰少游十六歲以前
不離父母之眼前十六歲登第連有職名不出京城南使燕鎭西擊吐蕃之外足跡無所及處何
時與師傅十年相從乎胡僧笑曰丞相尚未醒昏夢矣少游曰師傅可能使少游大覺乎胡僧笑曰
此不難矣高擧手中錫杖大叩欄干至再處有白雲忽起於四面山谷之間陣、籠來環擁坐上昏、
暗、尋丈不下丞相若在醉夢中矣良久乃拜疾呼曰師傅不以正道指敎少游乃以幻術相戲耶
言未已雲氣盡捲胡僧及兩夫人六娘子皆無蹤跡矣大驚大惑定睛詳視則層樓複室跡亦廉
寥落都不可見而自顧其身則掛在小菴中蒲團上火消香爐月在西峰自捫其頭則頭髮新
剃餘根鬖、百八顆念珠已垂於項前眞是小和尚形模非復大丞相威儀神精惚、胸膈憧、矣既
久忽覺其身是蓮花道場性眞小和尚也回念初被師傅戒責隨力士往豊都幻生人世爲楊家
之子早捷壯元爲翰苑之官出將三軍入摠百揆上疏乞退謝事就閑與兩公主六娘子對歌舞聽
琴瑟盃酒團欒晨昏行樂皆一場春夢事乎乃曰此必師傅知吾一念之差俾着人間之夢

性眞知富貴繁華男女情慾皆妄幻也急向石泉淨洗其面著衲整弁自詣方丈
衆闍梨已齊會矣大師高聲問曰性眞人間滋味如何耶性眞叩頭流涕曰性眞已大覺矣弟
子無狀操心不正自作之孽誰怨誰咎宜處缺陷之世界永受輪回之殃而師傅喚起一夜
之夢能悟性眞之心師傅大恩雖閱千萬塵劫而不可報也大師曰汝乘興而去興盡而來我
有何干與之事乎且汝曰弟子夢人間輪回之事此汝以夢與人世分而二之也汝夢猶未覺也莊
周夢爲蝴蝶〻〻又變爲莊周〻〻之夢爲蝴蝶耶蝴蝶之夢爲莊周耶終不能卞之孰知何事之
爲眞也今汝以性眞爲汝身以夢爲汝身之夢則汝亦以身與夢謂非一物也性眞少游孰是夢也
孰非夢也性眞曰弟子蒙暗不能卞夢非眞也眞非夢也望師傅說法使弟子覺之大師
曰我當說金剛經大法以悟汝心而當有新來弟子汝待之言未畢守門道人入告曰昨日所
來衛夫人座下仙女八人又到請謁於大師矣大師命召之八仙女詣大師之前合掌叩頭曰
弟子亦雖侍衛夫人左右而寔無所學未制妄念情慾乍動重譴隨至塵土一夢無人喚
醒幸蒙師傅慈悲親往迴來而昨往衛夫人宮中擢謝前日之罪旋辭夫人永佛门伏乞師
傅快救旧愆時垂明教大師曰女仙之意雖美佛法深遠不可猝學非大德量大發願則道不

能感矣唯仙女自量而处之八仙女即退滌蒲面之臙粉脫遍身之綺縠取金刀自剃綠雲之髮
復入告曰弟子等既以変形誓不慢師傅之教訓矣大師曰善哉善哉汝等八人至誠如此寧不
感動遂因次第上法座講說經文其經有曰毫光射世界天花下如亂雨等語說法將
畢乃誦四句之偈也性真及八仙女尼姑此皆頓悟本性大得寂滅之道大師見性真戒行純熟
乃會衆弟子而言曰我本為傳道遠入中国今既得傳道之人我今行矣以袈裟及一鉢淨
瓶錫杖金剛經一卷給性真遂向西天而去此後性真率蓮花道場大衆大宣敎化仙与竜神
人与鬼物尊重性真如六觀大師八尼皆師事性真深得菩薩大道畢竟皆歸于極樂
世界呼嗚異哉
歲在癸卯流月小念新陵高樓以消遣滌熱之若焉落謄畢

정규복

1927년 서울 출생
아호 石軒

성균관대학교 국어국문학과 졸업
고려대학교 대학원 문학석사 · 문학박사
國立臺灣師範大學 中文研究所 修學
프랑스 College de France와 파리 7대학 초빙교수
계명대학교 국어국문학과 교수
고려대학교 국어국문학과 교수

현재 고려대학교 명예교수
중국 연변대학 명예교수
東方文學比較研究會 명예회장

저서
구운몽 연구, 고려대학교 출판부, 1974.
구운몽 원전의 연구, 일지사, 1977.
한중문학비교의 연구, 고려대학교 출판부, 1987.
한국고전문학의 원전비평적 연구, 고려대학교 민족문화연구원, 1992.
한국고소설사의 연구, 한국연구원, 1992.
한국문학과 중국문학(증보판), 국학자료원, 2001.

산문집
인생송가, 나남, 1982.
생명의 畏敬, 국학자료원, 2001.
찰나와 영겁, 국학자료원, 2003.
바람 따라 물 흐르듯, 좋은수필사, 2009.

석헌 정규복 총서 6

구운몽 자료 집성 1

2010년 2월 25일 초판 1쇄 펴냄

엮은이 정규복
발행인 김홍국
발행처 도서출판 보고사

등록 1990년 12월 13일 제6-0429호
주소 서울특별시 성북구 보문동7가 11번지 2층
전화 922-5120~1(편집), 922-2246(영업)
팩스 922-6990
메일 kanapub3@chol.com
http://www.bogosabooks.co.kr

ISBN 978-89-8433-756-5
978-89-8433-750-3 (전8권)

정가 33,000원